了不起的 败国者 2

柯胜雨 —— 著

张居正
和他的朋友们

陕西出版传媒集团
陕西人民出版社

图书在版编目（CIP）数据

了不起的败国者：张居正和他的朋友们.2／柯胜雨著. ——西安：陕西人民出

版社，2013

ISBN 978－7－224－10678－7

Ⅰ.①了…Ⅱ.①柯…Ⅲ.①长篇历史小说-中国-当代 Ⅳ.①I247.5

中国版本图书馆 CIP 数据核字（2013）第 156931 号

了不起的败国者　张居正和他的朋友们2

作　　者	柯胜雨
出版发行	陕西出传媒版集团　陕西人民出版社
	（西安北大街 147 号　邮编：710003）
	发货联系电话（传真）：(010) 88203378
印　　刷	北京兴鹏印刷有限公司
开　　本	710mm×1000mm　16 开　19 印张　210 千字
版　　次	2013 年 10 月第 1 版　2013 年 10 月第 1 次印刷
书　　号	ISBN　978－7－224－10678－7
定　　价	38.00 元

了不起的败国者2

张居正
和他的朋友们

目录 CONTENTS

第十三章

坐观虎斗

1. 强扭的瓜不会甜

大马车"哒哒哒"地从皇城的内阁回到西边宣武门外的张氏府第，一路上如同腾云驾雾，让张居正觉得无比的舒适。困扰大明两百年的鞑子边患就这么在自己的手中终结，落个戏剧性的收场，解决了一个如此棘手的问题，张居正难免感到一种再难逢敌手的闲云野鹤般的惬意："本阁谈笑风生，闲庭散步之间，俺答汗俯首纳款，成就千古功绩，此乃老天襄助我也！"

一进府第，张居正就神态傲然地仰躺在卧椅之上。管家游七忙跑过来帮着脱鞋、更衣。长班姚旷，也就是仆随，一位死心塌地跟随张居正的内阁小吏，毕恭毕敬地端上一杯热茶："大人，喝口茶吧！"

张居正懒洋洋地伸手接过，悠然地啜了一小口，低声问游七道："最近高拱有何动静？"

游七又递上一个黄澄澄的柑橘："爷请放心，小人的耳目遍布了整个皇城。高拱的一举一动尽在小人的掌控中。小人发觉，高拱最近的行踪有点诡异。"

"说，说！"张居正一听到诡异两个字，耳朵竖起来就像旗杆一样。

"小人好像听爷说过，内阁当中，高拱跟赵贞吉已形成水火不相容，冰炭不同炉之势。可最近高拱三番五次往赵贞吉的府里跑动，小人也曾暗中跟踪过，亲眼见过赵贞吉拍了拍高拱的肩膀，两人相见甚欢。"

张居正一听这话，刚塞进口中的柑橘片还没有咬紧，就像飞溅的火星儿被吐出来了。张居正狐疑地审视着游七的嘴唇，缓缓说道："游七，你相信自己的眼睛吧？"

游七挺了挺自己的胸脯，双眼睁大得如同灯笼一般："爷放心，小人的眼睛绝不亚于草原上的金雕。"

张居正侧过脸，双手紧握。高拱、赵贞吉这两个阴险的家伙，在内阁里头还装作两头将要撕咬的猛兽，原来暗地里早已成了一丘之貉，狼狈为奸了。

一丝忧虑涌上心头，四位内阁大学士中，李春芳是墙头草，虽说是内阁首辅，但实际上已被高拱、赵贞吉架空了。政治斗争的最高明者就是韬光养晦，深藏不露，静待时机到来。一旦机遇来了，就应当毫不留情地给对手致命一击。可现在高拱竟然不计前嫌，跟老冤家赵贞吉勾搭上了。莫非——

心头袭来了一阵莫名的恐惧，张居正暗地里出了一把汗，要是高拱和赵贞吉这两只野猫联起来手噬咬自己，那自己岂不成了笼子里的鹦鹉？

张居正心中斩钉截铁地说："绝对不可以！不可以让高拱跟赵贞吉煅成铁板一块。"张居正狠命地摇摇头，眼睛落在墙壁上挂着的一幅苍遒有劲的书法上。一笔一笔就像一把无比锐利的斧头开辟出来似的，写着四个极具震撼力的大字"心外无物"，下边落款"兄阶再题"。

徐阶！张居正心头一震，一下子醒悟过来，朝廷上的内斗，没有永恒的同盟，也没有永恒的政敌，只有永恒的利益。相互撕咬的狗和猫突然间你恩我爱，肯定是冲着厨子来的。高拱跟赵贞吉这一对势不两立的死敌如今能暂时释怀，勾肩搭背，还不是为了一个共同的敌人——徐阶！

高胡子！张居正一想到高拱那张古铜色的脸庞以及他那邋遢、杂乱的胡子，不由气得牙痒痒。你也忒狠了，徐阶早已告老还乡，无异于一个山村野夫。难道你连一个白发苍苍的老人也不放过吗？

眼前又浮现出赵贞吉那张铁板似的、毫无血色的脸，张居正无奈地笑了笑：大洲老兄，好强使性，一味莽撞，只会让你深陷高拱的圈套之中而不能自拔。高拱就像一个狡猾的猎人，已经为你埋设下了愈缠愈紧的绳套。

高拱与徐阶的恩怨，众人皆知。但是，赵贞吉是怎么与徐阶结下梁子？这当中的旮旮旯旯，张居正最清楚不过了。

赵贞吉的仕途生涯可不能说是一帆风顺的。在二十八岁考中进士之后，嘉靖皇帝授予他翰林院编修的职务，总算混上了一个正七品的朝廷命官。不久俺答汗逼近京城，无理地要求明朝向他进贡。一时间朝中百官惊慌失措，乱成一锅粥，嘉靖皇帝也是心神恍惚，惶惶不可终日。唯有赵贞吉微露峥嵘，在嘉靖皇帝面前慷慨陈词，侃侃而谈，总算让嘉靖皇帝那颗茫然无措的心稍稍安定下来，赵贞吉由此连升二级，被提携为从五品的左春坊左谕德兼监察御史。

这个左春坊跟右春坊一道，只是负责教导东宫太子的詹事府下属的两个机构。一向心高气傲的赵贞吉显然不会满足于只是一个从五品的左春坊左谕德，或者监察御史。对于朝中权贵或者不法之事，更是视如仇寇，眼睛里是容不得沙子。当时的内阁首辅严嵩窃权罔利，飞扬跋扈，文武百官们畏之如虎，丝毫不敢有所抵牾。

赵贞吉却视之如草芥，穿上朝服，大摇大摆地走到严嵩的府第前，不顾门卫的阻拦，冲上去"当当当"，紧拍严府的大门。

一个门卫如同恶狼般斥责道："何方人士，敢在相府门前撒野？"

赵贞吉昂首挺胸，高声朗叫："勉庵老兄还不快快出来见客！下官左春坊左谕德兼监察御史，内江赵贞吉求见！"

门卫一听是朝廷重臣，不敢得罪，于是惊慌得像一只老鼠，飞也似的跑进去报告严嵩。

"混账东西，为什么不把他赶走？"严嵩气得跺脚大骂，"简直不知天高地厚，不见！"

赵贞吉可不是吃素的，门卫要赶他走，他反而指着几个门卫厉声怒喝，在严府门前足足大闹了半个时辰，直骂个天昏地暗，这才扬长而去。

阁臣徐阶正苦心设局扳倒严嵩，故而韬光养晦、深自裁抑。一听到赵贞吉闹事，赶紧跑过来相劝："皎皎兮易污，峣峣兮易折！严首辅深受皇上恩宠，大洲老弟不可造次行事！"

几句话就说得赵贞吉拂袖震怒，反而痛责徐阶："朝廷正是有你们这些阿谀奉承的无耻之徒，才使得奸佞当道、欺上罔下。"

骂得徐阶白皙的脸上青一阵紫一阵，怏怏而去。日后，徐阶每每跟张居正提起赵贞吉，总是愤愤不平："此人好强使性，好斗成性，形同猛兽，不可与之同伍！"

张居正应道："徐先生大可不必如此盛怒！此人必败！"

果然不出张居正所料，严嵩对赵贞吉的无理取闹深深忌恨。很快地，嘉靖皇帝就以"漫无区画"为由，把赵贞吉打入大牢。出狱之后，赵贞吉又被甩到贵州南端的荔波去当一个未入流的典史，专门掌管一县的缉捕、监狱。

就这样，赵贞吉一直是霉字当头。直到隆庆皇帝即位，赵贞吉的头顶上才出现了一缕灿烂的春光，年轻的皇帝对赵贞吉的倔脾气不无好感。

隆庆元年二月二十一日，原任户部右侍郎赵贞吉被提携为吏部左侍郎兼翰林院学士，掌詹事府事。可惜这时候赵贞吉已经步入了花甲之年。

更糟糕的是，内阁首辅徐阶一直在脑中狠狠地敲下结论：不可与赵贞吉站在朝堂上的同一列。但是一向坚信老当益壮这个成语的赵贞吉锐意进取，瞄上了礼部尚书的位置。

礼部尚书倒是当上了，不过赵贞吉却被徐阶给弄到陪都南京上任去了。赵贞吉由是怀恨在心，在离开京城那一天，向承天门投去了无比幽怨的一眼。时值隆冬，北风呼呼，赵贞吉紧握拳头，在飘雪之中高喊着："徐阶，我一定会回来的！"

"现在不但高拱回来了，赵贞吉也回来了！徐老先生，你真的可要当心啊！"张居正喃喃自语。

"爷，要不让小人去江南走一遭，给徐老爷捎个信？"游七轻声问道。

"也好！跟徐老先生有大半年未通音信了。"张居正略思片刻，说道，"游七，此番南下见到徐老爷，务必告知他京城风声甚紧，此间盛传徐老爷的两位公子徐璠、徐琨诸多不法之事。望徐老爷严加训教，以免引火烧身！"

"遵命！"游七头也不回一溜烟儿走了。

目送游七离去，张居正并未觉得丝毫的宽心，反而感到芒刺在背。他对高拱的处事风格了如指掌，一饭之德必偿，睚眦之怨必报。现在高拱的势力如日中天，各大部院当中均有他的人马，所以他对内阁首辅的位置是志在必得。为了牢牢树立在朝廷上的威信，高拱必欲将徐阶先前在朝廷上的影响彻底消除干净。徐阶所用之人，所立法度，务必要从朝廷上清除得干干净净，不留一丝异味。

赵贞吉，你也别太得意了！本大学士之所以招还高拱，还不是为了将你驱出京城？高拱扫荡徐阶的势力之后，首当其冲的，便是你这个强项的内江人！

李春芳，你这个"状元宰相"如今也是老态龙钟，早该回去跟着老乡吴承恩，好好地作你的《西游记》吧！（注：沈承庆先生遗作《话说吴承恩——〈西游记〉作者问题揭秘》中对《西游记》作者提出李春芳一说）

朝廷不需要一个善良闵诚、只懂得整天念阿弥陀佛的唐三藏！金猴奋起千钧棒，玉宇澄清万里！朝廷需要能够呼风唤雨、吞云吸雾、神通广大的孙行者，才能够让一个日益沉沦下去的王朝，重新焕发它的生机活力！朝纲沦丧已久，整个国家已经变成一根千疮百孔的烂木头。早该变革，注入强劲的催生剂，让它像春天的树木一般，不断地生长出嫩绿的新芽。

"凤毛丛劲节，直上尽头竿。"十三岁时，张居正就发下了"扫除廊庙"的宏愿。每当念起少年时代于楚王孙园亭所作的《题竹》诗，张居正体内的荷尔蒙激，就愈加旺盛地分泌出来！

一想到自己的凌云壮志，张居正早已浑身颤抖，一股激流从脚底直涌到胸口。他甚至可以看到自己体内的血液，像大海涨潮时那样汹涌澎湃，浪花沸腾。

正在这慷慨激昂之际，外面传来急切的通报声："皇上有旨，宣内阁大学士张居正速速入乾清宫觐见！"

张居正心内浮掠出一丝不快，已经在内阁里无所事事地闷了一整天，都不见皇帝召唤。刚刚回府正准备舒舒服服地躺一会儿，还来不及脱下朝服，皇帝老爷子却来旨意了。

2. 有仇报仇，有冤报冤

待张居正叫上马车，赶到乾清门外，就听到隆庆皇帝训斥的话语："隆庆元年时，徐老先生不是已经将王金、陶世恩、陶仿、申世文等方士下狱论死吗？王金等佞臣妄进药物，送损圣体，害死皇考。王金等人对此业已供认不讳，论死系狱。难道高大学士要翻案，替他们洗清罪名吗？"

张居正心头一惊，隆庆皇帝刚坐上皇位的第一天，徐阶为了革故鼎新，扫除弊政，将术士王金等人以子弑父罪名，打入死牢。现在高拱却翻出三年前的旧账，醉翁之意不在酒，其意在置徐阶于死地。一时间脑中一片混乱，思忖着该如何应对。

又闻得隆庆皇帝说道："朕心急了，张爱卿为何许久不来？"

张居正不敢延误，快步直趋入乾清宫，只见隆庆皇帝头戴淡黑色小帽，身穿澄黄短衣，满脸盛怒。底下跪着阁臣高拱、李春芳、赵贞吉，刑部尚书葛守礼等数人。除了高拱之外，其余的人都垂下脸，像是一群狮崽儿受到母狮的训斥。

高拱铁青着脸色，张居正甚至可以看到他的嘴唇在微微颤抖。显而易见，对于今天的王金案，高拱是硬下心肠，不达目的绝不罢休，张居正不禁打了一个寒战。

张居正"噗"的一声跪下："微臣让皇上久等了，请皇上降罪！"

隆庆皇帝紧绷着的脸瞬间开朗了："既然大伙儿都来了，那就统统起身，站着跟朕说话！"说着，自己一屁股坐在榻上，随手抓起身旁的一把双龙吐珠扇子，轻轻摇晃着。

李春芳、张居正、高拱等人拍了拍身子，缓缓起身。李春芳不待身子站稳，奏道："嘉靖四十五年正月，王金等逆臣伪造长生不死之药，妄称合丹，献给先皇。先皇服后，病势加重。王金不反思罪孽，益加悖逆，更为伪造诸品仙方，与所制的金石丹药一同献上。先皇吃下，鼻窍窜血，当即昏厥在地。先皇沉疴宿疾，从此每况愈下，终于在十二月十四日龙御归天。王金罪状，历历在案，证据确凿，其本人也已画押供认，就待复审后处决。中玄大人怎可轻言王金无罪？"

高拱猛地回头，眯着眼睛直视李春芳，鼻子里"哼哼"两声："今年九月会审，本大学士与大洲兄、刑部尚书葛守礼不辞辛劳，搬出案件旧宗数以千卷，连续详查了二十多个昼夜。甚至于深夜挑灯苦读，直到第二天鸡鸣，终于发现了其中的诸多疑点——"讲到这里，高拱故意拉高声调，停顿一下，就像一把即将钓上大鱼的杠子突然间被奋力拉上。

李春芳果然耐不住了，猛地发问："疑点在哪里？还望中玄老弟明示！"

隆庆皇帝一听说看出疑点，眼神怔住了，凝视着高拱，期待疑点就显示在他那张古铜色的脸庞上。

高拱却缄口不语了，朝着赵贞吉和葛守礼两人努了努嘴。赵贞吉急急地想说话，葛守礼轻轻地拽了拽他的衣角。

隆庆皇帝纳闷了，喝问："三位爱卿到底在糊弄些什么，为什么不赶紧回话？"

高拱这才大踏步走出回答："启禀皇上，九月臣等奉旨审录重囚，查获误判罪囚一百三十九人，其中涉及嘉靖四十五年丹药案方士六人，王金、陶世恩、陶仿、申世文、刘文彬、高守忠。由于兹事体大，臣等不敢大意，战战兢兢，如履薄冰，唯恐有损先皇一世英名，故而与赵贞吉、葛守礼详尽查阅了案宗上的每一个字。皇上——"高拱突然间跪下，泪流满面，显得无比的哀痛。

一时间众人愕然，不知道高拱为什么这般矫情。

隆庆皇帝冷冷说道："高爱卿想说什么，直言好了，朕洗耳恭听。"

"皇上，先帝十六岁登基，六十岁驾崩，君临天下四十五载。自盘古开天辟地以来，除了汉武大帝外，再也没有第二人能够临御如此之久，真乃谓古今罕见，天下少有。先帝龙驭之日，神态安详，从容升天。当年司礼太监黄锦曾经伴随着先帝走完人生的最后一程，其后对臣感叹说，先帝真乃神也，尽管久病缠身，可驾崩之际却是犹如一朵祥云，缓缓升起，飞翔而去。"高拱描述得惟妙惟肖，仿佛嘉靖逝去之时，他就在乾清宫。

高拱这一番忽悠说得隆庆皇帝也不禁动容，想起平生对父亲既畏惧又思念，距离产生牵挂，乃至宽容。父子之间隔离了十四五年，没想到最后一次见面竟成了永世的诀别。隆庆皇帝想着想着，不由得潸然泪下。

"高爱卿，别再说下去了，朕听得心碎！"

"皇上，即使降罪下来，臣还是要说。我先帝聪明睿智，事无巨细，洞若观火。就像阳光灿烂，照耀着天下万物。先帝生前对龙体极为保爱，即使是服用太医院的一小剂药，都要反复与内阁辅臣商榷，生怕出了差错。怎肯轻信方士王金的只言片语，随意草率地吞服丹药？可是，就这样一个千古罕见的圣君，竟然被污蔑为死于非命，不得正终！如果妄言先帝是被王金所害，皇天后土在上，实所共愤！何况先帝与皇上，父子之间，同为一体。假如诬蔑先帝死于非命，那又将置皇上于何地？臣近来每每想起，心中惶惧，惴惴不安，流涕不已，以至彻夜难眠。今天臣如果不说，那还有谁会对皇上说呢？今天如不澄清，臣恐怕世人以讹传讹，信以为真，更可怕的是流传千秋万代。让先帝在九天之上蒙受不白之冤，在人世间留下不美之名！如此，臣等怎能安心苟活于世？臣宁愿舍弃了这条命，也要为先帝昭雪，尽臣子的微薄忠义！"话毕，高拱双手蒙面号啕大哭，其情甚是悲切。

一席话让隆庆皇帝也是长叹不已，眼角也是挂着泪花，伸手轻抚高拱的后背。李春芳跟张居正两人听了则是脸色遽变，终于明白了，高拱如此一番苦心设局，其意在将火引向徐阶，必置徐阶于死地。

张居正惶恐不安地回忆起嘉靖四十五年十二月十四日深夜，徐阶把他秘密唤到乾清宫的侧室。

"一定要让这个颠倒的世界重新扭转过来！"在暗淡的烛光之下，徐阶沉重而又低沉的话语中，透漏出无比的坚毅。

"让大明帝国重新焕发出它的青春，这也是学生多少年来梦寐以求的理想。从江陵到京城，不知几万里，学生一步一步地挪过来，还不是为了把这个王朝从沉沦之中拯救出来吗？"张居正毫不犹豫地说道。

徐阶满意地点点头："如今，大明就在我们的手里。能否托起它的灿烂明天，就在今夜，就在你我之间。"

徐阶说得轻松自如，张居正却陷入无限的恐惧。

徐阶淡然一笑："老朽从你的目光中看出了内心的恐惧，无论我们的结局如何，这件事一定要做。"

张居正壮起胆子："徐先生尽管吩咐，张居正万死不辞！大不了像商鞅那样五牛分尸，死于非命！"

徐阶点点头："只要是为了这个国家，为了天下的苍生，就是化为灰烬飞散四方，尸骨荡然无存，那又如何？"

张居正不再说话，直愣愣地盯着徐阶，等待着徐阶发话。

"皇上突然驾崩，并无任何遗言。我们需要一个遗诏，才能匡扶起这个几欲倾倒的国家。"

张居正顿时明白了，问道："遗诏中要有哪些话语？"

"反省罪己、释放忠臣、惩处术士。特别是王金、陶世恩、陶仿等人，妄进丹药，害死皇上，断断不可轻饶。"

"王金等人进丹药害死皇上？"张居正吓了一大跳，"罪证是否确凿？"

徐阶涨红了脸，在跳跃的烛火之下尤其显得通红："现在不是证据确凿不确凿的问题。皇上沉溺于丹药、斋醮，难道不是受到这些无耻之徒的蛊惑吗？我们别无选择，只有不择手段，将这伙荒谬的牛鼻子老道彻底打尽，才能彰显皇上的过错，才能将这个惨痛的教训留给大明帝国的后世之君。"

张居正拱手："学生明白，马上动笔！"

那是一个惊心动魄之夜，震撼之夜，像一个幽灵时刻缠绕着张居正。现在高拱旧事重提，张居正愈想心中愈是战栗，不由得汗流浃背。他偷偷瞄了一眼隆庆皇帝，只见他脸上微露怒颜，心中大叫不好，高拱已经把皇上的心紧紧揪住了。下一步，高拱必定是把徐阶送上刀口。

果然听见隆庆皇帝朗声说道："先帝贤明睿智，皇天眷命，故能享国四十五载，国势昌盛，寿考正终，自三皇五帝以来，鲜有媲美的。正如高爱卿所言，先帝又怎么会轻信那些术士的荒谬之语，妄服丹药呢？朕现在想明白了，其中必有受人所诬的隐情。首辅大人，你说是吗？"

隆庆皇帝转眼盯着李春芳，李春芳如同触电一般，迅速低头，弱声应道："老臣想也是如此！"

"那还等什么？传朕旨意，令高拱为主审官，跟李爱卿、赵爱卿、张爱卿、葛爱卿一同严审王金等人，务必给朕弄个水落石出！如确系有人诬蔑我皇考，无论是谁，朕定会严惩不贷！"

李春芳、张居正等人异口同声："臣等领旨！"

只见高拱面露微喜，眼角的泪花早已不知去向。离开了乾清宫，高拱昂首趾高气扬而去。李春芳垂头丧气，一语不发，跟张居正寥寥几句道别之后，径自离开。刑部尚书葛守礼连一句话别也顾不上，急急忙忙就坐上轿子赶往刑部署衙。

都察院、大理寺、刑部三法司的署衙紧紧相毗邻，跟其他的部院不同，并不在承天门外，而是位于西边的阜财坊内。

赵贞吉一只脚正欲迈上轿子，从背后传来叫声："大洲兄慢走，张某有话要说！"赵贞吉转过脸去，只见张居正向他挥手，小跑过来。

"呵呵，太岳老弟！今儿怎么想跟我说起话来！"赵贞吉咧开大嘴，露出上下两排整齐的牙齿，豪爽笑开来。

"敢问大洲兄，要去哪里？"

"皇上不是严旨令下，让我等会鞫方士王金吗？我既已掌理都察院，当然是去都察院，准备跟葛尚书一道商讨会审的事。"赵贞吉向来不喜张居正的城府极深，高深莫测，所以话不投机，寥寥几句之后又是转过头去。

"哼哼，难道大洲老兄真的要跟高拱一道，把王金丹药案刨根问底吗？"张居正冷冷一笑。

赵贞吉猛然一惊，质问道："张太岳为何口出此言？"

张居正暗道，事已至此，何不直接挑明，或许可以挽救徐阶，当然也是挽救自己。

"朝中百官谁人不知，高拱对丹药案穷追猛打，其意在一石二鸟。"张居正的双眼就像拔出刀鞘的利刃，闪着寒光，冷冷相逼，一下子让赵贞吉招架不住。

赵贞吉这辈子可以说并未畏惧过任何人，即使是像严嵩那样威赫一时的权臣，赵贞吉也能淡定地跟他目光相接。但是现在赵贞吉看到的是两道深邃犀利的目光，就像是从地府里射出来一般，仿佛要把他的魂魄勾走。

于是，赵贞吉的身子不由自主地颤抖了一下，有些磕巴了："什么叫一石二鸟？"

张居正只说了八个字："公报私仇，杀鸡儆猴。"

这八个字仿佛一把尖刀血淋淋地插在心窝上，赵贞吉咬牙切齿，恨恨地骂道："高拱可恶，老朽被你当猴子耍了！"说罢，再也不理张居正了，扭身一个大步跨上轿子。

轿夫说道："老爷请坐好，去都察院有一段路程的！"

赵贞吉探出头来，口沫横飞，厉声呵斥："狗奴才，谁说要去都察院？马上打道回府！"

3. 大闹乾清宫

三天之后，乾清宫内。

五位大臣，李春芳、高拱、张居正、赵贞吉、葛守礼，依次站立排开，表情各异，或忧心忡忡，或得意春风，或深思不语，或坦然而立，任凭隆庆皇帝走过他们面前，一遍又一遍地扫视着。

隆庆皇帝凝视着张居正，张居正神采奕奕，卓然独秀。紧接着，隆庆皇帝缓缓走到高拱面前，问道："高爱卿，尔等会鞫王金，结果如何？"

高拱恭恭敬敬地回答："启禀皇上，臣等会同总督东厂掌御马监事冯保以及府部大臣、科道官在承天门外，轮番审讯了王金等人两天两夜，嘉靖四十五年丹药案业已落得水落石出。刑部尚书葛守礼作为书记官，已将详情记录在案。"

高拱话还没有说完，站在一旁的葛守礼就呈递上一大沓厚厚的文案。隆庆皇帝厌烦地将其甩在一边，散得满桌都是，骂道："皇考蒙受不白之冤，朕心忧戚，难道你要让朕耐住性子，像喝茶似的细细品尝其中的滋味吗？"

吓得葛守礼脸色瞬间煞白，赶紧跪下磕头："请皇上责臣无知之罪！"

隆庆皇帝没好气地说："还不快起身，拣紧要的上奏吧。"

葛守礼像从悬崖边捡回一条命似的，骨碌一下起身，奏道："会鞫了两天两夜，臣等打开大内档案，仔细翻阅《嘉靖皇帝起居注》《世宗实录》以及宫中太医的日记，臣等并未查阅到王金、陶世恩等方士妄进丹药的记载。先帝驾崩，亦跟王金、陶世恩等毫不相干。"

隆庆皇帝如释重负，微展笑颜："呵呵，朕的皇考乃是千古有福之君，睿智非凡，怎么会受到那些民间术士的蛊惑呢？传旨下去，如今真相大白，宜付史馆记录，垂示万世，还朕皇考一个清白。王金等人既然没有弑君弑父之罪，那就按照大明律法，另行改判！"

高拱双膝跪下，两手伏地："皇上英明睿达，令臣等万分感佩！臣以为，王金等人死罪可免，活罪难逃。按大明律法，应该流放戍边，永世不得录用。此外，臣乞求皇上下一道圣旨，让朝中大臣好好反省自己，竟然有人做出欺谤先帝，假托诏旨的胆大妄为之事，自大明立国以来，还未有此恶例。可是朝中大臣却置若罔闻，竟无一人挺身而出，伸张正义，鞭笞不法。实在是可悲可叹！"

此话一出，李春芳、张居正等人皆大惊失色，欺谤先帝，假托诏旨，罪在不赦。高拱已经把锋锐的矛头直指徐阶了。一旦隆庆皇帝追究下来，徐阶在劫难逃。

张居正紧紧捏了一把汗，一颗心像小兔子似的蹦蹦乱窜。正在焦急之际，隆庆皇帝说话了："众爱卿意下如何？"

张居正频频地朝赵贞吉投去眼色，赵贞吉会意了，他指着高拱责问："外间传闻，说王金的家人连日来不断地向中玄老弟送黄金，送白银。老朽且问你，你到底收了多少贿赂？"

张居正差点儿扑哧一声笑出口，妙啊赵贞吉，就凭你短短一句话，彻底扭转了整个形势，让高拱数十个日日夜夜的心血化为乌有，欲哭无泪，死活都不得。

犹如晴天打了一个霹雳，隆庆皇帝大为震惊。高拱更是突遭五雷轰顶，愕然不知所措。一种被出卖的奇耻大辱油然而生，他痴痴地怒视着赵贞吉，欲辩无言，欲怒无火，一时间羞恨交集，只觉得心口一痛，肚子里翻山倒海，鲜血直涌上喉咙。

高拱再也憋不住愤恨，不顾这是在乾清宫——当今皇帝的起居室，忽地起身，涨红了脸，破口大骂："你这无耻的混账老东西！你，你——竟敢侮蔑本大学士！"

那赵贞吉也是趾高气扬之人，生性刚烈，平生未尝屈服于任何人。现在听到高拱当着皇帝和众人的面辱骂他，只觉得有无数的锣钹在耳边胡乱地敲击着，赵贞吉的脑袋瞬间膨胀，一把无名火熊熊燃起，吞噬着理性与淡定，再也无法自持，于是像一只跳跃的猿猴直冲高拱而去，吼叫道："高大胡子，你别太嚣张你呀！你一回到京城，就肆意妄为，逼死欧阳一敬，弄得整个朝廷物情汹汹，人人自危。人们恨不得把你整个撕裂了生吃！"

高拱热血直涌顶门，眼前一片通红，他早已忘却了此身就在乾清宫，隆庆皇帝就在一旁。只见到面前仅有一个凶横如同恶煞的赵贞吉，正虎杀杀地朝自己冲来。高拱再也顾不上什么了，卷起袖子，站开脚步，准备跟赵贞吉肉搏。

太监陈洪吓得大跳起来，咿呀不得了，两人要在乾清宫内打起架来，赶紧奔过去，死命牢牢地抱住赵贞吉，要把他扯回去。孰料赵贞吉虽已年过花甲，力气却不输给年轻人。陈洪毕竟只是半个男人，只一推就被赵贞吉推出了好几步，趔趔趄趄，几欲摔倒。

"放肆！"隆庆皇帝早已按捺不住心中的怒火，额头青筋暴跳，"要在朕面前胡闹吗？朕的脸丢大了，传扬出去，朕还是一国之君吗？"

高拱和赵贞吉两人这才从如同千里之外的梦中惊醒，吓得浑身冒汗，"扑通"两声跪地磕头："臣等冒犯龙威，请皇上降罪！"

隆庆皇帝满脸疲惫，挥了挥手："都给朕平身吧，去，各向户部缴罚三个月的俸禄，拯济灾民！回家好好反省反省自己的过失吧！"

张居正、李春芳等正欲再说些什么，隆庆皇帝摇摇头："尔等都退出宫吧，朕愧为一国之君，愧为一家之长！朕累了！"

高拱、赵贞吉两人各自恨恨地怒视着对方，跟着李春芳、张居正等人悻悻走出乾清宫。

隆庆皇帝坐在卧榻床沿，轻轻地喘着气，陈洪赶紧过来捶背。隆庆皇帝有点伤心地问陈洪："你说说，朕的股肱大臣打成一片，朕像个一国之君吗？"

"皇上宽宏大量，孝悌仁慈，奴才不敢胡言乱语！"陈洪垂泪答道。

隆庆皇帝逼视着陈洪："王金丹药一案，你是怎么看？直言直吐，朕赦你无罪！"

陈洪脸上一片惶恐："恕奴才直言，高拱大人秉公办案，并无个人恩怨。赵贞吉所言高拱大人收取王金家人的贿赂，恐非属实。"

"哦？"隆庆皇帝紧接着又问，"那你的意思是说徐阶欺谤皇考，伪造圣旨吗？"

陈洪身子一晃，跪倒在地："奴才，奴才并没有这个意思！请皇上恕罪！"

隆庆皇帝显得异常沉重："说徐阶诬告了王金，朕不敢断言。说高拱收取了贿赂，朕也不敢断言。"

陈洪扑闪着双眼，一点儿也听不明白隆庆皇帝的话中话。正欲开口问，隆庆皇帝仿佛读懂了陈洪的意思："有些事只能做，不能说。好了，这些朝中大事你别烦了。朕累啊，前日孟冲从金陵带来的四个江南女子如今安在？"

陈洪略一思索："储秀宫吧！"

隆庆皇帝苍白的脸上露出渴盼，如同大炎热天赶路的行人看到远方有一处清泉，迫不及待地道："传令下去，朕今日偶感风寒，身子不适，要停朝十余天。传朕口谕，着令高拱跟赵贞吉考查科道诸臣，务必从严。"

陈洪不敢迟疑："奴才遵命！"

自从在乾清宫跟赵贞吉大闹一场之后，高拱回到府内就一直快快不乐，每每提起赵贞吉三个字，就恨得牙痒痒。又听得陈洪传旨下来，停朝十余日，而此时俺答汗业已归附，边关烽火不起，蒙汉两族往来络绎不绝，一片安宁。边警不至，朝中一时无事。高拱心中郁闷难解，故而偶到吏部署衙坐坐，极少到内阁视事。此外整日里就是深藏府内，每日跟门人刑科给事中韩楫、礼科给事中程文、吏科给事中宋之韩、吏科给事中涂梦桂等饮茶吃酒。

赵贞吉却没有那个雅兴，一整天从早到晚，不是在内阁里值日，就是往都察院跑，仿佛他成了大明帝国最忙碌的一个人。而张居正依旧是稳坐钓鱼台，每日不动声色地坐在内阁中，偶尔跟忧心忡忡的李春芳说个话。内阁里倒也相安无事，平静得如同一潭死水。朝中大臣也是各忙各的，整个皇城就像一个庞大的机器，有条不紊地运转着。

在后宫中夜夜笙歌的日子里，正值壮年的隆庆皇帝抛弃了尘世间的一切烦恼，尽情地声色玩乐。每当夜幕一降临，后宫六院亮如白昼，通宵达旦，歌乐缭绕。

高拱的府内，却是一阵紧锣密鼓。高拱、韩楫、程文、宋之韩、涂梦桂几个脑袋凑在一起，眼神里均充满了难以猜测的阴沉。

程文紧握拳头，满脸横肉："一定要把赵贞吉赶回内江老家，才能在朝中立住脚跟。"

宋之韩凑过去："拔除了赵贞吉这个铁钉子，李春芳这块大木头随时就可以搬走的！"

高拱沉吟片刻，说道："自掌理吏部一年以来，四品以下的官员大都系出本大学士门下。如今本大学士是一呼百应，就是被赵贞吉这个老家伙绊住了脚，实在可恶！"

韩楫恨恨地说："高大人，我们应该加紧步伐了！赵老头趁着皇上不理朝政的这段日子，借考查为名，已经罢免了二十七人，其中绝大多数是我们的人马。"

高拱正喝茶着，听到这话，愤愤地把茶杯搁在桌上，"啪"的一声茶杯倾倒，流了满桌的茶水。他浓黑的大胡子一耸，眉眼挤成一条线，从牙缝里迸出一句话："赵贞吉，就是到了阎王殿，高某也要跟你拼个死活！"

此时的内阁里显得冷冷清清，只有张居正和李春芳二人正襟危坐。李春芳不断地长吁短叹："唉——皇上越来越沉溺酒色了！朝政已经荒废十三天，还没有圣旨下来！"

张居正也是紧皱眉头："高拱跟赵贞吉两人暗战不断，互拔树桩，渐成党争之势，实在堪忧。如此以往，恐怕国将不国，整个帝国又将沉沦下去！首辅大人该出手时就出手！"

"老朽是废物一个，无能为力啊！"李春芳不禁潸然泪下，"太岳先生正值年富力壮，国家的重任就落在你的肩上！老朽现在只想'采菊东篱下，悠然见南山'！"

张居正凝思不言，良久才喃喃自语："皇上，快快上朝吧！朝廷不可一日无主！"

4. 驱魔者传奇

张居正盼啊盼，终于盼来了十一月二十一日。

隆庆皇帝像多日找不到猎物的饥饿野兽，萎靡不振地瘫坐皇极殿之上，双眼黯淡无神，早已失去了昔日的光泽。面容憔悴，如同冬天的枯树皮一般。短短十几天的酒色淫靡日子，恍惚如隔世，早已把隆庆皇帝折磨成一个疲惫不堪、面无任何表情的木头人。

大臣们看得无不黯然神伤，乃至暗自垂泪。李春芳早已低下头，不忍看到眼前的惨相。

一阵哗啦啦的"万岁万岁万万岁"之后，皇极殿就陷入了沉寂之中。

隆庆皇帝"嘿嘿"直笑道："怎么啦，列位臣工？俗话说一日不见，如隔三秋。果然呐，这才不过半个月的时间，你们就像二十年没见过朕似的。"

"呵呵呵！"大殿之上传来了一片笑声，一位大臣叫道："微臣一日不见圣容，微臣就寝食不安。今日见到皇上，欢喜的就如发春的母猫，禁不住喵呜喵呜乱跳。"

隆庆皇帝骂道："亏你还是个翰林学士，怎么说话跟乡巴佬一样粗俗？再不闭上那张臭嘴，朕罚你去乾清宫刷马桶！"

群臣"轰"的一声爆出满堂的笑声，隆庆皇帝也是抚着肚子开怀大笑。

笑声确实是冲破隔阂最有效的武器。皇极殿沉闷的氛围立即被打破，就连心事重重的李春芳也是欣慰满腹。

"皇上乃万金之躯，日理万机。老朽殷切希望皇上龙体康健，以大明的江山稳固为重，以天下苍生的福祉为念。"李春芳饱含热泪说道。

"朕知晓的！"一提到龙体，隆庆皇帝生怕群臣又扯到后宫之事，于是，赶紧转移话题，"自俺答汗归附以来，朕心中大安，北方的心腹大疾，终于革除了。马上又要封贡俺答汗了，大明开国两百年来，边疆还未像今天这么安定过！朕要感谢张居正、高拱，宣大总督王崇古、大同巡抚方逢时，啊，还有边关的无数将士们！朕要大行封赏，以告天下！"

赵贞吉听到隆庆皇帝没有提到自己的名字，心里酸溜溜的。眯眼瞧见高拱在一旁翘着胡子，趾高气扬，又想起乾清宫两人差点儿斗殴，心里就憋着一股出不完的恶气。

"皇上，虽无远忧，必有近患。大明之患，不在于边疆，而在于朝廷，就在皇上身边！"赵贞吉豁出去了，今天就跟高拱一决生死。

"哦，看来赵爱卿挺有忧患意识的！"隆庆皇帝颇为不悦，"你就给列位臣工说说，朝廷上是怎么个忧患？朕的身边又有哪些忧患？"

赵贞吉正欲作答，大殿里响起了一个脆亮的声音："启禀皇上，高拱徇私枉法，刻意为罪犯王金等人翻案，现在已经弄得人心怨恨，百姓不安！"

张居正心中一凛，谁有这么大胆点名指斥高拱？一看是吏科给事中赵奋，此人向来亲近赵贞吉。张居正心中叹道，冤家宜结不宜解，高拱和赵贞吉终于把战火引到皇极殿来了。

"讲！"隆庆皇帝板着脸。他平生最痛恨的是把一件事做的没完没了。本以为王金丹药案搪塞一下就算完了，从此将远离这个麻烦。没想到现在赵奋旧事重提，让隆庆皇帝心头蒙上一层阴云。

赵奋摇晃着身子，走到前列，奏道："世宗皇帝寿终正寝，固然跟术士王金的丹药扯不上关系。但是，王金等人痴迷于歪门邪道，专以符箓咒语来欺惑先帝。按大明律法，亦当处斩。可是高拱却指使刑部尚书葛守礼等，打着替先帝昭雪的旗号，让罪徒王金逃得一死。不杀王金，何以振朝纲，谢天下？小臣斗胆叩请皇上，立斩王金！"

赵贞吉点点头："老臣附议！王金罪不可赦！"

李春芳仰起头，张居正不动色，高拱瞪大眼。底下的大臣们窃窃私语，隆庆皇帝却脸色难看，不时惶顾左右。

刑部尚书葛守礼怒气冲冲地责问："嘉靖四十五年丹药案，已证明王金并未犯下弑君弑父之罪，只能算是从犯，宜应宽宥发落。本尚书等并无徇私枉法，依律判个永戍流边。赵奋，你说说，本尚书错在哪里？"

高拱死死盯着赵奋，看他如何回答。赵奋却不慌不忙，哈哈大笑："不错，毕竟是刑部尚书，深谙大明律法。罪行有主犯、从犯。主犯当重罚，从犯当轻罚。请问葛尚书，王金等人为从犯，那么主犯在哪里呢？葛尚书揪出来吧，一并判处。"

这个葛守礼也真是见不得大场面，被赵奋这么突然地一问给搞得面色发紫，语塞不能言，呆在一旁张口"啊啊"几声，脑子一片混乱，只得胡诌："主犯者，陶仲文也！"

此言一出，大殿之上嘘声一片，隆庆皇帝也是一脸的无语之相。高拱郁闷的差点儿晕过去，你个葛守礼真是成不了大事，简直就是猪队友啊，这明摆着的徐阶你不说，你瞎扯个死人陶仲文有个什么用？

这陶仲文就是同王金一道被惩处的陶世恩的父亲。在嘉靖时代，谈起陶仲文，妇孺无不知的。陶仲文原名典真，湖北黄冈人。据说在少年时曾经跟罗田的道士万玉山学过符咒驱鬼的法术。在那个时代，嘉靖皇帝崇信鬼神，所以只要你懂得驱鬼的入门法术，你就很有市场。陶仲文在湖北老家驱鬼，威名赫赫。后来他听说在京城有一个叫邵元节的大法师，深得嘉靖皇帝的宠爱，被授予礼部尚书，赐一品文官服。陶仲文羡慕得眼珠子都要掉地上了，于是官职任满之后，干脆就不做官了。千里迢迢来到京城，依附了邵元节，时常也跟着邵元节混进皇宫驱鬼。

在皇宫里驱鬼那种架势远非民间所能媲美的，陶仲文发誓，一定要超过邵元节，成为大明最为显赫的大法师。机遇终于来了，嘉靖十七年，皇宫里谣传出现了形同犬类、专吃人肉的妖怪——黑眚。闹得皇宫内人心惶惶，嘉靖皇帝也是夜不敢寐，赶紧请来邵元节作法驱妖。

可是这时候邵元节已经年近八十，快登鬼域了。所以鬼怪根本就不理会邵元节的老一套法术，黑眚依然横行皇宫，宫女们连晚上小解也不敢起来。正当嘉靖皇帝为此惊恐万分的时候，陶仲文毛遂自荐，只见他口中念念有词，木剑点火，符纸升空。人们屏住气息，仿佛听到一阵阵鬼怪犀利的惨叫声，黑眚从此无影无踪了。

嘉靖皇帝龙颜大喜，对这个新生代的驱鬼大法师宠爱有加。而邵元节驱鬼不成，羞愤难忍之下，油尽灯竭，冥然而逝。从此，陶仲文踏上了二十年的青云路，授封的官爵如芝麻开花节节高。嘉靖十九年进封礼部尚书。四年之后，加授少师，仍兼少傅、少保。一人兼领三孤，这在整个大明历史上只有陶仲文获此殊荣。父荣子贵，连他的儿子陶世恩也被授予尚宝丞。嘉靖皇帝甚至尊称为师，特进光禄大夫柱国，兼支大学士俸。到了嘉靖二十九年，更是位极人臣，封恭诚伯，年俸二千石。嘉靖三十九年陶仲文死后，追谥荣康惠肃。

出来混，迟早都要还的。隆庆皇帝一即位，徐阶就将陶仲文的秩谥一笔削夺，并将他的儿子陶世恩和王金等六人打入死牢。

现在葛守礼为了搪塞赵奋的质问，信口开河，把已死去十年的陶仲文揪出来。高拱恨恨地跺脚，大骂道："真是一条糊涂虫！"

赵奋乐呵呵地问："那葛守礼葛大人现在是只要主犯一死，那就可以替从犯翻案了吗？"

葛守礼为之气夺，脸色涨成猪肝色，再也不敢乱语了。

赵贞吉看到赵奋把葛守礼逼到墙角去，自己的形势一片大好，不由得心花怒放，于是理直气壮地说："老臣乞求皇上将王金等人依律正法，以告慰先帝的在天之灵！"

隆庆皇帝面带难色，支支吾吾："列位臣工，尔等意下如何？"

都察院、六科那些言官唯赵贞吉马首是瞻，异口同声，很有气势地响成一片："微臣等乞求皇上重判此案，将王金等人问斩！"

隆庆皇帝把目光投向张居正，张居正凝住气息，沉思不语。皇帝又把目光投向李春芳，李春芳显得很干脆："老朽附议！"

此时的高拱不动声色，并无任何自乱阵脚的迹象。张居正暗想，如今的高拱可不是当初的吴下阿蒙，处事一向有备无患，莫非今天高拱早已成竹在胸？

突见高拱身后的韩楫、程文、宋之韩三人互使眼色，甚至暗打手语。韩楫轻轻地点了点头，张居正心下大叫：不好，高拱要反扑了。

果然韩楫挺胸收腹，迈出几步，朗声叫道："皇上，微臣今天要弹劾文渊阁大学士、掌都察院事赵贞吉。"

皇极殿里立即鸦雀无声，所有的人都呼吸加速，因为大家都知道，一场精彩大戏即将开演。隆庆皇帝"哦"了一声，表示有点惊讶。李春芳抬起头，眼神茫然无知，他不清楚，为什么每次朝会，都成了争权夺势、尔虞我诈，一个没有硝烟却远比血肉横飞、头颅乱滚更加残酷的战场。

张居正却一点儿也不意外，人生，就是一个无穷无尽的战场。政治，就是一场永无休止的战争。勇士们在刀枪火光中体现出悲壮的价值，而政治家们就是在钩心斗角中显示出残忍的人性。无论是人生还是政治，如果勇往直前，那么你至少还有胜利的可能。但是，一旦选择了退却，你必将难逃失败的厄运。

"心外无物"四个字不时地在脑海中闪烁，张居正决定选择旁观。

只见韩楫清了一下嗓子，这是决斗之前的准备。

"皇上，微臣弹劾赵贞吉庸、横，乞求皇上罢免了赵贞吉！"

赵贞吉横眉怒视："你——"

隆庆皇帝一个字一个字缓缓说道："韩楫，你说赵贞吉庸在哪里？横在哪里？"

"赵贞吉已过花甲，早该回去颐养天年。吾皇仁慈，委以重用，召他入阁，兼掌理都察院，肩负考查科道言官重任，可说位极人臣。赵贞吉风烛残年之时，有幸获得吾皇的赏识，理应感恩佩德、肝脑涂地，以报皇上之殊遇。可赵贞吉此人，生性刚横，贪恋权位，处处用强。朝议政见稍稍与自己不合，赵贞吉就妄自非议，指斥朝政。暗地里结党谋私，只要稍微与自己有故旧，甚至请过自己吃一碗粥、喝一杯茶水的，无论亲友、聪愚，赵贞吉都要引以为官。自掌理都察院以来，赵贞吉以考查为由，排斥异己。至于那些得罪过他的，哪怕只是无心的一句话，赵贞吉也是耿耿于怀，大加筹划。如此庸横之人，焉能窃居高位？微臣乞求皇上立即将赵贞吉罢职，以整饬朝政。"

赵贞吉气得浑身发抖，指着韩楫，胸口憋闷一时说不出别的话，一直跺脚："你！血口喷人你啊！"

韩楫把双眼睁得浑圆："我血口喷人？在皇上偶染小疾的十来天里，你一口气罢免了二十七个人的官职。哪一个不是刚正不阿之人？哪一个不是你的眼中钉、肉中刺？赵大学士，你倒说说啊！"

赵贞吉眼睛翻白，几乎就要昏厥过去。满腹委屈，无处诉说，只觉得双膝酸软，瞬间跪下，伏地痛哭："皇上明察啊，那韩楫歪理谬论，污蔑老朽庸横。老朽既然庸愚，又怎能专横？专横，岂是一个庸愚之徒所能做出来的？分明胡言乱语，要置老朽于死地啊！"说完，哀号不已。

这赵贞吉不哭倒好，一哭让隆庆皇帝心中顿生烦恼。徐阶、郭朴，现在又是赵贞吉，这些两鬓苍苍的老头子，倚老卖老，动不动就拿眼泪来威胁朕。朕又不是五岁小孩，说哄就哄。这些老头子看似悲戚戚的泪花中，隐藏着多少的狡诈和荒唐。隆庆皇帝不知怎么的，突然间想到了被赶出坤宁宫的陈皇后，不由得心生厌恶。哭哭哭，朕现在就狠下心来让你们哭！

想到这里，隆庆皇帝冷冰冰地说道："赵爱卿，你平身！"

张居正身子一抖，感到一股冷飕飕的寒气袭面而来。

5 人生只有权难忘

隆庆皇帝的口气坚硬得像一块花岗岩，丝毫没有半点儿怜悯，这让赵贞吉倍感意外的痛心和难堪。原本以为皇帝一向对自己宠爱有加，用心多挤点儿眼泪，总可以击中隆庆皇帝那颗脆弱的心。即使没办法把他拉到自己这一边，但至少可以让隆庆皇帝在高拱和自己之间选择中立。

不过赵贞吉万万没有想到隆庆皇帝会一反常态，根本就不给他继续对抗下去的勇气。赵贞吉越想越是感到心口一阵痛，皇上，你醒醒吧！先前对老朽那番眷恋和拳拳师生情谊都跑到哪里去了？

泪眼模糊，赵贞吉仿佛看到高拱那副幸灾乐祸的可恨表情，赵贞吉心如刀割，绝望、冤屈，甚至悲怆，就像潮水般涌过来。人世反复，眼前只有一片迷茫，这一回真的是心碎了。哼，高拱，你别太得意了。老朽今天跟你同归于尽，老朽下地狱，你也得陪着。

"皇上当初让老臣兼掌都察院时，老臣不敢有半句推脱之辞，并非老臣贪恋富贵。而是老臣心中担忧，皇上以内阁近臣高拱，兼入吏部，违背了阁臣只能参密、不许外兼的原则。可高拱兼掌吏部之后，权势大炽，虽无宰相之名，实拥宰相位高权重之实。就是汉贼曹操，亦不过如此。洪武十三年，太祖皇帝诛杀胡惟庸，废止丞相，革除中书省，其意在防止大臣专横擅权。可如今那高拱党羽门生，遍及朝廷的每一个角落。刑科给事中韩楫，就是高拱的心腹羽翼。自隆庆三年十二月召还高拱，坏乱选法，纵肆大恶，人所共见。真正称得上专横的，恐怕只有高拱能有此荣。至于老臣，能戴上庸愚的大帽子，老臣就心满意足了！再幼弱的雏鹰，一旦羽翼丰满，它定会横飞于空而不可制。皇上，一定要体谅老臣的苦心，如此老臣死也无憾！"

赵贞吉涕泗交加，每说完一句话，都要抬起衣襟擦拭，仿佛每一字都是发自内心最深层的肺腑之言。每一句话又像无情的长鞭子，狠狠地抽打着高拱。高拱面如土色，哑然不语，又听得赵贞吉把自己比作曹操，不由得羞愤难忍，心中咒骂："用心歹毒如此，高某恨不得把你千刀万剐！"正欲发作，又想起先前失性大闹乾清宫，乱了臣子之道。于是强忍着：君子报仇，十年不晚，赵贞吉败亡在即，何必跟他计较长短。

皇极殿内又归于沉闷，如同空气被挤压成一块巨石，压得每一个人的脸都变了形状。无数只眼睛盯着隆庆皇帝，皇帝很不自在，坐在龙椅之上就像坐在千百根针上，扎得屁股疼痛难忍。他朝着太监孟冲可怜兮兮地看了一眼，孟冲立即明白，扯破尖尖的喉咙，凄厉地叫道："皇上有旨，圣体欠安，有事明天再奏。退朝——"

山呼万岁之后，大臣们很快就作鸟兽散。

"皇上——"赵贞吉痛声大喊，"老臣死罪啊！"仍跪地不起，张居正走过去，一手将他拉起来："皇上已经走远了！"

"老臣不甘心——"赵贞吉挣脱张居正的搀扶，眼角尚挂着泪珠。

隆庆皇帝回到乾清宫，脸上乌云密布，太监孟冲小心翼翼地跟随其后，仿佛面前的皇帝就是一块脆弱易碎的玻璃。

"皇上，奴才挑选的那几个姑娘可中意吗？要是不入眼，奴才再去江南走一遭。"孟冲心知隆庆皇帝有此癖好，见他闷闷不乐，所以以此来开导。

果然隆庆皇帝脸上霁云略开，心儿立即飞到了储秀宫的那四名金陵少女身边。

"江南的女子小巧玲珑，不类北方女人粗犷。有她们陪伴，朕可以开开心心地过一辈子。但是，即使美玉亦有瑕疵，朕、朕——"毕竟是床帏之事，隆庆皇帝难以启口。

孟冲奇了："莫非她们服侍得不周？"

"非也！江南女子爱吃醋，朕虽值壮年，但也是心有余而力不足。"

这等人事孟冲岂能不懂？孟冲走近隆庆皇帝，神秘兮兮地说："奴才有一法，可让皇上尽心！"

"不会是邵元节、陶仲文献给先帝的红铅丸？朕是断断不会服用那些臭道士的丹药的。"

孟冲嘿嘿笑道："红铅丸荒诞不经，甚至有害于龙体。民间还有一术，称之为秋石童遗法。其法甚为灵验，皇上何不一试？"

隆庆皇帝白了他一眼："你一个太监，怎么懂得这么多？"

孟冲又是一笑："这是奴才专为皇上打听而来的！"

"哦，这么说孟内官还真是朕的贴心人！"

"奴才打娘胎出来就是为皇上而活的。"孟冲自豪地说。

隆庆皇帝正要说些什么，门外传来陈洪的声音："皇上，内阁大学士赵贞吉呈上奏疏，要皇上御览。"隆庆皇帝一挥手，孟冲赶紧退后。

又是这个麻烦的赵贞吉，隆庆皇帝有气无力地说："送上来吧！"

陈洪急匆匆地进入乾清宫，捧上赵贞吉的奏疏。

"念！"隆庆皇帝若无其事地坐下来，闭目养神。

陈洪朗声读毕赵贞吉的奏疏，隆庆皇帝仍是合着双眼，一副悠闲的神态。陈洪以为是睡着了，轻声唤道："皇上，皇上！"

"朕听着哩！你把最后一句再给朕重念一遍！"隆庆皇帝忽地睁开眼，似乎想到了什么事。

"臣放归之后，乞求皇上令高拱复还内阁，勿让他久专大权，以树众党，使后来奸臣欲盗威权，以谋一己之私者，不得援此为例！"

隆庆皇帝感叹道："赵贞吉，大明难得的忠臣哪！"

陈洪道："高拱、赵贞吉二人都是国家之栋梁，内阁之台柱，伏望皇上三思！"

"朕岂能不知，但是眼见高、赵两人渐成党争之势，朕心里也隐隐不安。"

陈洪道："两人忠君爱国，如能调和，那就是国家之福！"

隆庆皇帝点了点头："朕知道！"

孟冲问道："这么说，皇上是不放赵贞吉归乡了？"

隆庆皇帝并不作答，转头命令陈洪："取纸笔来！"

此时的高拱府内，高拱脸色紧绷，似乎一点儿也不相信陈洪送来的讯息是真的。

韩楫显得无比的兴奋："这个糟老头早就应该回内江养老去了！赵贞吉一走，我等高枕无忧矣！"

宋之韩也是笑眯眯道："这回是皇上亲笔手谕令赵贞吉致仕，王金丹药案还是维持原判，不了了之。足见皇上对高大人是无比的尊宠！"

程文更是手舞足蹈："李春芳也该知难而退了！跟高大人为敌，断断没有好下场的！"

高拱却依然板着脸孔，不见任何喜悦，冷冷道："这时候就弹冠相庆，恐怕为时尚早吧！"

韩楫、宋之韩、程文三人不解地盯着高拱，高拱气愤地说："那厮跟皇上做了一笔交易，让他回家享乐，同时也让我退出吏部回到内阁去。哼哼，吃进容易吐出难，要高某摘下大冢宰这一顶大红帽子，那我宁可回到河南高老庄去牵驴。"

韩楫等三人紧咬牙关："对，坚决不交出吏部铨选大权。要是吏部沦陷易主，那我们又得看李春芳的脸色行事了。"

高拱猛地拍了一下坐椅："本大学士要主动出击，免得皇帝又抛白眼，到时又来一个手诏。"

韩楫等问："大人要去乾清宫？"

高拱紧握双手："此时觐见圣上，正好趁热打铁！"

轿子抬出高府，没多久就来到正阳门外。一路上高拱不断地掀开帘子，虽然时值隆冬，高拱却感到轿子里头无比闷热。

灰蒙蒙的天空又飘落下来鹅毛雪片，看得高拱心头郁闷，喝令道："停轿，本大学士要下去走走！"

迈出了轿子，高拱这才感到一阵寒，手掌心也冻得微痛。高拱搓了搓双手，叫道："冷啊！"没走几步，雪花越飘越大，落得高拱满身都是。

高拱跺跺脚，心想还是回头坐轿子吧。正欲转身，突然头上出现一顶灰白色的大伞，挡住了四处飘零的雪片。高拱一瞧，顿时脸上放晴，叫了起来："凤磬老弟，多日不见，可安好否？"

为高拱撑伞的那人是吏部右侍郎张四维，号凤磬。此人年仿张居正，四十有余。跟高拱共处吏部，两人如鱼得水，甚为投机。张四维出身于山西蒲州盐贾，其父亲张允龄外出经商，浪迹天涯。张四维的老舅子正是威震边关的宣大总督王崇古。俺答汗内附之时，张四维跟随其舅王崇古极力倡导封贡，深得高拱、张居正的赏识。加上王崇古手握重兵，张四维又干事精炼，高拱跟张居正都力图将他引为心腹，以作奥援。

而张四维也懂得"人往高处走，水往低处流"的道理，故而不时借机亲近高拱和张居正。这日正要上吏部署衙理事，不巧在正阳门外碰到高拱。

张四维满心欢喜，呵呵笑道："高大人这要去哪里？怎么舍弃了轿子独自步行呢？"

高拱答道："本大学士正欲去乾清宫面觐圣上，这下雪天风景独好，故而下轿走走，活络活络筋骨。"

又问道："最近老舅子可有书信从宣大寄来？"

张四维答道："前日刚刚给小弟寄来一个《宣大山西三镇图说》，说小弟早晚都要带兵出征的，嘱咐小弟好生研读，以备日后报效皇上！"

高拱忽然沉思不语了，这让张四维心生纳闷，于是问道："大人可否有事？"

高拱叹气道："我说凤磐老弟啊，带兵征战苦不堪言。老弟深通谋略，朝廷上才是你的英雄用武之地。"

张四维谦逊地作答："小弟才识疏浅，让高大人见笑了！"

高拱脸色显得很沉重："赵贞吉跟高某争执一事，老弟也是清楚这其中的缘由。高某恐怕不得不暂时离开吏部，专注于内阁的事务了。"

张四维道："高大人劳心碌力为国家，谁人不懂？小弟深为钦佩高大人的经天纬地之才，老舅也是时常训导小弟，要以高大人为楷模，忠君报国！"

高拱摇摇头："罢了，这些就不提了。吏部尚缺一个左侍郎，前日皇上询问过我，翻查百官档案，不得其人。凤磐老弟要是不嫌弃，可暂时做个吏部左侍郎。老弟意下如何？"

张四维简直傻了眼，没想到刚出门就碰到天大的好事，当即感激不尽，连声答谢："高大人栽培恩德，小弟今世莫忘！"

高拱说道："恐怕你这个吏部左侍郎是当不久的！"

张四维心里又是一个咯噔，莫非朝中有人对己不利？急忙问道："这又是为何？"

高拱"扑哧"一笑："凤磐老弟啊，看你急的！切记，凡事不可操之过急。高某就多次吃过亏！"

张四维连忙答道："大人教诲的是！"

高拱盯着他，又道："赵贞吉一去，内阁只有李石麓、张太岳和高某。但是高某兼掌吏部，难施分身之术！内阁尚缺一个啊！"

高拱看张四维的时候，一双眼睛散发出令人难以抵御的诱惑力。张四维只觉得浑身颤抖，可是不清楚是被冻得发抖，还是兴奋得发抖，眼里泛着水花，差点儿就要跪下来："大人恩比泰山，张某无以回报！"

第十四章

得陇望蜀

1. 忽悠也是一种艺术

别过张四维之后，高拱径直往乾清宫而去。不多时来到乾清门前，太监陈洪挡住去路，问道："中玄大人要觐见圣上吗？"

高拱苦笑着道："陈内官为何明知故问？我都到乾清宫门口了，高某来此不找皇上难道是为了找陈内官散散心的？"

陈洪忽地放低声调："皇上此时正忙着跟孟冲研究御女之术，恐怕无暇见大人。"

"哦？"高拱故作疑态，"看来孟冲现在是皇上身边的大红人了！"

一说到这，陈洪就不胜烦恼了。

明朝的宦官二十四衙门（十二监、四司、八局）中以司礼监为首，被誉为隐形的内阁。而司礼监掌印太监更是位高权重，掌理内外章奏及御前勘合，称之为首珰，也就是宦官的头目。自老太监滕祥死后，隆庆皇帝尚未确定首珰人选，于是宫内争夺首珰之位的斗争也是如火如荼，丝毫不亚于朝廷上的尔虞我诈、你死我活。

宫内有资格竞争首珰大位的有三个人，掌御马监的冯保、掌御用监的陈洪以及掌尚膳监的孟冲。

冯保在嘉靖时期就是司礼监秉笔太监，隆庆即位之后，升任钦差总督东厂官校办事，兼掌御马监事，也算是太监中的实力派人物，论资格、能力，冯保坐上首珰的宝座，那是意料之中的事。可在皇帝身边，凡事都有意外。有一回，冯保一不小心得罪了隆庆皇帝，以后皇帝一听到冯保的名字就大发雷霆。隆庆皇帝的态度也就宣布了冯保基本上跟首珰绝缘了，于是对首珰的争夺便成为陈洪与孟冲二人之间的较量，两人明争暗斗，不共戴天。

但是孟冲毕竟侍候过老太监滕祥多年，把他的阴狠老辣真正学到手。只要能博得隆庆皇帝一笑，孟冲就无所不用其极。献美女，献媚术，把一个好端端的年轻皇帝哄得不人不鬼、神魂颠倒。所以对孟冲来说，首珰之位已是触手可及。

这令陈洪焦虑不堪，不得不向外廷寻找援手。他首先把触须伸到内阁中去，李春芳、高拱、张居正，甚至赵贞吉，都成为陈洪积极拉拢的对象。

现在高拱提到孟冲，陈洪心中一阵不适。

高拱看透了陈洪的心思，毫不遮掩地说：“我为外廷之主，你为内宫之主，如何？”

陈洪惊得张开大嘴，轻揉一下自己的眼睛，确信没有听错刚才高拱说的话，激动得双脚一软，几乎就要跃跪下来：“只要能跟高大学士携手，再也没有什么可以让我恐惧的！”

高拱动情地拍了拍陈洪的肩膀，道：“走吧，一同进宫见皇上！”

乾清宫内，隆庆皇帝和孟冲二人正谈得欢乐，一听见外面报称：“大学士高拱见！”孟冲神色匆匆地向皇帝告辞：“奴才这就为皇上办去！”

走到门前，迎头撞上高拱和陈洪二人，孟冲嗤着鼻子，挑逗性地朝陈洪笑了笑而去。

“臣高拱叩见皇上！”

隆庆皇帝从桌上堆积如山的奏疏中挑起一封，心中就无限烦恼。这是陈洪刚送来的新任两广总督李迁千里急报：壮人贼首韦银豹袭杀昭平知县魏文端，攻破桂林府城，大掠布政司库，杀参将黎民衷，乞求皇上增派大军。

“朕正要召见高爱卿，爱卿现在来了，朕甚是欣慰！”

“皇上，臣觐见来迟，还望皇上恕罪！”

隆庆皇帝长声叹气：“国家正值多事之秋，朕实在不愿意看到朝中横生枝节。祸起萧墙，亲兄弟不和，致使外人欺凌，最苦的是当家长的。朕也不愿意走到那一步，徐阶、陈以勤、赵贞吉都是国家的赤子，朕的忠臣！没有他们，也就没有朕的今天！”

高拱伏地埋首痛哭："让皇上陷入难堪，这是臣的不忠不义！乞求皇上降罪！"

隆庆皇帝略带责备的口吻问道："既然同朝为官，就应同心同德，报效国家。怎么会闹得天翻地覆、不可收拾？"

高拱听了心中不忧反喜，俗话说当面责备，强于背地的宠爱。于是眼珠子一转，泪水吧嗒掉下，显得很悲戚："臣本是病废之躯，只因朝中吏部尚书缺位，皇上不以臣驽钝，起复病躯，以原内阁大学士兼掌吏部。臣深恐以病废之身，何以图报圣恩？所以多次恳辞，皇上不允，臣只好勉强为之。"

隆庆皇帝瞧着陈洪，陈洪道："高大学士为人有才气，英锐勃发。所以奴才竭力向皇上举荐，皇上也是满心欢喜，连连点头称颂。奴才记得，当时还是奴才传下圣旨的。"

起复高拱，本来是张居正为了对付赵贞吉的咄咄逼人之势而想出一个"借力打力"的权宜之策，是陈洪在隆庆皇帝面前极力促成的。所以高拱能够梅开二度，陈洪功不可没。当然，陈洪也不是傻子，为了粉饰己功，是不会把张居正扯出来的。

隆庆皇帝点点头："正是陈内官举荐的。但朕也没有看走眼，高爱卿回京之后，大刀阔斧，整顿吏治，严格选官，朝政为之一清。俺答汗内附，正是高爱卿跟张居正两人着力赞襄，致使北方两百年不绝的兵戈相加化为玉帛。"

"咚咚咚！"高拱连叩三个响头，满脸泪横流："皇上隆恩，臣没齿难忘！那时，赵贞吉也是兼掌都察院，跟臣同心同德，融洽相处一载有余，并无任何不快之事。前日臣奉圣谕，严格考查各部院科道，臣心内不胜恐惧。这可是皇上交代的事，万万不可马虎了事。兹事体大，臣不敢专行。于是臣给皇上上了一道奏折，让都察院一同参与。"

隆庆皇帝奇了："高爱卿有奏疏吗？朕怎么没看到？"

陈洪回答："高大人的奏疏是奴才亲手转给孟内官的，让他送到储秀宫去！"

"哦！"隆庆皇帝心下明白，当时自己正搂着孟冲献上的江南美女闹得欢，一定是被孟冲给扣下了。脸上一阵微热，道："是，朕看过了！那阵子身子不适，竟然忘了批复，朕之过也！"

高拱道："那赵贞吉误以为臣擅权专断，所以也给皇上一封奏疏，乞求停止考查百官。"

隆庆皇帝心下叫道："不好，恐怕又是被孟冲给扣留了！这孟冲做事毛躁，真是误事！"想着想着，不由悔恨不已。随即又想："朕贵为天子，万乘之主，岂可轻易认错？"于是心中坦然。

高拱又道："那赵贞吉因而对臣心生恚恨，天雨偏逢屋漏，刑科给事中韩楫当庭弹劾赵贞吉庸横。赵贞吉又认定韩楫为臣所指使，陷害于他。于是跟臣彻底决裂，其后便请辞告老，并责臣久专大权，要臣淡出吏部。"

说到这里，确实也戳到了高拱的痛处。于是高拱放声大哭，脑袋瓜往地砖上"呼呼呼"捣个不停："皇上，臣本是一个庸才，分当引退。臣不但乞求皇上解除掌理吏部职权，更望皇上特赐圣旨，将臣罢免，让臣回河南老家度个安心的日子吧！"

看到高拱哭得很是凄切，陈洪再也不忍心看下去，跟着高拱跪下："伏望皇上三思，高拱乃当世难得的大才。如今赵贞吉已去，朝廷不能再失去一个擎天柱！"

这下子隆庆皇帝蒙了，原本打算准辞赵贞吉之后，让高拱知难而退，自动交出吏部铨选大权。现在是一片纠结，暗暗叫道："这到底是朕错了？抑或赵贞吉错了？抑或高拱错了？"一看手上两广总督李迁的奏报，心下暗想，此时正值用人之际，朕不可一错到底。

隆庆皇帝从御榻上起身，一手扶起高拱，道："爱卿忠贞辅佐朕，掌理吏部，朕所依赖。岂可引嫌求退？爱卿平身吧，安心回到吏部署衙去。"

"皇上——"高拱哇的一声又大哭出来，心里却庆幸不已，没想到就这么混过了。

待到高拱谢恩之后转身离去快跨出宫门之时，隆庆皇帝忽然叫道："高爱卿回来！"

2. "黑张飞" 殷正茂

高拱毕恭毕敬地站着候旨，洗耳恭听。

隆庆皇帝递过去两广总督李迁的奏疏："广西古田壮人又闹事了，朕心急如焚。"

广西古田，属桂林府辖管。那里聚居壮、瑶、汉等人，以壮人居多。在那个年代，各级官府鱼肉百姓，老百姓根本就没有活路，只好揭竿而起。弘治年间，壮人首领韦朝威首先发难。韦朝威振臂一呼，数月之内，响应者云集，超过五六万。韦朝威所向披靡，一度逼近省城桂林府。两广总督闵珪调集大军四万七千人，兵分四路，围剿古田。韦朝威出奇谋，在三瓯设伏，大破官军。一时间天塌下来似的，朝野震动。义军席卷桂林全境，官军龟缩府城不出。到了正德年间，广西按察司副使刘潮设计捕杀韦朝威，这才暂时平静下来。但在正德十三年，韦朝威之子韦银豹重新高举父辈的旗帜，再次掀起了滔天巨浪。嘉靖时期，韦银豹跟官军周旋了四十多年，朝廷尽管调派俞大猷等名将奋力围剿，也是一时奈何不得。两广总督李迁束手无策，连连上疏乞求增派援兵。

"兵不在多，而在于选帅。"高拱信心十足地说。

隆庆皇帝很是期待："围剿曾一本，张居正给朕举荐了一个刘焘，结果功德圆满。朕希望高爱卿再给我一个刘焘。"

高拱道："臣所举荐之人，跟张居正有同窗之谊。此人可比三国时期的'黑张飞'，勇猛异常。"

隆庆皇帝焦急地问："何人？"

高拱答道："江西按察使殷正茂。"

"殷正茂？"隆庆皇帝犹豫地摇摇头，"朕略有耳闻，但他在朕的脑海里没有什么完整的印象。"

高拱呵呵笑了，道："这殷正茂是安徽歙县人，嘉靖二十六年李春芳榜进士。出仕三十多年来，一直是徘徊不前。嘉靖末年，殷正茂是个云南按察司副使。隆庆元年正月，调任湖广按察司副使。七个月之后，又调往浙江按察司副使。直到了隆庆二年九月，才升任为江西按察司按察使。"

隆庆皇帝抿嘴一笑："晃来晃去这么长时间了，这'黑张飞'还是个按察司副使，恐怕要闷杀他了！人称高爱卿就是一部活的大明官吏档案，这话果然不假。"

"皇上过奖了！这殷正茂骁勇异常，满腹韬略，臣力保此人，必能剿灭韦银豹！"

"好！"隆庆皇帝拍手叫道，"朕就相信爱卿吧！如能建功立勋，爱卿同赏。"

高拱赶紧跪下："臣叩谢皇恩！另外，吏科都给事中光懋认为，设立两广总督兼任广西巡抚，事权划一。现在广西有事，殷正茂去了就没有合适的位置。所以臣建议改两广总督李迁提督兼广东巡抚，特命殷正茂为广西巡抚。如此，皇上就可以责成殷正茂剿灭韦银豹的事了！"

"好好，朕准了！"隆庆皇帝连声称是。

看到隆庆皇帝心情好，高拱也乐得忘乎所以，想起在正阳门外遇到的张四维，于是趁机说道："臣想再举荐一人！"

隆庆皇帝纳闷了，问道："爱卿又举荐谁啊？做什么？"

高拱答道："赵贞吉致仕，内阁人手紧缺。臣想举荐吏部右侍郎张四维入阁，此人也是宣大总督王崇古的外甥。"

隆庆皇帝心中一震，暗自寻思："看来赵贞吉的话也不是一点儿道理都没有！高拱现在是得意忘形，有点儿得寸进尺了！"隐隐有一丝不悦，但仍是面带微笑："内阁的事朕会考虑的，高爱卿别操心，还是替朕先好好地勉励勉励殷正茂吧！"

内阁里，一听到调派殷正茂征讨韦银豹，李春芳大声嚷起来："老朽反对！没有人比老朽更加了解殷正茂了！"

李春芳口气很坚决："老朽立即上一道奏疏，要皇上收回成命。"

"为何?"张居正不解地问。

"太岳先生也不是不懂,那殷正茂虽跟我们俩有同学情谊,但是老朽很少跟他交往的。像他这样贪婪之人,何以担当起征讨韦银豹的重任?恐怕饷银还没有拨下,殷正茂早盘算着怎样中饱私囊。中玄掌理吏部,也不是不清楚,殷正茂这么多年来一直只是正四品,还不是因为他长着两只钱眼吗?"

高拱冷眼看着李春芳,愤愤地反驳:"石麓老兄不要忘了一句话,金无足赤,人无完人。不错,殷正茂是喜欢银子,但是他也喜欢打仗,更喜欢为皇上建功立业。"

张居正道:"张某十分赞同中玄先生的话,殷正茂熟读兵书,长于骑射,精通武艺。张某多次跟他论过兵法,深被他的精辟和创见所折服。除了贪婪之外,还真找不到其他的污点。对付彪悍的壮民,非得殷正茂不可。"

高拱大喜,连声称谢:"还是太岳老弟懂得高某的心!"

看到连张居正也这般支持了,李春芳无话可说,于是问道:"此番征讨韦银豹,中玄准备了多少饷银?"

高拱不语,只竖起一个手指头。

"一百万金?!"李春芳惊呼,"难道中玄真的要喂饱殷正茂吗?这家伙皮黑心更黑。老朽最怕的是,殷正茂不是坐着高头大马剿匪凯旋,而是蜷缩在囚笼里,一路上吱扭吱扭地回到京城。"

高拱笑道:"一百万金不是太多,而是太少了。殷正茂不像其他的人,贪得无厌。想一想徐阶吧,虽称廉能,但是应天巡抚海瑞奏疏称,徐阶致仕后肆无忌惮地侵占民田,多达四十万亩。石麓老兄也应该清楚,嘉靖四十一年籍没严嵩的家产时,登记在册的田产才有二万七千亩。殷正茂虽贪,但只要几十万金,就可以填饱他的肚子。殷正茂极会用兵,即使百万金中的一半落入他的囊中,只要此次一举歼灭了韦银豹,就可以为朝廷省下数以百计的银子。韦氏父子,祸乱两广,将近百年。每一年朝廷所耗饷银,又何止数十万?"

一番话说得李春芳哑口无言,张居正听到高拱又故意扯到徐阶,心中略有不快,但是对高拱用人之法极为钦佩,不由得竖起拇指道:"中玄兄知人善任，可见一斑。张某不如也，实在惭愧！"

高拱听了张居正的话如饮甘醇，无比得意，于是斜眼看着李春芳，心中道："我的手段多着哩。你要是识相的话趁早向皇上递呈辞书，再过几日，内阁又要迎来了我的援军。到时候恐怕你连哭都来不及！"

回到府内，张居正一想起高拱那双莫测的眼睛，如同深不见底的水井，心里就一阵不安。自从高拱回归以来，就如大树上的藤条，一天一天地向上蔓延，很快就要爬到树梢了。

可是爬到树梢之后呢，张居正自我安慰着，高拱就会失其所据，摔下来是必然的。

天气特别寒冷，回来时身上尽是雪，冻得张居正发抖。姚旷不失其时地端上热腾腾的姜茶，张居正摆了摆手："拿出古隆中酒！"

不一会儿姚旷又端上酒，张居正猛地一喝，顿觉寒气消散，浑身燥热起来，一股暖流从脚底下涌上，直扩散到全身的每一块肌肉，甚至头顶的每一根竖发上。

"诸葛孔明喝过的就是好酒，姚旷要不要同饮一杯？"张居正热情相邀。

"大人自个儿喝吧，小的享受不起。"姚旷显得有点卑微了。

"有消息吗？"

"小的从陈洪那边打听到了，高拱正准备让张四维入阁。"

"张四维？"张居正猛地坐起，"不正是王崇古的外甥，吏部左侍郎吗？"

"大人，怎么啦？"姚旷觉得张居正有点异样。

"高拱正在挤泡泡。泡泡都挤完了，整个朝廷就都是他的人马了。这一点赵贞吉早就看到了！"

"大人，这么说来，高拱现在就是屋外头的寒风凛冽不可挡了？"

张居正哼哼几声，不以为然："皇上很英明的！"

隆庆皇帝确实很英明，甚至超乎张居正的想象。

十一月二十五日，就在赵贞吉致仕之后的第四天，太监陈洪从乾清宫中传出来了隆庆皇帝的一道圣旨，是任免朝官的圣旨。

隆庆皇帝的这一波调整多多少少有些令人意外。当然最沮丧的人当是高拱，因为他举荐的张四维入阁被隆庆皇帝无视了，取而代之的是高拱很厌恶的礼部尚书殷士儋。

殷士儋，与李春芳、张居正同年进士。隆庆皇帝还是个裕王时，殷士儋就跟陈以勤、高拱、张居正一道，都是裕邸的旧臣。隆庆皇帝即位之后，陈以勤、高拱、张居正相继入阁，成了朝廷上大红大紫的人物，唯有殷士儋仍然是个礼部尚书。

把高拱讨厌的人召入内阁，似乎预示着隆庆皇帝对高拱广结众党的做法产生不满。但是隆庆皇帝并没有让高拱完全失望。高拱的好友，甚至是朝中同盟——刑部尚书葛守礼被任命为都察院左都御史，填补赵贞吉离开之后的权力空白。此外，礼部左侍郎潘晟升为礼部尚书，南京户部尚书刘自强出任刑部尚书，朝中格局再次产生微妙的变化。

在王金丹药案中，葛守礼一直服从高拱的安排，不顾赵贞吉的反对，一举翻案成功。让葛守礼出任手握监察大权的左都御史，使得高拱日后能够放开手脚继续有所作为。

对高拱既用又防，这让张居正稍稍感到意外。张居正不由得暗自叹道："当今圣上驭臣下之术张弛有度，不再是四五年前那个懵懵懂懂的年轻王爷了！"

"可惜皇上在女色上不加节制，要不然真的可有一番作为！"张居正长长地叹了一口气，"不知道陈皇后和李贵妃最近怎么样了？"

3. 女人不是衣裳

永宁宫里，李贵妃怀中抱着一个两岁的幼儿，满脸洋溢着幸福。突然，"哇"的一声，清脆的婴啼似夏夜里响起的雷声，打破了永宁宫的幽静。

皇太子朱翊钧飞快地跑过来，关切地问道："母亲，弟弟肚子饿了吧？"

尽管只有九岁，但是皇太子朱翊钧已出落得英气逼人。两片嘴唇就跟李贵妃一样，如同春天盛开的樱花一般优美，光洁似白瓷的脸庞透露出棱角分明的俊俏。可他的双眼酷肖隆庆皇帝，乌黑深邃，加上隆起的鼻梁，毫不遮掩地向世人张扬了他的高贵。

朱翊钧声音甜美脆亮，就像风中的铃铛摇曳着发出响声。李贵妃不由得心生无限的爱恋，但她仍旧板着脸孔，艳色之中透出几丝微微的怒气："翊钧！母亲说过多少次，读书的时候不要分神。孔夫子在齐闻《韶》，三月不知肉味。朱熹的《四书章句集注》看完了没有？"

朱翊钧怯怯地答道："孩儿已经看了三四遍，就是语句晦涩，孩儿不解其中味。"

李贵妃皱起眉头，有些忧心："难道皇上把翊钧出阁讲学的事抛在脑后了？"

"母亲，孩儿不想出阁读书，孩儿要永远伴在母亲和弟弟的身边！孩儿知道，母亲很寂寞的！"朱翊钧叫嚷起来。

"胡说，看我不打断你的小腿！"李贵妃柳眉瞬间竖起，又是虎杀杀的表情，吓得朱翊钧心中发麻。

李贵妃不忍心看到朱翊钧受惊吓时的那种楚楚可怜，轻柔地说道："母亲现在有弟弟陪伴，一点儿也不寂寞。翊钧，父皇马上会让你出阁的，你一定要跟着张居正好好读书，日后才能够成为一个明君。知道吗？"

朱翊钧垂下头，低声答道："哦，知道了，又是张居正。可孩儿连他的身影都没有见过！"

怀中的婴儿啼哭几声之后，小脚踢了踢褓褓，很快又安静地入眠了。

李贵妃痴痴地看着婴儿那张肥嘟嘟的小脸蛋，简直就是朱翊钧当时的模样，想起去年隆庆皇帝临幸的事，脸上桃花朵朵，渐渐绯红了。

自从陈皇后被赶出坤宁宫后，李贵妃对隆庆皇帝已经完全不抱任何期待了。宫中的女人哪一个不是整天愁眉苦脸，过着年复一年、月复一月的忧郁甚至幽怨的日子？随着青春的渐渐流逝，李贵妃也慢慢看开来了。可怜的陈姐姐，那才是一无所有，我至少还有小翊钧这个精神寄托啊！

"一定要让他成为一代圣君！"李贵妃暗下决心，于是没日没夜地苛责朱翊钧读书。她给朱翊钧订下一个艰巨的任务，每天至少背诵一篇儒学的文章。如果发现错漏一个字，那么朱翊钧的小手掌，自然少不了一两道细小的条痕。

人一旦有另外的寄托，就渐渐忘记伤痛。于是乾清宫内那位高高在上的皇帝，在李贵妃心中俨然已成为世外之人，仿佛一切都跟她毫不相干了。

可是在去年炎夏的某一日，那个世外之人又走进了李贵妃的世界里。

永宁宫外的柳树上蝉鸣嘶嘶，微风过去，柳条轻轻晃动，这是盛夏的表象。李贵妃身披轻纱罗衣，遮掩不住雪白细嫩的肌肤，胸脯更是起伏不定，让人心生遐想。

李贵妃正为朱翊钧写不好字忙得满头是汗，又是训斥，又是示范。在这个尘世中，只有眼前的小翊钧是属于自己的了。

突然间，宫女慌慌张张地跑进来，脸上挂着极度的惶遽，让李贵妃烦躁的心绪更加急火。

"出什么事了这么紧张？冒冒失失的，不像话！"李贵妃厉声责备。

宫女更加魂不守舍了，跪下磕头，结结巴巴："贵妃娘娘，皇、皇——"

李贵妃眉头紧蹙，正欲呵斥。只听见一个陌生而又熟悉的声音："难道朕真的就这么可怕？"

李贵妃心中一凛，抬头一看，正是略显憔悴的隆庆皇帝，犹如突然而至的幽灵，李贵妃惊愕得不知所措，手中的毛笔"咯"的一声落在地上。"皇上——""父皇！"李贵妃携着朱翊钧的小手跪地磕头。

"朕来看看你们母子俩！"

永宁宫的宫女们齐刷刷跪成一片，山呼"万岁"！

李贵妃瞬间泪如雨下，不知道是惊吓还是欢喜。

看到李贵妃不加任何的修饰，如同雨后的荷叶，更有一番清韵。隆庆皇帝怦然心动，说道："朕今晚想在永宁宫过夜！"

李贵妃顿时感到身子已经融化成水，委屈、幸福、伤感等，说不尽的情怀，道不完的苦衷，齐涌心头。

尽管第二天一大早，隆庆皇帝就悄然蒸发。但是睁开惺忪睡眼的李贵妃，已经感到莫大的满足和荣幸了。自那一刻起，她才真正感受到什么是一个情深意切的男儿。

渐渐地，李贵妃肚子隆起了，十个月之后，再次让她陷入幸福的泥沼！一个小生命诞生了，隆庆皇帝也是欣喜若狂，立即诏告天下，这是他的第四个皇子，取名为朱翊镠。

李贵妃默默地回想这一切，怀中熟睡的朱翊镠呼吸沉稳平静，犹如微风一般轻柔。远处隐隐约约传来一阵朱翊钧朗朗的读书声，李贵妃心内如潮，汹涌澎湃，好想大喊："臣妾拥有了这个世界上最美好的东西！感谢皇上的恩赐！"

冬尽春至，转眼就是隆庆五年的二月。永宁宫外，柳树发新芽，燕子在屋檐下悠闲地啄泥，准备构筑它们的新家，这一切预示着春天已经来临。

春天，甘美的季节，一年之中的王者。处处百花争妍，微寒却不失清和，小鸟儿飞绕着，歌声不绝。

对于李贵妃来说，皇宫里的春天，绝对是她的季节。皇太子朱翊钧虽年仅九岁，却已长得不亚于寻常孩子十二三岁的身材，标致、挺拔，甚至不乏少年的成熟。而两岁的朱翊镠早已能够在永宁宫里随处奔跑了，散发出"咯咯"的欢笑声。

李贵妃很兴奋，因为不久前内阁首辅李春芳向隆庆皇帝谏言："大明先朝旧例，太子出阁之前，朝廷重臣应当在每个月的朔日、望日的第二天对皇太子行谒见礼。一则让大臣们获瞻太子殿下的玉容；二则让太子熟悉朝中礼仪之道，渐渐养成储君之德。如今正值春和日丽，乞求皇上恩准老朽率百官，在文华门谒见太子殿下。"

隆庆皇帝当即准奏，并拟定二月初二为谒见日。

朱翊钧蹦蹦跳跳："那母亲和弟弟也会在文华门现身吗?"

李贵妃很犹豫："你父皇没有圣旨，母亲不敢做主！"

朱翊钧道："这还不容易，孩儿马上去乾清宫向父皇请旨！"说完拔腿就要跑。

李贵妃赶紧拉住："翊钧不可！你现在是皇太子，文华门谒见也是为了让你熟悉皇宫的礼节。皇上虽然是你的父亲，但他首先是一国之君，天下万民之主。翊钧要处处、时时遵循父皇的旨意，做到忠孝齐全！"

"是，母亲！"朱翊钧无奈地点头哈腰，惹得李贵妃嫣然一笑。

朱翊钧忽然想起一件事："那么孩儿可以见到张居正吗？"

"当然可以！"

"母亲，孩儿刚才读书疲倦了，趴在案桌上睡着了，还做了一个怪梦！"

一听见读书睡着了，李贵妃就恼火："都快要出阁读圣贤书了，怎么还如此愈懒？什么怪梦不怪梦的，尽编些瞎话来糊弄母亲。"

朱翊钧很认真地说："孩儿岂敢欺骗母亲？真的做了一个梦。梦见孩儿在读书时，身旁站立着一个威仪大臣。他身穿蓝色朝服，胸前胡须飘逸，就像永宁宫外的柳条一样，长长的，散落胸前，柔梢披风。他似乎要对孩儿说些什么，可惜还没有开口，孩儿就醒过来了，实在是懊悔！"

李贵妃脸色骤变，天哪，这孩子梦见的不正是张居正吗？世界上哪有这般机缘巧合的事？要是日后果真若我所愿，那真是太好了！谶梦不能点破，否则一切成虚幻。

李贵妃沉沉说道："翊钧我儿又胡乱说话了！"

朱翊钧紧紧拉着李贵妃的衣袖，显得很冤枉："母亲，孩儿不敢打诨。刚才恰好冯保给孩儿送书来，孩儿问过他，他说，'太子殿下日后必能得此太平宰相辅佐'。孩儿听了，心里好高兴。"

李贵妃内心惊异不已：莫非冥冥之中，注定了张居正日后定能辅佐翊钧我儿，打造一个太平盛世？

"母亲，你怎么啦？"看到李贵妃浑浑噩噩，朱翊钧心急问道。

李贵妃恍然醒悟："没事的。明天冯保再来送书，问他新刻印的《世宗皇帝实录》好了没有？要是好了，送一套来！"

"哦，哦！"朱翊钧应诺，随即竖起拇指称赞道，"那个太监冯保也真了不起！学识渊博，孩儿很喜欢他。以后出阁读书，就要他伴读！"

"这行，母亲答应！不过这最后还得你父皇的旨意！"李贵妃很高兴地允诺了。冯保虽为总督东厂、掌御马监事，但是他最大的本事就是做学问。文章书法、刻印书籍，更是超越前人。如此奇才却阉身做个太监，实在是暴殄天物了。

二月初二，文华门。

文华门，是文华殿的前门。文华殿与西部的武英殿，分别位于皇城中轴线的东西对称两侧。在明英宗、明宪宗时期，太子践祚之前，先在文华殿视事，所以文华殿也被称为"太子视事之所"。文华门正对着内阁大堂，隔着宽大约百米的阔地。一大清早，已经整齐站好了数不清的文武百官。

顷刻间，笙鼓齐鸣，歌声缭绕。在数十位锦衣卫的扈从之下，皇太子朱翊钧身穿朱红色常服，由太监冯保牵引着，缓缓登上文华门。

朱翊钧显得异常兴奋，他深居永宁宫，极少露面。这样的豪华排场，朱翊钧绝对没有见过。他幼嫩的脸庞绽放出花儿一般的笑容，两只眼睛却出奇的深沉，富有魅力。文武百官直愣愣地看着朱翊钧，赞不绝口："好一个英气焕发的皇太子。""睿智深沉，不可估量，真乃大明之福。"

"老臣有生之年，能见到如此的储君，太平盛世可期，大明繁荣有望啊——"一位发须皆白的言官不知是矫情伪装，还是真情表露，竟然哭出声来，哗啦一下，跪地拱手叩拜。

于是文华门前所有的人都长跪不起："太子殿下万福！"呼声不断，震彻上空。

朱翊钧非常得体，高声叫道："本太子得以一见朝中文武百官的尊容，感动不已。父皇能得到众爱卿的忠心辅佐，国家焉能不昌，万民焉能不乐？"

朱翊钧不说则已，一说更让百官们叩首不停，文华门前整整齐齐地一阵阵"砰砰"响声。那个阵势，简直是惊天地，泣鬼神。

李春芳双眼早已泛出泪花，哽咽着呼喊："皇太子殿下英明！"文武百官跟着齐声唤："太子英明！"

朱翊钧扫视着跪在跟前的百官，他在寻找梦中的美髯大臣。可是站在前面三排的，尽是两鬓斑白，须发飘胸。朱翊钧正欲询问护在身旁的冯保："下头跪着的哪一个是张居正？"

还没开口，冯保就从袖子口掏出一封圣旨，朗朗念道："皇上有旨，朕第四子朱翊镠，生母永宁宫李贵妃……特册封为潞王。钦此！”

众大臣又是叩头，又是振臂高呼：“万岁！万岁！”

谒见礼就在轰轰烈烈的欢呼声中结束了，朱翊钧回到宫中，恨恨地踢了一下永宁宫的门槛。

李贵妃满面春风，两个儿子，一个贵为皇太子，受到百官的膜拜；另一个又被册封为潞王。人生之荣，唯此而已！见到朱翊钧垂头丧气而归，李贵妃心中一沉，问道：“小翊钧，出什么事了？”

“孩儿早晚会砍了那个丑八怪的脑袋！”朱翊钧怒气冲冲地回答。

李贵妃傻了眼：“孩子你说什么呀？哪个丑八怪？”

“就是冯保！本来想让他指出张居正给孩儿看，可是他又是圣旨，又是跪安，又是强拉硬扯，逼孩儿回宫。结果没认识张居正是谁！”

李贵妃“扑哧”笑出声来：“母亲还以为出了什么大事。以后不许乱骂人，没有规矩！张居正是朝廷的人，见面还不容易，只要翊钧一句话！”

“哦！那也是！”朱翊钧点点头，“母亲，孩儿今天总算体会到了当皇太子的荣耀！孩儿发誓，要当一个千古圣君！”

李贵妃两眼湿润了，道：“我儿好大的志向！记住，小翊钧，要想成为一代明君，非得张居正辅佐不可！”

小翊钧咬着牙点点头，心底下呼唤着：“张居正，你在哪儿？”

4. 光靠烂舌头是没用的

此时的张居正和高拱正为封贡俺答汗而焦头烂额。

自去年俺答汗的孙子把汉那吉突然叛奔大同，张居正将计就计，以把汉那吉为诱饵，逼迫俺答汗议和，犹如一道耀眼的闪电划破了沉闷、黑暗的天空，一下子让人们看到持续两三百年、无数生灵涂炭的蒙汉战争，出现了和平的一线生机。

隆庆四年十二月，"草原女神"三娘子夜袭板升营帐，将叛逃蒙古的明朝奸贼赵全等九人一网打尽，三环五扣地捆作一团，缚送往大同府。宣大总督王崇古按照张居正和高拱的指示，将把汉那吉客客气气地送回蒙古。俺答汗跟三娘子大喜，立即向王崇古提出封贡、互市的请求。

所谓的封贡，就是明朝册封俺答汗及其昆弟、子侄为朝官，也就正是宣布了俺答汗臣服于大明王朝。当然，你既然归顺朝廷，那你就要尽臣子的一份义务。王崇古对俺答汗的要求不高，不需要每年派官吏去草原征收赋税。毕竟俺答汗的牛马是吃草的，拉不出金币来。明朝的要求很简单，每年就进贡一批牛马羊给明朝，做一个象征性的表态。另外，既然臣服了朝廷，那就不能以下犯上，所以蒙古勇士们的刀枪永远不得对准北京城。

俺答汗和三娘子笑呵呵地告诉王崇古，归顺了，就做个大明的忠心藩属。可是这几年草原上人丁兴旺，日益繁荣，急需中原的缎细、布匹、釜锅等物，所以要求跟大明通商互市，就像先祖匈奴冒顿可汗写给汉高祖遗孀吕太后的调情书中所说的："愿以所有，易其所无。"只有跟中原通商互市，才能够实现永久的和平。

王崇古沉默了，兹事体大，非得亲自去北京城，面陈皇帝不可。于是俺答汗派遣贡使打儿汉随同王崇古一道，不辞辛劳，来到了北京城。

乾清宫内，隆庆皇帝拿着王崇古的奏折——《确议封贡事宜疏》，在高拱和张居正面前烦躁地踱来踱去。

"朕本来感到无比的自豪和欣慰，在两位爱卿的谋划之下，西北边关二百年的战火将永远熄灭，从此人们载歌载舞，迎来一片安定祥和。可是朕万万想不到，除了两位爱卿之外，朝廷上的反对声浪一潮高过一潮。特别是那些科道言官，还有英国公张溶、灵璧侯汤世隆等勋戚，搬出了老祖宗太祖皇帝的遗训，简直把朕看作了大明的不孝子孙！"

高拱看了一眼张居正，道："臣本抵制俺答汗封贡、互市，但现在臣愿意跟太岳一道，坚定不移地拥护皇上的封贡之策！"

隆庆皇帝感慨地说："朕岂能不知两位爱卿的一片苦心？只是先皇在位期间，曾经多次严词拒绝了俺答汗的封贡、互市。如此的重大国策，仅仅依靠朕跟尔等三人是断断行不通的！朕需要举国上下一心，君臣同心同德！”

张居正长叹了一口气：“看来为今之计，只有召开廷臣会议了！”

隆庆皇帝道：“朕准！这一次封贡廷议就让兵部尚书郭乾和礼部尚书潘晟主持吧。朝中九卿、科道言官和勋戚若无其他紧急事，务必全部参加。太监冯保监议，尔等四位内阁辅臣就不要参与了。让大臣们各抒己见，畅所欲言吧！免得落下一个以势压人的口实。传旨下去，三月初二，文武诸大臣及科道会左阙门集议俺答汗封贡、互市。”

张居正和高拱异口同声：“臣遵旨！”

三月初二，皇城午门东之外的左阙门。左阙门，又称东阁，木构三间房，单檐歇山顶，朝中廷议通常就在此举行。辰时正刻，一轮旭日冉冉升空，照射在左阙门的侧背上，在宽敞干净的午门大街石板上投下长长的阴影。

左阙门内房里，坐满了人。除了兵部尚书郭乾和礼部尚书潘晟、太监冯保外，还有四十五人。从他们的灿烂官服和高傲神态来看，都是大明最荣耀的人。他们当中有都察院左都御史葛守礼、协理京戎政右都御史谭纶、户部尚书张守直、工部尚书朱衡，还有六部的左右侍郎、通政司、科道的官员。当然少不了威名赫赫的勋戚世袭贵族们，比如大明开国第一功臣徐达的后裔定国公徐文璧，威震交阯、靖难之役大功臣张铺的后裔英国公张溶，甚至还有当今皇上的妹夫许从诚等。

兵部尚书郭乾根本就压制不了这些皇亲国戚，任凭他们喧哗吵闹。一时间，左阙门内房活像一锅沸腾的热汤，毫无秩序地跳动着，混乱不堪。

郭乾尴尬地看着冯保。冯保怒目圆睁，吼道：“肃静，肃静！本监奉圣旨监督廷议，如再喧闹者，本监绝不手软！”勋贵们都清楚冯保的手段，这才稍稍平静下来。

郭乾清了清嗓子，故作雄态，高声嚷道：“本尚书奉圣旨，特召集诸位，在此商议俺答汗封贡、互市。宣大总督王崇古前日上疏皇上，中有封贡八事：乃议封号、定贡额、议贡期、立互市、议抚赏、议归降、审经权、戒狡饰。诸位有何感言，请尽心发言。本尚书一并记下，呈上乾清宫。”

吏部左侍郎张四维因入阁大梦成了泡影，所以异常激愤，还没有待郭乾说完，就抢了个头筹，霍的一声起立，道："诸位，诸位，俺答汗凶残狡黠，侵夺其孙把汉那吉之妇为妻。把汉那吉一怒之下，投靠大明。高大学士和张大学士审时度势，扣留了把汉那吉，逼迫俺答汗求封贡、互市。当此之势，大明占得先机。故而赐封号、许进贡、开互市，正是妙计安天下。何愁鞑子不归顺，又何愁边境不宁？本侍郎全盘赞同王大总督的封贡八事。"

左都御史葛守礼拍手称好："葛某也是赞同王总督的封贡八事。"

户部尚书张守直嘿嘿笑道："凤磐先生，王崇古是你的老舅子，你不捧他，谁捧他？诸位、诸位肃静，且听本尚书一言！俺答汗，只是土默特部的酋长！跟辽东的土蛮汗结盟，一旦同意了俺答汗的封贡、互市，万一土蛮汗约兵一同入犯，俺答汗能遵守盟约吗？就算俺答汗是信义之人，可他的子侄、昆弟，个个贪婪如虎，俺答汗能节制约束吗？蛮夷之心，深不可测。所以封贡、互市，除了给皇上蒙羞之外，还能得到什么？"

英国公张溶、灵璧侯汤世隆、抚宁侯朱冈等勋贵齐声叫道："张尚书说得极是！太祖皇帝、成祖皇帝，披荆斩棘开创的大明帝国，不正是从那些鞑子手里夺回来的江山吗？对于鞑子，只能一挥扫荡，万万不可姑息放纵！我等强烈反对封贡、互市！"

这些勋贵群起激愤，底下工部右侍郎邹应龙、大理寺卿董传策、监察御史卢明章、邓明乔等人纷纷响应，顷刻之间反对封贡、互市的声音渐渐占据上风。

驸马都尉许从诚历来看不惯那些吃祖宗饭的勋贵，拉了拉自己的衣襟，缓缓说道："诸位都错了！本驸马有话说！"

许从诚身躯凛凛，相貌堂堂，面若梨花，艳丽甚至胜过世间任何一个美女。由于是皇帝的妹婿，历来担任祭祀先祖、宗桃的主官，甚至册封皇室成员也是他一手操办，所以宫中皇亲国戚对他甚是敬畏。于是人们纷纷把目光聚焦在这个驸马爷身上。

许从诚不但外表堪比潘安，而且声音也是娓娓动听："鞑子祸乱边关二三百年，如今能有羁縻之策，实乃皇上之幸，国家之福！所以封贡、互市，怎么不可以？"

许从诚这么一说，有些勋贵和大臣就改变初衷，转而支持王崇古了。谭纶不愧为边关武将出身，听了许从诚的话，拍桌而起："谭某身经百战，岂能不知边关前线的艰辛？每打一次仗，就死伤无数，至于饷银之费，更难以计算。俺答汗封贡、互市，正是纾解民困，休养生息的千古良机。战则两败，和则两胜。谭某无条件地站在王大总督这一边。"

不过谭纶话音刚落，反对派又蜂拥而起，纷纷叫嚷："鞑子册封之后，归附者愈众，俺答汗是如虎添翼，必成后患。开启互市之后，鞑子趁机窥测我朝文物，会激发俺答汗的野心。堂堂大明，泱泱皇朝，岂能屈服于蛮夷？"

眼看又要起哄，冯保立即闪出身影，右手按住腰间的绣春刀，脸色冷峻。郭乾一看，日已渐午，赶紧压了压手："各位，各位请安静！现在开始投票解决！"

左阙门内房又稍稍安静。

郭乾叫道："赞许封贡、互市的请举手！""忽忽忽……"徐文璧、谭纶、葛守礼、韩楫、张四维、许从诚等高举左手。郭乾数一下，二十人整。

郭乾又道："不赞许封贡和互市的请举手！"话还没有说完，张溶、张守直等十七人就迫不及待地举起手。

最后还有工部尚书朱衡等七人同意封贡不同意互市，两人只同意互市。

郭乾提起笔，左看看徐文璧、谭纶等人，右看看张溶、张守直等人，紧皱眉头，两边意见旗鼓相当。手中的笔仿佛重千斤，一时难以落下。他抬头看了看冯保，冯保挺了挺下巴，给他支招："郭尚书，还是折中上奏吧！"

郭乾这才满头大汗地刷刷记录下来。待郭乾一笔一笔工整地写完之后，日头正烈。众大臣争吵一个上午，只觉得肚子空空如也，肠胃咕噜咕噜叫。冯保看了一个早上，就看着四十多张嘴巴一张一翕，顿感索然无味，心想："皇帝老儿也太没魄力，这么简单的事他一人就可以裁决，何必搞得这么麻烦？"于是急匆匆地叫嚷："廷议结束！散伙——"

郭乾的廷议记录先送到内阁，张居正、高拱一看，惨叫起来："哎呀，这如何是好！两方势均力敌，根本就得不出什么结论来！"

廷议记录又呈送乾清宫里去，隆庆皇帝看了，也是满脸的纠结。赞同封贡的二十七人，反对的十九人，算是勉强通过了。可是赞同互市的二十二人，不赞同的二十四人，这就悬了。

最后看看兵部尚书郭乾拟定的建议："先册封授予俺答汗等都督之职，稍等两三年后再许让他们进贡。至于开启互市，谨慎处置，建议每年二月至四月开市通商。"

隆庆皇帝摇摇头，骂道："这个郭乾，朕不是让你好好地把《孙子兵法》抄写一千遍吗？如此首鼠两端，左右讨好，叫朕怎么裁决？"

郭乾跪地捣首不已："请皇上恕罪，臣真的不知如何处置。"

隆庆皇帝问道："内阁四位辅臣怎么说？"

郭乾答道："李春芳、高拱、张居正完全赞同，殷士儋未置可否。"

"再议再议！朕命令你三月初八再议！"隆庆皇帝厌烦地将廷议记录扔到案桌上。

三月初八的第二回合廷议结果令隆庆皇帝更加烦恼，与会的三十人中，十一人赞许封贡互市，可是有十九人大加贬斥。

郭乾的奏疏送到乾清宫，隆庆皇帝气得双腿发抖，脸色发青。太监陈洪提醒道："皇上，今天是讲读的日子。李春芳、张居正等讲读官早已在文华殿恭候多时了！"

隆庆皇帝扬起眉毛，怒色一闪："狗奴才，为什么不早说？还不快走啊！"吓得陈洪面如土色，唯唯诺诺而去。

来到了文华殿，李春芳、张居正、高拱等人急得汗如雨下。见到隆庆皇帝入殿，正欲跪下，隆庆皇帝道："免了吧，是朕迟到了！今天朕还想听听张爱卿讲《春秋左传正义》。"

张居正拱手道："皇上，臣今天不讲《春秋》，臣要给皇上讲讲臣小时候的一个故事！"

隆庆皇帝拍手叫好："朕天天听那些枯燥无味的古文经义，听得耳朵都冒油了。张爱卿就来个轻松的吧！"

5. 愤怒的蚯蚓

"皇上，臣江陵老家的后院里有一棵参天大树，叽叽喳喳的小鸟叫个不停，臣小时候经常到大树下玩耍。有一回，突然间从树上掉下一个鸟巢，里头有一只小麻雀振着翅膀，扑哧扑哧，很萌很可怜。臣喜欢养小鸟，就端起鸟巢，带回屋子里去。可一跨进大门，忽然间想起爷爷一向对臣严加管教，不许私养小东西。于是臣暂时把鸟巢藏放在门后，跑进去求爷爷。爷爷经不住臣的百般苦求，终于破天荒地答应了臣的请求。臣兴奋不已，蹦蹦跳跳地找到了门后的鸟巢。当时的情形吓着臣了，小麻雀不见了，地上只有几根零落的鸟毛。门前有一只小狗正意犹未尽地用舌头舔着嘴巴，臣伤心地哭了，后悔自己的一念之差。"

隆庆皇帝听后默默不语，许久才说道："要是当时爱卿认为自己对的话，端回鸟巢，小麻雀也就不会成了小狗的美餐。"

李春芳奏道："太岳先生的本意是想告诉皇上，只要自己是对的，就要当机立断，不可拖延。战国时期楚国的春申君说过，当断不断，必受其乱。皇上，俺答汗封贡，功在当代，利在千秋。请皇上果断裁决！"

张居正道："皇上，且不说汉唐盛世就有过封贡。我朝永乐七年，成祖皇帝册封瓦刺贵族马哈木为顺宁王，太平为贤义王，把秃孛罗为安乐王。永乐十一年，又册封阿鲁台为和宁王。皇上当效法成祖皇帝，当机立断，下诏册封俺答汗，许进贡，开互市！"

隆庆皇帝仍有些犹豫："开设互市，会不会演变成开门揖盗，招来祸患？"

张居正道："臣有八个字：外示羁縻、内修守备。"

隆庆皇帝背过脸去，就像饿鹰猎捕野兔一般，口气异常坚决："朕意已定，爱卿等既然商议好了，就那样子吧！朕绝不再动摇！"

李春芳、张居正、高拱三人相视甚喜，同时跪地齐声颂呼："吾皇万岁！"

三月二十八日，建极殿。

隆庆皇帝神情怡然，待李春芳、高拱、张居正等大臣行叩拜礼之后，隆庆皇帝缓缓说道："今日，是朕即位以来最为开心的一天。阴霾扫荡，晴空万里。乾坤朗朗，日月光辉。山河澄清，天下晏然。朕首先要告诉列位臣工一个好消息！"

大殿之中犹如空山一般沉寂下来，隆庆皇帝朝高拱望了望："高爱卿，还是你来说，朕与列位臣工一道洗耳恭听！"

高拱挺胸收腹，就像一棵松树傲然挺立。三步并作两步，阔步向前，声若雷鸣："提督两广侍郎李迁捷报：隆庆四年十二月初一，臣与广西巡抚殷正茂、总兵俞大猷，率兵十四万，分兵七路，长驱直捣古田贼首韦银豹巢穴。官军拼死奋战，连破贼巢数十个。隆庆五年三月初一，俞大猷密令参将王世科，乘雨夜登山设伏。黎明炮发，官军舍生忘死，攀援而上，一举荡平古田贼寇。斩杀八千四百有奇，生擒贼首韦银豹等，不日械送阙下。"

隆庆皇帝兴奋地叫道："朕宣布，广西百年贼患，如今彻底平定了！"

"万岁！万岁！"建极殿内，大臣们响声如同雪崩，惊天动地。高拱更是难以言尽的得意之状，手舞足蹈，丑态百出。疯狂地抡起双臂，高呼："胜利！胜利！"仿佛韦银豹就是他亲手俘获似的。

李春芳实在看不下去，低声骂道："越发张狂了，瞧这副嘴脸！"

一阵雷鸣轰动之后，隆庆皇帝突然间沉下脸，声音冰冷得像冬天里的水："朕已经三天三夜没有合过眼了，既是兴奋，又是害怕。但是现在朕无所畏惧了，决心已定。朕要对俺答汗封贡、开立互市！"

有人喜悦，有人担忧。张居正和高拱、李春芳激动不已，而户部尚书张守直、山西道御史叶梦熊、户科都给事中宋应昌、兵科都给事中章甫端等人则面露不满之色，宋应昌愤愤而言："巍巍华夏之邦，岂能屈服于蛮夷丑貉？"

隆庆皇帝震怒了："俺答汗臣服于大明之后，板升上的每一个蒙古人都是朕的忠诚子民。怎么可以污蔑为蛮夷丑貉？陈洪，宣旨吧！"

陈洪捧出一个锦盒子，拿出黄澄澄的圣旨，面色严肃，朗声念道：

"朕惟天地以好生为德，自古圣帝明王代天理物，莫不上体天心，下从民欲，包含遍覆，视华夷为一家。俺答汗感朕恩，愿称臣内属，岁岁入贡，永为荒服，俘献叛贼赵全等九人，以表悃诚。宣大总督王崇古为奏恳款再三。朕特允所请，封俺答汗为顺义王，赏大红五彩纻丝蟒衣一袭、彩缎八表里。授俺汗答弟昆都力哈，子黄台吉并为都督同知，赐狮衣一采，币四。其孙把汉那吉拜昭勇将军，指挥使如故，又授并宾菟等十人指挥同知。那木儿等九人指挥佥事。打儿汉等十八人正千户。阿拜台吉等十二人副千户。恰台吉等二人百户。自隆庆五年三月二十八日起，顺义王等诸部落头目、属民，俱为大明之子民。朕国家膺万年之天运，尔子孙亦保万年之福泽！钦此！"

宣大总督王崇古感慨万分，大呼："吾皇英明，圣恩浩大！"

俺答汗的使者打儿汉早已伏地埋首，泪流满面，用半生不熟的华语，连声称颂道："大明天皇帝万万岁！蒙古世代臣属大明，永不为叛，天地鬼神共鉴之！"

建极殿授封之后，王崇古偕同打儿汉来到了高拱的府内。打儿汉献上厚礼，感激道："俺答汗能获此殊封，高丞相功不可没！敝使替俺答汗多谢高丞相的恩德！"

高拱听了心里很是享受，呵呵笑道："丞相二字不敢当！大明现在已经没有丞相了。高某也是看在俺答汗一片忠心的分上，尽了些微薄之力而已。"

打儿汉道："中原官制，为何三番五次地更改？敝使在板升就听说高大人既是内阁第一元老，也是吏部尚书，威权赫赫，虽无丞相之名，却有丞相之实。"

高拱一震，想不到我的声名已远播到蛮夷的草原之上了，不由得心花怒放。可是打儿汉又说他是内阁第一元老，心中又不平起来。李春芳优柔寡断，却窃据了内阁首辅的大位。如果李春芳安分守己，那也就没什么。可是每每我迁调官员，李春芳总要指手画脚。这块大石头挡在路中央，不搬走还真是寸步难移！

三人闲谈几句之后，王崇古就告辞而去："大同方巡抚家中丁忧了，刘应箕接任之后孤掌难鸣。本总督就此别过！"

高拱道："在外头风沙厉害，要是有机会，还是回到京城。高某也多了一个伴！"

王崇古低声说道："小甥张四维为人愚钝，还望高兄多多栽培！"

高拱恨恨道："前日高某已经推荐令甥入阁，皇上似乎也是十分有意。不知怎地皇上改变了主意，让殷士儋那厮捡了大便宜。"

王崇古声音更低了："这事张四维也提过，外头传言是李春芳从中作梗，让四维受了委屈。"

高拱顿作怒色："高某早就猜想是这老头心有不甘。李春芳不走，我还真是没有出头的日子！"

王崇古赶紧道："只是传言而已，不可当真。本总督还是相信李春芳的为人！"

高拱似笑非笑："高某跟李春芳共事多年，难道不知他的为人？"

王崇古和打儿汉拱手向高拱拜别："后会有期！"

送走了两人，高拱想起张四维的事，心里就一阵怄气。眼前又浮现出四年前狠摔铜镜的一幕。

那一年隆庆皇帝刚刚登基，高拱与徐阶、李春芳、张居正等同入内阁。几位阁臣不满徐阶的一手遮天，暂时结盟，因而高拱与李春芳、陈以勤、郭朴的关系还算比较铁。几个人时常相聚一堂，肆意地相互谑笑，放浪形骸。

有一次，高拱跟李春芳的座主——也就是李春芳进仕时的主考官——礼部左侍郎兼翰林院学士瞿景淳在詹事府内喝茶谈笑。当时的高拱一飞冲天为内阁次辅，春风得意，视朝中百官如同两三岁的婴儿，任凭自己要弄，唯一的对手就只有徐阶。

两人谈着谈着，高拱很是兴奋，不由自主地起身站立，在一面铜镜前伸伸懒腰，舒展手脚。看着铜镜里头自己的身影，英气勃发，高拱愈加兴奋，右手掠了掠额间发鬓，跷起左腿，做了一个飞举的动作，感慨万分地问瞿景淳道："瞿老头过来看看，高某像不像一条腾空而起的神龙？"

"切！"瞿景淳哑然失笑，戏说道，"哪像一条龙？依老朽看来，不过是泥土里的一只小蚯蚓而已。"

太伤感情了！高拱转伤为羞，继而转羞为愤，勃然变色，如同猴子被人取笑红屁股，忽然间跳跃起来，"当啷"一下，狠狠地将铜镜摔在了地上。吓得瞿景淳双手掩脸，躲在一旁。

摔完铜镜子，高拱还觉得恨意未尽，指着瞿景淳谩骂道："不识抬举的老家伙，你别以为教出了一个得意门生尾巴就翘上天去。早晚你会栽倒的！"骂骂咧咧之后，杀杀而出。

从那以后，高拱就跟李春芳结下了梁子。瞿景淳自觉在朝官难做，人难当，干脆在隆庆二年九月告病还乡。第二年七月，愧恨而终。

再之后，高拱被徐阶赶回老家，真的应了瞿景淳的讥语，不但成不了一条飞龙，反而变成野外的蚯蚓。

每每想起瞿景淳讥讽的话，高拱就觉得脸上火辣辣的，仿佛被瞿景淳猛刮了几巴掌，恨得就要咬碎牙齿。

要是碰到命运不济的蚯蚓，高拱就会毫不留情地抬起穿着皮靴的右脚，用力将它踩成稀巴烂，仿佛被踩踏的是瞿景淳或者李春芳。

望着王崇古和打儿汉渐渐远去的背影，高拱紧握双拳，心中大喊："我高拱早晚会成为大明元辅的！徐阶、李春芳、赵贞吉，甚至殷士儋才是只知道在泥土里蠕动的蚯蚓！"

第十五章

螳螂捕蝉

1. 终于干掉这个糟老头

自隆庆三年十二月高拱重新入阁以来，李春芳就感到他这个内阁首辅已经渐渐成了皇帝的鸡肋。其后陈以勤、赵贞吉先后被高拱逼走，李春芳感到现在连鸡肋也当不成了，已经沦为人人避而远之的鸡屁股了。高拱咄咄逼人，张居正也是貌合神离。朝中各种谣言风生水起，每一天上朝，他都觉察到人们在背后窃窃私语。李春芳哀声叹道："京城之大，已无我的容身之处了！"

朝中斗争风起云涌，稍有不慎，就会跌下山谷，摔得全身粉碎。于是李春芳选择了明哲保身，宁可中庸，当个软弱无能之人，也不愿积极有为，博取千古美名。

不久前，淮安府一位号射阳山人的文人吴承恩，千里迢迢给了李春芳一封信，要他功名利禄全抛舍，回去跟他饮茶作诗取乐。

李春芳动心了。那种潇洒安逸的日子，跟朝中整天忧心忡忡相比，简直就是一种令人向往的世外生活。于是在隆庆五年二月初十和十六日，李春芳两次向皇帝提出病老乞休。令他哭笑不得的是，隆庆皇帝不但没有批准，反而增派宫廷太医为他治病疗伤，赏赐猪羊酒馔让李春芳补养身子，以便病愈强壮之后继续为皇帝效劳。

李春芳暗自祈祷，让自己生一场大病吧！

可是不久李春芳就很高兴地发现，不用再祈祷了。隆庆皇帝很快就可以让自己跟射阳山人见面了！

四月二十九日，隆庆皇帝紧急把李春芳召到乾清宫。

"皇上，老臣来了！"

隆庆皇帝一语不发，只给他看一封奏疏。

这是南京吏科给事中王祯弹劾李春芳的奏疏。

"臣王祯弹劾大学士李春芳两次以家中父母年老请辞，可皇上只要一挽留，李春芳就若无其事地回到内阁去。可见李春芳请辞，虚情假意。亲已老而求去不力，弟改职而非分希恩，实乃不忠不义之人！其父李镗在家多有不法之为，乞求皇上明察，将李春芳革职法办！"

李春芳突遭此诬陷，并未觉得痛心疾首，或者是歇斯底里地发疯起来。而是坦然地、直挺挺地跪拜在隆庆皇帝面前，颏下的须发几乎就要垂到地上。

"皇上，老臣自嘉靖四十四年入阁，迄今已有七载！臣只知道有皇上，而不知道有臣身！王祯诋毁老臣欺诈，谁是谁非，自有皇上圣明洞察，何须老臣辩白？老臣早料到会有这一天。乞求皇上看在老臣家中父母双老，以及老臣弥久沉疴之躯，即日放归田里。让王祯清楚看到老臣的真意！"

隆庆皇帝仍旧沉默着，让李春芳倍感迷惑。

李春芳干脆放声大哭："老臣怀抱归乡养老之心已久，乞求皇上遂了臣愿，老臣感恩不尽！"

隆庆皇帝这才吐言道："朕刚刚下诏切责王祯轻率妄言，诽谤辅臣，有失国体。朕念其初犯，暂赦其罪。今后若再胡言乱语，朕绝不轻饶！"

李春芳涕零如雨，沾湿了胸口的胡须。

隆庆皇帝轻抚着李春芳的肩膀，道："李爱卿起来吧，今日朕是断断不许爱卿还乡的。朕不能让王祯等看爱卿的笑话！爱卿回去吧，朕累了！"说完，隆庆皇帝闭目养神。

李春芳只得轻步告退。

没想到李春芳从此之后心灰意懒，去意已决。五月初一，李春芳第二次请辞。隆庆皇帝仍然是一道圣旨，和言抚慰。

初四，李春芳第三次请辞。这回隆庆皇帝口气很硬："朕已俱悉爱卿之意，但是朝中机务繁重，正是爱卿为朕效劳之时，朕岂能放行？朕着令你不准再请辞！"

初十，李春芳第四次请辞。奏疏还没有送进乾清宫，就被隆庆皇帝退回了。

张居正摇摇头："石麓老兄，你这是何苦呢？事不过三，惹恼了皇上，那可不是好玩的！"

李春芳叹口气："老朽非得离开京城不可。惹恼了皇上，老朽倒不怕。要是惹恼了某些大人物，那后果老朽就不敢说了。想想徐阶吧，再想一想欧阳一敬，老朽就害怕得浑身发抖！"

张居正道："石麓老兄一去，高拱就会越发飞扬跋扈，这个世界上恐怕再也没有人能够制伏住他了。"

李春芳闭目叹息良久："老朽何尝不想尽忠于皇上，可老朽在朝中也不过是尸位素餐，在他的眼里恐怕连根草也不是，如何说得上制伏？"

张居正抱拳说道："如此，石麓老兄保重了！"

"徐老先生最为器重太岳，老朽先前也曾得罪，还望太岳宽恕！"

"石麓老兄哪来的话？"

"老朽一去，太岳恐怕也是命运多舛！太岳小心谨慎啊！"

"多谢石麓老兄教诲！"张居正呵呵笑道，"大不了又是装病不出！"

乾清宫内，隆庆皇帝大发雷霆，指着一副苦瓜脸的陈洪道："给朕紧闭乾清门，不许放李春芳进来！"

陈洪垂头丧气："李先生已经在乾清门外跪了三个时辰，哭哭啼啼的，让奴才揪心！"

隆庆皇帝渐渐痛苦了："难道他们个个都不懂朕的心？朕是皇上啊，一国之主。抛弃了朕，就等于抛弃了这个国家。"

"皇上，奴才实在糊涂啊！"

"出去见见李春芳，就说朕身子不适要休息！"

"奴才早已经说过，可李老先生说，皇上一天不召见，他就跪着一天。皇上一个月不召见，他就跪着一个月！"

隆庆皇帝无可奈何地叹口气，说道："出去告诉李春芳一句话，山中无老虎，猴子称大王。"

陈洪问道："皇上，这是什么意思？"

隆庆皇帝突然间面带怒色，斥道："狗奴才多嘴，不该问！小心朕砍了你的狗头！"

陈洪吓得连爬带滚，逃窜出去。不一会儿，陈洪又急匆匆地回来。

隆庆皇帝问道："李春芳怎么说？"

"回皇上的话，李先生只说一句话：强中更有强中手！"

"朕现在明白了李春芳的意思！"隆庆皇帝低头思索了片刻，道，"传朕旨意，李春芳由状元为执政，冯京不愧乎科名；以宰相而养亲，王溥见容于当世。古称盛事，今乃兼之。朕特允内阁大学士李春芳致仕，遣行人曹铣护归，着令有司岁给舆隶八人，月馈官俸六石。"

陈洪蒙了，皇上跟李春芳在打什么哑谜？你来我往，短短两句话就让李春芳光荣而退。陈洪想破了脑袋就是不解其中的深意，只得胡乱猜想，这强中手是高拱呢还是张居正？

此时的高拱府内，人头攒动。韩楫、程文、宋之韩、涂梦桂、王祯等人衣妆亮丽，仿佛在庆祝一个盛大的节日。高拱更是兴奋得像一粒跳动的小球，嘴巴大张甚至可以塞下一个鸡蛋。

王祯满面春风，捧手贺道："恭喜高大人晋升内阁首辅！"

高拱紧紧压住王祯的肩膀，身子颤抖晃动着，努力了许久才蹦出一句话："王大人辛苦了，李春芳这个不倒翁终于落荒而逃了！"

王祯受宠若惊，牢牢握住高拱的大手，哽噎欲泣，让韩楫、程文等人看得眼红。

涂梦桂嬉皮笑脸地凑过来："首辅大人终于可以高枕无忧了！"

高拱哈哈大笑道："本大学士何止是高枕无忧？横着睡、竖着睡，想怎样就怎样。呵呵呵！"

宋之韩道："朝中官员除了乖乖俯听首辅大人的话之外，恐怕没有其他的选择了！"

高拱又是肆意浪笑："本大学士复出两年以来，可谓是战绩辉煌。扫除徐阶余党，击退赵贞吉，李春芳不战而逃，乃至了却毕生宏愿。这一路过来，走得好累，本大学士并未感到丝毫的高兴，反而是一阵寂寞涌上心头。"

韩楫、涂梦桂、王祯等人也跟着狂笑："试问如今的朝廷，还有谁是首辅大人的对手？"

高拱道："鞑子的求和使打儿汉曾经告诉我，草原上最凶猛的就是野狼。高某平生最大的愿望，就是做一匹令人闻声丧胆的月下野狼。"

程文问道：“那么，首辅大人下一个猎物是谁啊？张居正吧！”

“不！”高拱把头摇得跟拨浪鼓似的，“高某能重新入阁，多亏了张居正和陈洪两人。高某绝不是忘恩负义之徒，从来就是视张居正如同自家兄弟。高某深知张居正此人的性子，胆小心虚，畏强如虎。正因为被赵贞吉逼得站不稳脚跟，张居正才三番五次邀请高某出山。说句得罪人的话，张居正满腹的盖世才华，但在官场上，他只不过是一个畏首畏尾的鼠辈人物！”

涂梦桂道：“小人怎么觉得张居正很会打太极拳，高大人不可小觑了这厮！”

“哈哈哈！”高拱仰天大笑，“涂大人说得好，张居正是会打太极拳。但是不要忘了，高某习练太极拳数十年，其中的套路就是闭着眼睛，也可以倒着打练。”

“那是那是，首辅大人一向料敌如神，赵贞吉这样的犟牛都不在话下，何惧一个江陵的文弱书生？依下官看，张居正还不如天天把中庸之道挂在嘴边的李春芳。”韩楫最善于摸准高拱的脾气，“下官妄自揣测，殷士儋将会是下一个幸运者！”

“幸运者？”高拱颇为好笑，“不过能让高某看得上眼，确实个个都是神仙青睐之人。但是碰到高某，恐怕连神仙也保不了！”

韩楫自以为一语中的，颇为得意，于是挺起胸脯，主动请缨道：“对付殷士儋，还是让下官打头阵吧！”

高拱摆摆手，两只臂膀围拢成一个大圈，道：“殷士儋此人，志大才疏，愚不可及，四面树敌，已经给自个儿摆下一张大网。现在我们只要慢慢地收紧，殷士儋就会自坠其中，束手待缚了。”

韩楫道：“愿闻其详！”

高拱道：“这得从郜永春说起。”

隆庆五年四月初四，河东巡盐御史郜永春上疏弹劾宣大总督王崇古及吏部左侍郎张四维之父张允龄相互勾结，贩卖私盐，谋取暴利。那王总督岂是好惹之辈？王总督愤愤不已，倒打一耙，上了一道密奏揭发郜永春过去的斑斑劣迹。原来那郜永春也不是站在干岸上的，隆庆皇帝龙颜大怒，切责朝中大臣不思报国，反而为了私愤把精力都用在相互抹黑之上，成何体统，大损国体。

郜永春哑巴吃黄连，再也不敢吭声。本以为此事就此了了，没想到一波未平，一波又作。其后，河东巡盐御史俞一贯、十三道御史周思充等人，如同雨后春笋，接连不断地上疏弹劾王崇古。

王崇古傻了眼，他在边关整日忙于秣马厉兵，为什么朝中那么多人会把刀刃架在自己的脖子上？这真是躺着也中箭。

张四维怀疑，郜永春等人如此喋喋不休地对父亲和老舅挖料抹黑，其锋芒直指着自己，欲让自己永远不得翻身。

涂梦桂听后连连点头："是的是的，小官多次发现殷士儋经常拉着俞一贯、周思充等人，躲在一旁窃窃私语。"

高拱呸的一声，道："这厮也不撒泡尿照照自己。殷士儋不走，内阁里天天硝烟弥漫。搬起石头砸自己的脚，这厮早晚会落个比李春芳更惨的下场。"

2. 欲让其灭亡，先让其疯狂

进入了十月深秋，枫叶红了，天气日益清凉。而隆庆皇帝也像秋天的树木，渐渐枯萎下去。朝中大臣已经接连数月没见过隆庆皇帝一面了。如同一个游荡的幽灵，隆庆皇帝时常闪现在储秀宫、咸福宫、永寿宫等东西六宫里。一个个倾国倾城的韶华佳人，从风和日丽的江南、崎岖不平的川边，甚至是黄尘滚滚的塞内，在太监孟冲的悉心照料之下，就像一盘盘美味佳肴，绵绵不绝地端到了隆庆皇帝的嘴边。乱花渐欲迷人眼，隆庆皇帝已经完全沦陷在玉体横陈之中。炫目的胴体，销魂的飘飘然，使得孟冲进献的一粒粒略显暗白的秋石童遗丸，成为隆庆皇帝最为牵挂的外廷之事。

至于朝中大政，隆庆皇帝无暇更无心去顾及，让高拱和张居正去理会吧！朕要做一个快乐天子！

自从高拱担任内阁首辅半年以来，朝中呈现出一片肃杀的氛围。吏部铨选大权，这是高拱一张威力极大的王牌。只要这张王牌牢牢捏在手掌心，朝廷百官就不得不仰人鼻息。隆庆皇帝把前任吏部尚书杨博召回来，高拱立刻看出了隆庆皇帝的用意，立即上奏道："土蛮汗正对辽东虎视眈眈，兵部尚书郭乾已致仕，朝廷不可以一日无主兵之人。杨博长于军事，胸有韬略，可任兵部尚书。"于是杨博就被任命为兵部尚书。

高拱的势力就像一张大网，笼罩了整个北京皇城。张居正开始不安起来，他的拥护者大都是徐阶的嫡系人马。可是现在一个个都被高拱连根拔除，扫荡一空。但是张居正相信"月盈则亏，水满则溢"的天理，如今正是高拱如日中天的鼎盛时刻，韬光养晦仍然是最佳的应对之策。学一学徐阶吧，为了能够一举击倒严嵩，徐阶忍了十几年，甚至不惜长子徐璠之女的幸福，将她推入火坑，成了严嵩龟孙子的小妾。

高拱不可怕，可怕的是盲动，作茧自缚，于是张居正忍住了任何可能招致落败的冲动。

不过另一边，殷士儋已经与他们开始过招了。隆庆五年十月二十五日，御史赵应龙向乾清宫呈上一封弹劾奏疏，上面说内阁大学士殷士儋凭借着宦官陈洪之力入阁，依仗阉党，不可以参大政。

奏疏送到了乾清门值班小太监手中，小太监急急忙忙地进宫。孟冲展开略微一看，心中大声叫好，陈洪那厮平日老跟自己过不去，抢首珰的位置，这回要整一整他！

小太监道："孟爷，小的马上呈给皇上吧！"

孟冲劈头骂道："小畜生，这奏疏里头诬蔑了陈洪，败坏内侍的名声，能给皇上看吗？"

小太监搔着后脑勺，弱弱地问道："那给谁送去？"

孟冲道："爷要你亲手交给殷士儋府里去，让他负荆请罪吧！"

殷士儋看到赵应龙的奏疏后，心里一阵慌，赶紧找到陈洪。

陈洪气急败坏地骂道："这一定是张四维那厮搞的鬼！"

殷士儋紧咬牙根，咒骂道："有其父必有其子，一家老少都是这么奸恶，为什么还不绝户？你狠，老子比你更狠。你张网捕鱼，我就拼你个鱼死网破！"

第二天清晨，陈洪就拿着御史周思充等人的联名奏疏，屁颠屁颠地进宫。

隆庆皇帝经过一夜的疲惫，心情不佳，懒懒地问道："这又是什么奏疏？"

陈洪答道："皇上，御史周思充等人弹劾张四维，隆庆四年十月初十，以翰林院学士升任吏部右侍郎。十二月十二日，又升为吏部左侍郎。短短两个月，由正五品一跃飞升为正二品，如今又觊觎内阁大学士之位，皆是厚赂高拱，仰仗高拱之力。其舅王崇古、其父张允龄勾搭成奸，谋求暴利，贪赃枉法。一家人奸邪如此，乞求皇上将张四维革职。"

隆庆皇帝心烦得很："这些大臣，每天只知道钩心斗角，让朕日夜不宁！朕心烦，把周思充的奏疏拿出去晒一晒，让大家去议论议论，是非曲直自然明。"

奏疏传开来不到一个时辰，就闹得朝中沸沸扬扬。张四维一走出吏部署衙，就感觉背后有无数双异样的眼睛在盯着自己。他一路上耷拉着脑袋，不敢抬眼，出了大明门，急匆匆地躲进一辆大马车，头也不回地离开了。

回到府中，张四维的两颊还是火辣辣的，弄得心神不宁，茶饭不思，羞愤难忍之下，向隆庆皇帝递上辞呈，从此紧闭大门，深居不出。

张四维一辞职，就等于高拱被打了一记响亮的巴掌。高拱整日在府内急得像油锅里的青蛙，恨不得把殷士儋大卸八块。

高拱把桌子拍得噼里啪啦作响，嘶叫道："殷士儋，你是活得不耐烦了。"

韩楫几乎就要气爆五脏六腑，道："首辅大人，下官实在无法忍受这贼厮的侮辱。下官要跟这贼决斗！"

次日一大早，殷士儋的家人就看到府第大门上贴着一张纸条，上写着："刑科给事中韩楫愿与殷大学士决斗，时间：今日。地点：内阁。"

殷士儋火冒三丈，一下子将小条子撕成碎片，吼道："韩楫这猪狗，老子不把你剁了就不姓殷！"骂完拔腿就要走。

家人吓得脸色发青，紧紧扯住殷士儋的衣裳，哀求道："老爷，万万不可跟那畜生一般见识，会闹出事来！"

殷士儋冷笑道："殷某十五岁时就上山打猎，深夜闯荡狐鬼废宅！殷某连鬼怪都无惧，还怕那猪狗？"（注：清代蒲松龄《聊斋志异·狐嫁女》：历城殷天官，少贫，有胆略。邑有故家之第，广数十亩，楼宇连亘。常见怪异，以故废无居人。久之蓬蒿渐满，白昼亦无敢入者。……公笑云："有鬼狐当捉证耳。"殷天官即指殷士儋）

殷士儋说罢，连早饭也不吃，唤来大轿，直奔午门而去。一路上不断地催促轿夫："还不加快脚步，本大学士要拿着韩楫的血肉当早点！"

唬得轿夫三步并作两步，没多久就到了午门外。穿过午门，殷士儋火急火燎地大踏步迈进内阁。果见韩楫怒目金刚似的正襟危坐，高拱跟张居正也是一语不发，沉闷而坐。

殷士儋见了韩楫，顿时两眼发红，酷似熟透了的苹果。殷士儋不待韩楫有所反应，就冲口大骂道："听说有个姓韩的畜生要跟殷某决斗，有种的就拔出刀刃，看谁先见血？"

韩楫猛地拍桌而起，回敬道："殷士儋，你别以为韩某就怕了你——"话还没有说完，殷士儋飞起一脚，身旁的圆凳子如同长了翅膀和眼睛，"嗖"地一下仿佛利箭一般，只听见"哎哟"一声惨叫，正好击中韩楫的小腿肚。疼得韩楫弯下腰，浑身直冒冷汗，哆嗦个不停。

张居正赶紧跑过去扶起韩楫，道："韩大人，这里是内阁，不是六科廊。要是你跟正甫有什么过节，皇城这么大，随便找个处所私聊算了。皇上知道了，中玄的脸上也不好看。"

韩楫疼痛难忍，两眼虎视着殷士儋，恨不得把他一口吞下。哼哼几声，委屈地盯着高拱。

高拱虽然硬横，但看到刚才殷士儋的勇力，不由得气馁。心想好汉不吃眼前亏，这么多艰难险阻都闯过了，早晚要收拾殷士儋的。于是对韩楫说道："韩大人没事吧，要不要找个太医瞧瞧？"

韩楫硬撑着，在张居正的搀扶之下，摇摇晃晃地起身站立。心下苦叫道："倒霉！今天脸丢尽了。"又不敢直面正视殷士儋，偷偷乜了一眼，又见他卷起袖子，露出铁锤般的拳头。一丝恐惧袭来，生怕殷士儋冲过来，于是假装"啊"的一声，依偎着张居正而立。

张居正平静地看着高拱，说道："我等都是皇上的臣子，今后日子还长着哩。总得要和和气气，俗话说：'家和万事兴。'"

高拱会意，给韩楫使了个眼色："韩大人，高某扶你回家吧！"

"想走？"殷士儋双手叉腰，摆开架子，横在门中央，"高拱，殷某有句话要问，问完大家都走。"

高拱叹了口气："什么话？"

"听说高大人一直想对殷某不利，殷某也不是怕死的胆小鬼。有什么怨恨那就当面直说，何必找了那么多喽啰对殷某文攻武吓？"

高拱讪笑道："太岳，你瞧瞧，殷士儋这是说什么话？"

"高拱，你是什么东西？你给老子摆正位置再放臭屁！"殷士儋突然间厉声道，"殷某早就对你的倒行逆施忍无可忍了。前者你为了把张四维拱入内阁，在皇上面前对我竭力贬损，我那时就想找你说个理。"

"嘿嘿，高某从不与龌龊之人讲理的！"

"高拱，你实在可恶！你简直就是一只永远填不饱肚子的野兽！驱逐陈以勤，驱逐赵贞吉，然后是李春芳。现在又想把我赶出内阁，好让张四维那厮入阁。多行不义必自毙，像你这么个连街头小混混也不如的人，有何德何能窃居首辅大位？今天殷某就是要把你拉下来！"

突然间殷士儋变成了一个凶神恶煞，瞪圆的眼珠子快要掉下来。"呼"地一下，扬起铁拳，怒吼道："今天我要替陈以勤、赵贞吉、李春芳出口恶气！"

没等高拱说话，殷士儋的铁拳就朝着高拱的脸砸过来。高拱吓得魂飞魄散，惊叫道："我的妈呀！"只见到眼前一个黑影晃过，高拱赶紧闭上眼睛，双手抱头如同袋鼠弹跳疾飞出去。

"当啷"一声巨响，殷士儋的拳头正打在桌案上，立即像撕开一块布料般裂了个缝，震得茶杯东倒西歪，搁在笔架上的一大把毛笔全被震飞，甩出无数墨滴，溅得高拱满身都是。在旁的张居正也未能幸免于难，瞬间鼻子、眼睛墨迹斑斑，成了大花脸。躲在一旁的韩楫更是惊得屁滚尿流，瞠目结舌。

张居正来不及擦掉脸上的墨水，大声喝道："殷士儋，不要乱了

64

法度！"

高拱惊魂未定，殷士儋又狠狠追打过去，发疯似的叫道："高拱，殷某今天非把你打入地府不可！"

高拱惊得六神无主，哭号着惨叫道："来人哪！要出人命了！"

张居正已顾不了许多了，猛地扑过去紧紧抱住殷士儋，这时候门外冲进来三四个人，终于把殷士儋制伏了。

高拱只觉得目眩良久，面前一片昏黑，额头上、身上尽是冷汗，差点儿晕迷过去。

乾清宫内，隆庆皇帝听到奏报后勃然震怒，拍案高叫道："反了，简直要反了！内阁武斗，大明立国两百年来闻所未闻，见所未见！如今这事就发生在朕的臣工身上，朕有何颜面去见列祖列宗？"

孟冲闯进来奏道："皇上，殷士儋正跪在乾清门外，披头散发，伏地恸哭不已，乞求皇上降罪！"

"降罪降罪！殷士儋有几个脑袋让朕砍？"隆庆皇帝怒气冲冲，"让他回府吧！明早再来乾清宫向朕认罪！"

第二天，进了乾清宫的不仅是殷士儋，还有御史赵应龙和侯居良的两封弹劾奏疏。

隆庆皇帝把奏疏甩到殷士儋跟前，道："你自己看看吧！都是弹劾你始进不正，求退不勇。还给朕留足了面子，并未提及昨日斗殴的丑事。"

殷士儋泪下如雨，泣道："臣无话可说，乞求皇上恩准臣致仕吧！"

隆庆皇帝恨不得猛踹殷士儋一脚，斥责道："致仕致仕，你以为北京城就是菜市场！说来就来，说走就走！"

"皇上——"殷士儋失声大哭。

"罢了！"隆庆皇帝摇摇头，"朕知道你有许多委屈！但是不应该那样大闹内阁，让世人看朕的笑话！朕赐爱卿乘传归乡，让爱卿比徐阶、李春芳，哦，还有那个赵贞吉、陈以勤更为优渥，更为荣耀，如何？"

隆庆五年十一月十一日，入阁整整一年的武英殿大学士殷士儋带着道不尽的恨意和无奈，乘坐着吱扭吱扭的豪华大马车，离开了繁华富丽的北京城。殷士儋回到山东济南老家之后，心灰意冷，闭门不出，甚至拒绝跟任何人谈起朝政的事。

张居正伫立在正阳门外，身后站着姚旷和家奴游七，看着渐渐远去的马车，伴随着夕阳西下，感慨不已。

姚旷给张居正披上一件大衣，道："大人，天冷了，回府吧！殷士儋这么一走，内阁里就只剩下爷跟高拱了！从此将不再疯狂。"

张居正淡淡地道："疯狂是灭亡的前奏！"

3. 帝国之剑

"大人！"姚旷不无担心地说，"如今朝中已经是姓高的天下了。北京城内，高宰相之名，妇孺皆知。高拱犹如炎炎热日，让人不可逼视！"

张居正深深感叹道："看来，本大学士看错了高拱此人！"

游七问："莫非爷后悔当初让小人去找高拱了？回头蛇咬人更狠毒的！"

张居正摇摇头道："论才干，高拱一点儿也不亚于徐阶，比老是念念不忘中庸之道的李春芳更胜一筹！可惜高拱为人太狠躁，眼睛容不得一粒沙子。"

"性格决定命运。爷能屈能伸，必胜。高拱必败！"游七攥紧拳头道。

张居正撇嘴笑道："个人成败无所谓了！大明帝国需要一次中兴，而高拱就是这次中兴的奠基人之一！"

游七吓了一跳："爷，抬举高拱了！"

张居正很严肃："你看过《三国演义》吗？高拱就是曹操，相继剿灭了吕布、袁术、袁绍、刘表。现在朝廷上各派系的人马已经被高拱扫灭一空，似乎比之前更加紧密团结了。边关也从未像今天这样固若金汤。辽东，李成梁如同定海神针，尽管察哈尔部的土蛮汗和女真各部相互勾结，不断地掀起惊涛骇浪，可是辽阳、锦州依然屹立不摇。蓟镇，戚继光就是一道不可逾越的城墙，让土蛮汗望而生畏。山西，顺义王俺答汗已经归降，宣大总督王崇古已经快成只会吟诗作对的文人了。两广，殷正茂就是孙悟空的金箍棒，海寇也好，壮贼也好，碰到殷正茂必成齑粉。王崇古、殷正茂正是高拱所举荐之人，高拱用人之术，本大学士深深钦佩！"

游七叹气道："可惜帝国的这四把利剑中，已经有两把是握在高拱手中。"

张居正面带微笑："不要忘记了，本大学士手里也握着两把更为锋利的宝剑：戚继光和李成梁！"

"爷时常跟小人提起国家的大事，小人受益匪浅。"

"虚心学，到时候本大学士给你一官半职做做！"

游七连忙拜倒在地："爷，游七不要做官。游七是粗人，不配得一官半职！游七宁愿一辈子做张府的老管家！"

张居正"哦"了一声，满脸惊讶，猛地拍了拍游七粗壮得如同大象腿一般的胳膊："游七，你为人倒也忠心耿耿。俗话说，宰相门下无白丁。本大学士不会亏待你的！"

游七啪啪磕了两个响头："爷待小人胜过亲生父母！小人今世莫忘！"

"起来吧，省的丢人现眼。本大学士要去内阁了！"说完，张居正抛下游七，带上姚旷离开正阳门，径自上轿而去了。

一路上张居正心神不宁，徐阶、郭朴、陈以勤、赵贞吉、李春芳、殷士儋六人相继离去的情形历历在目。想一想高拱那不可一世的表情，张居正沮丧地问自己：我会成为第七个人吗？现在高拱好像一个防守严密的城堡，张居正真的不知道要从哪儿突入，尽管总有一天高拱会溃败的，但是至少在今天，高拱还是坚不可摧的。

过了协和门，东边就是内阁厅堂。张居正故意放慢脚步，心扑扑直跳。张居正心内大喊，难道我真的就那么怕高大胡子吗？

"高拱，我们的战争就要开始了！"张居正仿佛看到了高拱那张可怖的古铜色脸庞，以及那双闪着寒光野狼似的眼睛。瞬间涌起一股必胜的勇气，于是捏紧拳头，加快脚步，毫无顾忌地迈入了内阁堂房。

房内出奇的寂静，只有高拱一人正伏在案桌埋头查看《大明辽东舆图》。

张居正进来的时候，高拱头也不抬就问："太岳回来了？"

张居正丝毫没有任何情绪上的波动，殷士儋是高拱的死敌，张居正是断断不会提及送别的事。张居正也不回答，顺手拿起摆在案桌上的一封信件，那是辽东巡抚张学颜从数百里之外锦州呈送上来的急报。

"皇上很担心，张学颜报告说察哈尔虏酋土蛮汗纠集泰宁虏酋速把亥，发兵十万，侵犯辽东。"高拱展开《大明辽东舆图》，指指点点，"这一次，虏敌从辽河出兵，锋芒直指沈阳，其意在跟东部的建州女真三卫遥相呼应。只要攻下沈阳，就可以打开辽河跟建州的通道。一旦沈阳沦陷，大明东北境岌岌可危啊！当檄令辽东巡抚张学颜迅速移师沈阳，以备不虞之测。"

张居正仔细端详了辽东地图，摇摇头道："中玄错了！土蛮汗意在辽阳而不在沈阳。土蛮汗、速把亥跟建州右卫都指挥使王杲相勾结不久，土蛮汗狡诈多疑，不会那么快就跟他们成了一块铁板。前日辽东的使者来报，册封俺答汗为顺义王之后，土蛮汗在察罕浩特的汗廷里整日悒悒不乐，大骂说俺答汗只不过一个下人，就封王授爵，现在都快要骑到他的头上了。于是土蛮汗东结建州三卫，企图两面夹击，犯我辽东，从此逼迫朝廷册封他为王。土蛮汗此战，必向辽阳，只以此向我大明示威。辽阳一失，全辽震动。"

"哦？"高拱耸了耸大胡子，手指在地图上比画了半晌，忽然猛拍自己的额头，叫道，"对啊！太岳说得对极了！这头土蛮汗跟速把亥要攻破沈阳，那边建州女真要攻破抚顺。我军千步一堡垒，百步一城墙。凭着那些生吃肉活吞食的野人，就是一百年也未必攻得破。本首辅当檄令张学颜，调集重兵把守辽阳。高某要让辽阳永远成为土蛮汗的伤心地！"

"切！即使土蛮汗打下辽阳城，有你这张厚脸皮在，大明还不是安然无恙吗？"张居正暗自骂道。

高拱却不知道张居正心中怎么想，急匆匆地说："太岳赶紧给张学颜发文书吧！"

张居正道："中玄莫急！辽阳有李成梁这颗硬桃核在，土蛮汗的老牙齿恐怕要嗑掉好几个！无论是察哈尔人、泰宁人，还是女真野人，李总兵都是一道难以逾越的高墙!"

说着,张居正面朝东北,喃喃自语:"李总兵,你便是辽东的万里长城!一切全拜托了!只要保得辽东无恙,大明的江山就安如泰山!"

此时远离北京一千五百里之遥的辽阳城,这个号称大明帝国最坚固的辽东堡垒,如同一个巨人,没日没夜地监视着蠢蠢欲动的敌人!

辽阳南北二城合呈一个巨大的"日"字,城高三丈有余,周长二十二里。外墙砖包夯土砌筑,宽竟达两丈余,城墙上足够跑过一辆大马车。在辽阳城下,任何人都不得不惊叹,高厚壮固,大明帝国北部最坚硬的护甲!

辽东人除了庆幸有这么一座可以让他们安心睡大觉的坚城之外,更让他们无比骄傲的是,他们拥有一个保护神——辽东总兵李成梁。

李成梁,辽东铁岭人。英毅骁健,是个天生的帅才。其先祖李英羡慕中原王朝的富庶,渡过鸭绿江,从朝鲜迁到辽东去,被授予铁岭卫指挥佥事。但是李英之后,很快就家道衰落。李成梁的幼年,度过了一个令人难熬的贫寒时代。李成梁得不到世袭的特权,所以过了不惑之年仍然是一个在学堂里日夜勤读诗书、苦于缺银子赴京赶考的书生。

世道无情,并未使李成梁受到丝毫的打击,反而让他更加果敢、坚毅。皇天不负有心人,终于有一位巡按御史邂逅之后,惊叹李成梁为天人,赶紧赠他银子。李成梁这才进京考取功名,世袭了指挥佥事。此后,李成梁屡建功劳,嘉靖皇帝将他提携为险山参将。

再之后的戎马生涯里,李成梁让世人惊喜,展现出了一代名将的风范。隆庆元年夏天,俺答汗伙同土蛮汗对大明东西夹攻。土蛮汗的骑兵长驱直入永平,逼近大明皇陵,一时间朝中天塌了似的。李成梁迅速西援,在土蛮汗的侧背后狠插一刀。这一刀,也让李成梁成了辽阳副总兵。担任副总兵的三年多时间内,李成梁东讨西征,杀敌无数,成为辽东最为耀眼的一颗将星。

隆庆四年九月,辛爱黄台吉在流水堡诱杀辽东总兵王治道。一时间山河变色,朝野动摇。这是大明帝国十年之内第三个辽东总兵死于敌手。从此,总兵这个统帅大位不再成了香饽饽,反而成了许多人的梦魇。

隆庆皇帝毫不犹豫地将李成梁提携为总兵。李成梁感到身上的每一个细胞都沸腾起来，他向南叩了三个响头之后，风风火火地坐上了总兵的虎皮座。看到辽东军备废弛，李成梁四处修筑堡垒、城墙等坚固工事。不拘一格，提拔将校人才。重金招募勇士，严格训练，从而使辽东兵成为大明最精锐的军队。李成梁一下子四海扬名，跟抗倭猛虎戚继光并驾齐驱，人称南戚北李。

李成梁站在高大坚固的辽阳城墙上，目光如炬，眺望着远方茂密的丛林和连绵云雾中的高山峻岭。剽悍的身材，粗壮的胳膊，脸上露出难以摇撼的坚毅表情，以及身上耀眼灿烂的金甲铁帽，李成梁站在众人当中，简直就是一尊屹立不倒的铁塔。

副总兵赵完问道："大帅，鞑虏跟我们相持已经三个月有余了，距边境仅仅百余里，可他们既不撤退，也不想交战，到底要干什么？莫非只是疑兵之计，明修栈道、暗渡陈仓。虚指辽阳，实攻沈阳？"

李成梁胸有成竹地说："本帅的判断跟张相爷如出一辙，土蛮汗只会攻打辽阳。这一次，土蛮汗兵分左右两路，左路主将大索者儿忒、右路主将九合拿木大，两人都是土蛮汗的心腹之将。赵将军莫疑，本帅久经沙场，从未失误过！"

赵完担心地道："可是鞑虏就这么既不进攻，也不撤退，弄得全军上下草木皆兵，食寐不安。"

李成梁呵呵笑道："将军别急，五天之内，鞑虏必定内犯。"

赵完半信半疑："大帅何以如此有把握？"

李成梁转过脸，眯着双眼，狡黠地道："本帅前日卖了一个幌子，让人四处宣扬辽阳城内除了五千老弱看守粮草之外，其余全部都转移到沈阳去了。"

"那鞑虏会中计吗？"李成梁的爱将郭承恩问道。郭承恩扬了扬右臂，露出满是伤疤的胳膊，每一处伤疤都记录了战斗的惨烈。他现在担任的职务是李成梁也曾经做过的险山参将。

"本帅挖好了坑子，不信鞑虏就不跳下去。"

"父帅，那我们还等什么，三个月了，孩儿早就按捺不住了。恨不得跨上战马，挥舞大刀，痛快淋漓地斩杀一场。"一个二十岁有余的英睿少将从几人之中闪出，他就是李成梁的长子李如松。虽然现在只是一个万户，但其刚健似骄阳，谋略惊人，早已被众人视为李成梁的接班人，未来必定是威震天下的一代名帅。

"松儿又犯急了！打仗不是靠匹夫之勇，而是靠你的脑袋瓜！为父不知教导多少次了！"李成梁显得很生气，高声斥道。众将不禁打了一个寒战，这李成梁向来治军甚严，治家也如治军。平日操练，李如松必定要跟普通士兵一同习武，如出半点儿差错，任凭众人如何相劝，李成梁的棍棒责罚是绝对少不了半下的。

李如松不服气地说："父帅不是教导先发制人，后发制于人吗？"

"如松退下！"李成梁厉声说道，"一个毛孩懂得什么交战之术？还不快闪在一旁！"

李成梁发怒时说话如同打响雷，众将听得耳朵轰鸣不已，内心大受震服。

"众将听令！"李成梁挥着左手的小令旗，辽阳城上顿时肃穆起来。李成梁手里令旗的每一次挥动，都意味着一场暴风雨又将来临。血肉横飞，尸堆如山的惨况，又将上演。

当然，荣耀从来都是在热气腾腾的鲜血之中产生出来的。每一个想当元帅的人都热切渴盼听到战场上那充满血腥味的激烈碰撞声。仗还没有打，人们都仿佛湮没于漂杵的血海之中。

"参将郭承恩！"

"末将在！"

"命你在明天日落之前赶到虎皮驿，阻敌深入犯内之路。违令者斩！"

"末将得令，明天午后必到虎皮驿，如违令，末将甘愿提着脑袋来见大帅！"

"游击将军安鳌，驰赴奉集堡，与郭承恩形成掎角之势；备御裴承祖，驰赴鲍家屯；柯万驰平房堡、齐可驰一堵墙，拱卫沈阳城的安全，袭扰鞑虏的侧后翼。"

安鳌、裴承祖、柯万、齐可四将拱手听令。

"兵备使王之弼、监军郎中王念，尔等二人督运粮草，不得有误。要是听到一个士兵喊饿，本帅就割下你们的头颅，蒸烂了，给弟兄们充饥！"李成梁半是玩笑，半是严令。众人纷纷掩嘴，想笑而不敢笑。

李如松憋不住了，轻轻扑哧一声笑了。

李成梁斜眼冷对："如松，你就跟随在我的身旁，看为父如何杀敌。"

李如松立刻挺身站如松，干脆响亮道："松儿听令！"

4. 卓山大捷

土蛮汗的左路军统帅大索者儿忒这几天连续抓到了几个辽阳城内砍柴的居民，经过审讯之后，有的说辽阳城内有五千人，有的说只有两三千人，大部队都北移到沈阳去了。

大索者儿忒狂喜，一口气吃了四斤羊肉和一大桶马奶酒。帐下有个叫炮儿太宁公提的将领笑嘻嘻地说："大头领，辽阳一片空虚，此时正是夺取辽阳的天赐良机！机不可失，失不再来！大头领，趁早袭击吧！"

大索者儿忒一面用力地撕着手中的羊腿，一面看着土蛮汗从察罕浩特汗廷发来的文书，不住"嗯嗯"地点头："大汗也是这个意思！夺取辽阳，进占辽东腹地，不怕中原的皇帝不低头！"

炮儿太宁公提霍地起身请战："末将愿率领五千精骑为先锋，挥师直取辽阳。大头领率大军跟随末将之后，必克辽阳。"

大索者儿忒"啪"的一声甩掉手中残剩的羊腿："如能攻下辽阳，你为第一功。美女、财物尽归你，如何？"

炮儿太宁公提乐得大张嘴巴，露出上下两排不甚整齐的牙齿："中原的美女多如天上的星星，随便抓住一个就是肌肤白嫩嫩的，呵呵——"说着口水奔拉在嘴边就要流淌下来。

大索者儿忒也跟着哈哈大笑，忽然间猛踢炮儿太宁公提一脚："这回可不许把上等的货色都私藏起来。"

炮儿太宁公提连连点头之后，迫不及待地走出营帐，飞快地跨上一匹棕色马，拼命地舞动着手中的镶银宝剑，恶狠狠地喊道："察哈尔的勇士，跟随本将，夺下辽阳城，狂欢五天五夜！"

数千察哈尔骑兵哗啦啦地高呼着，群起激昂，响声震彻山谷。

炮儿太宁公提率军前行数十里，指着远方一个个土砌的碉楼，叫道："那就是酒望墩！过了酒望墩，便是汉人的领地了！"察哈尔骑兵又是高呼："胜利！胜利！"如同一阵旋风，很快就把酒望墩甩在了身后，再前行数十里，眼前群山逶迤，密林郁郁葱葱。

一个哨探骑着马，慌慌张张地跑来报告："将军，不好了。前方出现汉人的旗帜！"

炮儿太宁公提定睛一看，果见远方密林之中，隐隐约约可以看到一大片五颜六色的明军战旗。炮儿太宁公提大惊，问道："那是什么地方？"

身旁的向导说道："卓山，过了卓山，就是辽阳！"

卓山这边，李成梁率领两万人，正缓缓而进。队伍的前头是一千人炮手和弓箭手。在炮儿太宁公提发现明军的同时，李成梁也发现了敌人。

赵完赞叹说："大帅果然料敌如神！这不，第三天了，鞑虏终于出现了。"

李成梁却不理会赵完的高帽子，脸色严峻，呼呼地下令："弓箭、火炮在前，骑兵在后，继续前进！"

两方人马似两大团巨大的云彩慢慢地靠近了，明军甚至可以清楚看到马背上盘着辫子的察哈尔骑兵。

李如松失声叫道："父帅，看纛旗和人数，不过四五千人，不像是大索者儿忒！"

李成梁稍稍失望："不错，这是鞑虏的先头部队！大索者儿忒必在其后，先把他们歼灭了，再寻找大索者儿忒！"正欲发令攻击，却看到敌军阵脚移动，有撤退的迹象。李成梁大喊，"兄弟们冲上去，将他们包饺子了，别漏走一个！"

明军阵中，号角呜呜呜叫，战鼓同时擂响，军旗晃动。前方的炮手和弓箭手率先进攻，万箭齐发，雨点般落在敌人阵中，紧接着又是一阵轰鸣的炮响，敌军顿时大乱，溃不成军。

"杀啊——"明军的骑士们个个像炮筒出来的弹丸，飞也似的争先恐后冲入阵中。李如松更是瞪着一双冒火的眼睛，骑着一匹白马，抢起手中的大刀，比刮风还快，瞬间就杀进了敌军阵中。呼呼几下，李如松刀起头落，只见敌阵中人头乱滚，鲜血飞溅。

察哈尔人惊惧地狂叫："天降神人，我们挡不住了，快逃啊！"炮儿太宁公提早已吓得魂不附体，伏在马背上，出了一身冷汗，胳膊抡圆了抽打马屁股，没命地跑。

炮儿太宁公提还没有跑出酒望墩，忽地前头又冲杀出一大队彪悍的辽东骑兵，原来是险山参将郭承恩听到卓山炮声，从虎皮驿包抄过来，切断了炮儿太宁公提的退路。炮儿太宁公提扭过头一看，自己的部下正被辽东骑兵四处追杀，满山遍野地逃窜。

明将朱良臣、马文龙疾风骤雨般逼赶着炮儿太宁公提。眼看就要追上了，炮儿太宁公提心下一狠，猛地抽打着马屁股，抛下身旁的部属，往丛林里一栽，一溜烟儿跑得无影无踪了。

主将一失，敌军更是如同无头苍蝇，翻山的翻山，穿林的穿林，坠崖的坠崖，任凭辽东兵骑射砍杀。

李成梁不断地下令擂鼓，传令继续追击。越过了卓山，又追出了酒望墩。

李成梁奔袭了两三百里，眼前一片荒山野岭，黄沙漫漫。蓝天骄阳之下，不远处的地方，石头堆砌的营帐围成一圈，周边竖立着数十支高大、描绘着各色走兽的纛旗，像蝙蝠一般在风沙中乱拍动着。数不清的黑影子在不停地走动着，传来了一阵阵叽里呱啦的慌叫声。

李如松兴奋地叫道："父帅，我们找到了贼窟！这回大索者儿式逃不掉了！"

李成梁勒住战马，对着身后斗志昂扬的辽东骑兵说道："勇士们，你们的荣耀时刻到了！为皇上效忠、为国家效忠的时刻到了！"

辽东骑兵们各个紧握拳头，刀剑在空中乱击，高呼着："万岁！万岁！"这是辽东骑兵杀敌之前惯用的誓师方式，数万人齐声呐喊，令人十分震撼。惊吓得天空的飞鸟呼啸四散而去。

李成梁下令："炮手、弓箭手环绕一圈，射、发之后，骑兵趁乱火速攻击！"

赵完有点担忧了："鞑虏的营帐外围是一层石头堡垒。易守难攻，需要一支敢死队破斩而入！"

李成梁转头看着李如松。李如松立即读懂了父亲的意思，请求说："孩儿愿率领一支敢死队，直捣敌军大营！孩儿定要亲手宰杀大索者儿忒，献给圣上！"

"壮哉，松儿！好男儿当战死沙场，为国尽忠！给你五百猛士，没砍下大索者儿忒的人头，别来见我！"李成梁高昂着头，向李如松投去了鼓励的目光。

察哈尔军帐中，炮儿太宁公提衣裳褴褛，满脸的惊恐不安，磕磕巴巴地报告："大统领，李成梁率三四万大军已经把我们重重包围了！"

大索者儿忒愤愤地摔破手中的酒杯，一脚把炮儿太宁公提踹倒在地，骂道："混账东西，不是说辽阳城只有四五千守军吗？怎么突然间冒出来了三四万明军！"

炮儿太宁公提哭泣道："末将也不知道啊！五千先头部队，已经逃得一个不剩了！"

大索者儿忒恨恨地骂道："我们中了李成梁这只狐狸的诡计了！逃命吧！回到汗廷，向土蛮汗认死罪算了！也总比死在李成梁刀下好啊！"

炮儿太宁公提号叫道："可我们要往哪儿逃？四面八方都是辽东骑兵，天绝我也——"哭声未完，忽地炮声连连，夹杂着雨点般的利箭，惊天动地。军帐外扬起阵阵尘土，漫天遮日。察哈尔人哭爹叫娘，乱作一团。

大索者儿忒与炮儿太宁公提冲出帐外，大叫："别慌，迎战，迎战！"

炮儿太宁公提抽出大刀，凶杀杀地高举在空："察哈尔的勇士们，战也是死，逃也是死！我等宁可马革裹尸而还，成吉思汗的子孙永远都是站立着死！"

"嚯嚯"！一个个察哈尔人拿起武器，齐声叫道："成吉思汗的子孙永远都站立着死！"

明军阵中，鼓声震天，杀喊声摇撼着大地。旌旗挥舞，在太阳光的照射下，更显得艳丽无比。

李成梁手中的令旗一挥，数不清的明军将士如同涌潮般扑过来。李如松率领五百人奔跑在队伍的最前头，向前挺起大刀，宛如一尊天神，在马背上显得神采奕奕，令察哈尔人望而生畏。

双方还没有接战，忽然狂风刮起，黄沙铺天盖地，天空顿时阴暗下来。明军将士根本就看不清对方的脸，盲目地砍杀着。刀剑的碰撞声、凄厉的哀号声、战马的嘶鸣声以及将士的吼叫声，搅拌成一片不堪入耳的嘈杂声。

只见尘土之中，杀出一个骑着白马的骁勇少将！炮儿太宁公提瞬间魂魄皆飞，抱头鼠窜，边狂跑，边惊叫："白马天将又杀来了——"

李如松在乱尘中只看到炮儿太宁公提的身影，纵马飞奔过去，举起大刀，咔嚓一声，炮儿太宁公提人头落地，滚出几步远。

战至夕阳西下之时，这才渐渐沉寂下来。风沙退去，满地尽是死去的察哈尔人尸体和马尸，各种器械扔得满地都是。敌军的战旗几乎烧成灰烬，有的还在腾起轻淡的烟。

明军将士每个人的身上都披满了黄沙，混合着鲜血、汗水，一个个仿佛是从地狱爬出来似的。

李如松的大刀早已经砍卷了刀刃，却还在不停地滴着鲜红的热血。身上的盔甲破败不堪，失去当初的靓丽。

"真神勇也！"副总兵赵完竖起大拇指。

"父帅！"李如松突然间扔下手中的大刀，跪倒在地，双膝没入了尺余深的黄沙，"让大索者儿忒跑了！请父帅责罚！"

李成梁用力地拍去身上的沙尘，慢步走近李如松，伸出血迹斑斑的右手，深情地抚摩着李如松的头："铁岭李家的男儿本该如此！为父的无话可说！起来吧松儿，咱们凯旋！"

郭承恩站在一旁，满脸的悲戚。

"郭参将，战果如何？"

郭承恩抹去脸上的血汗水，咬着牙，一个字一个字地报告："大帅，此战我军大获全胜。鞑虏死者不可胜数，绝不少于三千人。我军割下首级五百八十八个向朝廷请功，另外夺取敌军战马六百余匹，甲胄二百副。大公子还亲手砍杀了鞑虏头目炮儿太宁公提。"报到最后，郭承恩哽噎了，"我军阵亡八十余人，受伤三百零二人。战马阵亡二十二匹。"

李成梁饱含热泪，下令："好好地安葬死难的弟兄，那二十二匹战马一并葬了吧！它们也是辽东的勇士啊！"

残阳如血，照射在一片狼藉的战地上。李成梁像一个钢铁巨人，静静地伫立着，凝望着远方一百多个隆起的黄土包。李如松默默地扶着李成梁的手臂，思绪万千。

"如松，千万不要忘记！铁岭李家的英名是千千万万勇士的鲜血换来的！"

"松儿知道，松儿绝不向朝廷邀功！松儿会把阵亡的八十多人名单一个一个地写上去，给首辅高拱送去！"

"不，要送到张居正的手中！"

"为什么不给高拱送去？"

"当辽东的将士们在前线奋勇杀敌，血染山河时，北京城里也是腥风血雨！为父不想辽东的英烈们被历史所遗忘！"

"这是什么意思？"

"胜利者书写历史！朝中内斗，必有胜利者！松儿，你要牢牢记住！我们只配得在前方杀敌报国，唯有如此才能够英名永垂于万世！李家绝不允许有一个子孙到北京去做官！朝中斗争，永远是无止境的，永远比战场上真刀实枪更惨烈！"

"松儿铭记在心！"

⑤ 联吴抗曹

自秋天以来，隆庆皇帝的龙体就渐渐虚弱下去，腰酸、头晕、目眩如同三条毒蛇，紧紧缠身。隆庆皇帝从此深匿宫中，太监陈洪成了联结内宫与外廷的唯一一条线。

高拱力荐、张居正力保，陈洪顺理成章地坐上了首珰的位置。这让一直处心积虑谋求大位的孟冲愤恨不已，大明律法里有哪一条写明尚膳监的太监不能够成为宦官的头儿？于是孟冲更加不遗余力地搜集民间美女、稀奇丹药秘方，源源不断地送进了乾清宫。

陈洪实在看不下去了，一个身强力壮的皇帝就这样一步步衰微地滑落进谁也拉不回的深渊。

"孟内官，我们当奴才的只能料理皇上的日常起居，让皇上好好休养，才有精力处理国政。"陈洪看到孟冲又急急忙忙地入宫，把他挡在乾清门外，半是劝告、半是警告地说。

孟冲乜着眼，怪声怪调地冷笑说："哟呵！陈内官现在是司礼监的掌印太监了，连说话的口气也变了。"

陈洪叹了口气道："请孟内官好自为之！"孟冲不理，闪身避过，直入乾清门。

隆庆皇帝正有气无力地坐在御榻上。一见孟冲进来，隆庆皇帝仿佛被注入了一剂兴奋剂，猛地从御榻上起身。

"皇上今日满面红光，莫非有天大的喜事？"

隆庆皇帝开心笑道："呵呵，朕还真是高兴！孟内官猜猜，朕有什么喜事？"

"皇上宠爱的宫女又怀了龙子？"

"不是！"

孟冲一口气问了几个后宫的事，隆庆皇帝连连摇头。

"还是朕告诉你吧，辽东总兵李成梁打了胜仗！令朕扬眉吐气，这下子那些喋喋不休的人也闭上臭嘴了！"

"皇上还记得老奴说过的汉武帝吗？他拥有后宫一万八千人，先后立了四个皇后。可他仍被视为数千年来最具雄才大略的皇帝！在老奴眼中，皇上一点儿也不逊于汉武帝。李成梁的卓山胜捷，老奴早已耳闻。这更加证明了皇上的英明！"

隆庆皇帝点点头："孟内官说到朕心头了！即使朕半年不理朝政，殷正茂还不是照样打胜仗，李成梁还不是屡屡告捷？"

"老奴还是希望皇上享受人间极致的欢乐，国家大事，高拱跟张居正会料理妥当的。"

"可惜朕身子每况愈下，恐怕活不了多久了！"

"皇上可不能这么胡乱猜想！老奴正千方百计调理好皇上的龙体！"

隆庆皇帝紧盯着孟冲："孟内官真是朕的贴心人！要不是高拱、张居正竭力推荐陈洪，朕还是会让你当上掌印太监的！"

"皇上，老奴罪该万死！"孟冲忽然间呜呜地哭起来，"老奴刚刚受到了陈洪的斥责！老奴心内好委屈啊——"

隆庆皇帝急躁地骂道："这厮也时不时地在朕的耳边聒噪不停，朕烦透了！孟内官耐心等待，朕会给你一个机会！"

孟冲大喜，跪下磕头不停。

隆庆皇帝说道："好了起来吧！传朕旨意，明年正月十三立春吉日，朕要在皇极殿大会群臣，庆祝辽东大捷！"

时光流逝，一转眼就是皇极殿朝会的日期，距上一次朝会已经过了半年有余。

"吾皇万岁万岁万万岁！"大臣们的群呼狂号似乎把隆庆皇帝吓着了，只见他蜷缩着身子，脸色苍白，双腿抖动不已。

隆庆皇帝转过头："陈洪，宣朕旨意吧！"

"朕获悉隆庆五年冬，土蛮汗虏众大犯。辽东总兵李成梁大破于辽阳卓山，斩敌五百八十有余。威震蛮夷，华夏振奋。古人有云，犯我华威者，虽远必诛！新春肇始，万象更新。朕惟天命，故得天佑！此亦内阁大学士高拱、张居正运筹帷幄之劳，辽东将士舍生忘死之功，不可不赏！加高拱柱国、晋中极殿大学士。张居正晋少师，以入阁六年满加兼太子太师。辽东总兵李成梁晋署都督同知，荫正千户。巡抚张学颜右副都御史，余升赏有差。钦此！"

高拱领着文武百官齐声颂呼："皇上万寿无疆，与天齐福！"

隆庆皇帝眉飞色舞，嘴唇嚅动着，似乎想要说些什么。

高拱呵呵笑道："吾皇真乃有福之君！看看，皇上激动的得像一个小孩子，都说不出话来！"满殿大臣哈哈哄笑起来。

但是随之群臣安静下来，只见隆庆皇帝额头上沁出冷汗，目光愣滞，很痛苦似的，脸上的肌肉抽搐着。

"皇上——"陈洪慢慢靠近御座，轻声呼唤。

隆庆皇帝突然间张开嘴巴，"呃"地从喉咙里冒出可怕的一响。身子仿佛掉进冰窟雪洞，不停地哆嗦着。

张居正很慌张，说道："皇上出现异常，快传太医！"

群臣相望失色，隆庆皇帝缓缓地抬起左手，眼睛往上翻白，全身失去平衡，骨碌一下从御座上滚落下来，昏迷过去。陈洪等太监见状，潮涌而上。几个人手忙脚乱，将龙体抬起。

"皇上——"大殿之上一片惊呼，立即混乱不堪。

高拱叉腰怒喝道："大家慌什么？皇上吉祥着哩，一会儿就没事。"

群臣之中有人高声骂道："皇上快要驾崩了，你还这般骄横！"

高拱涨红了脸，戟指怒目："哪个乱臣贼子敢在大殿之上口出大不敬？锦衣卫何在？紧闭大门，休放一人走出。大伙儿就在皇极殿内，静候皇上的音讯。"话音刚落立即冲进里数十个锦衣卫，这才震慑了闹哄哄的群臣。

半个时辰之后，陈洪从乾清宫出来："龙体已无大碍，宫中太医正料理着。皇上口谕，列位臣工回去吧！"于是众臣安心而散。

张居正回到府内，神色匆匆，脱去厚重的朝服之后，几乎就要瘫倒在卧椅上。

姚旷风儿似的跑过来，问道："今天朝会出什么事了，把大人累成这个样子？"

张居正凝气说道："皇上恐怕将不久了。"

姚旷吓了一跳："咦？皇上春秋不过三十六岁啊！"

张居正紧闭双眼仰躺在卧椅上默然不语，脑子里却不停地晃动着高拱在皇极殿内那副不可一世的神态，心中暗道，简直是第二个徐阶。可是要扳倒高拱，简直比登天还难。高拱就像一块坚硬密实的石头，根本不知道如何敲得破。

姚旷附在张居正的耳边，轻轻地说："大人，太监冯保刚刚送来了他新刻印的《三国志通俗演义》，临走时特地交代小人，要爷仔细通读一遍！"

"取来让本大学士看看！"

姚旷从怀中取出一本蓝色的书，拿在手中，一阵墨香扑鼻而来。张居正心中赞叹道：这冯保确实了不起，我还真未见过如此精致的书。想着想着，把书还给姚旷："放入宝盒，好生保存！"

"是，大人！"姚旷正要接过，张居正心念电转："《三国志通俗演义》我通读了无数遍，还要我细心通读，莫非其中夹着什么东西？"

张居正把手缩回来，吩咐道："你出去吧，这两天不要来烦我。我要好好地读书！"

"是！"姚旷轻手轻脚地离开了。

张居正小心翼翼地检查每一页书，失望的是并未发现任何异物。

"唉！是我多虑了，哪会有什么深意？"张居正叹口气，把书甩在一边。书哗啦地翻开了，露出最后一页，上面有几个隽秀大字："联吴抗曹初定天下。"不像是刻印的，倒像后来毛笔添写上去的。

张居正奇了，这是冯保的笔迹啊！再定睛一瞧，蓦地如同触电一般，这哪里是"联吴抗曹初定天下"，明明写着"联吴抗高初定天下"！

"联吴抗高"，就是"联吾抗高"啊！这冯保也算是用心良苦。张居正猛地拍了一下脑袋："扳倒高拱，正要此人！"

张居正大声叫道："游七在吗？"

游七正在外间侍候着，听到唤他，立即转身进到房内。

"爷，有何吩咐？"

"京城之内可有隐秘之处？"

"回爷，小人先前在崇文门外有个豆腐店，如今空废了。旮里旮旯的，谁都不会去注意的！"

张居正大喜："你立即去找冯保，要他明日午后在那儿等我。千万记住，京城内高拱的耳目密布，不可露了一丝的痕迹。"

次日午后，张居正换上一身布衣，戴上一顶毡帽，雇了两人抬轿子，径自往崇文门而去。行过路遇程蛾娘之处，仿佛眼前又飘落下鹅毛般大雪，盈盈动人的程蛾娘就伫立在寒风之中向他招手。张居正眨了眨湿润的眼睛，只是虚无缥缈的幻觉而已，不由得唏嘘良久。

不多时就到了游七的豆腐店，游七全身土里土气像个瘪三，站在门口。下轿之后，张居正赏给轿夫大把银子，道："小哥儿行个方便，今日之事不可外说！"

两个轿夫得了大把银子，又见游七饿虎似的满脸凶光，连忙点头哈腰："爷放心，我俩绝不胡言乱语。"

进屋之后，只觉得一股难闻的霉味扑鼻而来。屋子里到处挂满了蜘蛛网，墙壁上因漏雨长满黑毛。

太监冯保穿着淡黑色外套，头包白布条，打扮成经商人的模样。冯保使了个眼色，游七会意了，说道："二位爷说话吧，小的出去把风！"

游七一走，冯保直截了当地说："万岁爷恐怕活不过半年了！"

张居正问道："什么病？"

"皇上昨晚高烧不退，两臂长出了许多大脓包。太医说这是毒性骤发，已经侵入内脏、骨髓里去。"

"皇上身强力壮的，怎么会发起病来？"

"这半年来每天都有民间女人进出皇宫，也有从窑子里出来的！"

张居正沉吟不语，直视着冯保。

冯保愤愤地说："高拱遍植党羽，无孔不入，甚至御厨房、御药房都安插耳目。万一皇上突然弃世，这天下就姓高了！"

张居正就等着冯保说这句话了，念道："联吾抗高，初定天下！"

冯保一怔，右手按在张居正的左手上，神态异常，说道："知我者，太岳先生也！本监恨不得一手宰杀了高拱，先是力荐陈洪，排挤本监。现在又阴谋勾结孟冲，踢出陈洪，对本监更是必欲先除而后快。本监忍无可忍，决定在皇上驾崩之日发难，派几个弟兄除掉此贼。"

张居正大惊失色，连忙说道："万万不可行不义之事！手刃内阁首辅，必致大乱。于国于己，都是灾难啊！"

冯保背过脸去："本监实在是不甘心！"

张居正伸出一个手指："张某有一不流血之计，可逼走高拱！"

"太岳老兄赶紧指点！"

"釜底抽薪，一旦皇上驾崩，太子年幼，大权必落在李贵妃手中。只要李贵妃授旨，万事大吉！"

冯保恍然大悟，如同黑夜中找到一盏明灯，兴奋不已："李贵妃对太岳印象颇好，时常跟本监提及太岳的事！李贵妃甚至还要太岳为太子授课讲学。太子还没有出阁，高拱就已经出手了，让皇上把张四维召回来充当太子的讲读官。高仪也是高拱的人，这回都安插在太子身旁。太岳何不趁此良机，拉拢李贵妃？"

张居正口气甚是坚定："断断不可！高拱是个疑心极重之人，过于张扬，反致祸害！善于在漫漫黑夜里等待的人，才能够真正看到曙光的灿烂！"

冯保感叹地说："太岳深谋远虑，必能成就大事！"

"随风潜入夜，润物细无声！"张居正朗朗吟道。

冯保咯咯笑道："太岳果然非常人也！看来本监也只有'无意苦争春，一任群芳妒'了。太岳尽管放心，永宁宫这边，交给本监好了！"

6. 老虎的尾巴摸不得

永宁宫里，小太子朱翊钧一大早就像刚出笼的鸟儿，叽叽喳喳个不停。一会儿搬搬这本书，一会儿又搬搬那本书，仿佛他是这个世界上最忙的人！

李贵妃右手牵着朱翊镠，哼着曲儿看着朱翊钧跑来跑去，扑哧扑哧地笑个不停："小翊钧，给父皇请安了没有？"

"回娘亲的话，早去了，父皇好得很！"

李贵妃感叹道："母亲盼啊盼，终于把你盼大了！以后在文华殿读书，可要专心喔！"

一提到出阁读书，朱翊钧就停下来手头的活儿，问道："母亲，老师都有谁啊？张居正一定在吧？"

听到张居正这三个字，李贵妃眼里就大放光彩，可是很快又黯淡下来："冯保昨日告诉母亲说，张居正身子欠安，恐怕暂时不会在文华殿辅导小翊钧！不过父皇为你挑选的讲读官，都是大明帝国最有才华的人！高仪、张四维，还有翰林院修撰余有丁、陈栋、陈经邦、何洛文等人啊。"

朱翊钧跺跺脚，显得既生气又失望："母亲不是天天说要张居正陪侍着孩儿讲读吗？怎么突然间出尔反尔了？没有张居正讲读，孩儿也不去文华殿。"

李贵妃脸上瞬间乌云密布，阴沉沉地道："小翊钧，你这时候还要什么脾气？如今已到了关键的时刻，母亲正眼巴巴地盼着你快快长大。现在你才十岁啊，可是整个国家的命运都压在你柔嫩的小肩膀上！小翊钧一定要坚强起来，无论发生什么，你都要像一个成年人那样勇敢地去面对。"

朱翊钧咬着嘴唇，使劲地点了点头："孩儿知道母亲的苦衷！孩儿读过《后汉书》，汉和帝即位时正是孩儿这个岁数，汉质帝即位时才八岁，汉冲帝更只有三岁，他们都不得善终。但是母亲也不要过于担心，父皇会长命百岁的！"

李贵妃一手将小翊钧搂过来，眼泪扑簌簌流下："母亲不怕一万，只怕万一！所以你现在就要马上给我长大，把岁数翻番，已经是二十岁的人了！"

"嗯！"朱翊钧扑在李贵妃肩上，"母亲放心，孩儿会在文华殿跟随讲读官好好学习的！张居正一定有更重大、更机密的事要做吧！"

李贵妃吓了一跳，这哪像是一个十岁孩子的心机，赶紧捂住朱翊钧的嘴巴："这是在宫廷，话可不能随便乱说。"

朱翊钧机灵地转变话题："母亲，孩儿告诉你一个好消息！父皇已经让皇后搬回坤宁宫了，从此一切又恢复到过去了！"

"真的?!"李贵妃欣喜若狂，不停地摇晃着朱翊钧的小肩膀，"那真是太好了！你父皇是个有情有义的好皇帝！"

"孩儿会时不时地去看看皇后！"

"这可不行，从今天起，你就要搬到文华殿，暂时离开母亲和皇后，专心致志地读书！"

"噢！孩儿知——道——了——"朱翊钧故意拉长了调子，以示抗议和不满。

母子俩正说话间，外头宫女叫道："贵妃娘娘、太子殿下，冯内官来了！"

"让他进来吧！"李贵妃接着向朱翊钧道，"该带去的东西冯保都会收拾妥当的，以后就由他来服侍你！"

等冯保进来，李贵妃又说："小翊钧，你再详细查查看，哪些漏了带去。母亲交代冯保几句话！"朱翊钧不情愿地走开。

冯保施礼："参见贵妃娘娘！"

李贵妃赐坐："一切都好吗？"

冯保道："奴才已经令人把文华殿打扫干净了，太子殿下会很喜欢的！"

李贵妃瞥了冯保一眼："我不是问这个！"

冯保立刻会意了："张大学士不是高拱，更不会是东汉的跋扈将军梁冀。"

李贵妃道："要是皇上真有不测，高拱不知道会把我们母子摆放在哪里？"

没有比这句话说得更明白的了，冯保打住话题，说道："太子殿下可以接走了吗？"

李贵妃沉思了半晌，缓缓说道："我们母子两人就拜托张大人和冯内官了！"

冯保道："贵妃娘娘言重了，皇上春秋正富呢！"

李贵妃潸然泪下："本宫私下问过御医，御医们摇摇头叹息不止。本宫也不敢深问下去。"

闰二月十一日，乾清宫内，隆庆皇帝如同一个稻草人，有形无魄地坐在御榻上。

宫廷内外流言不断，说隆庆皇帝已经病入膏肓，过不了今夏，甚至传言皇帝已经驾崩，这让隆庆皇帝心头愈加感到凄凉。

本来就已经凹陷的双眼，完全失去了光泽，仿佛已成了两个黑洞。手臂上、脸上布满了大大小小的斑点。早晨梳洗时，隆庆皇帝甚至不敢直视镜子里的另一个自己。

孟冲背着双手，手里的拂尘就像牛屁股上的尾巴，有力地上下摆拍着。陈洪已经被驱赶出宫，孟冲毫不费劲地坐上了首珰之位。一个专门负责皇帝肚子的尚膳监太监一跃成为宦官的头目，这在大明开国两百年来还是首次。

孟冲很得意，他的得意不在如今地位的崇高，而在于隆庆皇帝驾崩之后的大好前程。他很清楚，隆庆皇帝已经踏上了人生的最后一旅。

"皇上！"孟冲舔了舔嘴巴，仿佛眼前是一道美味佳肴，"上朝的时刻已到！"

隆庆皇帝硬撑着起身，可是只努力一下又啪嗒坐倒在御榻上。孟冲连忙过去搀扶起隆庆皇帝，隆庆皇帝震怒，一手将他推开，沙哑着斥骂："朕要砍了那些太医的脑袋，朕要砍了散布流言蜚语的人，朕要通通砍了宫里的每一个人！"

"皇上，要不要推后上朝的日期？"孟冲小心翼翼地问。

"胡说！朕吉祥着哩，想去哪里就去哪里。"隆庆皇帝显然被孟冲的话语激怒了。

"是是，那让奴才扶着皇上坐乘舆！"

于是一步挪着一步，隆庆皇帝终于移出了乾清宫，登上华盖乘舆。

卯时初刻，宫中大钟鸣起，一位年轻的太监如同公鸡一般，扯破喉咙叫道："皇上上朝了——"尖利刺耳的叫声立即撕破了清晨的宁静。

皇极殿外，大臣们早已翘首以待。在柔和温馨的晨曦之下，这些脸上显得淡然自若的人，心里头却在各自盘算着皇帝突然驾崩之后，如何去击败自己的对手。但是现在隆庆皇帝却要用上朝来粉碎种种不妙的谎言，这让那些大臣稍稍感到不安和失落。

到了辰时二刻，东方的旭日如同一个金色圆盘，已经冉冉升起，可是仍然没有看到隆庆皇帝乘舆的影子，大臣们纷纷又躁动起来。大臣们心里嘀咕着：皇上是不是在考验我们的耐心？

这时候从乾清宫传来了圣旨："朕走到皇极门，突感头晕呕吐，朕不得不回乾清宫。宣殿阁大学士高拱、张居正，成国公朱希忠即刻入宫觐见！"

大臣们心里咯噔一下，皇上病危了，宣三位重臣觐见，分明嘱托后事。

高拱三人急急忙忙赶到乾清宫，隆庆皇帝正盖着一条锦缎被子，仰躺在御榻上，双目微闭，脸上隐隐约约可以看到泪痕。孟冲坐在一旁，手里拿着扇子，有气无力地扇着。

"皇上——"高拱三人齐跪在御榻前，扑簌簌泪如雨下。

隆庆皇帝仍是微闭着眼，口中喃喃说道："三位爱卿来了，朕恐怕真的不行了！"

"皇上——"高拱三人哭道，"祖宗社稷不容许皇上就此而去。乞求皇上振作起来，一定可以渡过这个险关！"

隆庆皇帝轻轻摆动着头，低声说道："高爱卿靠近朕，朕有话说。"

高拱俯伏着，像一只老乌龟爬行过去。

"高爱卿，朕要去了——"隆庆皇帝的声音低微得似乎是从遥远的天边传来，"把手拿过来！"

高拱把右手搁置在御榻上，隆庆皇帝伸出蛇皮一般的手，布满了斑点，瘦弱得如同柴火棍，用劲地按在高拱的手背上。高拱一怔，只见隆庆皇帝脸上出现两个泪水潭。

高拱泣不成声："皇上有什么苦衷只管吐出来吧！"

"朕看到太祖皇帝、成祖皇帝，还有皇考在向朕招手。朕马上就要见到列祖列宗了，可是朕放心不下太子啊！朕的身后事，全赖尔等三人了！"话毕，隆庆皇帝昏厥过去，太监们吓得赶紧围拢过来，大呼小叫，又是捏鼻子灌汤，又是抚脸捶背。

高拱三人早已目瞪口呆，孟冲道："三位大人今晚暂且在西阙门直庐安下，皇上一醒过来，老奴就通知各位大人。"

高拱、张居正、朱希忠当夜就在西阙门直庐住下，三人心中各有所思，哪里睡得下？辗转反侧，迷迷糊糊地打了几个盹儿，东边就露出鱼肚白。

天还未亮，孟冲就差人过来报告，皇上已无大碍，三位大人可以放心回去休息。

张居正回到府内，一想起昨日乾清宫中隆庆皇帝跟高拱零距离的亲密私语，心里头就说不出来是羡慕还是忌恨。一会儿是气，一会儿是血，直冒心头。

三月二十三日，尚宝司卿刘奋庸一封奏疏送到了乾清宫，隆庆皇帝展开一看，里头写着五件事："保圣躬、总大权、慎俭德、览章奏、用忠直。"

隆庆皇帝铁青着脸，将奏疏啪嗒一下搁置在案桌上。

"孟内官，你说说，这刘奋庸的五件事到底是什么意思？朕怎么越看越糊涂。"

孟洪眼睛一挑，答道："老奴认为，这五件事件件是在贬斥皇上！"

隆庆皇帝脸刷地一下白了："说说！"

"保圣躬、慎俭德，是指斥皇上起居无度，骄奢淫逸，导致国库亏空。总大权、览章奏、用忠直，是指斥皇上懒于朝政、滥用奸臣。"

"这厮胡言乱语，实在可恨！鳌山灯会，万民欢腾，让国库亏空了吗？高拱、张居正，他们是奸臣吗？李成梁卓山斩首六百余，难道是朕荒废了朝政吗？"

"皇上息怒，这是刘奋庸多年没有升迁，郁郁不得志，所以趁机来讥讽皇上！"

隆庆皇帝气得呼呼冒汗："有些朝官，就是跟窑子里的那些贱女人一样，最喜欢卖弄风骚，哗众取宠。朕不屑一顾！"

"皇上英明！"孟冲眼睛滴溜溜转，说道，"林子大了，什么鸟都有。"

第二天，隆庆皇帝又拿到了户科给事中曹大野的奏疏，可这回不是指斥皇帝的，而是弹劾高拱"十大不忠"的罪状。

"第一条，皇上圣体欠安，朝中大大小小官员无不寝食不安，只有高拱谈笑自若，日夜跟姻亲刑部侍郎曹金饮酒作乐。第二条，太子殿下出阁讲学，国家之大事也。身为辅臣，当每日侍候太子殿下左右，可高拱只每月初三、初八两日往文华殿叩头而已。鄙视太子，漫无人臣之礼。第三条……"

"不要念了，朕受够了！"隆庆皇帝咆哮着猛拍案桌，吓得孟冲一抖，手中的奏疏差点儿脱落下来。

"刘奋庸、曹大野纯属一派胡言，一个讥讽朕，另一个攻击首辅。居心何在？是不是活生生地想把朕气死！"隆庆皇帝怒不可遏，"传朕旨意，把两人的奏疏张贴在皇极门外，让朝臣们去看一看。"

隆庆皇帝的用意很清楚，将奏疏公布出去，必然招惹众怒。刘奋庸、曹大野也将因此获罪。

孟冲嘿嘿一笑："高拱坚如磐石，蚍蜉撼树谈何容易？"

刘奋庸和曹大野的奏疏在皇极门外挂不到半日，整个皇城就像热锅里面的沸水一般炸开了。朝中大臣们仿佛被泼了满身的臭水，义愤填膺地涌到皇极门前。刹那间，两封奏疏就成了一片片碎纸，被乱脚践踏在石板上。

吏科给事中涂梦桂更是振臂高呼："刘奋庸为了一己之私，颠倒黑白，混淆视听，蔑视皇上，动摇国是。宜深加追究，严刑苛责！"

涂梦桂这么一鼓动，皇极门前更是群起激愤："刘奋庸罢职！赶走曹大野！"吁声不断。

第十六章

峰回路转

1. 一招臭棋

乾清宫内，隆庆皇帝仍是气得两腮鼓胀，半晌都不说话。

孟冲慌慌张张跑进宫："皇上，皇极门外一片骚乱，朝中百官吵吵嚷嚷，定要把刘奋庸、曹大野赶出京城，才肯罢休！"说着，又捧上一封奏折，"这是礼科给事中程文的疏章！"

隆庆皇帝瞧也不瞧："念！"

"首辅高拱尽忠报国，万世永赖。刘奋庸与曹大野狼狈为奸，倾陷元辅，罪不可胜诛！"

隆庆皇帝铁青着脸："传朕旨意，着令锦衣卫将刘奋庸与曹大野拿下，立即午门斩首，以平众愤！"

"皇上，万万不可！"孟冲长跪不起，"如此一来，将置高拱大人于进退两难之地啊！乞求皇上三思！"

隆庆皇帝叹了口气："也罢！将刘奋庸与曹大野拿到吏部法办，绝不可轻饶！"

圣旨还没有飞出乾清宫，永宁宫那一边李贵妃和冯保就急作一团。

李贵妃有点沮丧了："看来这高拱的势力还真大，整个京城都为他说话！张大学士这一步恐怕是失手了吧！皇上把刘奋庸、曹大野交给吏部，那是将他们送进虎口。高拱兼掌理吏部，正好可以落井下石，公报私仇！"

冯保道："从这件事可以看出，皇上深宠着高拱，对他是百依百顺！更可恶的是，孟冲里应外合，跟高拱串通一气，已经牢牢地控制了皇上！"

李贵妃娥眉竖起，怒道："孟冲那奸贼一点儿也不逊于滕祥，专门献上奇技淫巧，迷惑皇上！皇上已经深陷其中而不能自拔了，可怜了皇后娘娘和本宫！有朝一日，本宫定要将他碎尸万段！"

冯保道："张大人说了，还是要忍一忍！春秋的孙武说过：'鸷鸟之疾，至于毁折者，节也。是故善战者，其势险，其节短。'剑术中的高明者，绝不肯随意乱出手。不出手则已，一出手则一剑封喉，置人于死地！"

"可是本宫和皇后还要忍到什么时候？"李贵妃满脸的苦涩与哀愁。

"现在双方快到了剑拔弩张的时刻了！我们必须得如履薄冰，一步不慎，必将坠入万丈深渊！"

李贵妃点点头："这个本宫懂得！可惜了刘奋庸与曹大野两人了！"

"要有所成就，必有所牺牲！古往今来，通往权力之巅的道路，没有一条不是用尸骸填成的。"冯保双眼闪着可畏的寒光。

但是令李贵妃和冯保出乎意料的是，高拱不但没有深究刘奋庸、曹大野两个人的罪，反而亲自到乾清宫，乞求隆庆皇帝宽大处理。

"皇上，如果轻易饶恕了刘奋庸、曹大野，那么从此之后朝中将永无安宁之日。那些居心不良的人就会误认为皇上跟首辅大人软弱可欺，国家的根基也会动摇。"孟冲别有用心地挑拨着。

一时间说得隆庆皇帝抓耳挠腮，恨恨说道："朕即使不砍了他们的狗头，也要让他们在朕的眼皮底下消失！传朕旨意，刘奋庸贬任兴国知州，曹大野贬任乾州判官。从即日起，马上离开京城！"

"皇上这么做，实在是令臣汗颜万分！"高拱长伏于地不起，"出了这么大的事，正是由于臣掌理吏部不力。臣已到花甲之年，力衰眼花，乞求皇上看在臣多年服侍皇上的分上，解除臣的吏部铨选大权。臣自当感恩佩德，永世无忘。"

"朕不许！高爱卿掌理吏部，朝政如同泉水一般清澈。除了这件事之外，朕件件允诺。"

高拱心内一片狂喜，说道："臣愿肝脑涂地，誓死以报圣恩！如今内阁之中，仅臣与张居正，臣又掌理吏部，苦无分身之术。每一天大事小事，纷纷扰扰，可累苦了张居正。臣力荐礼部尚书高仪入阁掌预机务。"

"朕准高爱卿所奏！高仪在文华殿为太子讲学，朕曾经暗自在殿后听过，此人忠厚而有才学。"连高拱也感到意外，隆庆皇帝毫无思索地一口气答应了，"朕没有记错吧，这个高仪跟高爱卿是同科进士。"

"正是！臣与高仪都是嘉靖二十年辛丑科进士。当时高仪还是第二甲第一名，远远排在臣的前面。"高拱一说起往事就来兴致了。

"也好，让高仪跟张居正共事是最好不过的了！"隆庆皇帝十分赞许地说。

此时皇城东边的宣武门外，张居正府内，游七默默地陪着张居正整整坐了一个时辰。张居正仰着头，紧闭双眼，一动也不动地靠在卧椅上。

"爷，曹大野和刘奋庸连行李也顾不上收拾，就匆匆离开了京城。"游七实在忍不住了，开口打破了尴尬的缄默。

"刘奋庸、曹大野被贬，本大学士之过也。"张居正异常沉重地说，"我从未料到皇上会如此庇护着高拱！"

刘奋庸是张居正的好友，而曹大野与张居正的关系更是非同寻常。隆庆二年，曹大野进士中举时，当时张居正是主考官，可以说两人有师生之谊。而曹大野又曾经受师于张居正的同乡——太仆寺少卿曾省吾的门下。

"我对不起确庵兄弟啊！"张居正忽地感到心口一阵剧痛，猛咳几声。

游七安慰道："爷不是说愈挫愈奋吗？"

"太可怕了，比我想象中的更可怕！"此时此刻，仿佛高拱就悚立在张居正面前，令他不寒而栗，"高拱现在是步步逼空，一点一点地挤压过来，直到我连立锥之地都没有。"

但是，张居正很快就发现形势比自己想象的还要严峻。北京皇城内暗潮涌动，朝中有数十位大臣准备联名上疏隆庆皇帝，弹劾张居正暗结冯保，唆使言官诬陷首辅。

高拱终于发动反击了。可自己却毫无招架之力，冯保已经失宠，李贵妃虽手握太子王牌，但是一个妇道人家，除了安心地看到自己的孩子苗壮成长、顺利坐上帝王宝座，她还能做些什么？环顾朝中，从内阁至科道部院，尽是高拱的人马，自己成了汪洋大海中的一个小岛。

张居正感到万箭攒心，心底大声呼喊着："难道我张居正就这样到了山穷水尽之路吗？偌大的一个北京，难道就没有我的容身之处吗？"想起少年时代的凌云壮志以及几十年前祖父那个"愿苍天保佑，让张家也出一个千古名相"的愿望，现在似乎一瞬间就要化为青烟腾空而去。一股难以言尽的悲凉之感涌上心头。

当初自己写信把高拱招回来，竟成了引狼入室、惹火上身。搬起石头砸自己的脚，现在不单单要砸烂自己的双脚，更可怕的是还要自己的命。张居正眉头紧锁，懊悔不已。

"我绝不会坐以待毙的！"张居正盯着墙壁上挂着的徐阶"心外无物"那四个大字，两眼通红的像熊熊燃烧的烈火。

一定要静静地等待，如同冬眠的熊那样，一旦春暖花开，冰雪融化，世间万物皆成它的食物。

而这个等待就来自永宁宫里那位风采绰约的女人——李贵妃，在她的手中握着未来大明的乾坤。

四月二十二日，李贵妃呆坐在永宁宫内，太子出阁两个月了，每日清晨李贵妃都会一动不动地望着窗外的花草树木，心儿却飞到文华殿朱翊钧的身边。

"母亲好想你啊，小翊钧！你睡得好吗？吃得好吗？想念母亲吗？"李贵妃陷入难以自拔的沉思之中，闭上柔美的双眼，任凭苦想的旋涡不断地把自己吞没。

当她再次睁开眼时，竟然发现小翊钧就挺立在自己眼前。李贵妃猛烈地摇晃着脑袋，这不会是在梦境中吧！

"母亲！孩儿回来了！"他竟然开口说话，真的是小翊钧。

李贵妃吓了一跳，问道："小翊钧，你怎么回来了？"

"孩儿不想待在文华殿。"朱翊钧既委屈又担心。

"哎呀！小翊钧，怎么搞的？难道你忘记了母亲的教训吗？母亲命令你立即回到文华殿去！"李贵妃沉沉地叱责说。

"孩儿不回去，绝不回去。那些讲读官好枯燥啊，一整天就是背诵诗文。两个月了，孩儿除了偷懒之外，根本就没有学到什么。"

"那你是怎么跑回来的？讲读官允许了吗？"李贵妃心疼地问道。

"不！不！"朱翊钧把头摇得拨浪鼓似的，"今天是高仪讲课，讲着讲着他就睡着了，于是——于是——"朱翊钧支支吾吾的。

"这个大学士怎么会如此惫懒？"李贵妃愤愤不平说，"母亲要向你父皇打小报告！"

"我不要他们那伙人讲课，母亲不是常常提起张居正博识多才吗？孩儿要张居正讲读，孩儿要张居正——"朱翊钧拼命地摇晃着李贵妃的身子，眼泪簌簌流出，开始哭闹起来。

"胡闹！小翊钧，母亲命令你马上回到文华殿，并向那些讲读官诚恳认错！否则母亲现在就打断你的小腿！"李贵妃凶杀杀地提起一根小柳条，举过头顶，威吓着。

朱翊钧再也不闹了，却是紧闭双眼，毫无畏惧等待着小柳条落下。

"母亲就打你——"李贵妃咬着牙，正要抽打，这时候永宁宫外传来一阵急促的脚步声，只听见冯保的呼叫声："太子殿下——太子殿下——"

冯保如同河马似的大口大口地喘着气，见到李贵妃母子，冯保犹如挖到一座金矿，大喜过望："奴才早就知道太子殿下会回到永宁宫的！"

李贵妃问道："冯内官是不是要接回小翊钧的？"

朱翊钧听了这话，更是疯狂地跺脚，大吵大闹："我不回去，我不回去！我要跟母亲在一起！"

冯保满脸的愁云："贵妃娘娘，太子殿下不必回文华殿！皇上晕倒过去一个时辰了，所有的人都在乾清门外守候着。"

乾清门外，锦衣卫刀枪林立。空气好像凝结似的，让人透不过气来。

乾清宫内，经过御医的紧急疗治和灌下一大碗姜汤之后，隆庆皇帝渐渐苏醒过来。

"皇上——"太监孟冲惊喜地轻声唤道。

隆庆皇帝晃悠悠地问道："朕还活着吗？"

孟冲笑呵呵地说："皇上不是好好的吗？刚才已经晕了整整一个时辰，吓死老奴了！"

隆庆皇帝挥挥手："让宫里的人都出去吧，朕有话要单独对你说！"

孟冲转过身子，虎着脸说："尔等都听到了吗？皇上有旨，尔等速速退出去！"

几个太医磕着头，面面相觑，一溜烟儿离开了乾清宫。

"皇上，老奴在这呢，听皇上的吩咐。"

"孟内官，朕知道不行了，最多活不过两三个月。朕在位六年以来，享受尽了人间富贵。但是朕还是念念不忘储秀宫里的那些江南宫女，从今日开始，她们要轮流到乾清宫侍候着朕，直到朕上天的那一刻。"

"皇上，可是她们都是民间的女子，按律法不得进入乾清宫。"

"这还不容易，孟冲听旨——"

孟冲跪稳身子，拉长耳朵，不知道隆庆皇帝想做什么。

"朕册封储秀宫宫女庄氏为敬妃、李氏为恭妃、于氏为懿妃、叶氏为奇妃。四个妃子，每晚两位，上下半夜轮值乾清宫侍候朕。"

"奴才领旨，即刻传旨宫外！"孟冲毕恭毕敬地说。

"朕要做个千古罕有的快乐天子，享受每一天。孟内官，朕要你采集天下奇丹妙药。"

"奴才谨遵圣旨！"孟冲脸上露出难以琢磨的阴笑，他知道隆庆皇帝就像一颗圆珠子，不停地在自己的手掌心转啊转。

❷. 先下手为强，后下手遭殃

进入了五月盛夏，骄阳似火炙烤着大地。隆庆皇帝已经被苦楚的病魔折磨了整整一个月，病情就像海面上的浪峰起伏不定，时而好转，时而恶化。而高拱的心情也随着皇帝的病情而阴晴不定，孟冲是一天一次汇报，高拱也是一天一次心跳。

但是到了最后，高拱终于忍不住了这整天紧绷神经的日子。

"皇上，这是高拱的奏疏。"当孟冲捧着奏疏走近御榻时，隆庆皇帝只觉得面前一片模糊，如同笼罩着一层朦胧的烟雾。隆庆皇帝使劲地眨眼，总算让干涩的眼睛泛出少许的湿润。

"念吧！朕听着！"隆庆皇帝屏住气息，费力地吐出了每一个字。

"吏科左给事中宋之韩擢升为刑科都给事中。工科右给事中宗弘擢升为刑科左给事中。工科左给事中程文擢升为工科都给事中。礼科右给事中吴文擢升为兵科左给事中。吏科给事中周良臣擢升为兵科右给事中。刑科给事中陈三谟擢升为吏科右给事中。吏科给事中涂梦桂擢升为户科右给事中。"

隆庆皇帝满头雾水，哪里记得住那么多官职、人名，晃了晃沉重的脑袋，说道："高爱卿所奏，朕一律准。"

孟冲磕头说："皇上圣明！"

隆庆皇帝突地眼孔放大，张大嘴巴"呃呃呃"，喉咙里咕噜咕噜响。

"皇上想说什么？"孟冲把耳朵趴在隆庆皇帝的嘴边。

"快召皇后、李贵妃、太子以及辅臣进宫，朕不行了——"

孟冲心里一晃，拔腿就走。

未时、申时之间，日车渐渐西驾。满脸愁容的陈皇后、忧心忡忡的李贵妃、稚气中略显成熟的朱翊钧，三人身着宫中常服，几乎是同时进入乾清宫。

"皇上——"陈皇后跟李贵妃哽咽着，小心翼翼地把隆庆皇帝扶靠在御榻上。

"父皇，孩儿想念你！"朱翊钧哇地哭出声来，跪倒在御榻前。

不多时，宫外有人叫道："辅臣到！"

隆庆皇帝双手撑着御榻，甩尽全身的力气，这才勉强坐直。

高拱、张居正、高仪三人鱼贯而入："皇上，臣等来晚了！"全都跪倒在朱翊钧身后。

隆庆皇帝脸色白得像一张宣纸，嘴唇黧黑，朝朱翊钧招了招手。

朱翊钧抽泣着扑进隆庆皇帝怀中："父皇，你一定要振作起来。孩儿离不开你啊——"

隆庆皇帝轻抚着朱翊钧乌黑亮泽的发髻，憋足气劲，对高拱等说："三位爱卿，朕继祖宗大统，至今已有六载。如今身患重疾，有负先帝的嘱托，朕愧对先帝，愧对列祖列宗。朕放心不下太子——"隆庆皇帝紧紧拥着怀中的朱翊钧，泪如泉涌。

"皇上——"高拱三位大臣伏地恸哭。陈皇后和李贵妃早已涕泗纵横，伤心欲绝。

隆庆皇帝指着高拱三人，道："太子幼小，朕今天就托付给三位爱卿。尔等不要辜负了朕，辜负了大明的列祖列宗。尔等要齐心协力，辅佐太子，让大明江山永固，祖宗社稷万世不泯！"

高拱三人喉咙像被塞了一块石头，悲痛不已。突然间又"啊"的长号一声，三人哭得天昏地暗。

隆庆皇帝挥挥手："尔等去吧！朕要跟太子单独讲几句话！"

高拱三人叩长头，缓缓退出乾清宫。隆庆皇帝向陈皇后、李贵妃看了一眼，两位女人会意，弯腰道声："皇上万福！奴妾告辞了！"

宽敞富丽的乾清宫瞬间陷入沉寂，隆庆皇帝跟朱翊钧相拥而坐。朱翊钧抬起稚嫩的小手，拭去隆庆皇帝脸上的泪水："父皇，你看看孩儿多么坚强！"

隆庆皇帝转涕而笑："难道父皇就不坚强了？"

"父皇就像高山那样坚强！"

"翊钧啊，假若你现在就是皇帝，那你要怎么做？你害怕吗？"

朱翊钧转动着水晶晶的眼睛："孩儿有皇后，有母妃，还有高拱、张居正，孩儿一点儿也不怕。孩儿事事都要听他们的！"

"错！"隆庆皇帝脸色猛然一变，"你是皇上，是他们事事要听你的，而不是倒过来。小翊钧，你要牢记父皇的话，在这个世界上任何人都不能信，唯一能够信的只有自己！"

"嗯！孩儿铭记在心！"

"这样父皇就放心了，你回去吧！父皇累了！"隆庆皇帝撒开手，躺下来静静地睡去。

朱翊钧泪汪汪地注视了许久许久，终于发出了与年龄不相符的长叹："悠悠苍天，此何人哉！父皇，孩儿告辞了！"说完依依不舍而去。

孟冲傻傻地呆立着，隆庆皇帝忽地睁开眼，吓了孟冲一大跳。

"孟内官，你把烛台下的丹药都拿出来。今晚，朕要与敬妃、恭妃、懿妃、奇妃，共度美好良宵。"

孟冲跪在地上把头磕的砰砰响："皇上龙体尚未恢复，老奴万万不敢。"

"你敢抗旨吗？"隆庆皇帝脸色忽变，丝丝惨笑道，"你不是常常教朕做快乐天子吗？今朝有酒今朝醉，明日愁来明日愁。朕还有明日吗？"

第二天，也就是隆庆六年五月二十六日。

卯时初刻，一轮红日升到乾清宫的屋檐上空，一片片砖瓦和檐脊上傲然而立的一只只神兽，披洒上橘黄色的晨曦。一切都是那么宁谧，那么柔美。如果这个皇宫里存在着最值得留恋的东西，那大概就是日出时的乾清宫美景。在和煦的晨光之下，这座象征神圣皇权的巍峨宫殿更让人觉得敬畏以及不可抗拒的向往。

可是此时的乾清宫中，却是给人以一种阴森可怖之感。烛台上残留着的红色泪痕见证昨晚一夜的疯狂，御榻上却盖着白得如同一层寒霜的幔布。隆庆皇帝除了大腿之间，因服下大量丹药仍然屹立着的部分，全身平平整整地被覆在幔布之下。

四个妃子身上仍然散发着淡淡的幽香，惨容凄色，抱成一团，低声抽噎着。

太监孟冲一得到隆庆皇帝驾崩的消息，就派人急匆匆地敲开了坤宁宫和永宁宫的大门，这个时候正小心翼翼地整理着隆庆皇帝的衣物。

突然间宫外传来一阵沙沙的脚步声，踏碎了清晨的宁静。孟冲一怔，皇帝刚驾崩，难道就有人谋反？

"把孟冲给我抓起来！"一个熟悉而讨厌的声音吼叫道，立即冲进来了十几个锦衣卫。四个妃子早已花容失色，"呀"地连声呼叫，瞬间躲避得无影无踪。

"冯保，你想造反吗？这可是皇上的寝宫！"孟冲的双臂被锦衣卫扭住了，动弹不得。

冯保似怒非怒，似笑非笑："孟老兄，得罪了！本监得到皇后和贵妃娘娘的口谕，孟冲以女色丹药迷惑皇上，祸乱皇宫，着令拿下勘问。"

孟冲一下子瘫软在地，朝卧榻上的皇帝遗体垂头丧气地看了一眼："皇上尸骨未寒啊！"

内阁房内，高拱、张居正、高仪三位辅臣自昨日乾清宫召见之后，就心跳得厉害，一种不祥之感笼罩在三人的心上。于是胡乱趴在案桌上休憩一夜，天未大亮就各自抹了抹干涩的眼睛，清醒一下自己，静静地坐着等待着乾清宫的消息。

突地内阁外一片慌乱与嘈杂，有人跑进来报告："皇上病重了，三位大人赶紧去乾清门待命！"

高拱二话没说，扯住张居正、高仪的衣袖，匆匆往外走。三人向北取道文华门，路过文华殿配殿恭默室前时，忽见有一个人影晃动，形迹可疑，从背后火箭似的直冲而过，差点儿把高拱撞倒了。

高拱正欲发怒，定睛一瞧，竟然是张居正的长班姚旷，右手拿着一个大红纸套，大概里面装着厚厚的揭帖，封缄完固。姚旷一看是高拱，神色愈加慌张，拔腿就跑。

"姚旷站住！要往哪里去？"高拱叫道。

姚旷惶恐不安地看着高拱，支支吾吾："张大人差遣小人送给冯公公！"

"冯保现在哪里？"

"文华殿内。"

高拱转头问张居正："纸套里是什么？"

张居正突然间脸涨红得像一只公鸡，痴痴地盯着高拱，似嗔非嗔，似惊非惊，让高拱觉察到琢磨不透的怪异。

"里边事关先帝的遗诏！"

高拱默然不语了，心下恨恨地想着：这只狡猾的狐狸终于露出了尾巴。我乃内阁首辅，掌控朝政大权，一切国家大事须与我商讨！张居正却不与我吭气一声，就跟冯保那厮暗自勾结。这其中必有蹊跷，我暂且静观其变。

待三人小跑一阵到了乾清宫，宫门紧闭，门外众臣云集，呼天抢地，如丧考妣。

巳刻，乾清门忽而徐徐打开，冯保手捧圣旨，大摇大摆走出来。

"奉先帝遗诏：朕受太监孟冲蛊惑，龙体日衰，着令将他拿问。自即日起冯保为司礼监掌印太监。钦此！"

大臣们相顾惊疑，茫然不知所措。

礼科给事中陆树德愤愤不平地叫道："这分明是冯保矫遗诏命，假传圣旨。先帝刚刚归天，就蹦出了这么一个不明不白的遗诏。果真是先帝的遗诏，为什么早不拿出来，传示群臣？要是这是皇上的旨意，皇上正万分悲恸之时，哪里顾得上宫中太监的事？"

刑科都给事中宋之韩大声嚷道："陆大人说得极为有理，定是冯保矫遗诏命！"

高拱看着张居正，满脸的幸灾乐祸。张居正嘿嘿冷笑不已。

众臣群相呼应，纷纷扰扰。工科都给事中程文叫道："冯保下来！假传遗诏那可是欺君之罪啊！砍头不要紧，诛灭九族那才可悲啊！"程文这么一说，群臣又激愤起来。

"谁说冯内官假传圣旨？皇后和本宫两姐妹可以作证！"一个脆亮而又严厉的斥责声忽地传出，只见李贵妃手牵着朱翊钧，紧跟着陈皇后姗姗步出宫来。

众臣立即全部跪下，顿时鸦雀无声。

冯保右手捧起圣旨，气色严峻地说："这是先帝另一道遗诏，给圣上的。"

李贵妃柳眉一挑："冯内官念给百官们听听！"

"朕不豫，皇帝你做，一应礼仪自有该部提请而行，你要依三阁臣并司礼监辅导。进学修德，用贤使能，无事怠荒，保守帝业。"

"吾皇万岁万岁万万岁！"众臣情不自愿地叩头山呼。

高拱那张古铜色的脸早已变成纸白色，双手不停地抖动着，心里头又是气愤又是无奈，更多的是恐惧。

"中玄老兄，难道你还要怀疑皇后和皇贵妃矫遗诏命，假传圣旨吗？"张居正眯着双眼，优哉地问。

"哼！事至此，高某还有什么话可说！"高拱脸色异常难看，怫然作色，甩手而去。

回到府内，高拱是难以抑制的满心怒气与嫉恨："阉人不得干预朝政，这一定是张居正耍弄的阴谋，实在可气，可恨！"

兵科左给事中吴文佳、右给事中周良臣、工科给事中刘浑成和王璇四人埋怨说："当先帝病重时，如果高大人肯听从我们的劝告，上疏弹劾张居正。先皇迷迷糊糊之时，必然盛怒。恐怕张居正早已在江陵老家整日愁眉不展，怨天尤人。可惜高大人心太慈，手太软。俗话说当断不断，反受其乱。"

高拱懊悔不已："本大学士也是一念之差，纵虎归山，终于酿就大错。本大学士念及如果是其他事，自有阁臣处置。可是张居正的事，能有谁来处置呢？还不是皇上！但当时先帝连一匙汤、一滴水也难以咽下。本大学士于心何忍，让先帝劳力心瘁。自古以来，人臣杀身以成其君。如今悔之晚矣，悔之晚矣！"高拱急得直跺脚，累累叹息不止。

吴文佳等四人道："为今之计，我等趁张居正得意忘形之时，如能联合都察院、六科的言官，尚有翻盘的机会，一举将张居正击倒。"

高拱苦笑道："如今攻守之势易也。张居正外结冯保，内挟幼主，他现在是站立在高山上滚石，势不可当。我等处于凹洼之地，不被滚石击中就万事大吉了，哪里还敢奢望仰攻？"

吴文佳等人说道："岂不闻事在人为？宋之韩已经拟好弹劾张居正的奏疏，明天就要呈送上去。只要宋之韩的奏疏一进去，我等就会群而攻之。张居正倒台，指日可待。"

高拱愤然起座："既然列位如此决定了，那高某就全都豁出去了，跟那狗贼拼命算了。"

正谈论间，忽地仆人来报："高大人，内阁大学士张居正求见。已在前园中等待多时了！"

众人脸色骤变，吴文佳骂道："那厮来这里干什么？莫非是前来挑衅的？"

周良臣说："短兵相接，意在交锋。"

3. 小皇帝的第一天

高府前园姹紫嫣红，绯红的芍药花像一个双靥浅笑的少女，在风中撒着娇。紫丁香的叶子相互挨挤着，如同淘气的小娃娃在嬉闹。绿草、假山上的小竹子以及碧水潭里自由遨游的各色金鱼，更给前园赋予了生命之美。

这高拱也是在乎山水之间的雅士！张居正心中赞叹。荆州辽王府的富丽奢华，让张居正垂涎欲滴，几度想把它占为己有。而高拱的前园虽远不及辽王府内的庭院游廊、花草树木，却别有一番山水的情趣，让人流连忘返。

张居正身着米黄色的便服，头上发髻贯插玉簪，酷肖一个道士，颇见清丽洒脱。

高拱忑忑不安，勉强施礼："太岳光临寒舍，高某未曾恭迎，失敬失敬！"

张居正却大大咧咧地说："张某特意前来，是来负荆请罪的！"

高拱"咦"的一声，惊疑不定，问："太岳到底要说什么？"

"先前曹大野之事，还望中玄兄海涵！"

高拱"哼"的一声，背过脸，说道："曹大野出自太岳门下，谁人不知？高某平日待太岳如何，自有天地鬼神祖宗先帝之灵在上！太岳为何要如此薄情寡义？"

张居正显得很愧疚："当此之时，朝中风言风语地说，言官们将对张某不利。张某心想，这一定是中玄所为。曹大野妄测张某的意思，所以闹出事端。张某不胜遗憾！"

又是负荆请罪，又是不胜遗憾，一时间高拱忘乎所以，终于来脾气了："说什么高某也是首辅大臣，弹劾首辅，就是对皇上的大不敬！"

张居正连连点头："张某一时糊涂了，日后必与中玄齐心协力，共佐圣主！"

高拱叹了口气："罢了！曹大野最后也落个发配地方的下场，此事不说了！可是昨天你为何又派姚旷密送帖子与冯保，假托遗诏，天知道是不是跟冯保合谋算计我？"

张居正哂笑说："这又是张某的不对了！中玄就饶了这一次吧。不过昨日姚旷所送的，的的确确是遗诏，焉敢谋算中玄老兄？"

高拱心中不屑，就算你们两个起联手来，恐怕也是弱弱联合，奈何本首辅不得。从六部署衙到都察院，哪一个要害的部门没有我的心腹？

于是心中大安，忽地又长吁短叹，凄然说道："造化万物，为何如此的不公？"

张居正感到奇怪，问道："中玄何出此言？"

高拱说道："为什么老天就偏偏垂青于你，让你多子多福。"

张居正泯然一笑："子孙一多，衣食堪忧。我还不是整天为了填饱全家人的肚子而四处奔波吗？"

高拱正色道："太岳太严重了，有了徐阶之子徐璠的三万金，还愁吃穿？"

张居正如同当头一棒，勃然变色，竖起手掌对天发誓："说这话的人可毒着哩。如果张某收了徐璠一两白银，张某有六子一幼女，全都在一日之内死于非命！"

连这样断子绝孙的毒誓都发了，不由得高拱不信，于是讪讪说道："都怪高某轻信他人了，望多多海涵！"

张居正气愤地说道："我对中玄真情实意如此，中玄却不念旧日香火之盟，蓄意要驱赶张某！"

高拱错愕不已："谁敢对太岳先生大不敬？"

张居正道："还不是中玄的门生，刑科都给事中宋之韩，连奏疏都拟好了。"

既然都捅出去了，再瞒也瞒不过了，高拱干脆直言："实不相欺，台省言官正准备联名上奏，弹劾太岳！是愚兄念及旧情，竭力打压，已经叫吴文佳、周良臣等四人斡旋去了，让宋之韩打消念头。"

张居正心下暗惊：好悬哪！今天要是不来，明天可真要坐着老牛破车回江陵了。高拱不走，我张居正就一天睡不好觉。宋之韩、吴文佳、周良臣等人，都是高拱的心腹，联名弹劾我，恐怕正是他们的阴谋。这些浑蛋，如不扫除，不足以平心愤。现在孟冲已除，等于折断高拱的右臂。但是高拱羽翼仍然丰满，还是让皇上早早即位，然后细细再作考量。

于是张居正说道："先帝不期驾崩，太子虽然年幼，但是国家不可一日无主。我们还是早一天上表劝进，让百姓安心，国家安定才是。"

高拱点点头，轻拍了张居正的肩膀："我们还是兄弟吧！高某不会忘记正阳门外'西风贯驴耳'的嬉闹，高某也不会忘记是太岳三番五次差遣游七，把我招回京城的！"

张居正嘿嘿长笑不已。

五月二十八日，高拱、张居正向永宁宫的李贵妃呈送上《劝进仪注》。两天之后，朝中文武百官率军民数百人，长跪于会极门外，叩首恳请朱翊钧即位。

永宁宫内，李贵妃已经抑制不住内心的兴奋，坐立不安，时不时地起身四处走走。

朱翊钧说道："母亲别急，孩儿明天就登上皇位！"

吓得李贵妃紧紧捂住小翊钧的嘴："小翊钧别瞎扯，父皇刚刚龙驭不过四天，山陵尚未确定，不急着登基。"

朱翊钧说道："古往今来，灵前即位多的是。孩儿想早日继承父皇的大志！"

李贵妃点头称是："朝中大臣跟百姓们已经连续两天劝进了，明天正是六月朔日，每一个新皇帝都在初一那天即位的。"

朱翊钧会意了，高兴地说："孩儿明天登基之后，一定会好好地孝敬母亲的！"

第二天卯正三刻，李贵妃亲手给朱翊钧穿上了小龙袍，左瞧瞧，右看看，总觉得看不够。宫女们长拜磕头："皇上真是英俊非凡！"

朱翊钧神气十足地问李贵妃："孩儿即位时，张居正在场不？"

李贵妃笑呵呵的："在！所有的朝廷重臣，都会注视皇上。所以呢，皇上要表现的棒一点儿，不可像往日那样稚气，懂吗？"

朱翊钧"嗯嗯"点点头："只要能看到张居正的身影，孩儿就安心。"

李贵妃正色道："从今天开始，你就是皇上，不许自称孩儿。"

"朕知道了，母妃！"

这时候宫外传来冯保的声音："奴才恭请皇上御驾皇极殿！"

朱翊钧昂首挺胸，正欲跨出永宁宫。忽地天空渐渐晦暗下来，四周仿佛蒙上一层细纱。本来东边地平线上一个环圆如盘子的朝阳，瞬间被咬去了一大半。

"金乌失焰彩，玉象潜光辉。苍天玳瑁色，列宿争依稀。"正如古诗里所写的，天空中真的可以看到摇曳黯淡的星光。

"回来，小翊钧！"李贵妃惊叫道，"发生日食了。"赶紧合起双掌，喃喃自语，"阿弥陀佛，阿弥陀佛！罪过啊！"

跪在外头的冯保也很慌张："皇上、皇贵妃娘娘，不去皇极殿了吧！"

李贵妃道："传本宫懿旨，今日停止一切礼乐。文武百官全都换成青服角带的丧服，到思善门哀悼先皇！"

"奴才遵旨！"冯保噔噔而去了。

"母亲，为什么会在孩儿准备登基的时候发生日食？"朱翊钧也觉得很沮丧。

"老天爷不高兴！"

"为什么老天爷不高兴？"

"父皇的陵寝还没有选定好。"

"山陵，国之大事。赶紧命令一位朝中重臣去勘选啊！"

李贵妃直盯着朱翊钧："皇上认为该谁去好？"

朱翊钧不假思索地回答："张居正。"

李贵妃呵呵问道："为什么不指定其他人？"

朱翊钧口气异常坚决："孩儿只相信张居正。"

李贵妃当即给张居正下了一道谕旨："先帝山陵事宜遣大学士张居正，同司礼监太监曹宪，于即位礼成后复往视。"

六月初十，时值盛夏，骄阳似火。整个地面好像蒸笼一般，热腾腾地冒气。人们甚至可以听到，皇宫的屋瓦被炙烤着发出噼哩的响声。

张居正戴上一顶斗笠，穿上单薄的白色衫衣，右手持着一根木杖，脚穿木屐，每走一步都会踏出脆亮的吱吱声。

按照张居正的要求，李贵妃特意下旨礼部、工部，选派谙晓天文地理的官员、堪舆占卜师，一同前往天寿山潭峪岭选址。这些人是户部尚书张守直、礼部右侍郎朱大绶、工部左侍郎赵锦、礼科都给事中陆树德、江西道御史杨家相、工部主事易可久等。

临行时，张居正抹了抹脸上的汗水，目光炯炯有神地盯着张守直、朱大绶等人："诸位都是上知天文，下知地理。张某除了中知人事，一无所能。皇上马上就要登基了，此时此刻北京城内有数不清的眼睛正看着我们。看着我等不畏险途，上高山下深涧。为的就是能让大明帝国乾坤奠安，风雨呵灵，让皇室绵绵千年万年，永续无疆！"

张守直、朱大绶等人面朝皇极殿三鞠躬："臣等不会让皇上失望的！就是滚下山谷，摔得粉身碎骨，也在所不惜！"

张居正咧嘴呵呵笑道:"要是真的滚下山谷,那张某就替你们做垫背的!"说得众人开怀大笑。

张居正说话的时候,皇极殿内又上演了更新换代的隆重一幕。十岁的朱翊钧一身金黄色的衮服,由司礼监掌印太监冯保扈从,迈着小巧却又坚定的步伐,在文武百官望眼欲穿,甚至是饥渴般欲望的期待之下,缓缓走向那经历过无数次生死轮回、让数不清的人惨遭杀戮的人皇宝座。

一俟朱翊钧坐定,冯保就像骆驼仰起头,得意地瞟了一眼大殿之下的文武百官们。随着冯保两只贵妇人般嫩滑的手缓缓展开,皇帝的即位诏书仿佛在空中优雅地飘浮着,让百官们看得个个羡慕嫉妒恨。

冯保深吸了一口气,启开厚厚两片的嘴唇,徐徐念道:

"我国家光启宏图,传绪万世。祖宗列圣创守一心,二百余年重熙累洽。我皇考大行皇帝作则恭俭、守文虚己、任贤励精图治。盖临御六载而天下宴如,四裔来宾,兆民蒙福。方燕昭之永赖,遽龙驭之上宾,顾命朕躬属以神器。朕方茕茕在疚,不忍遽开。而文武群臣及军民耆老等合词劝进,至于再三辞拒弗获,乃仰遵遗诏,俯顺舆情,于六月十日,祗告天地、宗庙、社稷,即皇帝位。年号万历,初服诏告天下,咸使闻知。"

念毕,冯保神态傲然,站立于御座之旁。

"吾皇万岁万岁万万岁!"皇极殿内立即腾起一阵雄浑有力的呼声,如同即将冲锋陷敌的勇士们在阵前发出最后的怒吼,引起巨大的共鸣,让皇极殿为之颤动,震撼异常,差点儿吓倒了宝座上的万历小皇帝。

"众爱卿平身!"这时传来了一声稚嫩而又响亮的童音,犹如空中的风笛。

"谢皇上!"大臣们抬头起身,突然一片惊愕色。只见冯保像一块大石头,俨然矗立在御座之前。

大臣们叫苦不迭,皇极殿上,所有的大臣都像一只只青蛙跪伏在地,唯独你这个阉货不知天高地厚,竟然挡在御座前面,拿着脸皮当大褂子穿。

高拱更是气得脸色发青,今天可是新皇帝登基的第一天啊!孟子说道,人不可以无耻!朝官跪拜的是当今的圣上,而不是你这个厚颜无耻的半男半女的怪物!

于是高拱朗声说道："今日是皇上新政的第一天，臣作为百官之首，受先帝临终顾命，臣夙夜忧叹，就怕臣辜负了先帝的拳拳嘱托。臣有五件事要启禀皇上！"

小皇帝坐在上面，环视皇极殿一圈，暗自惊叹：这皇帝上朝的地方也真够大的！朕待过永宁宫、去过文华殿，都没有皇极殿这么宽敞富丽！朕坐在殿上，就比如案桌上的小蚂蚁！小皇帝正浮想联翩，开小差之时，旁边的冯保低声说道："皇上，高拱要奏事！"

小皇帝这才回过神来："高爱卿所奏何事，只管说来与朕听听！"

高拱看在眼里，心里头就浮出一丝不悦，皇上这么年幼不懂事，冯保那阉货可是虎视眈眈，如不敲山震虎，威慑一下，恐怕日后真的会重演宦官干政之祸。

高拱斜视着冯保，大声说道："臣要奏的第一件事，大明列祖列宗，临朝听政，凡是朝官所奏之事，都要皇上玉音亲答，以示吾皇之圣明。今后皇上要令司礼监每日开小帖子，明写哪些应该答、哪些不该答，让各大部院署衙知道。如此皇上听政时，就可以亲答各朝官的奏事。第二件事，臣乞求皇上恢复旧制，也就是凡奏章都要呈送给皇上御览，御览之后再送内阁辅臣票拟。拟定之后再呈送御览，皇上看后觉得妥当，才可以发文下去。第三件事，每月初二、初七朝会之后，皇上御临文华殿，臣等有事则面奏。第四件事，内阁辅臣所拟之事，如不合圣意，当立即返回内阁再议。近年来有出现司礼监径自批改朝官送上去的奏疏，有的朝官竟然不把奏章送到内阁去，擅自失职，违反了祖宗的旧制。第五件事，地方父母官与百姓所上的折、书，常常被扣押不出。今后宜统一让通政司处置，再由通政司发往各署衙。"

高拱洋洋洒洒说了一大堆，小皇帝听得是满头雾水，平日虽然读书颇丰，但是第一回朝会实战，还是让他不知所措。冯保却是越听越恼火，高拱所奏的五件事中，除了最后一件，其余四件，件件都是一把大刀，往司礼监猛地砍去，其意在架空自己，让自己成为一株孤木，任凭他人砍伐。

冯保睥睨小皇帝，小皇帝满脸的难堪之色，外廷与内宫的斗争，他哪里懂得？小皇帝茫然而又尴尬地看着冯保，冯保趁机低声说道："皇上只要说一句话，知道了，就按老规矩来吧。其余的交给奴才吧！"

万历皇帝点点头，大声说道："知道了，按老规矩办事吧！"第一回上朝，就这么索然无味，如嚼白蜡，跟过去所想的那种大声吆喝、耀武扬威大相径庭。小皇帝难免有些失落之感，就掩口打了个哈欠。

广西道御史胡涍突然大叫道："微臣乞求皇上对内侍严加管教，不要被他们的谗言和阿谀迷惑了，玷污了圣德！"听得冯保直瞪虎眼，恨得牙齿咬得咯咯响，正要发怒斥责，却看见底下那帮豺脸狼面的大臣，心里开始有点发毛，干脆叫声："皇上累了，退朝！"

"这、这！"大臣们惶然相顾，高拱更是急得心上如火燎，荒唐！这哪像是朝会，完全被冯保那厮操控了。正欲发怒，抬头一看，小皇帝跟冯保已渐远了。高拱直跺脚，气急败坏地骂说："皇上正值冲年，十岁的天子怎么会懂得裁断呢？什么事都是那厮做的，本阁早晚会把那厮赶走的！"

一旁的高仪吓得面如土色，赶紧过去捂住高拱的嘴，使劲地摇摇头："首辅大人，小心祸从口出！"

4. "莫须有"的历史重演

万历皇帝回到永宁宫，却发现永宁宫内一片杂乱，李贵妃正与宫女们收拾衣物用品。

万历皇帝问道："母妃，这是做什么？"

宫女们立即跪下一大片："皇上万福！"

李贵妃满脸的欢欣鼓舞："皇上朝会回来了？"

万历皇帝快快不乐："朕还不知道当皇帝的滋味呢！"

李贵妃笑着说道："皇上已经很棒了！日后必会有大改进的！"

"可高拱说什么朕都听不懂！都是冯保替朕回答的！"万历皇帝对自

己感到失望了。

"皇上别急，来日方长啊！慢慢地，皇上就会成长为一代圣君的！"

"母妃要搬家吗？"

"对啊，吾儿当皇上了，母亲也要搬出永宁宫！这里是皇贵妃的寝宫！"

万历皇帝又问："母亲要搬到哪里？"

"慈庆宫。那里靠近文华殿跟皇极殿！"

"皇考的山陵怎么样了？张居正什么时候回来？"

"张居正冒着酷暑，在大峪山为皇考找到一块宝地，很快就会回到朝中了。山陵用工浩繁，恐怕要添设官员了。"

万历皇帝噘起小嘴："朕不喜欢高拱，让张居正早点儿回来辅佐朕吧！"李贵妃一愣，半晌没有说出话来。

急匆匆地回到内阁，高拱已经喘不过气来。

"皇上新政伊始，本阁耗尽几天几夜心血的第一疏，就这么被冯保从中作梗化为乌有了。本阁实在咽不下这口恶气！"高拱大力一掌拍在桌案上，震得众人耳朵嗡嗡直响。

刑科都给事中宋之韩说道："如果现在不给这头发情的公猪一点儿厉害瞧瞧，恐怕日后他就会愈加骄横不可制了。我现在就去拟奏疏！"

高拱打住："不可。张居正还没有回来！"

宋之韩纳闷了："那厮一回来，岂不更糟？不是流言说张居正与冯保暗中串通一气吗？"

高拱道："尔等不知张居正的为人。他是断断不会大权旁落，让内阁成了一个摆设的花瓶。"

六月十五日，张居正从天寿山回到京城时，早已被炎日曝晒成一个黑汉子。仆头游七和长班姚旷差点儿就认不出来。

"书信上不是说十八日才回来吗？"游七打来一桶水，准备给张居正洗尘，驱除疲惫。

张居正嘿嘿笑道："本大学士长这么大，还真未见过那样毒辣的日头！在天寿山上，热得我完全失去知觉，太阳在头顶上没命地烧烤着，身子像是一点一点地化为蒸汽，腾空而去。到了晚上，骨头都散架了，酥麻酸痛自不可言，一躺下去就昏沉沉的晕迷过去。次日醒转过来，头胀痛得又像被人敲开过一样。幸亏高拱上了一道折子，贵妃娘娘召我回来，把这个苦差事丢给工部尚书朱衡。"

姚旷凑过去低声说道："大人，冯保已经陷入进退维谷的地步了，亟待大人出手相援！"

张居正有点吃惊了："皇上才刚刚即位五天，冯保就出事了？"

"高拱怕皇上年幼，宦官专权，故而三番五次地上疏，要求废黜司礼监大权，归还内阁。又指使礼科左给事中雒遵、工科都给事中程文共同上书攻击冯保，连驱逐冯保的圣旨都拟好了，准备先斩后奏。朝中大臣也是风起云涌，扬言要在朝会上群起围攻冯保。弄得冯保风声鹤唳，惶恐不可终日。大人再不出手，冯保就要彻底被高拱吞吃了。"

张居正紧皱眉头："高拱欺人太甚！只是京城风言风语，都说本大学士跟冯保私下勾结。本大学士别说亲自出面，就是跟冯保说个话也难。上回恭默室高拱撞见了你送信给冯保，从此对张府严密监视，这如何是好？"

姚旷道："大人别急！"说完拍了拍手，门外闪进一个小太监。

"奴才徐爵拜见张相爷！"那人自称徐爵，说是冯保的亲信，跪下磕头不止，"相爷，冯公公担忧在朝会上百官面奏皇上，遂一发而不可收，故而令奴才向相爷求个万全之策。"

张居正安慰说："归告你家主子，有张某在，这世界上就没有可以害怕的东西！兵来将挡，水来土掩。只要冯公公将计就计为之即可。高拱出一招，就还以更狠的一招。到时候高拱黔驴技穷，就只有束手待缚的份儿了。"

"多谢张相爷指教，主子定然欢喜的不得了！"徐爵说着，又"呼"地叩了一个响头，准备起身就走。

"慢着！待本大学士修书一封与你家主子，你可要藏好！"张居正将了将袖子，提笔正要写，忽然游七进来报称："爷，兵部右侍郎魏学曾求见，说是有正事要跟爷面商。"

张居正搁下笔："魏学曾现在何处？"

"大厅候着！"

"不见！你就说本大学士刚从天寿山回来，中暑染病，正在休养，不见任何人。"张居正不耐烦地说，"与他纸笔，有话就写个帖子。"

游七应声而去，过了片刻，游七拿着帖子回来了："爷，魏学曾还在大厅等着回话。"

张居正一看，上面写着："此间外人都说张相与阉竖合谋，无事不相通，先帝遗诏也出自张相之手。下官窃以为，今日之事张相爷宜紧身自保，不可出面袒护。这阉人逼急了，恐闹出祸端来，于张相爷不利。"

"写什么鸟话！"张居正平生第一次粗语大骂，"这魏学曾分明是高拱的同党，今日一来，是替高拱做说客的。本大学士绝不落入高拱的圈套，让冯保孤立无援。"

攻击冯保，就等于攻击自己。冯保一败，紧随其后的必是自己。救冯保，就是救自己。张居正心中大叫：魏学曾！你不要低估了本大学士的智谋，就凭你们的小伎俩就想将我们分而歼之？

张居正提起本要给冯保写信的笔，沙沙几声，犹如秋风吹下落叶，又像跳动的豆子，很快就在白纸上落下了一行如骏马疾驰般的文字："此事本大学士也派人密查过，外间并无同谋之言，纯属魏大人臆造。要赶走本大学士，何必如此恐吓？本大学士向皇上请辞就是。"

"告诉魏学曾，高拱之祸，皆出自你的一句话！"张居正一挥，把答帖甩给游七。

事到如今，是箭已上弦，其势必发。我不抢先出手，敌人必置我于死地。先发者制人，后发者制于人。

"徐爵听着！"张居正厉声叫道，"本大学士要你回去告诉冯公公，朝中处处充满了火药味，一燃即爆炸。从今日开始，扣留下科道言官的所有奏疏，一封也不要送到皇上面前。"

徐爵跪下赫然应声："奴才听令！"

"东华门守令是张府的人，今夜本大学士要下令大开东华门，以后你就跟姚旷在东华门秘密接头，有事及时联络。"

徐爵、姚旷两人异口同声："悉听尊命！"

张居正背过脸，阴沉沉地说："本大学士从今天起，要称病不出，直到本大学士病愈的那一天。"

高拱府内，众人显得紧张兮兮的。

工科都给事中程文悻悻地说道："张居正到底搞什么鬼？天寿山一回来就称病不出！"

刑科都给事中宋之韩咬牙切齿："这厮城府极深，还能干什么？别以为他是一只缩头乌龟，其实是条七步蛇，人为所螫，行七步必死。说不一定他正盘算着是把我们炒着吃，还是蒸着吃。"

吏科都给事中韩楫哧哧笑道："宋大人言重了，依韩某看来未必会如此。那张居正是聪明人，聪明人呢都很现实。一定是坐岸观火，首尾两端。只要天平向高大人一侧倾倒，张居正就会毫不犹豫地对冯保倒打一耙；反之亦然。"

宋之韩急着要辩驳，高拱赶紧插话："二位不要争吵了！韩大人说得有理，张居正是个明眼人。虽说传闻两人相互勾结，但是高某从未见过二人说个话。张居正称病不出，正是远远地躲避着这个大旋涡，只有风平浪静，他才会挺身而出。当初高某与赵贞吉、李春芳争执，张居正都是恪守中庸，静坐不动，所以高某今天才能够坐上首辅的位置。直到现在，张居正依旧悄然无声，表明他正作壁上观。前日张居正不期造访寒舍，他的态度甚是诚恳，一度让高某感慨不已。"

韩楫道："这岂不是我们最希望看到的吗？只要张居正按兵不动，我们就可以放手一搏。先铲除了冯保，再作打算。"

宋之韩猴急了："那还等什么？赶紧拟道奏疏，弹劾冯保啊！"

程文问道："弹劾冯保，必有所指的。我们要弹劾他什么？宦官不应擅权干政吗？"

高拱答道："扳倒冯保，是不需要任何理由的。依高某看，第一条可以揭发冯保私进邪燥之药，以损龙体，遂致先帝重病弥留。弘治十八年，太监张瑜误进药引，遂被孝宗皇帝赐斩。只要皇上看到第一条，必斩冯保。"

宋之韩迫不及待地撸起袖子："动手拟写，明天宋某亲自送到文华殿去。"

几个人你一言，我一语，最后凑合了弹劾冯保的十多条罪状。

高拱乐呵呵地笑道："想当年，岳武穆就是这样惨死风波亭的。"

韩楫道："这阉猪怎么可以跟岳爷爷相提并论？宰杀这阉猪，就好如踩死一只蚂蚁，何足道哉？"

说得高拱等人哈哈大笑："那是那是！"

第二天，宋之韩兴冲冲地去文华殿，可是刚到文华门，就被一个小太监拦住。

宋之韩大摇大摆："本大人要面见皇上！"

"皇上正在读书呢！"小太监奶声奶气地回答。

宋之韩静耳一听，果然从里头传来万历皇帝抑扬顿挫的琅琅读书声。宋之韩问道："里头还有谁陪着皇上？"

"大学士高仪！"

宋之韩放心了："那烦请小哥等下交给皇上御览！切记，不得误了！"

小太监很惶恐地点头："小的不敢误了大人的事，一定呈送皇上！"

宋之韩心安理得地回家了，静候佳音。没想到宋之韩的前脚跟才抬起，小太监就拿着奏疏，屁颠颠地跑到文华殿东侧的配殿本仁殿。

"冯公公！小的又拦截到一封。"小太监扬了扬宋之韩的奏疏，得意扬扬地叫道。

冯保正埋首于案桌上如山的一大堆奏疏之中，听到小太监大叫，举手就要劈打："兔崽子，嚷什么？小心让皇上听见了割下你的脑袋！"

吓得小太监搁下奏疏，撒腿就溜。

冯保撕开一看，映入第一眼的字句就让他怒火井喷："其罪一，冯保私进邪燥之药，以损圣体，先帝遂至弥留。"

"到底是谁给先帝妄进邪燥之药了？孟冲那厮还关押在司礼监的内室哩！"冯保气得牙齿咬得咯咯发响，"高拱老贼，本监不剐了你的心头肉，还真不能泄恨。前者为了报徐阶的私仇，黑白颠倒，硬要替王金等臭道士翻案。今天为了驱逐本监，又是栽赃陷害，把一个莫须有的罪名硬栽在本监的头上。翻手为云，覆手为雨。不在皇上面前告你一把，本监誓不为人！"

5. 高拱的六月飞着霜

"皇上！"没等高仪讲读完毕，离开文华殿，冯保就满脸怒容地出现在万历皇帝面前。

"大伴为何如此？"对小皇帝来说，冯保不但照顾他的起居，还跟他一起读书写字。两个人除了没有一块儿睡觉，几乎是形影相随，所以小皇帝昵称冯保为大伴，而不直呼名字。

冯保莫名其妙地问道："皇上是谁啊？"

"朕是当今的皇帝啊！大伴，你是不是中邪了，要不要传太医前来瞧瞧？"万历皇帝显得极为关切。

"可是朝中有人把皇上看作汉末的小儿皇帝，奴才还真怕皇上拗不过这口气！"

万历皇帝心里最恨就是东汉末年的小儿皇帝，每次读完《后汉书》，就拍案叫骂，恨不得把史书撕成稀巴烂。

"什么人敢如此蔑视朕，大伴把他揪出来。朕绝不轻饶！"万历皇帝打出生以来，还没有这么发怒过。母妃平日不停地教导，人一定要昂首挺胸地活一辈子，即便是小孩子也有他的尊严。何况朕还是天子，一国之君？

"内阁首辅高拱。"冯保的瞳孔里放射出复仇的怒火。

这个答案万历皇帝似乎一点儿也不意外："哦？高拱怎么说的？"

"那高拱在皇上登基的第一天退朝之后，当着众臣的面说：十岁儿哪能决事？"

"大伴，你再说一次！"万历皇帝冷冷地道。

面对小皇帝的逼视，冯保感到一丝说不出来的害怕："奴才不敢欺骗皇上，这是朝官们都听到了的！"

"啪"地一下，万历皇帝狠狠地把案桌上的《后汉书》摔到地面上："大伴，即刻带朕去慈庆宫！"

慈庆宫内，李贵妃显然对这个新家感到很满足。宫里宫外，比永宁宫要大得多，更让她欣喜的是，慈庆宫四周奇树异草环绕，百花绽放争妍。每走一步，就是鸟语花香，空气清新，仿佛漫步在家乡通州漷县的青山绿水之间，让她唤起了童年时代的每一个记忆碎片。

此时，李贵妃正在专心致志地临摹抄写《大藏经》。李贵妃除了闲情于花草树木之外，就是读史书、念佛经、习练字。虽然万历皇帝尚小，李贵妃大权在握，但是她并不想做第二个吕雉。古书上说，牝鸡司晨，家之穷也。又云母鸡啼，天下亡。只要儿子到了十六岁大婚之后，李贵妃就会毫不犹豫地还政与他。

一动不动地坐了一个时辰，李贵妃觉得两臂酸麻，于是正要放下笔活络一下筋骨。门外传来了小皇帝熟悉的脚步声，李贵妃脸上露出甜美的微笑，这是她一生中最大的幸福。

可是让李贵妃无法接受的是，小皇帝却是满脸愁云、两腮鼓鼓的，甚至带着愠怒而来。

"朕要罢了高拱！"这是万历皇帝见到李贵妃说的第一句话。

"君无戏言，皇上，你又怎么啦？"李贵妃郁闷不已。

"朕这回是真的不想再看见这个臭老头！"小皇帝誓言铮铮。

"皇上别急，慢慢说！"

"高拱竟然在朕登基的第一天当廷说朕是十岁小儿哪能办事。"万历皇帝一想起这句话就气不过，"冯保告诉朕，这是高拱擅权，蔑视幼主！"

"吧嗒！"李贵妃惊愕得右手中的毛笔突然落地："此事非同小可，本宫要去见皇后！"

陈皇后仍住在坤宁宫里，一身淡淡的素服，脸上挂着无奈的忧伤。在隆庆皇帝生前，得不到应有的尊崇。现在隆庆已去了，留给自己的仍然是难以忍耐的寂寞。造化的力量是无穷大的，大到任何人都无法战胜。既然是命运的安排，那又有什么怨恨呢？

她想到了李贵妃，想到了朱翊钧。一个跟她亲如姐妹，一个甜甜地呼她"母后"。能给陈皇后的丝微安慰，就这么一点儿了。

所以当万历皇帝跟李贵妃提到高拱"十岁小儿"那句话时，陈皇后就像骤风暴雨，比任何人都要来得激烈。

"本宫现在就下旨，废了高拱！"陈皇后近乎歇斯底里，怒吼着。虽然她知道，现在皇宫里面，已经没有几个把她放在眼里。

李贵妃心平气和地说："姐姐冷静！这事可要跟张居正好好商议，毕竟他是男人！"

"可是张居正称病不出好多天了！"

"冯保说了，张居正虽然病倒了，可是每天在府内都要会见好几批客人！"

冯保说得一点儿也没有错，张居正府邸门庭如市，来来往往的朝官简直都要把门槛踩烂了。

大学士高仪和左都御史葛守礼后脚跟刚离开张府，吏科都给事中韩楫的前脚就大步踏进去了。身后跟着两人，手里提着一大盒子礼品。

"稀客，稀客！"张居正非常热忱地拱手相迎。

韩楫嘿嘿地自嘲说："乌鸦总是羞于见孔雀！高相爷听说张相爷仍旧卧病，委托下官带点礼物来看看了！"

"哦？"张居正故作惊讶，"首辅有何吩咐？"

韩楫见到厅堂里面并无他人，左手挡住嘴巴轻声说道："高大人欲立千古功勋，想跟张相爷共为之。"

张居正眯着眼睛："中玄先生要做出哪一件惊天动地的大事？"

韩楫两手做出一个骇人的砍杀动作："宦官擅权，世人所恨。剪除阉党，还政内阁。要是张相爷有所考虑，仍然待在府内养好身子。高大人说了，事后仍然与你同享功勋。"

张居正听了仰天哈哈大笑，笑得韩楫不知所措。

"我说韩大人，本大学士以为中玄要轰轰烈烈地有所作为，没想到是这么一件区区小事。除去阉人，譬如随手扔掉一只腐臭的老鼠，即使办成了，又怎能算是立下百世之功？本大学士不屑那点千古美名，随中玄先生的意思了！"

韩楫大喜，起身拱手不住地称谢："如此，下官替高大人先谢过张相爷了！贵府内宾朋满座，人多嘈杂，恕下官无礼，告辞了！"

韩楫的身影一消失，张居正回到内房，开始遐思了：高拱必败！单单凭他不慎出口的"十岁小儿"一句话，如果冯保大做文章，恐怕高拱就是有一百个头颅也不够皇上砍。高拱啊高拱，你实在是老糊涂了！皇上即位还不到十天，你的形势就陡转急下，一泻千里。望你莫怪张某这个老朋友寡情薄意，自古以来，胜者为王，败者为寇。张某还有更多的理想没有实现，还有漫长的路没有走完。高拱，张居正只能抱歉地说一声，对不起了。

想到这里，张居正提起笔，铺开纸张，可是他竟觉得手中的毛笔重千斤，握得自己掌心出汗，右手发抖，脑中更是一片混乱。

我不但要做一只能识别猎人陷阱的狐狸，更要做一只能让豺狼惊骇战栗的雄狮！官场如战场，永远只能够勇往直前，否则最先倒下的必定是我自己！

张居正朝掌心呵了一口气，随即工工整整地写下几行大字。

"姚旷在外面吗？"张居正高声唤道。

姚旷急急忙忙跑进来："大人有何吩咐？"

张居正把缄封好了的帖子交到姚旷手中："太阳下山之前，务必将这个送到冯保手中。告诉冯保，逆水行舟，不进则退。如今，只有破釜沉舟了，否则上断头台的就是他了！"

看到张居正神色异常凝重，姚旷心知事关重大，延误不得，于是跪下磕头："小人就是舍弃一切，也要把大人的帖子交给冯公公。"

姚旷走后，张居正忽感到一阵忐忑不安，生怕出了乱子，赶紧又唤来游七："你暗藏兵器，远远跟着，只有亲眼看见姚旷走入东华门，才能回来。"

"奴才遵命！"游七握起双手，振振有声。

当夜，张居正坐在窗旁，并不点灯，一轮明月挂在树梢，散发着柔和、皎洁的光芒，照进来，轻抚着张居正的身子。

"团圆一轮月，清光何皎洁？唯有圣人心，可以喻澄澈。"张居正曼声念道，这是如今的小皇帝曾经作的一首咏月诗。

游七举着蜡烛，走了过来。

"姚旷跟冯保接头了吗？"

"爷请放心，小的亲眼见到姚旷随同徐爵进宫去了！这么暗黑，点灯吧——"游七拿起一盏油灯，就要点亮。

"不，在黑暗中，一个人的眼睛才能看得更清楚。本大学士今晚要独自一人在月下饮酒，也许明天晚上，这轮明月就不属于我的了！"张居正似乎是回答游七的话，又似乎是在喃喃自语。

次日拂晓，圆月的残影还在西边的天空中，朦朦胧胧的，仿佛是一位多情的女子，举眉凝眸，眺望着这片大地。

由于张居正告病了，所以高拱连日来除了吃喝睡，几乎都是在内阁里度过。一则，确实各地送上的文书多如牛毛，让人读不胜读。二则，万历皇帝跟冯保就住在内阁北边的文华殿，利于观察动静。

忽地传来圣旨，所有的朝官，内阁辅臣、五军都督府、六部官吏全部到会极门外集合，两宫与皇上要宣旨。

高拱心内大异，正要起身，宋之韩跟韩楫急急火火地跑进来："首辅大人，还不快去会极门。"

高拱问道："二位可知出了什么事？为什么不在皇极殿召集群臣，要在会极门外？"

宋之韩摇摇头："实在不知。"

韩楫问道："宋大人昨日有没有把奏疏送到皇上手中？"

宋之韩点点头："有啊！"

高拱恍然大悟："一定是两宫看了宋之韩的奏疏震怒，今日就要当着众臣的面宣布冯保的罪状。"

宋之韩、韩楫相握而欢。高拱兴高采烈地说道："十五的月亮十六圆，今天是既望之日。晚上高某在家里准备了点儿酒食，大伙儿一会儿一起过去喝酒赏月如何？"

宋之韩道："总是我们几个人不觉得闷吗？下官还希望能不计前嫌，某某人也可以去。"

高拱催促说："别扯谈了，快走吧！"

会极门就在内阁的西侧，三人拐个弯，再走几步就到。会极门外早已聚满了朝中的文武百官，不下一两百人。大家各抒己见，闹哄哄好像数不清的蜜蜂嗡嗡乱叫。看到高拱等人，于是纷纷点头致敬让道。

"听说张居正病倒了，皇上已经恩准致仕还乡了。"一个吏部的官员猜测道。

"乱弹琴，国家正依赖张大人，他还乡了，谁挑起大梁?"一位督察院的御史愤愤地反驳说。

"大家都别瞎说，圣旨马上就要出来了!"

一位小太监跑出来高声喊道："内阁大学士张居正到了吗?"他的声音就好像铁器敲打般刺耳。

文武百官们左顾右盼："不是说张居正病了吗?"

那小太监说："两宫及皇上有旨，今日之事，非张大学士在现场不可。赶紧派人去催促!"

高拱心想："是了，一定事关司礼监。否则也不会把称病中的张居正请出来。"

文武百官你一言我一语，突然有人喊道："张大学士到!"

果见张居正穿着清淡色的便服，由游七和姚旷二人搀扶着，形容枯槁，憔悴不堪，还不时地咳嗽几声，一摆一摆地徐徐走来。

"啊，真可怜，都病成这个样子!"有人感叹道。

高拱赶紧迎上去："太岳先生，实在委屈你了!"

张居正又咳了一下，摆手道："也不知道什么事如此紧迫?"

高拱低声说道："一定是昨日宋之韩上了道弹劾阉人的奏疏，今日皇上寻我等问话。太岳别担心，高某直话直说，如忤逆了圣意，皇上怪罪下来，高某一人承担，必不会累及他人。"

张居正和颜悦色道："中玄老兄怎么这般说话，你的事也就是我的事。先别乱猜，且听听圣旨再说。"

正说话间，太监王蓁手捧黄澄澄的圣旨，手臂上挎着一支拂尘子，仿佛一只病猫似的，有气无力地走出来。

"皇上有旨!"忽地病猫成了猛虎，厉声吼叫道。

顷刻之间会极门外跪倒一大片，文武百官屏住气息，连搔痒都不敢，静候宣旨。

"少傅兼太子太傅、吏部尚书、建极殿大学士张居正接旨——"

"臣领旨！"张居正俯首应道。

王蓁把圣旨交到张居正手中："请张先生宣旨！"

"谢皇恩！"张居正缓缓打开，颤声读出来：

"皇后懿旨、皇贵妃令旨、皇帝圣旨，说与内阁、五府、六部等衙门官员：我大行皇帝殡天先一日，召内阁三臣在御榻前，同我母子三人亲受遗嘱，说东宫年小，要你们辅佐。今有大学士高拱专权擅政，把朝廷威福都强夺自专，通不许皇帝主管，不知他要何为？我母子三人惊惧不宁。高拱便着回籍闲住，不许停留。你们大臣受国家厚恩，当思竭忠报主，如何只阿附权臣，蔑视幼主，姑且不究。今后都要洗心涤虑，用心办事，如再有这等的处以典刑。"

文武百官都埋首于地，不敢抬头。高拱只觉得晴天打了个霹雳，眼前迸发出无数的火花，耳边更是如同锣鼓齐鸣，震得自己脑袋发疼。一会儿是寒冬，冻得浑身发抖，一会儿又是炎夏，热得大汗淋漓。心里头却像是火山喷发似的狂呼乱号："该死的阉狗！该死的张居正！高某全上你们这些奸人的当了！高某被你们耍了！"

只听见群臣"啊"的一阵惊叫，张居正站立不稳，顿时栽倒在地。

⑥紫禁城不相信眼泪

会极门外乱成一锅粥，文武百官叩头之后，各自起身，如同蜩螗沸羹，叽叽喳喳不停。游七和姚旷架起不省人事的张居正，一拐一拐地，随手雇了一辆骡车，直朝宣武门外张府而去。

高拱顿觉眼前的世界瞬间坍塌下来，末日终于到了，日月无光，一片昏黑。文武百官都起身，高拱仍旧俯首埋地不起，不敢抬起头。眼前不断晃过文武百官高大的靴子，但都只是匆匆而过，没有一只脚停留在跟前，哪怕是一瞬间也好。高拱胸口一阵剧痛，就好像那些百官提起靴子，狠命地朝自己胡乱踢来。耳边尽是不堪入耳的喧哗声，却没有一句话提到自己。但是这种对自己刻意的淡漠，比恶毒的谩骂、无耻的讽刺，甚至肆意的侮辱，更让高拱体会到被整个世界所抛弃的强烈悲凉之感。

为什么地面上不裂开一个大缝，好让自己钻进去？高拱甚至想一头撞死在会极门算了，免得无穷无尽的痛苦像潮水般涌来。

那些曾经是自己最亲密的战友、同盟者、心腹，宋之韩、程文、韩楫等，仿佛蒸发似的，无影无踪了。

"这些忘恩负义的浑蛋！"高拱心中咒骂道，"高某平日养的都是一群白眼狼！"

"中玄先生，起来吧！世间就这么残酷！"大学士高仪把一只大手伸到高拱的眼前。

高拱断然拒绝，一个被彻底抛弃的人是不需要任何援助的。高拱一骨碌起身，眼前偌大的皇城在不停地摇晃。自己好像喝醉酒似的，头晕目眩，左摆右晃。高拱好想像一个疯子那样咆哮、号叫。但他叫不出来，眼泪如瀑布似的唰唰流淌下来。

高拱一人独自踽步前行，身后是若无其事、还在鼎沸着的百官们。只有高仪一人伫立不动，注视着高拱蹒跚而去，两眼充满了难以描写的伤感和恐惧。

高拱被赶走了，张居正又旧病复发被挽回家了，只有高仪一人战战兢兢，像一块木桩呆立着，但是一转眼又如同一阵风，不知道刮到哪里去了。

百官们群龙无首，相顾惶惶，茫然不知所措。

户部尚书张守直说道："当此非常时刻，诸位都过来讨论一下，然后由左都御史总成一疏，送到文华殿去——"

张守直的话还没有说完，葛守礼就挺着大肚子，口沫横飞，气急败坏地说："要上奏，诸位各上一本折子。不要老是拿着葛某说话！"

礼部尚书吕调阳说道："太岳先生不出，就是上了奏疏，皇上批复下来，谁来拟旨呢？算了，大家都安心回去吧，等太岳先生出来再说。"于是树倒猢狲散，百官们各自回家去了。

宣武门外张居正府外，游七和姚旷舒了一口气，总算回家了。

张居正从骡车上跳跃下来，拍了拍身上的尘土。

"大人，没事了吧？"姚旷关切地问。

张居正狡黠地笑道："兵不厌诈，在任何时候都是制胜的法宝。行军打仗，不懂得兵法，迟早都要打败仗的。朝中做官，不懂得兵法，只会哑巴吃黄连，迟早都要滚回老家的！"

游七呵呵笑道："爷，那你就一直告病下去，直到小皇帝用大轿子把你抬出来。"

张居正眨了眨："不，明天就痊愈了。"

"这是为何？大人从天寿山回来，确实也黑瘦了许多，再歇息些日子。"

"不出来不行啊，老朋友要回家了，得送他一程。再说皇上年幼啊，内阁无人看守，万一国家出了大事，那可不行。咱们毕竟是吃皇粮的。"

当天夜里，张居正给李贵妃和万历皇帝上了奏疏，乞求收回圣旨，特命高拱官复原职。如若不许，干脆连自己也一并罢了。奏疏刚送进去不久，很快徐爵就从宫中出来，带来万历皇帝的严旨："张爱卿不可祖护辜负先帝、辜负国家之徒。"

次日，正阳门外，晨晖斜披着，大街一片金黄。

一头不断大口喘气的老牛正好奇地转头看着车上的乘客，尾巴悠闲地一甩一甩，似乎在向金碧辉煌的皇城告别。

车夫问道："高先生，可以出行了吗？"

高拱紧闭双眼，满脸的戚悲，又是留恋，又是伤怀，更多的是怨恨。前来送别的朝官和朋友寥寥无几，家仆各已散去。只有不断过往的行人偶尔停下来打了一个招呼或者一个祝愿："高先生，一帆风顺！"

在皇城里，人们已经习惯了朝廷上的你方唱罢我登台，再说一个被贬斥了的当朝"宰相"也没有什么可以眷恋的。只是高拱的口碑不错，封贡俺答汗、整顿吏治，这些都是世人耳闻目睹的。

高拱正要挥手说走吧，忽地远方传来一声高呼："中玄先生留步——"

高拱转过身一看，见张居正不紧不慢地跑过来，顿时一股欲呕之感涌上心头。

"中玄老兄请留步，张某已经向皇上请旨，赐你风风光光地衣锦还乡！河南距京城一千五百余里，路漫漫其修远，艰辛而又难行。"张居正满脸的歉意。

"不必了！"高拱冷得像冬天里的冰块，"回老家就回老家，还要什么衣锦还乡？再说太岳先生就不怕背上祖护负先帝、负国之徒的罪名吗？"

张居正讪讪不语，许久才说："高先生还记得也是在这正阳门外，'晓日斜熏学士头''秋风正贯先生耳'之语吗？"

高拱淡然一笑："怎么不记得？当时你差点儿把我推下马背，没想到现在却坐上了一辆破牛车。"

张居正脸变得红一阵紫一阵："香火兄弟之情，张某永世不忘！"

高拱并不理会，吩咐车夫："快走吧！到前方真空寺，我有一故人在那儿，可以吃上一顿饭。"

车夫"噼啪"地抽打了一下牛背，老牛哞的一声惨叫，拉动小车咯吱咯吱地移动了。张居正尴尬不已地被晾在路边。

正阳大街上围观的行人愈来愈多，卖豆腐的放下豆腐担，卖糖葫芦的也停止了吆喝，纷纷过来观看。有一位苍头老汉指指点点，告诉身旁的一个小哥说道："这就是当朝大学士张居正大人，那牛车上的是曾经的大宰相啊！"

那小哥顿悟了，伤心地说道："爷爷，原来做了大官也只是坐上一辆破旧不堪的牛车，孙儿以后不做官了。"

旁边一位中年汉子劈头就要打："你这小兄弟懂个屁！高拱是难得的大宰相，当今皇上年幼无知，一群奸人把持朝政，把高宰相赶出京城，所以才坐牛车呢！"突然间蹦出一个中年妇女恶狠狠地扭着那中年汉子的耳朵，骂道："你这天杀的，家里的肉包子都快烧焦了。宰相做久了，就应该让给别人。你来这里凑热闹干什么？狗捉耗子多管闲事，小心诛灭九族。"

这时候天空上飞过一群鸟，嘎嘎地鸣叫。此时此景，更让高拱心里是无尽的悲凉与哀愁，禁不住低声吟唱道："春归秣陵树，人客远安城。感月吟风多少事，如今老去无成。谁怜憔悴更凋零……"

张居正默然不语，思绪潮动，感慨万千，直看到高拱的牛车在大街的远方消失了，这才转身离去。姚旷急急忙忙地赶来，着急地说道："大人跑这里来了，害得小人四处寻找。"

张居正问道："出了什么事？"

姚旷说道："大学士高仪见高拱已去，胸中愤懑，连连呕血，大病不起了。"

张居正长声悲叹说："可怜了一个忠直的大学士！张某本准备与他同心戮力，共佐圣主。如今的内阁已是人去阁空，皇上一定很着急。"

慈庆宫内，万历皇帝像热锅里的蚂蚁，不停地走来走去，口中念念有词："张居正中暑还未痊愈，高仪又病了。大明开国两百年，还未出现过内阁空无一人的怪现象。朕一即位，老天爷就不给力，叫朕情何以堪？"

冯保道："为今之计，只有皇上下一道严旨，让张居正带病出来，领任首辅之职。高拱当政的两年里，专横霸道，朝中官员大都出自高拱门下。整个朝廷，几乎就是高拱的天下了。唯有张居正才能够革故鼎新，将过去的沉瀣之气和腐烂霉味一扫而光，让国家重新散发出清新的气息。"

万历皇帝扑闪扑闪地盯着李贵妃，征求她的意见。李贵妃也是满脸的焦虑："冯公公说的极是！张居正非得出来担任内阁首辅不可。本宫坚信，张居正一出，大明必定中兴！皇上赶快下旨吧！"

万历皇帝的双眼炯炯有神："朕要在平台召见张居正，看看朕的首辅长得是什么样子。"

李贵妃嫣然一笑："皇上，我说过张居正是皇上的人。只要皇上一句话，随时随地就可以召见他。"

万历皇帝顽皮地咧嘴笑道："朕几次要见张居正，几次都落空。这一回平台召见，朕一定不会放过张居正。"

六月十九日一大早，太监王蓁就急急忙忙赶到张府宣读圣旨："朕闻知张先生从天寿山途归触暑且病，朕不胜担忧。但朕年幼刚刚临朝，内阁无人值守。张先生素怀报国之心，当以国事为先。特敕令张先生速回阁办事，旨到即行，不得延误。切望张先生体谅朕之苦心，朕感激不尽。"

张居正苦笑道："皇上如此紧逼，张某只有舍弃了这副病躯，报效皇上了!"

王蓁嘿嘿说道:"自古以来,还未见过皇帝如此逼臣属上朝理政的,足见皇上对张先生的仰赖,朝中已无人可以取代!"

张居正无奈地说:"那好,待我换上朝服,即刻跟随公公上朝去!"

"不必了!皇上已经赏赐了张先生一件上等的朝服,正在府外的大马车里头。张先生只管进宫去。"

张居正朝着皇宫长揖几下:"臣肝脑涂地,万死不辞!"

大马车嘚哒嘚哒,没多久就到达午门外。下了马车,向东拐弯便是会极门。穿过会极门,就到了内阁。张居正一只脚正要跨进内阁,冯保从对面的文华门直奔过来:"皇上有旨,宣辅臣张居正即刻入宫觐见。"

张居正道:"张某从宣武门一路狂奔过来,连身上的尘土都来不及拍打,就这么见皇上去,恐怕是大不敬。"

冯保拉着张居正的手就走:"皇上辰时初刻就在平台等着张先生,还磨蹭什么,别让皇上久等了!"

第十七章

盐梅宰相

1. 一见倾情

玉殿朱阁，青穹深渺。浩瀚如天庭，广袤似银河。

紫禁城，简直就是人间的天庭宫阙，这是世界上最为庞大的宫殿群，其气势之恢弘、建筑之精美，无可伦比。

紫禁城中轴线的中端，矗立着三座大殿，从南到北依次是皇极殿、中极殿与建极殿。在建极殿居中之后是一座耸立在三层汉白玉石基之上的云台门，就像一块巨大的白色屏障，跟乾清门两两相望。云台门两旁向后，东有后左门，西有后右门，这两门也称平台。从明成祖开始，皇帝都是在这里召见内阁辅臣，问策对答。

当张居正飞也似的赶到平台时，万历皇帝正端坐在后左门的御座之上，容光焕发，精神抖擞。迎着冉冉东升的朝阳，更显得满面红光，神采奕奕。

张居正暗下叹道："真吾天子也！"

万历皇帝看到张居正到临，起身相迎。慌得张居正立即跪倒在御座前："臣张居正叩见皇上，乞求皇上饶恕罪臣病体来迟！"

万历皇帝和颜悦色："张爱卿快快起身，不必多礼！"说着伸出一双小手，扶起张居正。

尽管是第一次召见，但是万历皇帝却有一种似曾相识之感，就好像是阔别多年的老友再次相逢，更让小皇帝获到一阵意外的欣喜。恍恍惚惚之间，万历皇帝好像又走进了那个奇异的梦境之中，一位俊朗的美髯大臣，欲言还休。

小皇帝兴奋地几乎就要跳起来："爱卿就是张居正？"

张居正哭笑不得："皇上，这个世间只有一个张居正，臣就是如假包换的张居正。"

看到张居正胸前长须飘逸得如同仙女摆动的裙子，小皇帝激动万分："太奇妙了，你就是梦中的美髯公！"

这更加让张居正如坠云雾之中，不知所云："敢问皇上何谓梦中的美髯公？"

万历皇帝从千里遐思中清醒过来："呵呵，朕跑题了！张先生为了皇考的山陵，冒着酷暑跋涉，这个朕就不提了。国事为重，张先生今后只在阁中调理，不必请假了。皇考曾经屡屡赞称张先生忠贞可嘉，是个大忠臣，并说高拱奸邪。"

万历皇帝刻意把"高拱奸邪"四个字说得响亮，仿佛一个极具穿透力的音符，直灌入张居正的耳朵，让他领受到天籁之音般的妙不可言。

"皇上言重了，臣实在担当不起大忠臣三个字。"

"先生不必自谦，每每追忆先帝的话，'张先生忠臣'，朕心里就振奋不已。凡事都要先生尽心辅佐，望先生自爱。"

即使这话出自一般人之口，也会使人感动不已。更何况这是年仅十岁的小皇帝的掏心挖肺之语，张居正听了如同全身被炙热的夏日烧烤着，激情潮涌，不由得泪流满面，连连点头称谢。心里头有说不出的千言万语，却又像奔腾而下的流水被一块巨石阻遏了，哽咽难言。仓皇之间，糊里糊涂地说了些自己也不知道是什么的话语。只看见万历皇帝一会儿微笑，一会儿凝神，简直就是一位学生在聆听老师诚挚的教诲。

张居正越来越觉得，眼前这位倾心吐意的小皇帝就是当年的自己。"凤毛丛劲节，直上尽头竿"，层积了多年的薄云壮志，似乎就要在此时此刻像火山般喷发出来。

"皇上！"张居正泣不能言，"臣誓以此身辅佐皇上，慨然以天下为己任。"

"好！"万历皇帝感慨不已，"皇考果然没有看错人，张先生不愧为朕之鲠臣、大明之赤子！朕要赏你玉带！"

张居正忽又想到，高拱虽去，但是朝中官员多出其门。如果自己要展翅高飞，那些官员就是一张大网，甚至是一个巨大的囚笼。高拱执政期间，多行变法，其中虽不乏善者，但是多数与己见不合。

张居正遂对万历皇帝说道："当今国家要务，在于遵守祖宗旧制，不必频频更改。至于讲学亲贤，爱民节用，又是为君之道的第一条，乞求皇上留意。"

万历皇帝若有所悟："张先生教诲的极是！"

张居正忽然觉得今天自己好啰唆，喋喋不休："皇上，今日暑气正盛，宫中饮食起居宜多加谨慎，好生保养圣体才是！"

万历皇帝额首说："多谢张先生美意！朕再赏张先生一些酒馔、银币。"

张居正准备跪谢，锦衣卫指挥朱希孝走来启奏道："皇上，总理山陵事、工部尚书朱衡报称先帝陵寝营建已近尾声，皇上也该除服了。"

万历皇帝满心高兴："对朕来说这是个好消息，明日朕要御临宣治门视事听政，到时百官就可以除服了。督视皇考陵工，本应让张先生去。但是张先生肩负着革故鼎新的重任，只好辛苦朱爱卿代领了。"

朱希孝拱手："臣万死不辞！"

看到万历皇帝虽年幼，却从政如流，张居正心中大为钦佩。俗话说好玉勤雕琢，压担早成才。一双小手就这么撑起一个庞大的帝国，张居正除了怜悯之外还有不安与沉重，仿佛自己的头顶上压着一座泰山。

虽然只是早上，但是炎夏的太阳热得让人透不过气来。万历皇帝已是满头大汗，却仍然一动不动地坐着。看得张居正一阵心疼："皇上安心回宫休养龙体吧！朝中大事就交给臣吧！"

万历皇帝凝视着张居正良久："张先生，谨记朕的期许，不要辜负了朕！"

"臣鞠躬尽瘁，死而后已！"张居正郑重地说。

辞别了万历皇帝，张居正回到内阁。荒废了几天，屋子里竟然到处落满了尘土。张居正叹息道，人世真是如同沧桑，一别几日，竟然物是人非，恍惚如同隔世。

长班姚旷带着几个太监不停地四处擦拭，张居正大声说道："给本大学士用力地清理，把过去的一切全都抹的干干净净！"

说这话时，突然间张居正觉得自己就是高拱，当时高拱攫取了内阁首辅之位后，也是这么说的，要把徐阶留下的任何痕迹清扫一空。风水轮流转，高拱啊高拱，如今轮到本大学士了。

高拱一去，兼掌理的吏部铨选大权应该交给谁呢？总不能自己也厚颜无耻地像高拱一样把在自己手中。

张居正第一个就想到了兵部尚书杨博。这个杨博确实有将帅之才，嘉靖末年任吏部尚书，此后因谏阻隆庆皇帝巡游南海子，忤逆了圣意，隆庆三年十二月被迫致仕。高拱卷土重来之后，也把在家中闲着的杨博召回来，可是高拱却贪恋着大冢宰的铨选大权，让杨博去掌兵部。虽说掌理军事是杨博最拿手的活计，但毕竟担任了几年吏部尚书，其威势绝非其他部院长官可比。

于是在六月二十一日，特命杨博解管理兵部事务，回到吏部去。

确定了六部之首吏部尚书的人选之后，该是考虑谁入阁的问题了。大学士高仪病情危急，生死未卜，迟早都要圈定新阁臣的名单。张居正紧锁眉头，几乎把手中的官员花名册都快要翻烂了，最后在礼部尚书吕调阳的名字上画了一个小圈圈。

选定阁臣，不但是人才，更应是奴才。唯有这样，才能确保自己的地位不可摇撼。就像瓶子里的插花，既要让人觉得鲜艳、好看，又要它就那样静静地待着，让人来欣赏。这个插花艺术高拱懂得，张居正比高拱更懂。朝中百官中，吕调阳最符合既是人才，又是奴才这两个条件。

吕调阳，嘉靖二十九年庚戌科第一甲第二名。虽然才高八斗，但是不附权贵，所以在隆庆一朝身任南、北两京国子监祭酒，其后升任南京礼部侍郎、礼部右侍郎。隆庆三年五月改吏部右侍郎，次年四月升任吏部左侍郎。隆庆六年四月才被提携为礼部尚书。

对于吕调阳的禀性，张居正比谁都清楚。吕调阳师出阳明学派大师程文德门下，崇尚中庸调和之道。更甚者，吕调阳与张居正私交甚密。吕调阳，祖籍湖北大冶。洪武初年，其先祖从军戎迁徙到广西桂林。但同朝为官之后，吕调阳却以同乡之谊，与张居正结成莫逆之交。让此人入阁，最好不过了。

圈定了吕调阳，张居正就合拢花名册，闭目养神，不再选了，两个已经足够了。徐阶时代，动不动就四五个，甚至六个，结果人多心不齐，一整天就是吵得口沫横飞，甚至大打出手，结果什么事也没办成。

高仪已经是奄奄一息，不日即可西游去了。现在只要高仪一去，大事已定。

两天之后，万历皇帝身着黑色丧服，在一片欢腾声中，太监冯保扈着万历皇帝，徐徐登上皇城内最大的宫门——宣治门。

张居正手捧圣旨朗声念道："大行皇帝大丧成服已毕，惟皇上念宗庙社稷之重，少节哀情，出御宣治门听政。自今日起，百官除服。钦此！"

宣治门下文武百官自然又是跪倒一大片，山呼万岁。

礼部尚书吕调阳启奏道："吾皇孝心拳拳，感天动地。吾皇今日即可换上九龙袍衫、翼善冠临朝听政。"

万历皇帝却沉思不语，两眼泛着水花。张居正吓了一跳，赶紧低声问道："何事如此让皇上悲伤成这个样子？"

万历皇帝强忍住眼泪，悲恸地说："列位臣工，朕刚刚得到消息。今天早晨，内阁大学士高仪病卒家中。朕出阁念书时，高先生为讲读官，循循善诱，诲人不倦，朕受益匪浅。高先生生性俭朴，寡欲清净。为官廉洁奉公，忠心耿耿。就是垂危之际，还念念不忘朕的《春秋左传》尚未讲完。临终之时，家中一贫如洗，竟然无法下葬。朕要为高先生再服丧一日，并赐赙仪一百两、币四、表里、米五十石及香、蜡、油、茶、盐、柴等物。"

文武百官齐声低泣不已，万历皇帝嫩若苹果的脸庞上早已泪流涟涟。

张居正感动更甚："大明实在太需要高仪这样的清吏！高仪一逝，本大学士丧一臂矣！"话毕抚胸长号，甚是悲切。

张居正这么一哭，不管是真是假，反而让万历皇帝为之心动。

"张爱卿不必如此哀痛，朕给你一个大学士就是。朝中百官，哪一位可以入阁，跟张爱卿共事，张爱卿随点朕随准。"

"礼部尚书吕调阳。"

"准！朕在永宁宫时，常常听太后——"万历皇帝高声说道，忽地又停一下，纠正过来，"哦，不，是太妃提及吕调阳的沉稳持重！朕今日就命礼部尚书吕调阳兼文渊阁大学士，入内阁协助张爱卿办事。"

说者无意，听者有心。张居正初一听到万历皇帝称李贵妃为太后，仿佛身上的某个部位被针刺了，不由得顿了一下。宣治门下众臣也是清清楚楚听到"太后"二字，倍感讶异，面面相觑。

万历皇帝却不动声色，若无其事地唤道："吕调阳何在，还不快出来领旨？"

吕调阳霍地出列跪下："臣万万不敢领旨！"

"为什么？"万历皇帝问道。

吕调阳反问道："皇上知道大礼之议吗？"

群臣一听，顿然变色。万历皇帝却顿然镇定异常，直勾勾地盯着张居正。

张居正开口欲说，万历皇帝摆手打住："朕知道张爱卿心中所思。"说完，向冯保下令道，"朕累了，退朝——"

2. 被温柔撞了一下腰

张居正回到府内，反复揣摩着万历皇帝口称李贵妃为"太后"的用意。

按照旧制，历朝以来如果某位大臣的嫡父母还活着的话，那么他的生父母就不得封。即使生父母某一天病逝了，也不得丁忧。看似毫无人道，但在那个天天高喊"正统孝道"的时代，对嫡庶、妻妾的区分是十分严格的，也不得不这么做。

普通的朝官如此，上升到提倡孝道立国的君主更应模范遵守这么一条不可撼动、如同钢铁铸造般的旧制。如果有某个不自量力的人试图碰一碰这条老规矩，势必招惹来洪水猛兽般捍卫者的强力反击，仅仅吐出来的口水就足够把他淹死了。

但是在嘉靖初年，为了捍卫这条道德底线，在君臣之间发生了一次旷日持久的拉锯战，也就是礼部尚书吕调阳所说的大礼之议。

正德十六年三月，"潇洒帝"明武宗不明不白地丧命于太液池西南的豹房。明武宗一死，就扯出一个大麻烦。谁来继承皇位？明武宗不但没有留下一子半嗣，就连兄弟也死光了。孝宗皇后张太后与内阁首辅杨廷和，只好另寻跟明武宗血缘较近的武宗堂弟兴献世子朱厚熜来继位。

按照《皇明祖训》中提到的"兄终弟及"嗣统原则，于是在杨廷和拟定的明武宗遗诏中，强行将朱厚熜收养为明武宗的亲兄弟，成为明孝宗的皇子。

本以为一切都符合祖制，顺理成章。没想到嘉靖皇帝即位之后，利用遗诏中的漏洞，开始独行其是，公然否认自己的嗣统地位，而是独树一帜，自成一家血统。由此在嘉靖元年四月二十七日挑起了长达三年之久的大礼之议。

嘉靖皇帝是以小宗入继大宗，理应尊奉正统，称明孝宗为皇考，明武宗为皇兄。而自己的生父兴献王要改称"皇叔考兴献大王"，生母蒋氏为"皇叔母兴国大妃"。在祭祀兴献王时，嘉靖皇帝要自称侄皇帝。

但是首辅杨廷和等人万万想不到嘉靖皇帝是一个极具个性的皇帝，他抓住了遗诏中"嗣皇帝位"这四个字大做文章，宣称"嗣皇帝位，非皇子也"，坚持要称生父兴献王为"皇考兴献大王"。

这是杨廷和等人绝对不能接受的，于是纠集群臣，跟年仅十五岁的嘉靖皇帝开始了一场艰苦的抗争。本来嘉靖皇帝节节败退，但在七月初三日，新科进士张璁上疏支持嘉靖皇帝，并挑出了遗诏中"兄终弟及"的漏洞，称朱厚熜继位只是"继统不继嗣"。因为在《皇明祖训》中规定："凡朝廷无皇子，必兄终弟及，须立嫡母所生者，庶母所生虽长不得立。"这不但取消了皇帝的收养立嗣权，也确定兄终弟及，必须发生在同父兄弟之间。

大礼之议的后果，嘉靖皇帝威压反对者，首辅杨廷和致仕，其他的大臣下狱的下狱，贬官的贬官，夺俸的夺俸。恍如一场噩梦，每每让人提起，惊悸不已。

而现在万历皇帝将自己的生母李贵妃尊称为太后，似乎另版大礼之议又将上演。

张居正的担忧很快就变成了现实。

六月二十六日，万历皇帝又在平台召见了张居正。

赐座之后，万历皇帝率先开口："朕今日特意召见张先生，就是为了两宫的尊号。"

张居正奏道："臣知道，历来有太后者，生母只称皇太妃。唐宋以来，庶出皇帝御极之后，也是将皇后奉为皇太后，而尊所生之母为皇太妃。虽然恩礼并重，殊无异同，但是嫡庶明白。后唐李存勖以嫡母为太妃，而以生母为太后，那是蛮夷狄胡，本末倒置，已成为千古骂料，贻笑万世。臣愿陛下是一位千古圣君，万世楷模！"

万历皇帝听罢，陷入沉思，静默不语。

冯保在一旁，甩了甩手中的拂尘，缓缓说道："皇上孝心，世人所闻。皇上还在东宫时，就一直尊奉太后为母后，太后也一直视皇上为己出。两宫自幼情同姐妹，入宫之后更是血浓于水，几乎分不清你我了。两宫并为太后，也是合情合理的！为了区别，在皇贵妃尊号前多加二字徽号。"

冯保说这话时，一边像骆驼一样咀嚼着干草，一边用眼角的余光扫视着张居正。

张居正一怔，不知话从哪里说出，只是轻声道："臣觉得稍有不妥！"

"张先生，有何不妥？"一个清脆如铃的声音从屏风后传出。

张居正顿时愣住了，赶紧跪下磕头："皇贵妃娘娘！"

李贵妃从后面盈盈走出，脸色绯红，风姿曼妙，仿佛从云端上飞落下来的惊鸿，让人望而遐思。虽过二十七八，却犹如十四五岁的豆蔻少女，冰肌玉肤，婀娜玲珑。

李贵妃柔声唤道："张先生，起身吧！"

张居正却大汗淋漓，甚至连头也不敢抬起。

万历皇帝说道："张先生，母妃叫你起来，你就起来。今天就母妃、朕、大伴和张先生四个人。大家好好说说话！"

张居正这才战战栗栗地起立，一抬头就撞见一道闪电般的眼光，让张居正不敢直面相视。六年前，交泰殿内那道火辣辣的眼光一直让张居正心有余悸。六年过去了，李贵妃更添一种难以抵御的成熟风韵，张居正只觉得心旌摇曳，坠进了无穷无尽的迷失旋涡之中。

越是真正的男人，越会在女人面前失去自持。

不敢跟李贵妃对视，却又不忍不对视，让张居正万分纠缠。李贵妃仍然是一如既往地将热烈的眼光，肆无忌惮地投向张居正，一时平台上陷入了尴尬的宁静。

张居正猛然醒悟，心中顿觉羞愧万分，这可是无比尊崇的太妃娘娘，就是微乎其微的胡思乱想也是对她的亵渎和莫大的罪过。

李贵妃又问："张先生是觉得不该有两宫皇太后并存吗？"凝眸看过去，柔情似水。

张居正早已败阵下来，摇头否认："臣并未这么认为。两宫太后并存，我朝已有先例。"

"哦？"万历皇帝和李贵妃惊喜万分。

"臣昨日跟礼部尚书吕调阳商议两宫尊号时，稽考旧典。景帝初临大宝时，尊皇太后孙氏为上圣太后，生母贤妃吴氏为皇太后。宪宗皇帝尊嫡母皇后为慈懿皇太后、生母皇贵妃为皇太后，与今日之事恰好相同。今圣母皇后与圣母皇贵妃，恩德并重，尊崇之礼，岂能有别？大礼之议就是因为嘉靖皇帝尊崇有别而引起，发言盈庭，死者接踵而来。臣现在想起来，尤为寒心。"

一提到嘉靖初年的"大礼之议"，李贵妃就面露惧色，万历皇帝也是显得无比失望："如此看来，母妃尊号就不能是太后了，否则臣工们又要吵嚷起来。"

"此一时，彼一时。臣以为，圣母皇贵妃可尊为太后，圣母皇后也可尊为太后。可做到既不违祖制，又能让圣心宽慰。"

李贵妃面若桃花："本宫早就对张大人的学识钦佩有加。"

张居正说道："可在圣母皇后与圣母皇贵妃的尊号之前各加两个字。"

万历皇帝拍手叫绝："这么简单的办法，朕怎么就想不到？张先生快说，各加哪两字？"

"圣母皇后是仁圣皇太后，圣母皇贵妃是慈圣皇太后。"

万历皇帝、冯保齐声叫妙。

李贵妃却有点担心了："朝官们会不会同意？"

张居正胸有成竹："臣以项上头颅担保，朝中无论是谁，断无异议！

一则我朝已有先例，二则两宫并尊，并无不妥之处。"

一句话说得李贵妃心花怒放，朝张居正投来嫣然一笑，弄得张居正又是心猿意马。

万历皇帝登上皇位不到一个月，张居正是春风得意马蹄疾，联手冯保逼走高拱，让密友吕调阳入阁，杨博回到吏部。现在又完美地解决了两宫的尊号，一切都是按照自己的设想有条不紊地进行着，接下来该进一步调整朝廷结构了。

杨博从兵部调到吏部，就起用好友、告归的协理京营戎政谭纶为兵部尚书。

谭纶跟"黄金搭档"蓟镇总兵戚继光自山海关到居庸关，修筑边墙两千余里，构筑墩台三千余座，大造战车七百台、佛朗机铳五千架，形成一道绵延近千里的铜墙铁壁，彻底震服了虎视眈眈的土蛮汗，让他望而却步。这个浩大的工程在隆庆五年秋竣工了，谭纶觉得自己也累了，于是告病回家。现在老熟人张居正书信一封，恳请他出山担任兵部尚书，谭纶义不容辞，反正觉得自己全身上上下下都属于国家，那就鞠躬尽瘁，死而后已，把最后的余热都奉献给朝廷吧。于是没吭一声，就走马上任。

谭纶没上任几天，户部尚书张守直、刑部尚书刘自强就致仕了。张居正调总督仓场的前任户部尚书王国光回部管事了。刑部尚书的缺位张居正想了许久，举贤不避亲，自己的亲家王之诰原是总督陕西三边军务，现在是南京兵部尚书，资望已久，干脆让他来京城吧。

至于工部尚书朱衡，河工漕运成绩卓著；都察院左都御史葛守礼，操守口碑不错，都留任吧。

现在就剩下一个礼部尚书。吕调阳离开了礼部，张居正就把吏部右侍郎陆树声从家中病榻上强拉起来，让他去接吕调阳的班。

但是这个陆树声可是朝官中的异类。别人把功名利禄放在人生的第一位，他却视之如粪土，屡次辞官。嘉靖皇帝想把他提携为吏部右侍郎，陆树声称病不出。隆庆四年，皇帝又是一封诏书，起用他为吏部左侍郎。陆树声仍以病躯沉疴，难以赴任为由搪塞过去。你越是不在乎，别人就越在乎你。陆树声反而名声大噪，被誉为高风亮节的楷模。

张居正对这样的高人也是心神驰往，强邀出来。陆树声躲不过也惹不起，只好勉强赴任。张居正欣喜若狂，陆树声是嘉靖二十年出仕，张居正比他晚六年，于是以后进之礼登门造访。孰料陆树声对这个后进的内阁首辅一点儿也不给面子，板起脸孔，似乎不愿待客。

从陆树声家里走出来，张居正像一只斗败的公鸡，灰土灰脸，怅然若失。一路低垂着脸，闷声不吭。回到府邸，迈着沉重的步伐缓缓步入大厅，忽觉得眼前一亮。

只见一位年方二九的少年姝丽彬彬有礼地迎上来，叉手弯腰，声若莺燕，蚊蚋细语："小女子给张大人请安了！"其面若桃花，身穿米黄色裙衫，颈下露出粉红色的抹胸，肌肤胜似凝霜，晶莹透亮，甚至可以清晰地看到细小的血管。

到京城为官之后，张居正也时常跟着同僚出入风月场所。但也只是饮酒谈笑，即兴作乐而已。此后迷醉于官场相斗，张居正几乎忘记了自己是个男人。但是有两个女人唤起了张居正男人的激情，第一个就是李贵妃，第二个是程蛾娘。可惜李贵妃近在眼前、远在天边，程蛾娘早已香消玉殒、绝尘而去。一时间张居正心痒难耐，却又搔不得、奈何不得。

现在突然间天上掉下一个小仙女，让张居正讶异之际，顿感一股热流从脚底翻滚而上。

张居正大惑不解地问游七："这是怎么回事？"

游七贼头贼脑地瞟了一眼那小仙女，答说："新任兵部尚书谭大人刚刚来过，这是他耗费了七百两银子从南京贡院买来的'江南第一花'，如此佳丽实属罕见，爷就纳下来吧。府内都是男人，也该有一个贴心的女子服侍爷了！"

这南京贡院本是明太祖时代的科举场所，自古文人多骚客，世间才子毕集于此，自然少不了青楼媛阁相伴。江南佳丽地，金陵帝王都。各地粉黛纷纭沓至，美色如云，一时间南京贡院成了英雄竞折腰的向往之处。

张居正转头盯着"江南第一花"，既有李贵妃的妩媚动人，又有程蛾娘的妖冶摄魂。二美的特色兼而有之，张居正正是越瞧越喜欢。

"江南第一花"皓齿微启："小女子叫婉儿，从今日起婉儿就给大人冲茶添香、研墨拂纸，好生服侍大人。"

张居正嘟哝了一声："谭纶真懂得风月情事，这一回让他大失血了！"

"大人——"婉儿还在乖巧地等候着张居正的回音。

张居正无可奈何地叹了口气："好吧！却人之礼是大不恭，看在谭纶一片苦心之上，张某就把你纳为小妾。不过这名字是俗了点儿，帮你改个，莞儿，莞尔一笑的'莞'！"

莞儿满脸欣喜，回眸一笑，春光荡漾，看得张居正心儿丢失了一大半，魂飞魄散。

3. 不想做刘阿斗

自从有了莞儿在身边，张居正这才感到，先前的日子白过了。那莞儿不但姿色非凡，而且体贴无微不至，每天张居正退朝一回府内，莞儿就替他摩胸、捶肩、搓脚，像一个永远不知疲倦的机器，毫无任何怨言。张居正顿感精力翻番，每天卯时上朝、申时退朝。回到府内还要给皇帝写奏疏，熬到三更半夜那是家常便饭。

莞儿初来乍到，不熟悉张居正的禀性，看到他如此勤勉于朝政，不由心下大为钦佩。也不敢胡思乱想，每日除了上茶饭、揉肩背之外，就是静静地坐在一旁，水汪汪的眼睛一动不动地凝视着张居正写字。

如此日复一日，熬过了酷热难耐的盛夏，树上的蝉鸣也日渐稀落。甚至落叶翩翩飘下，秋天也慢慢展现出它的威力。

两三个月过去，万历皇帝拔高了许多，临朝对策，引经据典，侃侃畅谈，仿若一位阅历丰富的老皇帝，更让大臣们刮目相看，不敢小觑。张居正心中也暗暗称奇，自己撞上了一位千载难逢的小皇帝。

"主上英明如此，我当兢兢业业地辅佐，如此大明中兴有望，国家强盛可期！"每次平台召见之后，张居正心里总是这么想。

这一天秋高气爽，凉风习习，刮得云台门四周龙旗乱空飞舞。万历皇帝站立在平台上，极目远眺，天空无垠，不由得神情激昂，壮怀激烈，兴奋地对张居正说："朕决心要像太祖皇帝、成祖皇帝那样威震四方！让鞑子、女真、安南、朝鲜、琉球，一个个心甘情愿地臣伏在朕的脚下！"

张居正听了也是热血直涌："皇上如此雄才大略，是大明之福，臣下之幸！臣认为，皇上要像太祖皇帝、成祖皇帝那样，首先必须做到尊主权，课吏职，信赏罚、一号令为主。虽万里外，朝下而夕奉行。"

万历皇帝双眼放出光芒："哦？张先生说来听听！"

"皇上，太祖皇帝之所以君临天下，在于一个威字。天子当以威治天下。皇权即是威权，世宗皇帝就谙悉到威权的奥妙，所以纵然身处深宫，朝委裘而不乱。御座上空空如也，世宗皇帝也是高枕无忧。皇上，世宗皇帝之孙也。世宗皇帝做得到，皇上为何就做不到？"

万历皇帝小手紧紧握着，仿佛手中握的是日月乾坤。

"朕做得到！朕一定做得到！"万历皇帝面朝着庄严肃穆的乾清宫大声喊道。

"张先生，着令你给朕拟一道圣旨，让那些蔑视朕、心怀不轨的人看着就双腿发抖！"

八月十六日，宣治门前悬挂着一道黄澄澄的圣旨，上头大字写道：

"近年以来，仕气浇漓，文武百官不思报国，专图钻窥隙窦，巧为猎取之谋。乃至于鼓煽朋党，排挤异己。遂使朝廷成威福之柄，徒为人臣酬报之资。朕初继大位，深烛弊源。特告诫列位臣工以六禁：一禁怀私欺上、二禁持禄养交、三禁阿附污浊、四禁诋毁乱政、五禁私树朋党、六禁任情好恶。若执迷不悟，不思悔改，以为朕可欺，朝廷可背，法纪可干，则大明祖宗宪典甚严，朕必严惩不赦。"

朝官们纷沓而至，云集宣治门下，抬头望着圣旨，逐字念出。那些有圣旨上违禁之为的官员，则吓得面如土色，战战栗栗，几欲先走。而那些光明磊落之人，则拍手称快，高声颂呼："皇上英明！"

不一会儿，人声嘈杂，只见太监冯保吆喝而出，一个披头散发的官吏捆得像一个粽子，被四个锦衣卫推出宣治门。

"混账东西，你抬头看看，六禁中你违背几禁？皇上已经下旨，将你打入大牢，秋后审讯。"冯保边狠狠踢着，边厉声怒叱道。

那人"啊"的一声，叫得凄厉，哪敢抬起头来，倒地大哭："皇上，罪臣该死啊！"

文武百官都屏住气息，心跳气喘，仿佛被捆绑的就是自己。有几个竟然双腿抖得像筛糠，裤裆一片湿润。

建极殿后的平台上，万历皇帝和张居正、吕调阳三人听了小太监的报告，哈哈大笑。

"没想到张先生这一招还真管用！那些不法之臣恐怕要回去好好面壁思过了！"

张居正说道："这全是皇上神灵明圣！"

万历皇帝自豪地说："朕感觉到做皇帝真好！即位三个月以来，还是有点建树的。第一，驱除奸臣高拱。第二，皇考山陵完工。第三，颁布两宫尊号。第四，张先生为总裁，修成《世庙实录》。这四件大事，每一件都离不开张先生的劳心劳力。"

吕调阳正欲开口说话，万历皇帝大声说道："两位爱卿听旨！"

张居正、吕调阳两人一怔，不知道皇帝又下什么圣旨。

"内阁首辅张居正加左柱国，进中极殿大学士，荫一子尚宝司司丞。次辅吕调阳加太子少保，进武英殿大学士。"

张居正、吕调阳两人齐声谢恩："皇恩浩大，臣等万死不辞！"

"有两位爱卿辅佐，朕定能成就一番大事！"万历皇帝幼嫩的脸上显露出超乎寻常的坚毅。

张居正说道："皇上！自古以来，凡是有作为的皇帝，即使具备了先天的神圣之资，但是仍然脱离不了后天的教育。我朝自太祖皇帝以来，列祖列圣无不重视经筵日讲。勤政，以治学为先。皇上睿哲天成，英明神授，言谈举止，无不合乎礼仪。用人施政，无不顺应人心。真是千古不出之君也！如果皇上能再拥有渊博的学问，那将是锦上添花，如龙得云。太平盛世，指日可待！臣斗胆乞求皇上，照弘治十八年例，今秋先行日讲。明年春天再开经筵会讲。"日讲，即经常性学习。经筵，则为不定期讲读，专为皇帝讲论经、史。

一说到读书，万历皇帝就来劲了："三岁时，母后开始教朕念书，朕一天不读书就觉得浑身难受。朕听说太祖皇帝濠州起事时，斗大的字认识没几个。但是太祖皇帝勤奋苦学，终成一代圣君！成祖皇帝也是熟读兵书，开疆拓土，终成一代英主！朕虽然驽钝，但是相信，学习，可以让朕对前方的路途看得更远，也走得更远。朕就着令张先生为朕拟定一个严格的讲学安排日程！"

张居正苦思了一夜，第二天就向李太后呈送上了《日讲仪注八条》。

李太后展开一看，上面写着：

第一条，臣闻皇上在东宫时，已讲完《大学》至传之五章，《尚书》至《尧典》之终篇。今后每日续讲，先读《大学》十遍，再读《尚书》十遍。讲读官随进随讲，讲毕各退。

第二条，讲读毕，皇上进暖阁少憩，冯保将各衙门奏章进上御览，臣等退在西厢房伺候。皇上若有所咨问，臣等随召随至，将本中事情一一明白敷奏。如此日复一日，国家政务自然练熟。

第三条，皇上御览奏章后，臣等率领正字官恭侍皇上，进字毕。若皇上不欲再进，暖阁少憩，臣等仍退至西厢房伺候。若皇上不进暖阁，臣等即率讲官再进午讲。

第四条，近午初时，进讲《通鉴节要》。讲读官务将前代兴亡事实，直解明白，讲毕各退，皇上还宫。

第五条，每日各讲读官讲读毕，如圣心于书义有疑，乞即下问，臣等再用俗说讲解，务求明白。

第六条，每月逢三、六、九视朝之日，暂免讲读。仍望皇上于宫中有暇，将讲读过经书，从容温习。或看字体法帖，随意写字一幅，不拘多少，工夫不致间断。

第七条，每日定以日出时，请皇上早膳毕，出御讲读；午膳毕，还宫。

第八条，查得先朝事例，非遇大寒大暑，不辍讲读。本日若遇风雨，传旨暂免。

李太后不胜感慨道："本宫从未见过如此用心良苦的日讲课程安排！皇上，母后不希望你做个三国的刘阿斗，但是希望皇上能够像刘阿斗对待诸葛亮那样尊张先生为相父。"

小皇帝使劲地点点头："朕不做刘阿斗，朕愿做刘备，张居正就是朕的孔明先生!"

八月二十日,讲读的第一天。文华殿内,万历皇帝像一个听话的小学生安静地坐着,挺直腰杆,双手交叉安放在桌案上。面前摆放着一本《大学》,这是冯保为万历皇帝特意刻印的大字书。

五位讲读官马自强、陶大临、陈经邦、何洛文、沈鲤,日讲官丁士美,侍书官马继文、徐继申以及张居正、吕调阳,太监冯保共十余人,集体亮相。

"万岁——"张居正等人齐刷刷地跪倒叩首。

"唉唉唉,列位臣工,你们想干什么?"万历皇帝从座位上起身站立,"众爱卿快快起身,你们可是朕的老师。朕即使贵为天子,也不能接受各位老师的大礼啊!"

众人感动得泪水直奔,张居正说道:"今日从马自强开始,臣等暂退西厢房内伺候着!"

万历皇帝眼睛一眨一眨的:"朕想让张先生开讲第一课!"

张居正不解地问:"为何?"

"张先生还记得吗?慈圣母后曾经向先帝提了一个不大不小的要求,让张先生担任朕的启蒙老师。没想到,事与愿违,朕多次想见张先生一面,均未能如意。也许这是老天的刻意安排,让朕对张先生留下一番难以忘却的渴盼。所以才有今日朕与张先生的君臣之情!"

"皇上——"张居正哽咽难言。

"除了张先生外,其余爱卿暂且退到西厢房内吧!"

张居正双手颤抖着地捧起《大学》:"皇上,今天臣续讲第六章。这一章是释解诚意。所谓诚其意者:毋自欺也,如恶恶臭,如好好色。此之谓自谦。故君子必慎其独也。这句话的意思是,世间存在着一根衡量是非善恶的标尺,君子独处时,就要拿起这跟标尺,给自身量一量。何为诚意?君子不要自己欺骗自己,要不断地自我反省,自我改进,这才是真正的诚意。"

"张先生,是否可以说,只要讲真话,心中有所思,就要有所讲,那就是诚意?"

"皇上说得极对!"

万历皇帝铿锵有力："母后说，朕要像刘阿斗那样看待张先生。但是朕反驳说，朕不做刘阿斗，要做刘备。这是否可以说明朕有诚意吗？"

张居正好像被冰封雪冻一般，全身僵住了。尽管满腹韬略，但是对着小皇帝的这句话，仿佛就是一个哑谜，竟然猜不透谜底是什么，恐惧，激励，抑或警告？

这是一个只有十岁的小孩子，难道他真的就有如此的心机？

于是张居正试探性问道："臣担任内阁首辅，莫非做了让皇上不高兴的事？"

"张先生不必思虑过多！"万历皇帝似乎看透了张居正的心思，又道，"朕每每读了诸葛亮的《前出师表》，就不禁潸然泪下。诸葛亮躬耕于荆州南阳，张先生家乡亦在荆州江陵，鄂地人杰地灵，英才辈出。朕希望后人一到荆州，就高声说，荆州先后出了两位千古名相！"

"皇上，臣定不会辜负皇上的殷切期望！"

当一个像诸葛亮那样为历史大书特书的千古名相，这正是我张居正的夙愿。皇上，你确实太懂臣的心思了。

4. 驾驭女人与先军政治

张居正的第一次讲读就这么富有戏剧性地开始了。一个是诚心求学的小皇帝，一个是倾心相授的内阁首辅。时而是张居正抑扬顿挫的讲读声，时而是万历皇帝朗朗入耳的跟读声，就像一首无比和谐的旋律回荡在文华殿的厅堂上。讲读之后又是习字，让万历皇帝度过了一个充实而又劳累的上午。从这以后就成为一个定例，除了逢三、六、九的这九天，万历皇帝御驾宣德门上朝之外，其余的日子都在文华殿内消耗着。

时间飞逝，转眼即是深秋九月。枫叶红了，大雁南飞，而万历皇帝在读书声中也渐渐成熟了。

如果是往年，进入九月，朝廷上下无不紧绷神经，因为这个时候正值蒙古人兵壮马肥，边关各地又是烽火连天，杀声连连。但是自从俺答汗封贡之后，宣大三边却是千里无烽火，但见人马欢。出现了历史上少有的和融景象，汉人以缎布、皮物，去换来一匹又一匹的骏马。蒙古人也乐此不疲，穿上五光十色的彩缎、丝绸，绽放出无比幸福的笑容。东起张家口、西到甘州的五千里广袤大地之间，再也看不到燃起的熊熊烽火，再也听不到揪心的边警。

往来的商旅，再也不用提心吊胆地腰悬弓箭。曾经血肉横飞的战场，成了人间的天堂。路不拾遗，夜不闭户，一点儿也不逊于内地的安宁。长城居庸关以西，根本就看不到守候着墩台、哨望的士卒。每年为国家省下的军饷，不下数十万石。

除了俺答汗、三娘子的贡使不断出入京城之外，已经看不到一个土默特骑兵的身影了。但在辽东地区，万历皇帝和张居正仍然不得不面临着察哈尔部土蛮汗、泰宁部酋速把亥和建州右卫都指挥使王杲的麻烦。

王杲，为女真建州右卫凡察的后代，袭父职为建州右卫都指挥使。王杲生来狡黠，通晓蒙、汉、女真等语言。明武宗正德年间，迁往苏克素护河畔的建州女真陷入了大混乱，各部落如同一盘散沙，为了抢夺人口和牲畜，天天打打杀杀，争个你死我活。这对明朝来说，既是好事，也是坏事。好事是女真各部自相残杀，明朝坐收渔翁之利。坏事就是搞得东北地区乌烟瘴气，明朝的皇帝不得不为大量的难民潮而头疼不已。

但是到了嘉靖二十四年，明朝的大麻烦来了。年仅十六岁的王杲继承父亲的大业，重建古勒城，此后势力迅速崛起。翅膀硬起来的王杲不但袭任建州右卫都指挥使，还自封为都督，逐步将一盘散沙凝聚成一块大石头。于是开始向中原的皇朝发起挑战，不断袭杀大明边防官吏。嘉靖四十一年，王杲大举犯内，攻掠辽阳、孤山、抚顺、汤站等地，先后杀死明军将领十多名。皇帝震怒，下旨断绝与建州女真的贡市。

现在听到隆庆皇帝死了，继位的是一位十岁的毛孩子。王杲认为有机可乘，于是屡屡派兵袭扰辽东。辽东巡抚张学颜心急如焚，奏疏一封，千里加急，驰报北京。

接到张学颜的奏疏，张居正也是忧心如焚。

"国家简直是养鼠为患，这些逆贼，得了朝廷不少的赏物，现在却成了大明的心腹大患！"张居正恨恨地骂道，"等大行皇帝下葬了，本阁就来收拾你们！"

"大行皇帝的灵柩很快就要归葬于天寿山昭陵，万一土蛮汗和王杲出来闹事，那就糟糕了！"次辅吕调阳眉头不展，不断地摇头叹气。

"次辅莫担忧，不谷已经下令蓟镇总兵戚继光和辽东总兵李成梁，让他们昼夜警惕、严加防守，只要顶住一个月不出事，朝廷便给他们记一大功！"

一切都吩咐妥当之后，张居正护着隆庆皇帝的灵柩于九月十一日缓缓出行，十九日抵达天寿山。天气澄爽，万里晴空，正是下葬的黄辰吉日。寅时入葬，辰时灵柩入室，未时掩土。张居正耗用了六个时辰，终于将在位六年的隆庆皇帝深埋于地下。

走出阴暗沉闷的地宫，张居正长长地舒了一口气。就像当年的徐阶在乾清宫面对嘉靖皇帝的遗体一样，张居正喃喃自语："一切的一切都该结束了！"

一回到京城府内，张居正就大喊："游七，快打水来，本大学士要洗去身上的污垢！"连叫几声，只见莞儿急急忙忙跑出来。

"大人，这些琐事还是让奴妾来吧！"莞儿低垂着脸曼声说道。

"嗯！"张居正随即大骂，"那游七这狗奴才呢？"

"半个月前大人不是差遣他去江陵老家了吗？"

"哦！"张居正这才想起来，上个月在平台上万历皇帝赏赐张居正，荫一子尚宝司司丞。张居正遂叫游七回江陵，看看家中的父母，并督责几个儿子努力攻读，日后好考取功名，为他这个江陵名相争口气，也好光宗耀祖。

此外还有一件让张居正耿耿于怀的事，那就是家中的老宅狭漏不堪，除了四五间破旧的土坯老房子之外，就是后院的一个参天大树了。一个当朝宰相，其家宅竟然还不如寻常的富豪宅第，这叫人情何以堪？父亲张文明看上了江陵城北的辽王府，多次书信给张居正，要他想办法据为私有。

张居正虽然很想这样，但这可是王室的田宅啊，谁敢动它的坏主意？于是张居正让游七回去好好购置一块地皮，建造一座派头十足的宰相府邸。

"奴妾来伺候大人洗澡吧！"莞儿费力地提着一大桶热水，摇晃着走进房内。

"哗啦啦——"随着热水倒进大澡盆，腾起滚滚热气。

张居正脱去上衣，只穿着短裤跳进热水中。顷刻之间，一股暖流流淌过全身，仿佛有数不清的手在摩挲着，张居正浑身无比的舒畅、惬意。

"莞儿过来搓背吧！"张居正闭上双眼，尽情享受着。

突然感到下面一阵怪怪的，这让张居正猛地忆起当初被程蛾娘紧紧抓住的那种动作，尽管这一回要轻柔得多，但仍让张居正涌起憎恶之感。忽地睁开双眼，只见莞儿早已脱去外衣，身披轻薄黄衫，上下肌肤隐约可见。莞儿卖力地替张居正搓洗着身子，已经累得满头大汗，脸若桃花，胸前更是如同钟摆似的不停地晃动着。

张居正用力抓住莞儿的双手，仿佛握住软绵绵两团棉花，圆目怒喝道："你干什么？"

抓得莞儿"唉哦"连声叫痛，花容失色，泪滴如雨："大人为何这样对待奴妾？奴妾可是大人的女人啊！为什么入府数月，大人不闻不问，难道嫌弃奴妾吗？"说完低声抽泣，甚是可怜。

张居正顿起惜玉之情，轻声问道："莞儿，没事吧？"

莞儿边委屈地哭喊着，边猛虎似的扑了过来，紧紧贴住张居正的裸胸。那种弹性而又饱满的感觉，除了享受之外就是激情迸发。

女人，大男人更需要女人！那种被李太后和程蛾娘无情压制住的欲望，如同火山爆发般冲出来。

李太后和程蛾娘的丽影像鬼魅般不住地在眼前闪过，张居正的手指紧紧掐入了莞儿的肉体中，大声吼叫道："不错！莞儿就是我的女人！"张居正不过四十七八，正是年富力壮的时期。想一想朝中大大小小官吏，哪一个没有三妻四妾的？兵部尚书谭纶更是精研御女之术，驾驭女人如同驾驭战马，在平原往来奔驰自如。

经过一阵急风暴雨之后，张居正仿佛是一棵茁壮成长的小草，瞬间领悟到情欲大自然的美丽与宽广。

莞儿的脸上晚霞般绯红，身子如同一只温顺的小猫蜷缩在张居正的怀抱中。

"这种放纵的感觉本大学士还真从未有过！"张居正抚摸着莞儿白嫩柔软的肌肤，感叹道，"就好像率领千军万马横扫过辽阔的草原！"

莞儿娇里娇气地说："你们男人就会胡思乱想，睡觉也不忘打仗。"

"你让我想到谭纶，想到了戚继光，也想到了李成梁、王崇古、殷正茂！"

"谭大人、戚大人莞儿知道，李成梁他们都是谁啊？"

"女人本不该问这么多，但是今日给你说说也无妨，他们都是本大学士的坚强台柱！"

莞儿似懂非懂地点点头。

张居正心潮澎湃，一个如同壮丽秀美山水画般的愿景浮现在眼前。

北京城内商旅熙熙攘攘，店铺林立。人们的脸上挂着笑容，不断地诉说着家中的丰盈。新旧太仓、海运仓、禄米仓粮库里，已经堆满了米粟。一批压着一批，有的甚至是前年的陈谷，散发出霉味来。太仓银库、御用库则完全被各地的税银填满了，白银堆积如山，散发出诱人的光泽，足以让任何人垂涎欲滴。

南北各地的田野里，郁郁葱葱，麦浪在炎日下滚滚，稻波在轻风中起伏，牛马在悠闲中哞叫，农夫在欢乐中谈笑。

再放眼四海，安南、朝鲜、琉球、缅甸，甚至来自吕宋岛的佛朗机人，他们的贡使排成长龙，等待着觐见皇帝，献上最珍奇的宝贝和最动听的赞歌。

而在辽东地区，龙旗飞扬，骏马奔驰，大明的勇士们挥舞着亮堂堂的刀枪，席卷残云，呼啸而过。枪尖挂着敌人的头颅，还在滴着血。山西、河套地区，虽然黄沙茫茫，但是商贸热络。骑着骆驼的蒙古人，赶着牛羊的汉人，各式各样的推车像成群的蚂蚁般来回穿梭。小车上则载满了沉甸甸的锦缎布匹，还有铁锅、铁器。

张居正的两眼渐渐湿润了，"佳辰已是中秋近，万里清光自远天"。此身既已许国家，慨然以天下为己任，那就义无反顾地勇往直前吧。

只要能让大明中兴，重新发出熠熠光辉，即使是像商鞅那样被五牛车裂，吴起那样身死乱箭之下，王安石那样被村中老妪视为猪狗，张居正也不惜此身！

张居正想得很多，也讲得很多，莞儿默默地倾听着，泪水早已沾湿了张居正的胸膛。

莞儿痴痴地看着张居正沉着坚毅的脸，说道："大人，莞儿此生有幸能遇见大人，愿与大人共生死！"

对莞儿的信誓旦旦，张居正似乎并没有把它放在心头上。程蛾娘已经在张居正身上留下刻骨铭心的伤痕。在张居正看来，女人只不过是男人的陪衬，要是随便一个女人的话也可以相信，那么这个世界上就不存在谎言了。

张居正狠心地推开莞儿，默默地披穿衣服之后，走出门外。

莞儿满脸伤感："大人要去哪里？现在都快退朝了！"

"本大学士有事要跟谭纶商议！"张居正头也不回地离开了府邸。

谭纶不期张居正亲自造访，来不及披上衣服就匆匆奔出来。

"是什么风把张相吹到敝府来了？"谭纶拱起双手，热情相迎。

张居正并不搭话，两人入内之后，谭纶又问："婉儿伺候的好吗？"

张居正呵呵笑道："你这老色鬼哪里搞来的黄花闺女，才艺双全啊！"

谭纶傻傻一笑："南京贡院多的是，府内就收藏了两三个。"

俄而张居正神色凝重，撇开女人不讲了："今日不谷是来请教谭兄的。"

"相爷有话尽管说，何必这么客气！"

张居正说道："不谷最不放心的是守边设险。谭大人久成蓟镇，熟悉边务。隆庆初年，鞑子频频出没，朝中有人建议沿边种树，结果种了几年，一棵也没长成。边关守将敷衍了事如此，怎么浇铸起一道不倒的长城？不谷昨晚翻来覆去，决定亲自去边关走一遭，实地考察边关守备的情况！"

谭纶道："相爷不必如此辛劳。何况从辽东到甘肃，数千里之遥，走一趟就要大半年。相爷可仿先朝旧例，派遣大臣，杖钺巡边。"

"不谷也是这么想！几位守边大帅，都是不谷最坚强的后盾，也该派个人过去慰问一下。"

谭纶主动请缨："要是相爷信得过谭某，谭某甘愿代劳！"

张居正赞道："习武之人就讲义气！谭大人还是在家好好钻研御女之术吧！不谷已经想好了，让兵部左侍郎汪道昆巡视蓟辽边镇，兵部右侍郎吴百朋巡视宣、大、山西三镇，兵部侍郎协理京营戎政王遴巡视陕西四镇。"

"相爷对兵部的认知，比谭某还要清楚！钦佩钦佩！"

张居正哈哈大笑："这三位都是嘉靖二十六年进士，跟不谷有同窗情谊。"

5 小城故事多

十月初六，三位巡边大臣相继出行。汪道昆临行时，张居正特意给戚继光书信一封：

"汪司马知足下素深，所以一定要好生接待。不谷已经吩咐汪司马许多话，听得他都不耐烦了。但足下自处，务必谦逊谨慎，不要自取其辱。唐代李愬，戎装盛迎，谒见裴度于道，在《唐史》留下美名。尊重巡边大臣，就是尊重朝廷。汪司马此行，于蓟镇关系甚大，足下务必好自为之。"

汪道昆到了蓟州之后，戚继光一看是张居正的亲笔书信，不敢怠慢，整日大鱼大肉相待，又是歌舞，又是美酒，让这个白面书生乐呵呵地喝个两脚朝天。汪道昆回去复命之后，搜肠刮肚，写了一道极尽吹捧的奏疏，盛赞戚继光治兵有方，把蓟边搞得像一个铁桶，保证不漏一滴水。

王遴本来就与张居正不和，让他去陕西四镇巡边，去就去，不说一句话，履行公务而已。回去上疏复命之后，就向张居正递交辞呈，告病还乡。

吴百朋更是不愉快。这个吴百朋也是嘉靖抗倭的风云人物，战功赫赫，不亚于戚继光、俞大猷，深受高拱的器重。张居正与冯保合谋驱逐高拱，让吴百朋心怀不满。现在又派自己去山西宣大巡边，吴百朋憋足了一口怨气。

吴百朋的好友参议吴道南替他叫屈："这明明是借机打压你！把你贬到山西去喂饱土沙！"

吴百朋摇摇头："别说了！忍了吧，胳膊拧不过大腿。一头饿虎想吃人是不需要找借口的！"于是扫兴地起程出发了。

一路的恨气，一路的霉气。途中除了稀稀疏疏的几棵歪脖子老树，吴百朋几乎看不到有生气的东西。夜幕降临了，四周一片漆黑。落脚的驿站也是简陋不堪，甭说美酒美肉，就是喝的水也是一半是沙粒，喝进肚子里，简直就是吞下一堆碎玻璃。

但是更令人怄气的还在后头，吴百朋不远千里，长途艰辛跋涉，好不容易来到了大同城。这个大同城虽说是边陲重镇，但是比起繁华的北京城，根本就是一个荒凉的小城。一望无垠的黄沙，除了石头还是石头。

宣大总督王崇古是不冷不热，每天除了正常酒饭伺候，没说过几句话。

王崇古本来就对张居正有所顾忌，逼走了高拱，让他在朝中的靠山化为乌有。现在又要让吴百朋来指手画脚，恐怕是来掣肘我这个老字辈的守边总督吧！

吴百朋也懒得做解释，自拿起大刀上战场砍杀倭寇以来，从未向任何人屈服过。不管你是严嵩也好，徐阶也好，现在是张居正也好。既来之，则安之。

于是吴百朋一如既往的兢兢业业，拿出八项考核边关守臣的指标：粮饷、险隘、兵马、器械、屯田、盐法、番马、逆党。

公平细致地做了一番考查之后，吴百朋毫不客气地对宣大总督王崇古、宣府巡抚吴兑、山西总兵郭琥评头论足。但是最让吴百朋感到气愤的是，边关守兵纷纷向他揭发了大同总兵马芳的不法之事，诸如克扣军饷、虐待下属等。更严重的是马芳拿这些盘剥而来的赃银，借花献佛，大肆行贿朝廷官员，那些科道言官分到一杯羹，兵部分到一杯羹，甚至内阁首辅张居正也难逃嫌疑。

吴百朋心下一横，大笔一挥，奏疏一封，从千里之外送到北京城，弹劾马芳行贿武库司郎中林绍、怀隆兵备参议吴哲，请求将马芳革职查办。

边关守军之中，贪污腐化成风，令人触目惊心。从最上层的总兵到最下层的军官，层层贪污。高级将官之间，相互勾结，盘根错杂。拉下一个大同总兵，就会拉倒一大片人。一时间闹得大同沸沸扬扬，人心惶惶。

王崇古更是大骂张居正没事就待在府内好好地养女人，何苦派人来大同找茬儿？

弄得张居正心烦意乱，叫苦不迭。一番苦心，最终却成了两头怨。王崇古怀疑他借巡边之名，行掣肘之实。吴道南四处宣扬说张居正刻意贬压吴百朋，把他甩到山西去受难。

张居正是哑巴吃黄连，苦水往肚子里吞咽。

上朝时在内阁里是郁郁寡欢，次辅吕调阳暗自纳闷，茫然不知所措。回到府内，张居正又是冰冷着脸，全然不理会莞儿的柔情蜜意，让莞儿心灰意懒，每天躲起来以泪洗面。

没几天，吴百朋的弹劾奏疏又到京城，张居正气得直跺脚，破口大骂："这个吴百朋是干什么去了？临行时本大学士谆谆告诫，宣、大事体跟其他地方不同，有王崇古在，安如泰山。你只要兜一圈，宣示朝廷恩义，体察一下军情就回来。无须苛刻，徒乱军心而已。"

但是这还没完。之后麻烦的事接二连三，言官们又在弹劾宣府总兵赵奇。

"全乱套了！"张居正在内阁大发雷霆，"把山西、宣大的将领全都罢免算了，让那些言官去守边。"

吕调阳小心翼翼地说道："吕某也是忧心忡忡，似乎有星火燎原之势。已经有人在不停地煽风点火，宣称首辅大人与马芳、赵奇串通一气，扬言要弹劾首辅大人。"

"这是恶意中伤本大学士！"张居正气得简直就想撞墙，"本大学士跟马芳、赵奇素不识面。过去常常有执政当国的家奴，与边将私下结拜，暗中收取钱物。可是本大学士受皇恩就任首辅以来，内外隔绝，闭门堇户。

每日上朝，都是在内阁跟次辅一道，与朝官们直来直往。府邸门前清冷，就是张罗大网，也可以抓到麻雀。府内也只有游七、莞儿等寥寥数人，本大学士是看管得甚紧。何曾与马芳、赵奇有过来往？"

吕调阳嘿嘿笑道："言官们就那副德行，恐天下不乱。"

说得张居正心中恍然，高拱执政当国一两年里，朝中爪牙遍布。朝中言官大都是高拱一手提拔上来的，那个吴百朋跟高拱关系也不错。真是百足之虫，死而不僵！不把高拱的势力连根拔除，本大学士还真是举步维艰，日后又何遑论大行变法？

"二三子以言乱政，关系到朝廷的纲纪。正所谓'芝兰当路，不得不锄'，那就怪不得本大学士了！"张居正铁着脸，冷冷说道，让吕调阳倒吸了一口凉气。

第二天，万历皇帝在文华殿召见张居正。

"这些都是弹劾张先生的奏折，朕一封一封地都看了。其中有一个叫吴道南的奏疏，指斥张先生包庇马芳，冷落吴百朋，言辞尤为激烈，看得出他的心中充满了无比的怨恨。张先生拿去瞧瞧吧！"

张居正道："臣不看也罢！臣才浅德薄，辜负了皇上的期望！"

万历皇帝把奏疏狠狠地一摔："朕即刻就下旨，把那些弹劾张先生的朝官，吴道南什么的，统统赶出京城。诬蔑张先生，就是对朕的最大不敬！"

"皇上，万万不可！"张居正急忙跪下磕头，"吴道南敢于犯颜直谏，正是出于对皇上、对国家的忠心耿耿。臣提审过林绍、吴哲，两人供认不讳，大同总兵马芳确实向他们行贿过！"

万历皇帝又是一阵臭骂："这些浑蛋，朕的银子都拿去养猪养狗了！守边大将与朝官狼狈为奸，沆瀣一气，搞得山西、宣大边关乌烟瘴气，天怒人怨。那可是国家的藩篱屏障啊，幸亏俺答汗封贡了，要不然恐怕会有数不尽的石州屠城。是可忍孰不可忍！"

"皇上息怒！臣为了边关的事日夜寝食不安，武将粗人，贪婪成性，一个肚子永远填不饱。所以臣也曾经想过让那些饱读诗书、把礼义廉耻看得比自己的命还重要的文人去守边。"

"哦？那一切悉听张先生的话！"

"臣乞求皇上下旨勒令马芳闲住，以彰国法。吴百朋劳苦功高，对皇上尽忠尽孝，也该赏点东西。"

"那朕就赏他飞鱼服一件吧！"

"皇上英明，臣还有一事要奏报。"

万历皇帝问道："张先生有事，直言就是。"

"慈庆宫非皇上久居之地，臣恳请慈圣太后和皇上早日搬到乾清宫去！"

"朕知道，皇考龙驭之后，乾清宫一直在整修之中。一俟完毕，即入住。"

"如此甚好，臣先行告退。"张居正鞠躬之后，缓缓退出慈庆宫。步出三座门，就看到冯保手中捧着几本书迎面走来。

张居正赶紧施大礼："冯公公近日可好？"

冯保拱手还礼，并不搭话，只说："本监闻得太岳先生金屋藏娇，整日卿卿我我，连内阁也懒得去了。"

张居正嘿嘿笑道："这点私事也传得沸沸扬扬？连深居宫中的冯公公都知道了！"

冯保说道："巡边一事，本监甚为太岳先生打抱不平！一番苦心，却落个人人怨恨的下场！太岳先生，你这又是何苦来着？"

张居正铿锵有力地说："居正念念不忘圣上的期待，慨然以天下为己任！徐老先生说过，苟利社稷，生死以之！"

冯保道："本监的人生格言，有德报德，有仇报仇。至于什么天下为己任，那是你们执政当国者的事。本监没有太岳先生那么高尚，恨不得把那些仇家一个个捏死。特别是高拱，本监想一想心里就生气，这个老杂毛一直没有把本监当人看待！"

"冯公公真的还那么记仇？听说高拱回老家之后，恍恍惚惚，茶饭不思。就穿个角巾野服，疯疯癫癫的，一整日关在屋子里，连家人也不让进。"

冯保听得入迷，问道："自闭在屋里干什么？"

"写文章啊，已经著书八十余卷。"

"我呸！"冯保憎恨地唾了一口，好像高拱就站立在眼前，"恐怕又在狂写本监的'莫须有'罪名吧，好让本监遗臭万年。"

张居正低头不语，忽地瞧见冯保手中的书，除了四书五经之外，还有《近思录》《性理大全》，遂问道："皇上最近都读哪些书？"

"说句冒犯天颜的话，皇上到底是十岁的小孩子。这一些四书五经，满篇之乎者也，索然无味，就是本监看了也昏昏欲睡。有时候看着皇上读书，也怪可怜的。读着读着，就趴在案桌上睡着了！被慈圣太后发现后，又是训斥，又是提起小棍子就要责罚，吓得皇上经常啊的一声从梦中惊醒。"

张居正大惊失色："皇上真的如此怠懒？圣母太后现在还要体罚皇上？"

"人家是他娘，别人管不住皇上，太后当然管得了。本监有个建议，能不能在书中放些好看的图画，小孩子嘛，就喜欢那一些新奇的玩意儿。"

张居正拍手称奇，兴奋地就要跳起来："对啊！冯公公出的好主意！配图释义，这样的皇家教育还真是史无前例！"

冯保告辞了："本监先给皇上送书去！太岳回来好好地策划一下，要誊写、要刻印、要摹画，司礼监都可以办得到。"说完，匆匆朝慈庆宫而去。

6 都是星星惹的祸

慈庆宫内，灯烛亮若白昼，万历皇帝漫不经心地翻开厚厚的《性理大全》，每翻开一页就打一次哈欠。

李太后又是气恼，又是心疼。

"算了皇上，已经是子时七刻了！睡觉吧！不懂的明早再请教张先生去!"

万历皇帝摇摇头:"不,母后!这本《性理大全》大伴已经送来半个月了,连书中周敦颐的《太极图说》朕都没有读完。"

"睡了吧!"李太后不客气地吹灭了案桌上的蜡烛,顿时慈庆宫陷入暗色之中。窗外一弯钩子似的上弦月欲明欲灭,仿佛在黯然神伤地诉说着嫦娥的孤单忧愁。

不愠不火的银白色月光洒在窗台之上,但却是无力把光线喷射到宽敞宫殿的每一个暗处。

万历皇帝揉了揉干涩、发痒的双眼,紧咬着嘴唇,明日一定让张居正把《太极图说》讲个透彻。

万历皇帝伸了一个懒腰,打了一个深哈欠,嘟哝着:"朕真的累了!"转头一看,御榻上李太后早已安闲入睡,轻微地呼吸声如同远方传来的笛声,是那样的悠扬动听。

一片淡黄色的光线突然倾泻在李太后那张俊俏的脸庞上,就像雨水清洗过池塘中的荷花,显得格外清新、不俗。

看得万历皇帝一片痴迷:"母后真是个大美人!"正嘿嘿傻笑着,忽地一丝恐惧袭上心头。慈庆宫内除了烛台上的蜡烛之外,都吹灭了,哪来的淡黄光亮?猛抬头一看,吓得万历皇帝魂不附体!

只见窗外东北方向的天空上挂着一盏赤黄色的亮灯,光芒四出。仿佛是一个青面獠牙的魔怪的眼睛正紧瞪着自己,不停地喷洒出耀眼的邪光。

"母后,醒醒!"万历皇帝惊慌失措地猛烈摇晃着李太后的身子。

"又怎么啦?皇上!"李太后似乎正坠入一个幸福的梦乡之中,不满就这么被小皇帝打碎破灭了,小声地叱责道。

小皇帝像被惊吓的小鸟,扑在李太后身上:"看看东北天空,有发光的妖怪!"

李太后起身一看,惊叫一声"咦",紧紧搂住怀中颤抖的小皇帝:"那不是妖怪!那是客星,非同寻常的天象!客星一出,预示着将有一场灾难!"

"母后,那朕怎么办?"万历皇帝已经哭出声来。

"赶紧出去祈祷啊!"李太后说着,已经披好了衣服。

宫中已经渐渐吵嚷起来，宫女们、小太监也纷纷被天空中的异象所惊醒了。

李太后拉着万历皇帝的手匆匆跑出慈庆宫门，站立在丹红的台阶上，仰望苍穹。

月淡星疏，东北方向却是一片亮。仿佛是盛大节日里绽放的礼花，不断地往外喷发出淡黄色的光芒，它是如此的耀眼，傲视人间，让所有的星星和月亮黯然失色。万历皇帝觉得黄色的光芒照在自己的头顶上，还在"嗤嗤"地发出响声来。

"皇上快快祈祷！"李太后合起双掌，口中念念有词，"大慈大悲的观世音菩萨……"

万历皇帝现在却觉得有点好玩，但是看到李太后虔诚、肃穆的样子，不由得也合起双手，心中默念："客星，客星，快快离开吧！假如朕做错了什么，那就惩罚朕一个人好了。千万不要让母后受苦受累！"（注：此即著名的仙女座超新星，史载隆庆六年十月初三夜见于东北，历十九日）

突然间跪倒在地的宫女和太监人群中爆发出响亮惊叫声："起火了，慈庆宫西连房起火了！"

李太后转头一看，果然西边的侧室火光冲天，隐隐约约可以听到劈啪啪的冒火声。这下子把万历皇帝吓着了，大喊道："快去救火啊！"

慈庆宫马上陷入混乱之中，宫女和太监们跌跌撞撞，像一群无头苍蝇在乱闯着。

李太后也是脸色苍白，抱起小皇帝直往慈庆宫外面的影壁跑去。

慈庆宫四周现在到处都是人，如同炒豆一般都在上下乱窜，提着灯笼匆匆忙忙的太监，呼天抢地、衣衫不整的宫女飞梭似的来来回回，人们相互之间磕磕碰碰。

有人大喊道："皇上在哪里？太后在哪里？"那是冯保的叫声。

"大伴，朕跟母后在这里！"万历皇帝也是高声应道。

冯保腰悬朱红刀鞘，露出明晃晃的绣春刀，后面跟着八个锦衣卫，朝万历皇帝招手："皇上莫怕，大伴前来护驾了！"然后簇拥着李太后和小皇帝躲避到文华殿去了。

经过了一个时辰的手忙脚乱，终于扑灭了慈庆宫西连房的火势，幸亏夜晚无风，火势也不猛，否则后果不堪设想。

次日清晨，朝廷上下一片骇然。

天文占卜师说这是一颗罕见的灾厄之星，即使白昼也可以看到。

张居正偕同次辅吕调阳，率领朝官们到文华殿问安。

"张先生，难道朕有过错，惹怒了老天吗？"万历皇帝仍然心有余悸。

"皇上，君臣为一体。要说过失，皇宫内外所有的人都要好好反思。乞求皇帝下诏，着令内外诸司痛加修省。同时臣也斗胆叩请两宫圣母，在宫闱之内同加修省。"

"就依照张先生所言去做吧！礼部尚书陆树声听旨！"

陆树声跪下磕头："老臣在！"

"玄象示异，朕心深切，警惕内外诸司，宜痛加修省。着令你翻查旧例来行。"

陆树声道："应当照嘉靖四十二年火星逆行之例，所有的文武百官，穿着青衣角带的丧服，办事五天。"

万历皇帝朗声说道："列位臣工，尔等做臣下的，都要体谅朕敬畏天戒之意。恪守尽职，兢兢业业，共图消灾。不要光挂在嘴边，务必诚心诚意，身体力行。"

张居正等众臣齐声答道："臣谨遵圣旨！"

朝官们服丧五天之后，客星终于渐渐黯淡下来了。万历皇帝跟李太后再也不敢在慈庆宫住下，连忙搬迁到乾清宫去了。

张居正紧张的心也渐渐舒缓过来，总算风平浪静了。一大清早天未大亮，张居正就离开了莞儿的温柔乡，上朝去了。

到了内阁，发现次辅吕调阳的脸色很不寻常。

长班姚旷端着茶水怯怯地走了过来，弄得张居正莫名其妙的。

"宫中发生什么事了？"张居正瞅见吕调阳心不在焉的样子，问道。

"皇上今早震怒，在乾清宫里猛摔茶杯！至于什么事，外人都不懂。大概是星变的事，朝官们修省的不够。"吕调阳摇摇头，"天上有星变，宫内有火灾。不会来得这么凑巧，定是上天刻意降下灾异警告我等！"

张居正厉声说道："我等忠心耿耿，从未有过二心，无愧于国家，无愧于皇上。就算是天打雷劈，又有什么可怕的？"

正说话间，走进了一个锦衣卫的小头目。张居正一瞧，是冯保的侄儿，百户冯邦柱。

"张大人，皇上让你立即进宫觐见！"

吕调阳提心吊胆地说："一切全拜托首辅大人说话了！"

张居正拉了拉身上的朝服，挺直身子："该不会把我们都砍头了吧？"说完跟着冯邦柱径自往乾清宫而去。

入宫之后，果见地面上满是摔坏的杯子碎片，万历皇帝坐在御榻上，一张脸拉得像驴子一样，大口地喘着气。

旁边坐着李太后，也是满脸怒容，不发一语。

冯保则神色泰然，甚至微显得意之色。张居正一瞅冯保的神色，心中有谱了。

"臣张居正叩见圣母太后、皇上！"

万历皇帝走过来，把一封奏疏甩到张居正跟前："张先生瞧瞧，这是什么道理？"

张居正打开一看，原来是广西道御史胡涍的奏疏，大意是乞求皇帝释放宫女回民间，其中有一句话看得张居正特别刺眼："唐高不君，则天为虐。几危社稷，此不足为皇上言，然往古覆辙亦当鉴。"

张居正心中大叫不好，这个胡涍怎么说出这般悖逆的谩语。

一旁的冯保咬牙切齿，一想起六月初十皇帝登基的那一天，胡涍咆哮皇极殿，指桑骂槐，斥责自己的事，心里头就满是快要爆炸的屈辱和怒火。

"皇上，奴才把这逆贼拿来严刑拷打！"冯保满脸横肉。

"这厮确实也太无礼了！"李太后喘着气，"确实该打！"

万历皇帝走过来逼视张居正，指着奏疏上的"唐高""则天"，问道："张先生说说，唐高、则天所指何人？"

张居正大汗淋漓："启禀皇上，胡涍本意是好的，只是劝劝皇上释放宫女而已。一时间脑子进水了，所以出此谩言。语虽狂悖，但其心似无他意！"

李太后一张俏脸涨得发红，就像是寒天中的梅花："这厮胡言乱语，狂悖至极！也不想想，皇上才几岁？才十岁啊，乳臭未干，夜里本宫还要替他盖被子，哪来的武则天？"

冯保冷冷地说："恐怕这贼厮所说的武则天，另有所指吧！"

张居正听后脸色骤变，赶紧朝冯保使劲摇摇头。冯保却视而不见，直视着李太后。

李太后脸上瞬间刷地变色，好像熟透了的葡萄，脸上是一阵紫、一阵红。

万历皇帝气炸了肺，从张居正手中夺过奏疏，咬紧牙根，用尽吃奶的力气费劲地撕成碎片，吼叫道："大伴，你快把那厮给朕拿来千刀万剐泄恨！"那张小脸变得魔鬼似的狰狞可怕，让张居正战栗不已。

"万万不可啊，皇上！"张居正跪下紧紧抱住小皇帝的双脚，"胡滢虽然可恨，但是罪不该死！乞求皇上将他褫职为民，以正朝纲！"

小皇帝为难地看着李太后，李太后无可奈何地说："如果是先帝，恐怕胡滢早已殒命于午门之外！既然是张先生恳求，皇上就饶他一命，也显示皇上的宽宏大度！"

冯保心有不甘："皇上，褫职为民，便宜了这贼厮！奴才心里气不过！"

万历皇帝叹口气："算了吧，大伴！你速去传旨，如果在日落之前，京城里还可以看到胡滢的影子，那就将他砍头示众！"冯保应声就走。

张居正犹跪着不起，万历皇帝将他轻轻扶起："朕气也气了，夺职也夺职了，这个人不提也罢。朕就问个新奇的事。听大伴说，张先生要为朕弄一个好看的图画册，是吗？"

"呵呵！"张居正笑开颜，"这个冯公公多嘴了！回皇上的话，臣与吕调阳谋划已久，给皇上策划了一本《帝鉴图说》，令讲官马自强等人详细考究历代兴亡之事，上篇曰《圣哲芳规》，择取了历史上九九八十一个帝王励精图治的故事，以供皇上效仿。下篇曰《狂愚覆辙》，择取了六六三十六个历代帝王倒行逆施的恶事，以供皇上借鉴。每一个故事配以精美绘图，用最通俗的话来讲解，取唐太宗以古为鉴之意，故取名为《帝鉴图说》。"

万历皇帝拍手叫好，几乎把胡滢的事抛到九霄云外去了，兴奋地说："那张先生快快送来！"

张居正道："明、后天文华殿讲读，臣等即刻奉上。"

十二月十七日，文华殿内，当张居正手捧着散发出浓郁墨香的《帝鉴图说》跪在万历皇帝面前时，小皇帝如获至宝，打开一看，一幅幅栩栩如生的画像跃然纸上。

万历皇帝甚至调皮地伸出小手指，要去捕捉图画中的人物。惹得张居正、吕调阳、马自强等人呵呵大笑。

"来来来，张先生，你起来给朕说说，这个画的是谁？"

张居正凑上去指着说："这是帝尧啊！史书上所载的兴亡、治乱，如出一辙。大凡圣君，敬天法祖，听言纳谏，节用爱人，亲贤臣，远小人，勤政爱民；反之，则成暴君，亡国之君。"

万历皇帝一页一页地翻开，如同捧着百宝盒，爱不释手。每翻开一页，就要朗读数遍。

"张先生快给朕读读这些！"

张居正挪步过去，身子倚靠在御桌之前，为小皇帝倾心朗读。小皇帝如醍醐灌顶，自觉内心不胜欢喜，说道："朕每日都要把这本书带在身边，随时可以看看。"

7. 年幼天子爱读书

君臣二人正谈笑间，次辅吕调阳插话说道："皇上，很快就要过年了，先帝在位之时，每年的元宵都要举行盛大的鳌山灯会！明年正值万历元年，请皇上降旨下来！"

一提到鳌山灯会，万历皇帝就好像变成了一位沧桑老人，沉着脸，若有所思，似乎还挂着淡淡的忧伤。

张居正跟吕调阳大惑不解："皇上在想什么？"

万历皇帝仿佛在思念一位久别的好朋友："朕在想一个人，被先帝责罚的前吏科给事中石星！"

四五年过去了，石星早已是两鬓泛白，瘦弱不堪。当他跪在文华殿下时，万历皇帝差点儿认不出他来。

"朕把你召来，你知道是为了什么事吗？"万历皇帝第一回板起脸，表情肃穆。

石星垂着头，不敢仰视皇帝："虽然不知皇上为何召见罪臣，但是罪臣看到皇上英姿勃发，威风凛凛，眼前顿感豁然！就是皇上砍了罪臣的头颅，罪臣也心甘情愿。"

"朕今日问话，你若说错了，朕真的就取了你的小命！"

"皇上但问无妨，罪臣是命比纸薄。皇上随时就可以拿去！"石星依然是一副无所畏惧的模样，气得在一旁的张居正等人直跺脚。

"朕且问你，当初你在午门城楼死谏鳌山灯会，惹怒了先皇，先皇一气之下，让老太监滕祥把你打得血肉淋漓，让你的妻子殒身于午门城楼上。你还恨先皇吗？"万历皇帝冷冷逼问道。

"罪臣至今犹恨先帝！"石星倔脾气不改，说的话比石头还要硬。

张居正等人不由脸色骤变，万历皇帝却面不改色，冷静异常。

"你就不怕朕马上把你推出午门斩首吗？"

"当时皇上慈悲，救了罪臣一命。故而罪臣深恨先帝为何不把罪臣千刀万剐，让罪臣苟延残存至今，愧见皇上啊！"石星说得情真义切，几乎是声泪俱下。

"朕又问你，明年正值万历元年，朕又准备隆隆重重地举办一次鳌山灯会。你还会谏阻朕吗？"

石星听罢，竟然砰砰砰砰地如同捣药一般，把头往地上猛撞，吓得万历皇帝倒退几步。张居正、吕调阳等人惊呼："石星不得无礼——"

"乞求皇上立即将罪臣推出午门斩首！"猛撞几下之后，石星的额头上早已沁出鲜血来，泪流满面。

"张先生、吕先生听旨！"万历皇帝突然转头叫道。

张居正、吕调阳一凛："臣等恭候圣旨！"

"传朕口谕，先帝服制未过，明年元宵佳节，免办烟火灯架。小祥期间，宫中御膳从简。朕与两宫圣母表率天下，每餐斋素蔬食，如果遇到佳节小坐，只增甜食果品一桌。"

"皇上英明，臣等谨遵圣训！"张、吕二人喜不自胜。

"石星听旨！"万历皇帝忽地和颜悦色，"朕不但要你官复原职，还要升任你为尚宝司少卿！"

尚宝司少卿，从五品，协理尚宝司卿同掌宝玺、符牌、印章。品秩虽低，但至关重要。石星一下子由从七品的吏科给事中连升三级，跃为皇帝身边的红人。

这个从天而降、突如其来的幸福顿时让石星瞠目结舌。石星愣了半晌，恍惚如梦中走来，当他抬起满是血泪的呆脑袋，仰望着微笑的万历皇帝，石星这才悟到，一切都是真的！

"皇上——"石星既兴奋又心酸的泪水扑簌簌流淌下来。

"圣恩浩大，让臣惶恐无言。臣、臣——"石星已经不知说些什么了，"臣只有肝脑涂地，以报效皇上再生之德！臣就是上刀山、下火海，不，就是把臣打入阿鼻地狱，永世不得轮回，臣也无怨无悔！"

"哈哈哈——"万历皇帝大笑起来，笑声是那么的纯美，纯美得像一位小天使，很快就把欢乐洒遍整个文华殿，张居正、吕调阳等众人都受到感染，欣慰地大笑起来。

此后的文华殿里一直是笑声缭绕，读书声朗朗盈耳。弹指一挥间，转眼就是万历元年的大年初一了。皇极殿内，万历皇帝接受文武百官们潮声般的祝福。

冯保趾高气扬，骄傲得像一只翘起尾巴的猫，高高地站立在大殿之上，俯视着下面的百官们，顾盼自雄。

"张爱卿、吕爱卿，走上前！"万历皇帝招手说道。

张居正、吕调阳大步靠近御座。

"朕昨日写了几个大字，今日正逢新年元旦佳节，朕没有什么礼物，就把它们赏赐给两位爱卿吧！"

万历皇帝话毕，冯保捧出一个锦盒，打开之后拿出三幅大字。冯保展开两幅，上面分别写着端端正正的四个大字"尔惟盐梅""汝作舟楫"。

"这是给张爱卿的！"万历皇帝说道。

张居正恭恭敬敬地收下，高高拿着大字，展现给朝官们看，朝官们高呼"万岁"，既羡慕又嫉妒。

"尔惟盐梅"，言出于《尚书·说命》："若作和羹，尔惟盐梅。"这是殷商王武丁任命圣贤傅说时说的一句话。盐，咸味。梅，酸味。这是古代调理羹汤必不可少的两种味道。"若作和羹，尔惟盐梅"寓意圣贤就像调理羹汤的调味，不可或缺，后世就以此比作宰相。

"汝作舟楫"也是典出《尚书·说命》，武丁训诫官员的话："若金，用汝作砺；若济巨川，用汝作舟楫；若岁大旱，用汝作霖雨。"金，铁器也。铁，须经过千磨百砺方能成利器。欲渡大河，需要借助舟楫。如果遇到大旱的季节，需要三日霖雨来救济。

一位皇帝对辅臣的赞美之词，莫过于这样的评语，张居正自然心中一片欣喜。

冯保又展示了第三幅大字："枢机克慎。"

"这是给次辅吕爱卿的！"

枢机，《国语》中云："夫耳目，心之枢机也。"吕调阳身为内阁次辅，占据朝廷中枢之位，所以万历皇帝告诫他要小心谨慎，如履薄冰。

吕调阳猫着腰，从冯保手中接过大字，满脸喜悦之色。但他并未沾沾自喜地炫耀着，只是谢恩之后，捧着御字，缓缓退入班列之中。旁边几个大臣像鹅鸭一般引颈探望，眼里露出难以遮掩的向往之意。

"列位臣工——"小皇帝踌躇满志，"朕即位半年以来，在张爱卿、吕爱卿的忠心辅佐之下，国泰民安，政通人和。朕立志要做一个好皇帝，大明的列祖列宗在看着咱们哩。切望列位臣工与朕同心同德，共保大明百业兴盛，传至千秋万代！"

皇极殿内响起了呼啦啦的叫声："臣等定当恪守职责，尽忠尽孝，绝不辜负皇上的期望！"

万历皇帝又道："朕不忘张先生的教诲，每日苦读诗书，这才真正让朕成长起来。懂得了大明祖宗打下这片江山，实属不易。打江山难，坐江山更难。张先生，传朕旨！本月初七开日讲，朕要潜心苦学，把圣贤学问都装进脑子里，好让朕当一个明君！"

大殿之上又是山呼海啸般的"万岁"叫声，震耳欲聋。

张居正启奏道："臣谨遵祖宗成宪，乞求皇上早开经筵！"

万历皇帝想了想，说道："朕就定于二月初二龙抬头之日，举行经筵！"

所谓的经筵是指专为皇帝讲解经史而专设的御前讲席。经筵制度源远流长，西汉宣帝甘露三年，召集当时全国最负盛名的儒生在石渠讲解五经，这就是经筵制度的滥觞。东汉章帝建初四年的白虎观会议，将儒学和谶纬学结合起来，统一了儒家学说的思想标准，更是经典的经筵例子。此后为历代王朝承袭下来，成了宫廷教育必不可少的途径。

特别是目不识丁的朱元璋披荆斩棘，在众多儒生谋士的辅佐之下，消灭了一个个割据的枭雄，终于开创了大明盛世。使他更深刻认识到儒学教育的重要性与必要性，于是在开国之初就举行经筵活动。明英宗正统元年，经筵正式成为一种制度。

经筵与日讲不同，经筵是帝王"缉熙圣学"的盛典，其仪式比日讲更为烦琐、隆重。经筵，有固定的日期，而日讲可以随时进行。经筵进讲，通常在文华前殿，有两只案桌，一只摆在皇帝面前，一只摆在讲读官面前。而且案桌上都放置了讲章，就好像现在的学校里一样，老师和学生都有课本。但是日讲就不同，日讲时就只在文华殿后穿廊上摆放一张御案，经书就放在案桌上。讲读官只能指着经书口讲，并无讲章。

日讲只有讲读官和内阁辅臣侍班，而经筵却有一套完整的讲官机构。其人员配置也很讲究，多为勋戚、阁臣、翰林官兼任。凡是能够入选经筵讲官无不终身为荣，那可是真正的帝师，足以光宗耀祖，载入史册的。

经筵讲官除了面子上的荣耀之外，他们的肚子也得到非同一般的满足。

经筵，先讲经书，然后有筵席，吃的、喝的琳琅满目，不要说坐下来夹一块皇宫御厨端出来的、香喷喷的肉细细品尝，就是能够眼观手不动，光大饱眼福，也是三生有幸。有明一代，皇帝的赐宴，就数谢师宴——经筵宴最为丰富。每桌细茶食四碟，酥脆的油炸馓子一碟，各色水果五碟，醇香案酒五盘，可口的点心一碟，攒菜一碟，美味羹汤三品，菜四色，饭一份，酒六盅。说不尽的美酒佳肴，尝不完的奇珍异味。

　　明代的皇帝虽然讲排场，但也不忘记减少浪费。经筵讲官自己大饱口福之外，他的家仆也可以带来饭盒、饭篮，将餐桌上剩下的珍馐佳酿，一扫而光。所以每次经筵宴结束之后，讲官们身后总是跟随着几个家仆，大包小包，浩浩荡荡地提着回家，也让家中的老母或者妻儿尝一尝皇宫中的美味。

　　当万历皇帝宣布二月初二要举行经筵时，皇极殿内立刻陷入寂静之中。所有的大臣都屏住气息，大家都在洗耳恭听，谁将入选经筵讲官。

　　只见大殿之上的太监冯保，清了清嗓子，如同唱歌一般，悦耳动听地念出一个个经筵讲官的大名：

　　"知经筵事：成国公朱希忠、大学士张居正。

　　"同知经筵事：大学士吕调阳。

　　"经筵讲官：陶大临、王希烈、汪镗、丁士美、申时行、王锡爵、陈经邦、何洛文、沈鲤、许国、沈渊、陈思育。

　　"展书官两房各官：罗万化、王家屏、陈于陛、徐显卿、张位、韩世能、林偕春、成宪。

　　"写讲章官：周维藩、吴自成、章子谊、马继文、徐继申、黎民表、刘大武、成楫。

　　"驸马都尉许从诚为侍卫官……"

　　皇极殿内马上升腾起雷鸣般的欢呼声。

第十八章

借刀杀人

1. 以其人之道，还治其人之身

万历元年正月十九日，漏尽时刻，天空依然是灰蒙蒙的，疏朗的星星在疲惫地眨着眼。小皇帝三更起床，四更进膳，精神抖擞地在乾清宫中绕走了一圈，活络筋骨。

"母后，朕今日早朝想让张居正为你摹写一本《金刚经》！"

李太后每日在宫里手捧佛经，几乎是释门中人了，《金刚经》是她晨起时必诵的经书。

"张先生的字遒劲有力，母亲很喜欢！那好吧，等他摹写之后，皇上可要赏赐赏赐！"

"朕知道！"万历皇帝答道，随手抄起《帝鉴图说》，这本书已成了他的最爱，每晚必读到深夜，白天就是一边用膳，一边翻开来，瞧着书中的图画。小皇帝将手中的《帝鉴图说》朝太监王蓁、张宏、曹宪扬了扬，"随朕上朝去吧！"

万历皇帝步出了寝宫大门之后，就感到一阵寒气袭面而来。猛地打一个喷嚏，张宏赶紧跑过来拢了拢万历皇帝的龙袍。

"皇上小心保暖龙体，春寒料峭啊！"曹宪把手中灯笼提得高高的。

"你把灯笼拿得那么高干什么？当朕是瞎子，不懂得走路！"万历皇帝有点火了。

"是是！"吓得曹宪赶紧弯腰放低灯笼。

"朕今天是怎么啦？没走两步，连续打了好几个喷嚏！"万历皇帝喃喃自语。话没说完，"阿——嚏！"又是一个猛烈的喷嚏，万历皇帝右手中的《帝鉴图说》"吧嗒"一声竟然脱落在地。

王蓁连忙低身要去捡起来，突然万历皇帝赫然厉声斥道："站住！狗奴才！"

"什么？"怔得王蓁心里发怵，浑身战栗，不清楚今天皇帝为什么对他如此严厉。

万历皇帝又是高声怒喝："还不快站住！"张宏和曹宪紧护在小皇上的两侧，同声叫道："快来人哪，截住前方那个奴才！"

只见前头乾清门的石阶上匍匐着一个太监，鬼鬼祟祟的，看见万历皇帝就想扭头开溜。

值夜的是冯保的另外一个侄儿冯邦宁，一听到皇帝的喝声，立刻从地底下冒出来，率领三四个锦衣卫飞也似的扑向乾清门，一脚踢翻那个太监，两个锦衣卫一手按下去，像提鸭子似的把他拎起来。

"狗奴才！见了皇上为什么还不下跪，慌慌张张的做什么？图谋不轨吧？"冯邦宁狠狠地按住那太监的头，疼得他"咿咿啊啊"乱叫起来。

"咦？"万历皇帝纳闷了，"他是谁？朕怎么从未见过！"

王蓁、张宏、曹宪仔细瞧瞧，也是摇摇头："真的没见过这畜生！"

事态严重了，冯邦宁用力猛击那太监的腹部，痛得他叫不出声来，弯腰倒地双脚乱踢。

王蓁指着大叫："把那猪猡捆绑起来，好生拷问！"

突然间遭遇到这样的意外，让万历皇帝上朝的大好心情抛到九霄云外去了。

"回乾清宫吧，待审问个水落石出之后再作理会！"万历皇帝怒气冲冲地转身就走。

冯邦宁将那太监捆绑得结结实实，扭送到司礼监内房去。

冯保一看，只见那人肤色略显暗黑，似乎经常风吹日晒。听他口音，十之八九是南方人。乱糟糟的头发下面一张瘦削的尖脸，看着冯保恶狠狠的模样，眼神散乱，飘忽不定。嘴角碰撞到地面上，已经青肿。

"哪里拿得？"冯保发问。

"回叔叔的话！乾清门里头抓捕的！"

"哟呵！胆子倒不小，闯到皇上的寝宫来了！"冯保皮笑肉不笑地说。

那人浑身发抖，双手反剪在背后，被冯邦宁摁倒在地上。

"拉起来，摸摸他的裤裆！"冯保脸上掠过一丝冷笑。

冯邦宁扯着那人的头发，那人立刻发出一声凄厉的惨叫。

"叔叔，果然有卵子！假冒的！"

冯保震怒："什么名字？哪里来的？混入皇宫有何企图，从实招来，否则让你卵子掉地！"

吓得那人鸡啄米似的不住地磕头，战战栗栗："小人叫王大臣，浙江宁波人。几年前跟随戚总兵北上蓟镇，驻扎三屯营，前些日子喝醉了酒，被戚总兵责罚。于是小的连夜逃跑，一路南奔，就跑到京城来了。"

"那你是怎么混入宫中的？"

"小的流落京城之后，一日三餐不饱，于是假扮成内侍，跟宫中的几个小哥混得熟了，偷窃了他们的腰牌、帽子、巾服，混入乾清宫想拿点儿东西，不料就被——"

"住口！"冯邦宁怒道。

王大臣连连叩头："小人句句是实话，如有半句假话，天打雷劈，死于非命！"

"叔叔，要不要回复皇上？"

冯保横了一眼："小兔崽子急什么？"走近王大臣，"本监且问你，你真的是从戚总兵营房逃出来的南兵吗？"

"小人的确是，乞求大人不要将小的遣回蓟镇。"王大臣一想到擅自脱逃军营，定然难免棒责伺候，瞬间脸色苍白。

"笃笃笃"，冯保的靴子在地上很有节奏地拍打着："你说跟宫中的内侍混得很熟，是吗？那你可认识陈洪？"

"小人不识的！"

"孟冲？"

"小人也不识的！"

"叔叔，跟他啰唆什么？皇上还在乾清宫里等话哩！"冯邦宁有点不耐烦了。

冯保瞥了他一眼："你如果再不闭上臭嘴，我就让皇上治你的渎职之罪！"

冯邦宁赶紧缄口不语了。

"这个王大臣事关戚总兵的声威，徐爵，你速速去通报张大人一声。"

徐爵应声"遵命"正要走，冯保叫住："慢着！本监还有话交待！"说着把徐爵拉到一旁，耳语几句，说得徐爵不停地点头。

冯邦宁静心倾听，嘤嘤细语，哪里听得清楚冯保在说些什么，只听得陈洪、孟冲两人的名字。

"速去速回！"冯保面色严厉。

"奴才知道了！"转眼间徐爵就没了踪影。

大约过了一炷香的时间，徐爵领着张居正的长班姚旷又急匆匆回来了。

姚旷一见到冯保，磕头说道："张大人有话转告冯公公！"

冯保问："什么话？"

"张大人说戚总兵掌南北兵，镇守蓟镇，北兵将领多有不满的。望冯公公为了北边的安宁，幸勿乱言。"

冯保点点头："这个本监自然明白。"又问，"其他的话首辅大人怎么说？"

姚旷答道："张大人还说王大臣背后必有主使者，否则宫中戒备森严，谁也不敢擅自闯入乾清宫作案。"

冯保又问徐爵："本监特意交代的话你都一五一十转告了首辅大人吗？"

徐爵答："主子的事，奴才怎敢大意？奴才看到内阁房中无人，把主子的话一字不漏地转告了首辅张大人。"

冯保急切地问："那张大人听后都说些什么？"

"张大人默然不应，小的怕张大人没听清楚，又原原本本地讲了一次。张大人仍是一语不发，只说你带着姚旷去见冯公公。姚旷的话也就是不谷的意思。"

仿佛一个穷光蛋捡到了从天上掉下的金元宝，冯保大喜过望："太岳先生真够意思的！"突然脸色一沉，对王大臣说道，"好你个畜生！本监已经详查了，你不是戚总兵的蓟镇守兵，也不是浙江宁波人。你乃是常州府武进县的一个无赖，自幼就是一个被人要弄的娈童。长大之后，你成了一名唱戏的优人，是也不是？你这次潜入宫中，是受何人指使，还不快招供！"

王大臣满头雾水："小人的的确确是三屯营的南兵，不信老爷可派人去蓟镇查访，小人的名字记录在册。小人并未受到他人指使，只是想混入宫中，偷点儿值钱的物件。"

"小贼还敢嘴硬，看来是不见棺材不流泪。冯邦宁，把这厮拉出去棍打！"冯保龇牙咧嘴，露出满口黄灿灿的金牙，好像张开血盆大嘴的饿狼，看得王大臣心里发毛，捣药似的不住的"砰砰"磕头，哀求不已："老爷饶命啊！"

"少说废话，邦宁，给本监重打三十大棍之后，下厂狱，待本监慢慢审问！"冯保话音刚落，冯邦宁卷起袖子，任凭王大臣如何哭泣乞哀，像拖着一只死猫，硬是把他拉了出去。不一会儿，就传来令人惨不忍闻杀猪般的号叫声。

当夜，冯保跟冯邦宁提着酒饭到东厂的牢狱去看望王大臣。冯保的家奴辛儒"当啷当啷"地打开牢房，王大臣早已被打得皮开肉绽，半人半鬼的披头散发，饿得双眼直冒绿光。一见到冯保，王大臣就跪地求饶，磕头不已："大老爷饶命，大老爷饶命！小人什么都招！"

冯保扔下饭盒："先填饱肚子再说吧！"

王大臣也顾不得许多，一手夺去，打开饭盒，伸出脏兮兮的手胡乱抓起饭菜，狼吞虎咽而下。

冯保朝冯邦宁使了个眼色，冯邦宁便拿出两口铁剑、一把铁尖刀，明晃晃闪着寒光。吓得王大臣魂儿都去了大半，紧缩着身子，浑身颤抖："大老爷别杀小人！"

"本监不杀你！"冯保随手拉过一张椅子坐下，辛儒毕恭毕敬地献上一壶热茶。冯保很有雅兴地呷了一口，慢腾腾地说道，"你只要说阁老高拱心中怨恨朝廷，让你来行刺皇上，这铁剑、铁尖刀就是凶器。"

王大臣直盯着刀剑，迟疑了片刻，哀求道："老爷，行刺皇上可是要凌迟处死，诛灭九族的！"

冯保眼色一横："有本监在，你不必害怕。何况供出了背后主使者，将功赎罪，你还有官做。本监保你当个锦衣卫，赏赐千金，永保富贵。要是你说个不字，马上就大刑伺候，将你拷打至死！京城里谁都清楚，东厂里取一个人的性命，那可是比随手摘下一片树叶还要容易得多。"

一说到死，王大臣就魂不附体，连忙答应："老爷怎么说，小人就怎么做！可是小人并不认识什么高阁老！"

冯保一声不吭地背过脸，直勾勾地瞧着辛儒，直瞧得辛儒全身发软。

冯保鼻子里"嗯"了一声，冯邦宁又从包袱里拿出亮闪闪的二十两银子，捧到辛儒眼前，慌得辛儒不知所措。

"本监叫你收下你就收下！"冯保半是命令，半是请求。

辛儒瞅着一大堆银子，嘿嘿傻笑着，犹豫着伸手接过："主子，有什么吩咐？"

"交给你的任务很简单。本监很欣赏你的头脑灵活，这些小钱你就拿去每日买些酒肉，与那王大臣一块儿吃，教他怎么招供高拱使他行刺的事。待审讯时，就说高家府内的李宝、高本、高来是同谋者。事成之后，另有重赏，亏不了你这个家仆的，跟了本监许多年，也该混个百户什么的做做吧。"

辛儒双目闪亮，比那白银还要耀眼，连忙点头哈腰说道："小人必不会辜负主子的！"

冯邦宁呵呵笑："叔叔手段高明，侄儿领教了！"

冯保得意扬扬地说："这叫作以其人之道，还治其人之身。高拱跟他的喽啰们把一个私进邪燥之药的罪名硬栽到本监的头上，本监也让他尝尝受人诬陷的滋味。"

说毕，两人哈哈仰天大笑起来。

笑声未尽，冯保又吩咐冯邦宁："令你马上带领一百人马，前往河南新郑高家捉拿李宝、高本、高来等人。"

2. 高拱躺着也中枪

万历皇帝听说是高拱指使王大臣行刺他的，气得面如金纸，在乾清宫里咆哮着："传旨，将嫌疑犯全部捉拿，好生鞫讯罪人王大臣，务必揪出背后主使者。"

圣旨下来，北京城内好似飓风掀起千层浪，人情汹汹。再加上好事者的各种谣言推波助澜，闹得人心惶惶，上至朝廷官员，下到大街小巷的升斗小民，无不在疯传着皇上要捉拿高拱问罪。

张居正也心慌了，一大早就去吏部署衙找杨博去了。还未跨进大门，就差点儿跟杨博撞个四脚朝天。

"本尚书也急着要去内阁见太岳先生呢！"杨博激动地挥舞着双手，"真是急死人了，本尚书一退朝，就有一大群人疯子般围拢过来，七嘴八舌的，简直是让我不得安宁！"

"不谷更是生不如死，只要冯保一有风吹草动，人们总会无端地跟不谷联系在一起，弄得满城风雨。"张居正紧皱眉头，满脸无辜的表情，"杨大人说一说，事到如今，该如何是好？"

杨博答道："凡事不可急，一急必起大狱，最后落个血雨腥风，恐会伤及更多的无辜。现在只能等待皇上裁决了，皇上英明果断，定能秉公判决。依杨某的看法，高阁老虽然行事粗暴，但是对皇上忠心耿耿，天日昭昭，高阁老断断不会做出如此伤天害理的大逆不道之事。"

说得张居正哑口无言，悻悻而退。

张居正走后，杨博赶紧又去都察院找到左都御史葛守礼。

葛守礼问道："此间传闻，张居正与冯保暗自勾结，必欲置高阁老于死地！不知是否属实？"

杨博道："无风不起浪！本官刚刚见过太岳先生，说了几句，他便面红耳赤去了，心中似乎郁郁不乐。"

旁边左佥都御史陈省冷冷说道："太岳先生向来光明磊落，岂是世间小人所能诋毁的？"说罢拂袖而出。

杨博大惊，说道："祸从口出，我等口无遮拦，日后必遭大难！"

葛守礼呵呵笑道："杨大人莫怕，陈省跟本都御史有莫逆之交！"

杨博心上的石头这才坦然落地："吓得杨某浑身冒汗！"

不料那陈省也是张居正的心腹，出了督察院，直奔内阁而去，正好在宣武门口路遇退朝回府的张居正，当即一五一十地将葛守礼、杨博如何如何转告张居正。

张居正恨恨地说:"葛老头向来与高拱有旧,可这杨博是本阁力荐给皇上,才让他坐上大冢宰之位。看来人心难测,世道难料啊!"

回到府内之后,张居正连声叹气进屋去了。莞儿闲着无聊正在案桌上习字,不待张居正坐稳,就一屁股坐在他的大腿上,粉嫩双手搂着张居正的脖子,娇里娇气地说:"大人为何见了莞儿就不高兴?"

一阵沁人心脾的香气扑鼻而来,瞬间把张居正心中的烦恼驱赶到九霄云外去了。

倩女坐怀,艳色逼人,张居正本是风流才子之辈,再也无法保持柳下惠的定力。瞥见莞儿前胸半遮半掩,若青山隐隐,不由得心旌摇动。笑嘻嘻地正欲伸手拿捏,忽地门外家仆大叫:"大人,太仆少卿李幼滋求见!"

这个李幼滋是张居正的同乡,与他来往甚密。张居正暗自纳闷,李幼滋不是大病卧床吗,怎么突然来访?于是推开怀中软绵绵的多情佳人,大为扫兴而出。

李幼滋说话向来口无遮拦,何况自己去日无多,所以就不那么顾忌,见张居正走出来,开口就问:"张相爷为什么这样做?难道你就不怕在青史留下污名吗?"说完双手抚胸,干咳几下。

张居正闻言心中大怒,还没有一个人敢于这样当面斥责他。但是看到李幼滋形销骨立,萎靡憔悴,甚是可怜。心念电转,李幼滋不顾身体飘摇,登门造访,确实是满怀的关切之意,于是反问道:"本大学士何曾做过青史留污之事?"

李幼滋说道:"乾清宫拿住了一个王大臣,张相爷下令穷追主使者。如今东厂又传出背后主谋是高阁老,这下子张相爷就是跳进黄河也洗不清了。下官就看看相爷怎么自圆其说?"

张居正悲愤不已:"不谷正为此事心忧如焚,恨不能死。李大人怎么说是不谷干的?"

东华门外的东厂里,冯保急欲了结此案,把李宝、高本、高来抓到京城后,日夜拷打,逼迫他们承认与王大臣合谋刺杀皇帝。

朝中六科给事中和都察院御史们闻讯愤愤不平,准备拟写奏疏,送到乾清宫去。可是又害怕张居正,谁也不敢下笔。归极门内的六科廊俨然成了风暴的中心。刑科里的那些官更是义愤填膺:"如此大案,理应交给三法司同审。可是现在东厂的人视我等如无物，这叫我等怎么在世人面前抬起头来？"

于是刑科官吏们倾巢而出，齐赴内阁，面请张居正，要求将王大臣移交三法司鞫讯。

张居正板着脸道："尔等这般吵吵嚷嚷，全都乱了法度。皇上已经严令东厂审问，很快就会水落石出了！"

不但刑科的诉求没有成功，连其他科道的奏疏也被拦阻下来。科道官员不依不饶，一连五天，上奏的章疏从清晨到傍晚接连不断。终于一道严令下来，禁止任何官员随意向乾清宫递送奏疏，这让那些牙尖嘴利的言官口不能言，叫苦不迭。只有一个河南道御史钟继英不知道使用了什么办法，把奏疏送到万历皇帝手中。钟继英的奏疏中盛言王大臣案件本来就扑朔迷离，现在又让人不明不白的，怎么做到光明正大？

张居正在内阁里猛拍案桌，大发雷霆："这个钟继英胆大妄为，简直是无法无天。不把他罢职了，那些言官就愈加嚣张起来。"

吕调阳则一语不发，让他担任次辅，本来就是在内阁里摆设一个亮丽的花瓶子。再说王大臣案件滚雪球似的，愈滚愈大，一旦连自己也搭进去，那可就不上算了。于是吕调阳乖乖地闭上嘴巴，静坐一旁，成了一个局外人，只冷眼看着。

但是左都御史葛守礼却坐不住了，他告诉杨博："如果碰到张居正，一定要好好和他争论一番。"

杨博悻悻地道："杨某先前不是已经跟张居正说了吗？"

这让葛守礼很失望："亏你是个大冢宰，葛某本以为杨大人刚正不阿，既不会谋害他人也不会谄媚他人。没想到是个懦弱之辈，眼见大案将起，杨大人却明哲保身，退避三舍。"

几句话说得杨博脸都红到脖子根了，大声回应道："葛兄既然天不怕，地不怕，那就跟杨某一起去见张居正。"

于是两人去内阁找到张居正，张居正淡然说道："王大臣都供认不讳，只等同谋一招供，东厂便可结案，本阁就立即上疏皇上！"

葛守礼振振有词："葛某断断不敢包庇乱党贼臣，但愿以全家百余口性命担保，高阁老是清白无辜的！"

张居正默然不语。

看到张居正有反悔之意，杨博趁机说道："杨某望相爷主持公道，伸张正义。东厂里能有几个好货色的？都是些良心被狗咬去的。一旦有更多的无辜卷进来，叫我等如何安心？如何对得起大明的列祖列宗？"

张居正冷冷回应道："两位大人说得那么多，当真认为王大臣案就牵涉本阁与高拱的恩恩怨怨吗？本阁与高拱虽政见不合，但并未到非得你吃了我，我吃了你不可。"

"太岳先生，葛某活了这么大的岁数，已是黄泉路近。葛某并不想与任何人结怨结仇，只想太岳先生能好好听吾一言。身为朝廷重臣，当同心戮力，以佐皇室，如此天下才能安定。想一想仁宗、宣宗时代的三杨吧，几乎如同一体，数十年齐心协力，才有了'吏称其职，政得其平，纲纪修明，仓庾充羡，闾阎安乐，岁不能灾'的仁宣盛世。再看一看夏言、严嵩、徐阶，还有高拱，前赴后继，一个扳倒一个，弄得朝政动荡不安，民心惶惶。殷鉴不远，来者可追。太岳先生肩负国家中兴的重任，一定要胸怀天下，方能缔造一个开明盛世。"葛守礼两眼满含热泪，真挚地娓娓说道。

张居正勃然变色："两位大人当真以为张某要致高拱于死地吗？"说罢转身入内间，拿出冯保给张居正的一封揭帖，甩到杨博面前，"你瞧瞧，这是谁给本阁的？"

杨博一看，是冯保揭发高拱指使王大臣谋刺的文书，大惊失色。葛守礼夺过来一看，也是骤然大骇。忽然感有可疑之处，于是再仔细一瞧，果然发现了其中蹊跷，有一句话"高阁老历历有据"，这"历历有据"四个字是先涂黑后添上去的，明显笔迹不同。葛守礼担任过户部尚书、刑部尚书，现在又是都察院左都御史，平生经历案件无数，一眼就瞧出端倪来，"历历有据"这四个字只有张居正写得出来。

葛守礼不由得嘿嘿笑出声，既是得意又是轻蔑，随手把揭帖塞到自己的衣袖中，搞得杨博和张居正丈二和尚摸不着头脑。

张居正突地想起自己曾经涂改过揭帖上的文字，心中大叫，这下子惨啊，露馅了。便假装镇定，讪讪一笑道："冯公公文法不通，我只不过帮他更改了几个数字而已。"

葛守礼又是哈哈大笑："难道真有什么机密要事？也不上报皇上，只送到内阁去了。葛某跟杨大人并没有说太岳与高阁老有什么是非恩怨，只是想说当今世上只有张相公才有回天之力。"

说得张居正一阵不舒服，这就是赤裸裸地威胁我！但也只得作揖相谢："张某何德何能，敢有回天之力？要是张某能办得到，敢不尽力。只是深恐难以善后。"

杨博一听，心中乐了，这颗硬桃核终于被敲破了，于是顺藤摸瓜说道："只要张相爷点一下头，这个世界上还有什么难以善后的事？欲了结此事，张相还需一位皇亲国戚、位高权重之人相助。"

一句话让张居正似醍醐灌顶，恍然醒悟。连连点头，说道："多谢两位大人的指点，张某感激不尽。两位放心回去吧，张某即刻禀告皇上！"

待两人走远之后，张居正伫立良久，脑海中一片恍惚不清。忽而想到午门之外有个关帝庙，甚是灵验，朝官们求升迁、求发财的，都去烧个香、抽个签。于是叫道："姚旷在吗？"

姚旷不知从哪里冒出来："大人有何吩咐？"

"房里压抑，陪着老爷去城外走走！"

主仆两人走出会极门，绕个大弯就是午门了。关帝庙就在午门之外，不知是哪个朝代，哪个皇帝修建的，色相古朴，也算是京城里的一大景观。

一个年老的庙祝望见张居正朝他走来，大老远就请安："相爷，快进来抽个签，保个国泰民安，万世太平！"

张居正吩咐姚旷道："你就这里候着，我去去就回！"不待姚旷应话，径自往关帝庙而去。

进庙之后，有几个香客虔诚地跪拜在关帝塑像前，口中喃喃细语，似乎在祈祷生意发财之类。上头的关帝坐姿如山，浓眉大眼，怒目圆睁。右手捋抚着胸前飘逸的美髯，左手捧着《春秋》在细细品读。令人奇怪，身后并无黑面虬髯的周仓护着，只有两侧各四条绚丽的帔帛，衬托着关帝更显得肃穆威武。

庙祝捧来清水，让张居正洗净双手之后，又点了三炷香火，这才跪在关帝塑像下"咔啦咔啦"地晃动着竹筒，几下子就一签落地。捡起一看，是第十二签。再查翻签文，写着："才发君心，天已知，何须问我决嫌疑？愿子改图，从孝弟不愁，家室不相宜。"

这是何意？饶是张居正饱读文章，也不得其解。

庙祝一瞧大惊，说道："此不祥之签，相爷处事还须谨慎。"

张居正纳闷："怎么解读？"

庙祝摇着头，朗朗念道："所谋不善，何必求神？宜决于心，改过自新。关爷爷明示，相爷小心为是。"

张居正沉着脸，悒悒不乐，步出庙门。突然传来一阵尖利的叫声："张先生——"

3. 葫芦僧乱判葫芦案

张居正抬起头一看，原来是太监王蓁扭动着肥大的屁股，一摆一摆小跑过来，气喘吁吁地说："找得小人好苦啊，皇上宣大人速速进宫！"

张居正不敢停留，连忙跟着王蓁入宫去了。

乾清宫里，李太后忧心忡忡，一声不吭地坐着。万历皇帝则像一只毛躁的小狗崽，在宫中踱来踱去。

"臣张居正叩见皇上！"

万历皇帝面露喜色："先生快快起身，朕都急死了！"

李太后自张居正进来，两眼就盯着张居正不放，张居正有些不自在："太后请明示！"

"冯保说王大臣已招供，只待高拱的家人认罪就结案。可外边朝官们一团乱糟糟的，吵吵嚷嚷要觐见皇上。本宫真不知道如何是好。"

张居正说道："王大臣案错综复杂，臣乞求公开审讯，方能平息朝官们的疑虑。"

"张先生是说让三法司来审判了?"

"启禀太后,王大臣案涉及直犯乘舆,不比寻常刑案。须有德高望重的勋贵一同鞫讯,才能够真相大白。"

万历皇帝想了想:"张先生说的也是,如此大案在本朝实属罕见。听大伴说在王大臣身上搜出铁剑、尖刀三把凶器,可朕当初撞见那厮时,并未见到凶器。"

"也许是清晨看不清,或许皇上当场没有搜他身子吧。"李太后插话了。

"那好吧,朕就依了张先生所奏,着令大伴与左都御史葛守礼、锦衣卫事左都督朱希孝一同会审。"

朱希孝接到圣旨,吓得两腿发抖,赶紧跑到哥哥成国公朱希忠家里去了。

朱希忠气恼地说:"是哪个浑蛋向皇上建言让你同审,这是在灭绝吾家啊!"

朱希孝紧张了:"哥哥,怎么办?"

"快去找张居正啊!王大臣案始作俑者是东厂,要给冯公公多多的金子,求他通融通融这才行。"

于是朱希孝又行色匆匆地去见张居正。唠唠叨叨了一大堆抱怨的话后,朱希孝才苦苦哀求:"张相爷千万救一救朱家!"

张居正思索了良久:"都督大人去见见大冢宰吧!"

朱希孝几乎就要发疯了,又是一副苦瓜脸,出现在了杨博面前。

杨博赶紧施礼道歉:"本尚书只不过想凭借大都督的威名,让朝廷和张相爷好下台阶!"

朱希孝一把抓住杨博的衣领,抡起拳头就要猛打:"好啊你这个害人精,原来都是你出的馊主意。可把朱家害惨了!"说完号啕大哭。

杨博呵呵笑道:"杨某怎敢谋害都督?此事非得都督干预不可。杨某坚信,都督必能干下一桩千古传颂的美事。"

杨博说的是实情,也只有锦衣卫的最高指挥官朱希孝才能够压住冯保这个东厂管事太监。

朱希孝哭丧着脸："你可别这么说，朱家上下都吓死了。哥哥成国公更是茶饭不思，坐立不安啊！你要想个周全之计，不然本都督这个拳头可不饶你！"

杨博安慰道："都督别怕！杨某自有办法。都督只要派一个精明的密探潜入东厂狱牢里，讯问那王大臣说刀剑哪里来？谋刺皇上这样大不敬的话谁教的？王大臣既然是高拱指使，高拱家仆又是其同谋。那就待高府的家人抓到之后，混入群杂之中，然后要那王大臣辨认。再问问高拱家住哪里？现在何方？一切不就真相大白了！"

朱希孝抱手致谢："多有得罪，惭愧惭愧！"

几天之后，万历皇帝下旨在东厂提审王大臣。朱希孝担任主审官，冯保与葛守礼同审。三人在锦衣卫的威武声中大摇大摆地迈入了东厂大门。葛守礼昂首挺胸，神态自若。冯保则眼神飘忽不定，似乎有所顾虑。

朱希孝问道："王大臣的同谋者都抓来了吗？"

冯保答道："已经抓到。待本监细审之后，再作打算。"

"不必了！"朱希孝说道，"马上下令所有的校尉到东厂校场集合，提审高拱家人！"

冯保大惑不解："提审就提审，又何必劳师动众？"

葛守礼会意了，说道："冯公公别急，待会儿就知晓。"

经过连续的几天大雨之后，终于放晴了，东厂校场被雨水洗刷得如同一块干净的玻璃。

很快地都穿着华丽花哨蓝色棉甲的一二十个校尉，笔挺挺地站立在东厂校场上，等待着朱希孝的检阅。

朱希孝一挥手："大伙儿不必如此动真，都脱去常服，换穿便服。"于是那些校尉又"哗啦啦"忙了一阵，换上各色各样的便服，俨然是闹市的小贩。

葛守礼赞叹不绝："果然个个身手不凡，混入街市，如神龙入水，无影无踪。"

朱希孝大声叫道："带上同犯！"

片刻之后，东厂理刑官白一清把李宝、高本、高来带上来了。三人见了朱希孝、葛守礼，轰然拜倒："冤枉了，求各位大人明察，高阁老是无辜的，我等也是清白的！"

葛守礼说道："你们别慌！皇上明察秋毫，是非自有定论！"又问，"高阁老可好？"

三人哭道："不好，整日心事重重，已经憔悴不堪。听说朝廷要来抓人，急得就要上吊。后来抓的是我等下人，才略微安心。"

冯保哼哼几声，心中暗想：你们这些猪猡，待会儿有好受的。高拱啊高拱，你在劫难逃了吧。

朱希孝安慰三人说："马上就还高阁老和尔等的清白！"指着那群校尉，对李宝等说道，"快躲入那伙人中去吧！"

待三人混入人群之后，朱希孝高叫："带上罪徒王大臣！"

片刻之间，王大臣身穿囚服，双手戴铐，被两个锦衣卫推上来了。王大臣惊疑地朝朱希孝、葛守礼看了看。冯保睁圆大眼，金刚怒目，吓得王大臣慌忙低下头。

"罪徒王大臣抬起头来！"葛守礼喝道，"你说高府家人李宝、高本、高来是同谋，你认得他们吗？"

王大臣却不敢抬头，低声应道："是的！"

"这三人都带来了。如今正混在那群人之中，既然是同谋，那你把他们揪出来，让几位大人一齐审讯。"

冯保赫然变色，真糟糕，怎么就没有想到会来这一招？

王大臣怯怯地朝那群人望了许久，使劲地眨着眼，晃着脑袋，哪里认得什么高府家仆？王大臣跪地哭倒："我怎么就这么健忘啊！"

"胡说！你根本就不认识高府的人！所谓的同谋者，是你诬告高阁老的瞎话。还不快从实招来！"葛守礼厉声斥道。

"三位老爷饶命啊！"王大臣磕头求饶不止。

朱希孝看了冯保一眼，冯保早已涨红了脸。

"冯内官，你倒说个话！"葛守礼不客气地逼视着。

冯保支支吾吾正要开口说话，忽地狂风大作，扬起飞尘，天地一片昏暗。校场上已同黑夜一般，十步之内，分不清人的脸。众人骇然，奔走相告："不好了，老天爷动怒了！"旋即又"乒乒乒"地下起雨雹来，冯保也是吓得面如土色，被漫天飞扬的尘土呛了一口，不停地咳嗽着。

东厂理刑官白一清越想越不对劲，转头问身边两位先前审过王大臣的狱官："天意如此，实在令人可畏！高阁老是先帝的托孤大臣，本来跟王大臣是八竿子打不着边，奈何肆意诬蔑？我等家中都有妻儿老小的，他日如何逃脱得了报应？两位大人既然深受冯公公大恩，理应献上忠言以报其德才是。更何况王大臣所言前后不一，自相矛盾，可你等二位却判个'历历有据'，如何对得起自己的良心？"

两位狱官遮遮掩掩："这可是冯公公拟定的判词，送到内阁，张先生亲笔改过，我等也是奉命行事，身不由己。"

白一清听了大惊，骂道："真是不识好歹的东西，二位等死吧。东厂的机密文书怎么可以随意让内阁辅臣修改？"

两人面面相觑，不知所措。白一清也怕越扯越乱，舌头伸得太长，早晚会被割去的，于是紧闭嘴巴，再也不敢深问下去。

约莫过了一两个时辰，这才雨过天晴，空中绽放出一丝光亮来。

朱希孝对着惊魂未定的冯保说道："这场雨雹来得蹊跷，还是仔细审问王大臣，休要让无辜之人蒙受不白之冤。"

冯保满身湿漉漉的，分不清是汗水还是雨水。狠狠地用手抹去额头上的水滴，不甘心地点了点头。

东厂厅堂内，上头悬着一块匾额，阳刻着"忠义参天"四个大字，下头坐着朱希孝、冯保、葛守礼三人。

按照东厂旧例，审讯犯人必先给他杀威棒尝尝鲜。于是朱希孝"啪"的一声，猛打惊堂木，震得厅堂上匾额纷纷落下尘土："来人哪，先打王大臣五十大板！"

走过来两个饿狼似的狱吏，手中各操着一条丧命棒，吓得王大臣屎尿都出来了，匍匐着身子，哭啼啼地叫道："不是说要给我官做，永保富贵，怎么又要打我了？"

说得朱希孝莫名其妙："本都督什么时候答应你官做了？"

王大臣抬起头："是那个冯公公！"

葛守礼哧哧笑出了声，冯保羞愧难当，厉声问道："快快招来，是谁指使你来的？"

王大臣瞪圆双眼，瞧了冯保老半天，这才说道："是你啊！难道你都忘记了，又来问我？"

这一下子非同小可，气得冯保两腮鼓鼓的像只青蛙，一张脸憋得通红，半晌吐不出话来。朱希孝怔怔地看着王大臣，登时脑中一片空白，完全没了主意。葛守礼不知道是幸灾乐祸，还是忧虑，也是张大嘴巴，欲说无词。

冯保简直就要发疯，又是喝问："昨日才说过是高阁老指使你来行刺皇上，今天怎么又不说了？"两只眼睛如同一只狗看到肉骨头，可怜巴巴地盯着王大臣，心里头在无限期待，王大臣啊，只要你一口认定是受到高阁老的指使，那么本监就大功告成了。

可惜呆头呆脑的王大臣彻底让冯保陷入了绝望的深渊。王大臣眨了眨眼睛："这都是冯公公教我的，我怎么会认识高阁老、低阁老？"

冯保一听，气得就要吐血，脑袋里嗡的一声，只觉得整个大厅在不停地旋转着。遇到这样的浑蛋，恐怕要一辈子倒霉！

葛守礼一听，心中暗叫一声：不好！王大臣全招了，冯保是个输不起也惹不起的人，一旦把他逼上绝路，什么事都干得出。优秀的猎人是不能把野兽逼急的，一旦逼狂了，倒扑过来，小命难保。想到这，葛守礼心里慌得像敲大鼓似的。

这边葛守礼心里如同被猫爪子抓了，那头冯保恨得牙痒痒。可傻乎乎的朱希孝还在连珠炮似的逼问王大臣："那你藏的凶器是哪里来的？"

王大臣一不做，二不休，干脆全盘托出："两口铁剑、一把铁尖刀都是冯公公的家奴辛儒给的。"

葛守礼暗地里使劲地拧了一下朱希孝的大腿，朱希孝这才意识到自己知道得太多了。如果再问下去，什么隐情都会被刨出来，惹毛了冯保，不但前日送他的金银白白浪费了，而且真的朱家会有灭顶之灾。于是赶紧打住，狠狠地敲打着惊堂木，起身怒声吼叫道："你这狗奴才，东拉西扯的，尽是胡说八道，打死你也不冤枉。罢了罢了，冯公公也不必再问了。今日就到这里，后天再审吧，本都督先行告退了。"说着拂起衣袖，擦了擦额头上的冷汗，竟然连告别的话也不说，就独自径直退出东厂厅堂。

朱希孝一走，葛守礼孤掌难鸣，也抛下冯保等人，急匆匆追出去了。

冯保愤恨难当，虎杀杀地瞪了王大臣一眼，骂道："该死的畜生！本监最难容的就是出尔反尔之人!"

吓得王大臣倒地不起,连连叩头保证:"后天复审,小人定当一口咬定主谋者是高拱!"

冯保心中冒火,咬牙切齿地道:"要是再有反悔,本监当堂将你扑杀!"说完头也不回,像只落败的野牛,气呼呼地走了。

4. 风雨之后见彩虹

第二天,万历皇帝一大早就把冯保唤到乾清宫。

"王大臣当真受到高拱的指使?"万历皇帝半信半疑。

冯保心下一横,事到如今,只有破釜沉舟,一切都豁出了,于是斩钉截铁地说道:"正是高拱指使王大臣直犯御驾,明日复审,结果即见分晓。"

万历皇帝沉吟了片刻:"如果证据确凿,高拱当诛灭九族!"

冯保的嘴角浮现出一丝难以觉察的得意。

"万岁爷,不要听他的话!"一个颤抖的声音在叫。

万历皇帝一怔,原来是七十多岁的殷太监。他入宫近一个甲子,连万历皇帝先后伺候过四位皇帝,也算是宫中老字辈的人物了。

"万岁爷,老奴即将入土,平生阅历无数。忠的,奸的,一眼瞧个分明。那高拱对先帝、对万岁爷忠心耿耿,他如何干得出这等大逆不道的事?冒犯万岁爷,除了换来灭族之外,还能得到什么?"那殷太监牙齿全部掉光,一条舌头就像树丫上的一片孤叶,在风中无力地摇曳着。说起话来也是含糊不清,断断续续。每吐完一个字就要大喘一口气,让人看了心中疼惜。

冯保紧皱眉头，暗下骂道，这个老不死的，你不好好准备自己的棺材板，咸吃萝卜操哪家子的淡心？

可那殷太监又毛手毛脚地把冯保拉到一边去，像个老爷爷教训小孙子似的，悄声说道："冯家，万岁爷年幼，你当干些好事扶助万岁爷，如何干出这等事？那高胡子是正直忠臣，受先帝顾命的，谁不知道那张蛮子夺他首相，故要杀他灭口。你我都是内官，又不做他首相，你只替张蛮子出力为何？你若干了此事，我辈内官必然受到牵连，不知会死多少哩。使不得，千万使不得！"

冯保听了，顿时像泄了气的皮囊，大为沮丧。

冯保走出了乾清宫，迎面碰到了太监张宏。张宏老实巴交得像一条火腿，就是在熟人面前也沉默寡语。可是这回见到冯保，居然喋喋不休，像个老太婆似的，扯了一大堆，从朱元璋濠州起兵扯到朱棣靖难之役，又从王振的土木堡之变说到嘉靖时期的炼丹术。最后张宏给冯保指出了两条命运之路："人生短短，如白驹过隙，要么流芳百世，要么遗臭万年！"

说得冯保汗颜，心里开始打退堂鼓了。于是叫来太监徐爵，让他去找姚旷，告诉张居正说："皇上跟前有人替高拱说话，事情难办了！"

听了姚旷的报告，张居正心乱如麻，大骂冯保："竖子不可与谋！"

姚旷忧心道："后日还要二审，要是王大臣反反复复，又变口说是受高拱指使，终究不利于大人。"

张居正暗下思量，姚旷说得极是，何不早早脱身，免得夜长梦多，遗患无穷。又想起在午门外关帝庙内里抽的签，庙祝解读说"宜决于心，改过自新"，越发紧张起来。可是凝眉苦思，却不得其法。忽地想起刑部云南司里有个叫郑汝璧的郎中是他的门生，此人才华出众，足智多谋。何不请教于他？

于是张居正唤来郑汝璧问计。郑汝璧说道："张相爷不必过虑，下官自有计策。此事就交给下官吧！"当天夜里，郑汝璧把王大臣引到一个隐秘之处，叫人钩出他的舌头，用剪刀把它断根了。

到了复审之时，王大臣咿呀咿呀的痛苦万分，什么话都说不清楚。朱希孝、冯保、葛守礼三人诧异地你看着我，我看着他，谁都不弄清是怎么回事，但是谁也不想弄清楚是怎么回事。

朱希孝舒了一口气："彻底成了一个废人！"

葛守礼很平静："既然是废人，那他说过的话都是废话！"

冯保既纳闷又失望："忙来忙去，最后变成废人，这下子什么事情也没有发生过。大家都扯平了吧！"

于是三人拍拍屁股离开了东厂厅堂，仿佛从未发生过任何事，留下一个"啊啊啊"乱比画着手脚的哑巴，目光呆滞而且绝望地看着这个有口难言、充满凶险狡诈的世界。

高拱终于有惊无险，逃过一劫。葛守礼、杨博等同情高拱的人无不弹冠相庆。张居正擦了擦额头上的冷汗，好险啊！

一直冷眼旁观的次辅吕调阳这时候也脸露霁色，笑开颜："高阁老深得人心啊！"

说得张居正心中一阵不适，不服气道："高阁老几不免祸，不谷替他忧愁到昼夜不能寝食，吐血累累，连白头发都蹦出来了，这才挽救了高拱。"

王大臣案，确实让万历皇帝受了一惊，连续好几天都没有去文华殿日讲了。在这之前，皇宫各大宫门形同虚设，对所有的人都是敞开的。甚至连无比庄严肃穆的皇极殿左右掖门，也像菜市场一样，任意人们自由出入。守门的侍卫像幽灵一样，整日无所事事，四处游荡，色迷迷地找寻着中意的宫女。

但自从乾清门突然跳出一个王大臣之后，万历皇帝这才亡羊补牢，各大宫门前立着穿戴鲜艳的铁甲武士，手持上粗下细的六棱杖，如同寺庙里头的怒目金刚，瞪圆双眼，气势汹汹地看着人们进进出出。兵部和都察院更是如临大敌，在京城内外广布巡警逻卒，到处搜查没有户籍的外地人，凡是抓到，一律驱赶殆尽。地方敢有收容可疑之人，出事后都要抓来重办。搞得整个京城鸡飞狗跳，人心惶惶。

在确信京城安全得就是砸下大石块也纹丝不动之后，在正月二十八日，万历皇帝驾临文华殿讲读了。

对于王大臣狱案，人们也不愿意去提及。曾经有一个云南道御史钟继英上疏说王大臣案过严，闹得人人自危。张居正一怒之下，将他夺俸半年。从此再也没有人敢提起王大臣三个字，而这个差点掀起血雨腥风、惨遭命运戏弄的废人也在半个多月之后被斩首弃世。

于是犹如一架庞大的马车在磕碰到一块小石头之后，一切又恢复正轨。二月初二，原定的经筵也如期举行。这可是皇宫里头的盛事，到处洋溢着一种祥和宁谧的氛围。首先由知经筵事张居正开讲《大学》和《尧典》，只见张居正手捧讲稿，摇晃着脑袋，美妙的声音如同天上的仙女在歌唱，绕梁不绝。而万历皇帝更是如痴如醉地听着，身腰挺直得似块铁板，目不转睛地注视着张居正，就像贪婪的掠食者注视着眼前的猎物。

在经讲之后的筵席上，杯觥交错。张居正等众臣惊奇地发现，这个十岁的小皇帝简直就是小天使下凡，音吐清亮如同金石丝竹，铿锵悦耳。仪态雍容华贵，与生俱来就是帝王之相。

张居正跟吕调阳相顾赞叹不绝：圣上举止像天使，悟性像神明，真乃千古罕见之君。

众大臣正点头叹服之际，万历皇帝忽地念道："昔在帝尧，聪明文思，光宅天下。将逊于位，让于虞舜，作《尧典》。"念完问张居正，"将逊于位，让于虞舜，这该作何解？"

张居正答道："上古之时，帝王年老体衰之后，就禅让于德才兼备之君。"

"朕突然间想起了本朝的一件大事！"

"万岁爷想到什么事？"

"成祖皇帝靖难之役时，攻陷金陵，传言建文帝从地宫逃出，真有此事吗？"

张居正答道："国史上没有记载，但是古老相传，建文四年六月十三日，北军破金川门。建文帝纵火焚烧宫殿，发现太祖皇帝遗下的铁箧。打开一看，里头装着写着'杨应能'的度牒剃刀袈裟缁服。这时候建文帝身边果真有位叫杨应能的吴王教授。于是建文帝万念俱灰，让杨应能剃去发须，穿上袈裟缁服，自御沟遁出。建文帝出逃后，天下为家，云游四方，曾经在广西田州题下一首诗，臣记得很清楚。"

万历皇帝听得兴致盎然："试背给朕听听！"

张居正朗朗念道："落江湖四十秋，归来不觉雪盈头。乾坤有恨家何在，江汉无情水自流。长乐宫中云影暗，昭阳殿里雨声愁。新蒲细柳年年绿，野老吞声哭未休。"

万历皇帝听后潸然泪下，众大臣也是一片唏嘘。

张居正大声说道："万岁爷，这只不过是亡国之诗，有什么值得留恋的？臣明天就把抄录的《皇陵碑》和《太祖皇帝御制集》献上，让万岁爷看看我朝先祖是如何披荆斩棘、拓土开疆的。"

万历皇帝强忍住泪水，感慨地说："无论怎样，建文帝跟朕的身上都流淌着高祖皇帝的血液。朕前天阅览《成祖皇帝实录》，靖难之役于今不过一百七十年。朕却觉得，仿佛就在昨昔，历历在目。待广西两江瑶、壮之乱平息之后，朕定要派人去田州查访建文帝曾经的行迹！"

"皇上莫急，臣已定剿平之策，两江平定，指日可待！"张居正胸有成竹地说。

正说话间，兵部尚书谭纶差人送来奏疏，说是广西巡抚郭应聘奏报府江大捷。

"咦！"万历皇帝颇为讶异，"张先生的嘴巴还真准了，说好事，好事就到了。"

自隆庆四年殷正茂、郭应聘平息广西古田韦银豹之乱后，郭应聘拟乘古田大捷之余威，愿率三万大军，进剿左右江骚乱已久的瑶、壮之乱。

当时张居正打开地图一看，左右江荒无人烟，山势崎岖，高耸入云。如果郭应聘贸然进兵，在崇山峻岭之中跟敌人周旋，首先就失去了天时地利之便。敌人随便在山沟沟中埋下一支奇兵，以逸待劳，那郭应聘岂不成了他们的刀下俎肉？就是敌人缩头不出，几万官兵屯军于瘴疠横行之地，郭应聘也吃不消。

所以张居正给万里之遥的郭应聘密授兵机："孙子兵法云，兵贵胜，不贵久。当临机速断，并敌一向，先集中兵力，破敌一巢。其他敌人，必然胆寒。如此再逐个击破，不日可平。"

获此高招，郭应聘豁然开悟，一声号令，麾下四大金刚——参将王世科、钱凤翔，都司董龙、王承恩，各率州司土官兵，齐头并进。以广西总兵李锡为都统，居中调度，于隆庆六年十月浩浩荡荡地进军左右江，按照张居正的高招，犹如疾风骤雨，捣毁了一个又一个敌巢。到了万历元年正月，两三个月之内，扫灭数十巢寨。擒斩敌首杨钱甫等十余人，斩获敌兵四千六百六十七人，俘虏四百四十人、牛马二百三十三头、器械二百一十九辆。

两江大捷，就像一阵猛风狂扫过去，两广之间畅通无阻，老百姓欢呼雀跃，奔走相告，盛赞皇帝英明，王师威猛，将士用命。

张居正读了郭应聘的捷报，万历皇帝乐得合不拢嘴："这是朕即位以来，最大的一次胜捷！张先生遥授机宜，令朕叹服！"

张居正整了整衣襟，拱手颂道："皇上天威所指，无坚不摧！继郭应聘大胜之后，两广总督殷正茂也该传来捷报了吧！"

说得万历皇帝喜不自禁，一张俊俏的圆脸绽放出无比灿烂的笑容。

第十九章

剪灭古族

1. 运筹帷幄

"这个殷正茂还真是一员悍将！"张居正嘿嘿笑道，"虽然有点小毛病，但也老实！不类那些阴险狡诈之辈，既贪婪又无能。"

"朕就喜欢他的性格！"万历皇帝从未这样直截了当地表扬一个人，"打起仗来虎虎生威，所向披靡！先帝说他是黑张飞，朕再赐他一个称号：常胜将军！"

"万岁爷英明！"

"这一回又得借助张先生的运筹帷幄之功了！你就给朕和列位臣工说说，殷正茂如何才能平定惠州、潮州的山贼？当年张先生举荐刘焘，将海寇巨魁曾一本一网打尽，甚为世人称颂。皇考更是对张先生精通兵略赞叹不绝口，不愧为大明的中流砥柱！"

几句话说得张居正眉飞色舞，遂喝了一口酒，润润喉舌，开始娓娓而谈。

隆庆五年，时为广西巡抚的殷正茂与两广总督李迁大发土司、汉兵十四万，围剿古田的韦银豹。殷正茂先夺要冲牛河、三厄，再麾指部众连克东山凤凰寨。在官兵们潮水般进攻之下，韦银豹走投无路，最后被擒斩。

就在殷正茂向朝廷送去韦银豹的头颅，准备邀功之时，传来了一个让他懊悔万分的坏消息。原来韦银豹并未被斩首，而是耍了一个调包计，杀了一个长得像自己的人，然后让部下献给官军。韦银豹自己却金蝉脱壳，安然逃出。

听到这里，万历皇帝呵呵笑道："恐怕这时候殷正茂还躲在被窝里面做着金山银山的美梦！"

张居正道："这个黑张飞虽然喜欢金银财宝，但是也爱惜名声。所以一听到韦银豹没死的消息，殷正茂马上命令广东按察司金事金柱追捕韦银豹。但那韦银豹狡兔三窟，一天换一处。正所谓魔高一尺，道高一丈。金柱不动声色地暗中跟踪，最后盯上了韦银豹的哥哥韦银站，尾追其后，顺藤摸瓜，一举将韦银豹生擒归案。这回确认不再是假货之后，殷正茂上疏自劾，并械送韦银豹到京城碟首示众。"

万历皇帝感叹道："殷正茂也算是一个忠肝义胆之人。皇考感其坦诚，不但没有责罚他先前的欺瞒之罪，反而在李迁北调之后，提携他为两广总督。"

殷正茂一到广州赴任，就发现两广总督绝对不是香饽饽，更不是大肥缺。因为要接到一个令历任两广总督都头大的烫手山芋——惠州、潮州的山贼暴动。山贼与海寇皆兄弟，不管上山下海，都是被逼出来的绝路。

嘉靖时期厉行海禁，海禁愈严则走私愈厉害。惠州、潮州阻山带海，既开放又封闭。山贼海寇或啸聚险山，或藏匿海岛，甚至互通气相奥援，肆意流窜抢掠。

说到这里，张居正恨恨地说："山贼海寇并不可怕，可怕的是官府攻守失策，遂致亦民亦盗。各地州县长官鱼肉百姓，民愈穷则盗愈炽。曾一本业已灰飞烟灭，如今海寇只剩下林道乾、林凤了。林道乾已非昔日的曾一本，除了流窜周边海域，时不时干些袭扰劫掠的勾当，不足为患。林凤狡黠，趁着广东、广西、福建三路水师围剿曾一本之际，悄然遁走，不知去向。臣所担忧的，惠州山贼蓝一清、赖元爵也。这两个贼酋藏匿于南岭东的洋乌潭、马公潭等寨，其地丛山深菁，绵亘八百多里。真可谓一夫当关，万夫莫开。官军一来，蓝贼、赖贼就遁入深山，不见踪影。官军一走，又幽灵般出现。云里去，风里来的，就连尾巴也难揪住。"

听得万历皇帝心儿都提到嗓子眼儿了："如此狡贼当以何术治之？"

张居正道："臣只给殷正茂八个字。"

万历皇帝问道："是哪八个字？"

"釜底抽薪，画地为牢。"

万历皇帝颇感兴趣："什么意思？"

"山贼与海寇串通一气，互为奥援。海寇如果没有山贼作向导，那就完全瞎了眼睛。山贼如果没有海寇相援，那就断了手脚。所以臣建议殷正茂，将濒海的居民迁移到云南、四川、湖南等地，断绝了海寇的向导，让海寇不知所掠。山贼，乌合之众也。你占一个山头，我占一个山头。所以臣让殷正茂划地分守，各地方官包负责围剿自己辖区的山贼，让那些山贼彻底成了一盘散沙。然后再发大兵各个击破，如此则蓝一清、赖元爵等束手待擒而已。往日扫荡山贼，屡扫屡炽，为何？山贼多为闽南、粤北的人，不像蛮狄鞑子不可教化。可他们比那些蛮狄更狡诈，往往官兵一来就伪装投降，官兵一去复出为寇。所以臣让殷正茂，如不是望风而散，已经编户入籍的，一律不准招抚。总之，剿灭山贼，务必做到心眼既要多又要狠。"

一通话让众人齐声叫好，次辅吕调阳赞道："太岳果真满腹韬略，高瞻远瞩！吾等皆不及也！"

万历皇帝举起杯子："那就让朕等候着殷正茂的捷报！朕先敬张先生一杯，再敬列位臣工！"

随着"乒乒"一阵清脆的杯子碰撞声，众人各举杯啜饮，一饮而尽。

两广总督殷正茂用张居正之计，识破惠、潮山贼的假乞降，毅然大誓文武将吏，动用土司兵两万以及麾下营兵两万，以总兵张元勋为统帅，兵分六路，大举入山进剿蓝一清和赖元爵。同时让江西南赣巡抚李棠发兵南下堵截，山贼顿成瓮中之鳖，各个山头又被分割包围，只好各自负隅顽抗。

官兵们奋勇大战，冲锋历险，所向无敌，苦战两个月，先后袭破大小贼寨七百余个，擒斩蓝一清等一万两千两百八十余人。至于其他侥幸逃脱的山贼，坠下山谷岩涧、被火烧死、落水溺死的不可胜数。从此岭东潮、惠一带，贼寇消失得无影无踪，彻底靖平了。两府二十县，犹如雨后的蓝天，一片澄清。老百姓们举手加额相庆，这一次风平浪静之后，百年之内将平安无事了！

捷报传来，万历皇帝气宇轩昂地登上皇极门，接受张居正等众臣的朝贺。随即殷正茂派人送来了蓝一清等贼酋的头颅，万历皇帝龙颜大喜，故作严肃，问献捷之人："这一回你家殷总督有没有抓到假冒的蓝一清？"

那人是头一回瞻仰圣容，跪在地上汗流浃背，不知道怎么回答，只是一味惶恐地磕头不已。

万历皇帝呵呵大笑："回去告诉殷总督，要是再抓到假冒的蓝一清和赖元爵，朕就再给他升官一级。朕今日心情爽朗，王蓁！"

"奴才在！"王蓁也是喜眉笑眼。

"赏报捷人二十两白银！"

吓得那人几乎就要晕过去，既想笑又想哭，怎么也不信居然有这么好的事落在自己头上。

"吾皇万岁万岁万万岁！"那人痛哭流涕，双手投地，拼命地叩头。王蓁双手捧着银子，累到酸疼，于是催促："快快起来吧！还有圣旨呢！"

太监张宏展开圣旨，扯破喉咙，高声念道："……升两广总督殷正茂右都御史，荫一子锦衣卫副千户，赏银四十两，飞鱼纻丝衣一袭，广东总兵张元勋升署都督同知，荫一子本卫百户，南赣巡抚李棠、广东左布政使方弘静、参将唐九德、副使吴一介、苏烈，参将李诚立等各升赏有差……"

不消说，皇极门下自然又是一片雷鸣般的欢呼雀跃声。

万历皇帝炯炯有神地盯着张居正："张先生虽深居庙堂，远在万里之遥，可是运筹帷幄，谋无遗策，古今罕见，就是三国的诸葛孔明也不过如此。言兵论战，智谋为先。张先生指挥若定，先平两江瑶、壮之乱，再靖潮、惠山贼，从此大明南天一片安宁，朕高枕无忧了！汉高祖刘邦打下江山之后，论功行赏。张良一介书生，虽无半点儿的战斗之功，汉高祖却说：'运筹策帷幄中，决胜千里外，子房功也。'遂封张良为留侯。张先生就是朕的张良，朕的萧何，朕的诸葛孔明。广东大捷，首功当推张先生。"

吕调阳说道："皇上所言甚是，孙子有句话：'夫未战而庙算胜者，得算多也；未战而庙算不胜者，得算少也。'正是有太岳先生的庙算之功，郭应聘和殷正茂才能够势如破竹，一举克敌。"

吕调阳这么一说，底下的大臣纷纷响应，吹捧甚至阿谀的话，滔滔不绝，极尽其能。

张居正却慷慨陈词："皇上此言差矣！两江、潮惠相继奏捷，首先在于皇上圣明，君威所到之处，贼寇无不闻风丧胆。然后在于前方将士，不畏生死，浴血奋战。臣只是磨磨嘴皮，说了几句不成样子的话而已，有何脸目去冒领首功，徒给后人耻笑而已。"

说来说去就是不肯接受升荫封赏，万历皇帝不得已，只好下旨："内阁首辅张居正有功于社稷，赐银百两，纻丝六表里。次辅吕调阳也有辅佐大功，赐银六十两，纻丝四表里。每人各赏赐蟒衣一袭。"

皇极门前一派欢声笑语、歌舞升平之时，忽地兵部尚书谭纶急匆匆地将一封文书交到张居正手中，随即在他的耳边窃窃私语几句。张居正打开文书，脸色突变，立即布满了一片愁云。两江、潮惠大捷所带来的兴奋顿时成了过眼云烟，代之而来的是挥之不去的阴霾。

张居正欲上奏，谭纶紧紧拉住他的衣角，朝皇极门上的万历皇帝望了望。张居正明白了他的意思，不想在万历皇帝难得高兴的时候给他泼上冷水。

退朝之后，万历皇帝在乾清宫里得意地摆弄着一个黑黝黝的大螺号，有两尺之余。拿在手中，就像是抱着一个大喇叭。那是殷正茂从蓝一清山贼手中缴获来的战利品，用来发号施令的。万历皇帝越瞧越喜欢，还真未见过如此之大的这玩意儿，好奇地正要拿起来吹，太监张宏笑眯眯地凑了过来，想看个新鲜。

"你吹吹看！"万历皇帝把螺号递给张宏。

张宏喜不自禁，捧着它如同捧着一个金元宝，刚刚往嘴巴里凑，宫门外小太监叫道："大学士张居正求见！"

万历皇帝急了，赶紧命令张宏："快藏起来！不然被张先生看了要说朕玩物丧志！"

慌得张宏抱着螺号闪到里边去了。

万历皇帝拉了拉衣襟，朗声叫道："宣张先生觐见吧！"

张居正表情严肃地走进来："臣叩见皇上！"

看他脸色，万历皇帝心中一怔，莫非又发生什么大事了？

"张先生有话便说，朕听着哩！"

"启禀皇上，四川急报，叙州都掌蛮酋阿大叛逆作乱，盘踞九丝城，擅抬大轿，黄伞蟒衣，僭号称王。"

"什么?!"万历皇帝赫然变色，"那为什么不派人把他捉拿问斩？那些巡抚、总兵都是吃白饭的吗？"

"皇上，这个都掌蛮可不比曾一本的海寇和蓝一清的山贼。都掌蛮古称僰人，因助武王伐纣有功，赐封为僰侯。数千年以来，一直是中原王朝的心腹大患。自蜀汉丞相诸葛亮七擒孟获以来，从未降服过。"

万历皇帝眨了眨眼睛："都掌蛮为何如此强硬？"

"简单一句话，都掌蛮就好比是大西南的鞑子，民风彪悍，凶残好斗，栖身崇山峻岭之间，刀耕火种。他们无所事事，填饱了肚子就整天练兵习武，或者田间耕作。臣在江陵之时，有一位朋友曾经流落到都掌蛮去，回来写了一本书。臣看后毛骨悚然，夜不敢寐。"张居正谈起那本书，即使现在也是浑身微颤。

2. 悬棺的三千年古族

万历皇帝究竟是十岁的小孩子，你说得越神秘，他就越好奇。于是带着央求的口气说道："张先生能否详细说说？朕很想听！"

"皇上，那都掌蛮生啖人肉，常常抓到一个大活人，全村寨的人都围拢过来，把那活人撕得支离破碎，鲜血淋漓。"看到万历皇帝紧张地闭起双眼，张居正停顿下来。

"朕是天子，何惧那些蛮夷？"万历皇帝既感到害怕，又感到刺激，"说！张先生继续说！"

张居正呵呵笑道："皇上，如此臣得罪了！都掌蛮不但生啖人肉，而且死后还有一个骇人的怪异葬俗——悬棺葬。都掌蛮人死后，在悬崖峭壁上凿出了几个孔，插入木桩，然后再把棺木悬吊起来，置于木桩之上。更省事的就直接置放崖洞中、崖缝内，绳子半悬于崖外。臣曾经问过那个朋友，可知道都掌蛮人这么做，有何寓意？那朋友茫然地摇着头。"

万历皇帝听得醉痴痴的："是啊，什么用意？该不会是让魂灵舍不得离去，在半空游弋，既不上天，也不着地，就那样悬浮在空中，看着自己的亲人在地上走来走去？"

"呵呵呵——"张居正大笑不止，随之话锋一转，表情肃穆起来，"如此怪诞的蛮夷，其行为也必定诡异狡谲。太祖皇帝初定天下，都掌蛮亦来朝见，太祖皇帝感其忠心，授予原官。但那都掌蛮阳奉阴违，不时烧掠邻近的城邑。洪武六年，太祖在叙州推行改土归流，设置官吏、驻军屯守。都掌蛮人不肯归化，于是烽火四起，兵戎相见。景泰元年，都掌蛮开始起兵反叛。到了天顺、成化年间，都掌蛮肆意横行，荼毒周边各郡县。兵部尚书程信、襄城伯李瑾提兵二十万，大举征剿叙州。都掌蛮人凭着手中标弩垒石，节节抵抗王师。可是费时四载，也仅仅克其大坝。都掌蛮人退守九丝山、凌霄城、都都寨，负险顽抗。九丝山高千仞，周围三十余里，山峰突兀，四周悬崖绝壁，如同刀削一般，上有九岗四水，仅有一条如同丝带般的绝路可通。人称此山要用九两丝线方能围满，上有都掌蛮伪王阿大的王庭，所以又称九丝王山。凌霄峰岩崖峥嵘，群峦簇拥，凶险不可测，上有平台，南宋时为抵御鞑虏入犯，筑有一城，俯瞰而下，令人心惊胆战，都掌蛮贼酋阿苟及其义子阿缪窃据于此。九丝山其北为都都寨，亦为绝地，丛山密林，易守难攻，都掌蛮贼酋阿墨据守于此。三城互为犄角，官军仰攻，都掌蛮人木石齐下，二十万大军，竟然望洋兴叹，束手无策，不得不无功而回。到了嘉靖、隆庆年间，都掌蛮人愈加嚣张，时不时出没寇抄，几年之间，死于都掌蛮贼手的百姓不下数万，拱县、筠连等地哀鸿遍野，尸骨累累，堆积如山。先帝之时，大学士赵贞吉曾经哀叹道：'都掌蛮不灭，吾叙、泸赤子，惨遭荼毒，殆无孑遗矣！泱泱大明，竟然无一人能够剿平之！'"

万历皇帝气得龇牙咧嘴、瞠目大怒："这是大明的耻辱，也是朕的悲哀！难道真的如赵贞吉所说，泱泱大明就这么没人吗？朕即刻下令，让常胜将军殷正茂挥师入川，或者让郭应聘西征也行，朕誓灭此贼，以雪祖宗之耻！"

张居正道："皇上，大明人才济济，多如牛毛！臣举荐一人，必灭都掌蛮!"

万历皇帝双眼立即亮丽起来:"朕就知道张先生胸有成竹!无论是什么样的敌人,鞑子也好,海寇也好,山贼也好,张先生举手之劳,他们无不灰飞烟灭。这一回又让谁为朕立下不朽功勋?"

"臣的老乡,太仆寺少卿、楚人曾省吾!"

曾省吾,嘉靖三十五年丙辰科进士,此人颇有胆略。与经筵讲官陶大临、"大炮"言官胡应嘉、攻灭辽王府的荆州按察副使施笃臣同年出仕,这些人跟张居正都是尿到一个壶里去的。曾省吾更是在张居正驱逐高拱之战中,授意其门生、户科给事中曹大野弹劾高拱十大不忠之罪,并许以高官厚禄。可惜当时曾省吾误判形势,让曹大野白白牺牲。张居正为此对曾省吾万分愧疚,一心一意想提他上来。

当年隆庆皇帝正为都掌蛮头大得就要爆炸的时候,曾省吾向张居正毛遂自荐:"为什么不让我去四川剿抚?"张居正先是一愣,因为那时候曾省吾才是个皮毛大的福建布政司右参政。论资历、论能力,曾省吾恐怕都得不到隆庆皇帝的认可,于是让曾省吾一直憋屈了好几年。

现在终于到了曾省吾该出头的时候了,张居正也深知他的雄才大略,就力荐曾省吾出任四川巡抚前去叙州剿贼。

万历皇帝压根儿就没有听说过曾省吾的名字,略思片刻,说道:"朕要召见曾省吾!"

不一会儿,曾省吾来见。万历皇帝仔细一瞧这位张居正的老乡,阔脸微髭,眼神沉稳,言谈之间,流露出对建功立勋的向往与渴盼。

万历皇帝心下暗想,果真又是一位雄才大略之人!不由得一阵欣喜,问道:"曾爱卿,张先生在朕面前提起了你,此番入川平叛,山川险阻,崎岖高远。都掌蛮人又是桀骜不驯,剽悍异常。成化之战,李瑾二十万大军也是无可奈何,黯然而退。曾爱卿对平蛮有何良策?"

曾省吾说道:"启禀万岁爷,臣年少时曾经流落到叙州,在都掌蛮中生活多年,深谙贼蛮的习性,其中地理形势,臣了如指掌。臣平日无事之时,将都掌蛮的山川险要绘成一图,九丝山、凌霄城、都都寨,地形如何、道路如何、屯兵几许,一览无遗!"

万历皇帝惊叫:"莫非张先生说的那位朋友就是曾爱卿?"

张居正颔首:"正是!"

"好啊！"万历皇帝大喜，"曾爱卿，你刚才说的什么图在哪里？"

曾省吾拍了拍身子，从袖口取出一张泛黄色的地图，献给万历皇帝："这就是臣绘的《都掌蛮概览图》，请皇上御览！"

张居正心中骂道："你这小子，原来早就准备入川了！"

万历皇帝迫不及待地展开地图一看，果然上面密密麻麻标满许多地名，河流、山峰、小路，清晰明了。

万历皇帝指着中间画得像一个小凳子似的山，问道："这就是九丝山？"

"是的，高七百仞。都掌蛮种姓繁多，有九姓，故称九丝山。山上有都掌蛮王的僭逆王庭，臣听说里头什么大殿、偏殿一大堆。只要捣毁了此山，都掌蛮必灭。"

张居正狠狠地按了一下曾省吾的肩膀："那你就把贼蛮的巢穴一锅端了，将其灭族。"

"剿灭都掌蛮，曾爱卿需要多少人马？二十万？三十万？"万历皇帝凝视着曾省吾，此语一出，也就表明了认可曾省吾出任四川巡抚。

"臣只要十五万就足够将九丝山、凌霄峰夷为平地！不灭都掌蛮，臣誓不回！"曾省吾满脸的自信，几乎就要用力拍起胸膛来。

"壮哉！"万历皇帝也是慷慨激昂，"灭了都掌蛮，那可是千古奇功啊！朕现在就擢升曾爱卿为四川巡抚，给朕立功去！"

让张居正想不开的是，曾省吾并不谢恩，而是忽地话锋一转："皇上，臣除了十五万之外，还要一个人。没有此人，臣灭不了都掌蛮。"

"爱卿只管说，朕答应就是！"万历皇帝也是感到一阵纳闷。

"臣要贵州总兵刘显入川担任四川总兵，让他率领大军，必将无往不胜！"

刘显的威名，万历皇帝倒是听说过。这是一个与戚继光、俞大猷齐名的抗倭名将，兵部尚书谭纶曾经在给俞大猷的信件中毫不避讳地赞扬刘显："精悍驰骋，公不如刘。"世人都说，只有亲眼见过刘显冲杀倭寇的狠样，才能真正感受到什么叫猛虎下山。可惜但凡武将，总有贪婪之心。

郭成，那位参加过围剿曾一本的广东总兵，调往四川征讨都掌蛮，结果被查出在广东侵吞军粮，就地罢职等待处罚。郭成如此，殷正茂如此，刘显也不例外。刘显在福建平倭时，一边杀得倭寇丢盔弃甲，一边却是聚敛钱财，不守法度。为此屡屡受到巡按御史的弹劾，并曾经几度被革职候勘。隆庆四年，朝廷让刘显官复原职，担任浙江总兵。其后移镇贵州，大破广西侬贼。可刘显在前线风风光光地打胜仗的时候，朝中言官又如火如荼地弹劾他过去的不法行为。万历皇帝不得不下了一道圣旨，将刘显罢职听勘。

现在曾省吾却要他出任四川总兵，万历皇帝心中一阵纠结。

张居正一下子就猜透了万历皇帝的心思，说道："皇上，金无足赤，人无完人。皇上还记得殷正茂吗？刘显之勇，远胜于殷正茂。要破九丝山，必用刘显。臣还有一句话，首用刘显，次用郭成。郭成之父惨死于都掌蛮人之手，郭成与都蛮贼有不共戴天之仇，为报家仇，必死命赴战！臣斗胆叩请皇上让刘显、郭成二人戴罪立功，如果这次剿敌不力，那就连前罪一并惩处，绝不轻饶！"

"既然张先生给刘显、郭成两人一个赎罪的机会，朕也无话可说！一切就依张先生去办吧！"万历皇帝叹了口气，人啊，总是这么矛盾。

张居正与曾省吾异口同声，不胜欢喜："万岁爷圣明果断！"

"刘显、郭成获此荣命，定当感恩佩德，肝脑涂地，以报万岁爷的殊遇！臣料定，不出半年，都掌蛮必灭！"张居正注视着万历皇帝，脸上如同凝结了一层薄霜，让人感到一丝寒气。

万历皇帝问曾省吾："爱卿可有此决心？"

曾省吾听罢跪地，咬着牙说道："臣愿立下军令状，六个月之内不灭都掌蛮，臣甘愿与刘显同罪！"

张居正说道："别说六个月，就是六年，也要让都掌蛮彻底在这个世界上消失！但是确庵老弟也应该清楚，都掌蛮人能够历经数千年而不灭，自有它存活下来的道理。成化之战，都掌蛮人以区区数万，硬是死死挡住襄城伯李瑾的二十万大军长达四年之久，最后兵疲粮尽，狼狈而回，朝廷至今引以为恨。我有几句话，希望确庵老弟听一听！"

万历皇帝呵呵道："张先生这回是面授机宜了，曾爱卿可要仔细记下了！"

曾省吾应道："臣谨遵圣旨！请太岳先生指点！"

"欲灭都掌蛮，不可操之过急，你要屯兵积粮，将九丝山、凌霄城、都都寨分割切开，长期围困，谅那山寨之上能囤积多少米粮。就围他个五六个月，让都掌蛮人一个也不敢下山，困死、饿死他们。用兵之道，批亢捣虚，打得敌人措手不及。九丝山、凌霄城、都都寨山势奇高，地形险要，不能硬攻，只能智取。决战之时，确庵老弟当募得敢死之士，抄小道攀援而上，就像一把尖刀，直插入敌人的软腹部。都掌蛮只知道一味凭险坚守，哪里懂得用兵之道？凡战，以正合，以奇胜。善于出其不意的，无往不胜。"

万历皇帝跟曾省吾齐声叫好，曾省吾双手一拱，心里说不出的钦佩之意："多谢江陵先生赐教！"

3. 奇袭凌霄峰

三月的叙州，春意盎然，这个素有"西南半壁古戎州"美誉的万里长江第一城，在一夜之间塞进了数万大军，旌戟森然林立，万马嘶鸣，到处充满腾腾杀气。

叙州府内，四川巡抚曾省吾，四川总兵刘显，前广东总兵郭成，监军道副使李江，参将张泽，守备沈茂、吴宪等人正在紧张地磋商着灭敌大计。

曾省吾把那幅《都掌蛮概览图》铺张在案桌上，几个脑袋立即凑在一起。李江的手指不停地在地图上比画着："巡抚大人，下官建议，先取凌霄城，再拔都都寨，把九丝变成一座孤城，然后合力围攻，必克获捷！"

"好！"曾省吾赞同。

郭成紧捏着拳头，狠狠地敲打着案桌："首战请用末将！一报皇恩，二报父仇！末将为了这一天，已经等得都不耐烦了！"

曾省吾骂道："猴急什么？万岁爷已经下旨让你戴罪立功，再意气用事，打了败仗，到时候江陵先生也保不得你了！刘总兵听令，本巡抚着令你节制土、汉各军，直取凌霄城。"

刘显得意扬扬地朝郭成耸了耸鼻子："等本总兵都杀光了，再轮到你吧！"气得郭成哇哇大叫。

二十一日，千军万马齐集叙州誓师。

曾省吾一眼扫过精神抖擞的将校们，刘显、郭成二人脸上充满了渴盼与期待。

曾省吾大吼一声："刘显、郭成听旨！"

两人笔挺挺地跪下来，齐声道："臣在！"

"征蛮事重，着令刘显、郭成紧灭贼自赎，立有奇功仍议升赏；如逗留观望，养寇殃民，通论前事，一并重惩。钦此！"

刘显、郭成两人泪汪汪地长跪不起，朝着京城方向猛磕三个响头。

随着一阵紧促而又悠扬的军号声，数万官兵斗志昂扬地朝凌霄城直扑过去。大约行了半日，凌霄峰犹如一只巨大的手掌出现在人们的视野里。前方不远处就是一座石城大坝，守卫在这里的是都掌蛮贼酋阿苟的部将阿果。看到官军到了，阿果站在大坝城之上，右手拿着一把长刀，左手在空中乱舞着，呜呜呜地大叫起来。看得郭成怒火直燃，率领着三千人马，一个冲锋过去，打得阿果措手不及，很快人头落地。

郭成得了头功，正要乘胜直逼凌霄城，忽地背后传来鸣金收兵的号响。原来贼酋阿苟听说阿果被杀，恨气填胸，派了一支队伍流窜到附近的长宁等地，大开杀戒，坑埋读书人，剜剖孕妇，屠戮那些无辜的老百姓以泄愤。有一女子罗冬儿落入贼手，不堪受辱，乱踢乱咬，结果被都掌蛮人残忍地肢解，悬挂在树上，向官兵示威。

看得官兵们怒发直竖，可是刘显居然按兵不动。郭成噙着泪水喊道："刘总兵，为什么不派兵过去把那些畜生都砍了？"

刘显气冲冲地道："你看见凌霄城上头那些张牙舞爪的贼人吗？阿苟是在耍调虎离山计，一旦我军阵脚移动，他们就会像恶狼般猛扑过来啊！"

郭成大哭道："但是我们怎么可以眼睁睁看着血肉同胞惨遭屠戮呢？"

刘显强忍住悲痛，切齿说道："血债血还，攻下凌霄城，不要留下一个活口。"

郭成瞪圆血红的双眼："我恨不得活捉这畜生，剥了他的皮，为亡父雪仇。"

正说话间军士来报，门外来了一人，自称是长宁武举人李之实，说他要献计生擒阿苟。

副使李江拍手叫道："踏破铁鞋无觅处，得来全不费工夫。此人跟阿苟深有交情，都掌蛮烧杀劫掠，无恶不作，可是见了李之实，唯唯诺诺。"

刘显道："那还不快请进！"

只见走进一个魁梧之人，满身的肌肉，一看便知道是练武之人。那人见了各位将军，拱手说道："在下长宁李之实，多少年来目睹都掌蛮人的暴行，恨之欲死。今天王师来讨，在下有一计可以生擒阿苟。"

刘显道："愿闻其详。"

李之实说道："阿苟贪婪而且愚不可及，在下上山将他诱骗下来，说是官军讲和，愿意奉上金银珠宝。"

刘显等人叫道："甚好。"于是让同知洪一贯手捧珠宝，跟随李之实大摇大摆地走向凌霄峰。

才到峰下路口，一队都掌蛮人恶狠狠地持刀拦住，远远喝问道："哪里去？"等近了前来见是李之实赶紧又唱喏施礼。

李之实说："这是官府的使者，要送礼与阿苟大人！"

都掌蛮人说道："李先生上山，这个生人山下候着。"

过了半晌，果见李之实带着一人下山，此人头戴黄色毡帽，身披绿色衣衬，毡帽上还插了一根白色的鸟羽，显然是都掌蛮人头领的身份象征，那人就是阿苟。身后带着一二十个随从，腰间都插着一把利刃。

"阿苟大人，那就是官府献上的财物！"李之实低头说道。

阿苟远远看见洪一贯手中光辉灿烂的珠宝，乐得嘴巴大张，露出满嘴尖牙利齿："甚好，甚好！还不快叫他送过来！"

李之实应声："我就去！"趁机脱身。突然岩壁后面一声炮响，郭成带着二百名官兵，全身都披着干柴，从草丛中跃出。

阿苟遭此袭击，叽里咕噜大叫，不知在说些什么，撒腿就往山上跑。

官兵们几个快步抢上，截断了他的退路，一下子就解决了阿苟的随从，把阿苟擒拿住。

阿苟却未有半点儿畏惧之色，仰天哈哈大笑："无能的官兵，只会耍弄小计赚我下山！纵然是砍了我的头，有阿幺儿在，早晚会找上门来，把你们杀得七零八落！"

阿苟手下有几个大力士，阿辱、阿美、阿幺儿、阿缪，其中以阿幺儿最为凶悍，能单手举起一两百斤的巨石，勇冠都掌蛮。

郭成嘿嘿冷笑道："恐怕这时候什么阿猫阿狗阿妖儿，早已被官兵剁成碎肉了。把这个阿苟带回去，等抓到阿幺儿什么的一齐挖心祭祀先父！"

此时凌霄峰的另一侧，刘显在山下的马草坡埋下伏兵，先后拔除了落豹、恶泪坎两个敌寨。官兵直往峰顶而去，抬头一看，不由得心惊肉跳，所望过去，尽是削得如同尺子的峭壁巨石，都是笔直地指向天上去。

凌霄峰上，阿幺儿凶巴巴地俯瞰着底下束手无策的官兵，大吼一声，顷刻之间，数不清的木头、大石块，像雪崩一样滚落下来。卷起尘土漫天飞舞，发出骇人的轰轰雷鸣般响声。吓得官兵们屁滚尿流，来不及躲闪的早已成了一堆模糊血肉。

看到都掌蛮人魔怪般的乱跳乱叫，气得刘显暴跳不停。

帐下步军将校郑龙叫道："快发火箭筒，我带领敢死之士冲上去把阿幺儿杀了。"

刘显一声令下，突然间无数条火龙奔向凌霄峰顶，尖利刺耳的呼啸声夹杂着噼啪的燃烧声，让凌霄峰成了一片火海，到处硝烟弥漫。峰顶上的都掌蛮人立即陷入一片慌乱，哇哇乱叫，四处逃散。

"弟兄们跟我上！"郑龙手持长枪，腰别弓箭，不要命地冲上去。身后的敢死队员个个杀得热血直喷，蜂拥而上，眨眼间就攻上了凌霄峰顶。

刘显大旗一挥，山下的官兵如同涨潮般涌上，一到峰顶，万箭齐发，只听见都掌蛮人一阵阵凄厉的鬼哭狼嚎，死于乱箭之下的，摔下悬崖的，被火焚烧的，不计其数。经过数日的苦战之后，在五月初一，官兵一鼓作气，终于将高耸入云的凌霄峰结结实实地踏在脚下。俘获阿幺儿、军师胡大汉等蛮首九十五人，斩二百余人，焚死无算。阿苟听到活捉了阿幺儿，登时泄了气，仰天长声痛哭："九丝城再也难保了！"

凌霄城一下，曾省吾立即将兵锋转向九丝城以南的都都寨。都都寨有五座山峰，大、二、三、四、五都都山，犹如平地忽起的五根擎天巨柱，耸立在眼前。都掌蛮酋长阿墨就驻扎在大都都山上，凭险据守。刘显挥令部下猛攻几日，阿墨又是抛石头，又是投巨木，打得官军抬不起头来，尸首盈野。

时值盛夏，天气燥热，粮草转运陷入困顿。于是曾省吾准备长期围困，刘显不许，他的义子刘绖长得虎背熊腰，更是杀敌心切，屡屡请战。将帅僵持不下，曾省吾只得派人千里飞驰报告张居正。

拿下凌霄峰，张居正一片狂喜，这等于砍断九丝城的一条胳膊啊！理应趁着士气高涨之时，趁热打铁，乘胜而进，怎么可以停顿下来呢？赶紧给四川巡抚曾省吾写了一封信：

"忽传大军五月朔日攻拔凌霄城，贼酋阿苟授首，歼敌如麻，仆不甚欣喜。曾公宜挟大胜之余威，攻屠灭之。如不奋死一搏，出奇制胜，欲以岁月取胜，恐非良策，徒坐自困而已。孙子曰：兵闻拙速，未睹巧之久也。望曾公深思熟虑。刘总兵显，威震西南，此番戴罪立功，必能效死力战，以保其名。一切攻伐大计，宜悉听其便，曾公不可掣制之。仆为曾公算计，屯军一月当费几何？与其旷日持久，不如悬赏购募死士，一战即可速胜。"

曾省吾遂决意用兵。川南的偏僻小城乐宴成了一个庞大的军营，来自广西、贵州、四川各地方的士兵，身着不同样式的奇异服饰，各具特色的彩旗像蝙蝠般在空中飞舞着，简直成了一个万花筒。与此同时，数不清的人被派到趱滩和沐滩，用力挥舞着手中的铁锹，疏通水道中的泥沙杂草与石块，粮草源源不断由南广运到建武。

万事俱备只欠东风。数日之后，镇雄土舍陇清的士兵从南边赶到乐宴，官兵军威大振。

六月十五日二更，一轮圆月挂在天上，静静地俯视着充满肃杀之气的都都峰。陇清亲自率领三千士兵，或借力高大的树木，或踩着突兀的石板，一个个像猿猴似的，矫捷地攀援藤条，很快就潜伏到都都寨半山腰处一个叫蓝淀坡的地方。守卫在这里的都掌蛮头领阿寻在迷迷糊糊之间就被夺取了寨子。与此同时总兵郭成、把总吴鲸，也率部神不知鬼不觉地逼近都都寨，在尖山子扎下大营。

次日天未亮，平寨、高寨、董木坝寨子里头的都掌蛮人还在光着身子打呼噜。忽地四周火光冲天，杀喊声、敲鼓声此起彼伏，吓得都掌蛮人来不及穿上衣服、操起武器，就没命地往外冲。大热天的风干物燥，火海吞噬着一切，树丛噼里啪啦地燃烧起来，映红了灰蒙蒙的天空。可怜那些都掌蛮人，哭爹叫娘，哀号声、尖叫声，交织着大火的呼呼声，久久回荡在都都寨的半山腰。瞬间千余座木房子化为灰烬，余烟袅袅之中，数百具烧得面目全非的尸体，横七竖八，胡乱躺着，真是惨绝人寰。

山下的刘显和义子刘綎手指着黑乎乎的一大片，乐翻了天。刘显哈哈大笑道：“当年诸葛亮南征，火烧藤甲军，今天本总兵依样画葫芦，烧个他片甲不留。”

刘綎闻到烧焦了的腥臊臭味，似乎觉得有点不忍，说道：“当年诸葛亮几乎将乌戈国烧得绝种，长叹说大损阴德，必折寿命！”

话没有说完，就招来刘显的一阵臭骂：“逆子胡说八道！俗话说，慈不掌兵。难道你忘记了吗？有千千万万的无辜的人在都掌蛮人的蹂躏之下成了一堆堆白骨。如此蛮族，早就该绝种了！明日再战，仍用火攻之计！”

4. 血染都都寨

翌日，十七日，曾省吾派使监军副使李江、叙州府同知曾可耕进驻乐宴督战。

刘显得意扬扬地宣布：“今日必拿下都都寨！”于是把所有的队伍都拉上来，部署进攻之策。镇雄土舍陇清依然从半山腰原地往峰顶攻，刘显督把总刘招桂、郭成督把总吕崇舟从前岭仰攻。

一通震天动地的锣鼓声过后，忽地都都寨成了烟花表演之地。只见无数支火箭同时腾空而起，发出阵阵的"啾啾"呼啸，热闹非凡。硝烟弥漫之处，大火狰狞地蔓延开来，肆无忌惮地飘舞着。像地狱里的一个个死神，张牙舞爪，无情地向都掌蛮的木寨逼去。

顷刻之间，头门哨楼、红崖坡底一带的木房子毒燎虐焰，数不清的都掌蛮人在熊熊烈火之中痛苦地扭曲着。炎炎烈日之下，凄厉的哭喊声像是死神的葬歌，久久不绝，让人听了不禁毛骨悚然。

刘显兴奋地道："只要大火再烧一个时辰，都掌蛮人皆成齑粉！"

义子刘绖满脸络腮，自战斗打响以来一直没有立功的机会。于是他自告奋勇向刘显请缨："孩儿带上一队人马，趁着火势攻上峰顶。"

刘显激励道："犬子努力，老父在此为你助兴！"

大火愈烧愈炽烈，刘绖趁着火势，一跃而上，眼看就要接近峰顶了。都掌蛮人像炸开了锅似的，嗷嗷乱叫，登时土崩瓦解。守将阿墨不停地挥舞着手中的黑色小旗，喝令四处逃散的都掌蛮人回到各自的位置。

刘显心中振奋不已，差点儿就要大喊出来："攻下都都寨了！"他亲自擂起战鼓，咚咚声震耳欲聋。山下官兵们的更是发疯似的狂呼乱号，胜利马上就要来临了。

都都峰顶，阿墨满脸苍白，惊得手足无措，跟几个守将什么阿欧、阿当、阿瓦、阿挂抱在一起，等待最后的时刻。

忽然刮起一阵诡异的黑风，狂卷过去，本来是炎阳晴天，瞬间却乌云翻滚，紧接着一声地动山摇的炸雷，一道骇人的电闪像把利刃猛地划破阴沉沉、灰蒙蒙的天空。哗哗啦啦，仿佛天河决堤，暴雨狂泻而下，一下子将都都峰的大火浇灭得干干净净，连烟都不冒了。这下子让阿墨等高兴得狂奔乱跳，都掌蛮人抬出铜鼓、皮鼓，敲得都都峰都在颤抖。

刘绖看着手下的敢死队员如同落汤鸡，浑身湿透，狠狠地抹去脸上的雨水，沮丧地望着峰顶的都掌蛮人不停地修补被焚毁的木寨栅栏，扫兴而归。陇清、刘招桂、吕崇舟等人见大势已去，也不得不号令官兵撤了下来。

煮熟的鸭子飞走了，气得刘显就要呕血。心中大为纳闷，这阵大雨来得蹊跷，莫非老天真的祖护都掌蛮人，让他们苟延存活下来？

刘𫭟恨恨地说道："我就不相信这个邪！"

由于忽降大雨，让都掌蛮人侥幸得脱，士气大振。峰顶上彩旗飞扬，鼓声震天响。各路援兵纷纷来集，气势大盛。

在乐宴督战的叙州府同知曾可耕拍得案桌都快要成了一堆烂木头，大叫道："天不助我也！"

李江倒是很镇定："胜败乃兵家之常，皇上天威远播，蛮夷之人当能抵挡得了？一场偶然的大雨仍然拯救不了都掌蛮人覆灭的命运。"于是下令，抬出三千两银子，对众将说道，"今日各位冲锋甚苦，大家是有目共睹，陇清的镇雄兵，刘大帅的公子刘𫭟，尤为英勇，不可不赏！整顿军马，明日总攻，本官就不信会再来一次及时雨。攻下都都寨，与君同饮三天三夜！"

军中一片欢腾，各自磨刀砺剑，准备明日的恶战。当夜官兵们衣甲不脱身，枕着刀剑直睡到天明。

天大亮后，刘显展开曾省吾的《都掌蛮概览图》，在地图上跟郭成比画比画之后，两人马上制订出一个作战方案。吴鲸、陇清负责进攻都寨左路、郭成分兵两队进攻中路、刘显督守备沈茂等也分兵两队攻打右路。

战鼓齐鸣，万箭乱发，刀剑撞击，这是一场残酷的白刃战。三路官兵根本就忘记了脚下还有退路，只知道前方才是自己的归宿，杀得两眼发红，奋不顾身地往上冲。

都掌蛮人一看山下的官兵如同蚂蚁般成群成群，源源不断地往上爬，个个都吓傻了眼。阿墨叽里呱啦大叫几声，都掌蛮人马上来劲了。于是梭竿、竹标、滚木、礌石什么的，只要能够抛得动的，一股脑儿都往官兵头顶上砸、投。刹那间，雨点般的梭竿、竹标，伴随着隆隆巨响的滚木、礌石，让整座都都峰动感十足。很快地，冲锋在前的官兵就留下一堆堆尸首。

眼看着自己的弟兄像被割稻草似的，一排排倒在陡峭的山坡上，刘𫭟满腔怒火，脚上蹬着一双破烂的草鞋，手中挥着一把大刀，头顶上戴着亮锃锃的盔甲，犹如一座铁塔，大吼一声："老子豁出这条命了！"身子一纵，轻如飞燕，几下子就跃上峰顶。没待冲入都掌蛮人群中，手里的大刀就舞动得像只大风车，"呼呼"作响。几个都掌蛮人来不及躲闪，"啊"

的一声惨叫，鲜血喷发，头颅乱滚。阿墨、阿廖两人正呆头呆脑地呱啦叫，刘綖飞也似的直奔过去，手起刀落，两颗鲜血淋漓的脑袋直滚下山。主将被杀，都掌蛮人大乱。后头的官兵趁机如同涨潮时的海水，一波一波往上涌，跟都掌蛮人展开激烈的短兵相接。

刘显正看得心头发热，忽地有人喊道："不好啦，印靶山有千余敌贼过来增援了！"刘显登高一望，果见北边有一山矗立如大印，山上白石层层堆叠，那就是通往九丝城的要害——印靶山。清清楚楚可以看到黑压压地一大群人，往南边直奔过来。如果让这支敌军来了，那进攻都都寨的官兵岂不陷入两面夹击的困境？

刘显一点儿也不含糊，赶紧从进攻都都寨的队伍中抽调出两千人来，去迎击印靶山之敌。结果印靶山援敌还没有渡过小河，就完全被官兵击垮，逃得一个不剩，让峰顶的都掌蛮人士气全无，节节败退，全部龟缩到寨里头去。只躲在寨门后面，伸出长刀、尖竹竿乱戳乱刺，让官兵接近不得。

鏖战一整天，双方都疲惫不堪。谁都需要休息片刻，填饱肚子，补充体力的，于是峰顶上暂时宁静下来。入夜三更，半弯月亮惨淡地照在都都寨上。寨里头灯火摇曳，除了轻轻走动的脚步声和含糊不清的吆喝声之外，听不到大的声响。

"这些又蠢又笨的狗贼！"刘显唾骂道。密令吴鲸率领一队身手轻盈的官兵，悄然无息地翻身跳过寨门，到处放火。又是一片火光冲天，惊魂未定的都掌蛮人像无头苍蝇般乱窜。

刘显高举火把，叫道："兄弟们杀敌去啊，巡抚大人有令，按首级赏赐！"

官兵们憋足了气力，一听到有赏银，什么都不用说，只管自个儿砍破寨门，冲进大寨，见人就砍。这寨子也真大，都掌蛮人经营了数百年，密密麻麻的都是木房子，足足有两三千间。当然跟都掌蛮人打仗，绝对没有金银财宝和女人可抢，官兵们只好抢头颅，好拿去邀功。于是官兵们恶狠狠地踢开每一座木房子，不放过边边角角，终于搜捕到了阿欧、阿当、阿瓦、阿挂等几个头目。

慌乱之中的都掌蛮人完全来不及抵抗，任凭官兵们肆意砍杀。这一夜的战斗几乎是一边倒，或者根本称不上战斗，只能是大屠杀罢了。那些从官兵屠刀下侥幸逃过的都掌蛮人，或坠崖，或被焚烧，或四处溃逃。经过一夜的屠杀，都都寨里再也看不到一个活的都掌蛮人，血流成河，遍地支离破碎的躯干，头颅早已不知去向，简直就是一个人间地狱，连月色也为之动容，阴惨惨、无力地照射着。

天明之后，刘显叫人一点，共烧毁木房二千余间，夺获稻谷与稗草七百六十担、牛四十一只、大小猪四十只、狗四十五只、铜鼓二面、皮鼓五面、梭镖三百二十六枝、斑竹梭竿三千一百三十枝、弩十把、弩箭九百八十八枝、刀十六把、夷甲十二领、夷盔九顶、茶十二篓。

死了那么多勇敢的人，费时四五天，缴获的战利品竟然是这么一堆杂货，真叫刘显哭笑不得。

凌霄峰和都都峰相继沦陷，九丝山的都掌蛮王阿大惊恐万分，赶紧下令紧闭寨门，坚守不出。所以获胜之后的官兵尽管多次拉网清剿，却没抓到几个都掌蛮人。再加上粮草断绝，秋稔未熟，天雨不断，巡抚曾省吾只好下令休整一段时日，拣了几个铜鼓、皮鼓等缴获，并修书一封，急报京城。

万历皇帝拿到铜鼓，仔细一瞧，虽然锈迹斑斑，但是轻轻一敲，铿锵有声，可传数百米之外。

张居正启奏道："万岁爷，可别小觑铜鼓，这可是一千两百年前诸葛亮南征时留下来的。蛮人敬畏诸葛亮，每年必定要隆重地祭祀一番。每次祭祀，都要搬出铜鼓，边敲打边舞蹈。在都掌蛮，铜鼓是神圣之物，每只铜鼓，都有一个鼓神。失去铜鼓，对蛮人来说，就等于失去魂灵一般。"

"哦？"万历皇帝大为惊奇，不停地把铜鼓翻来覆去，忽地睁大眼睛，惊喜叫道，"张先生，快过来，这铜鼓底下还有几个字！"

张居正一看，果真写着"建兴二年丞相诸葛"八个字，清晰可见。

在一旁的冯保垂涎欲滴，这可是千年的宝物啊！

万历皇帝说道："既然是宝物，朕就赐张先生一件，如何？"

张居正正要谢恩，冯保大大咧咧地说道："这么个奇珍异宝，要是挂在太岳的江陵新府邸里，那可是蓬荜生辉啊！"

张居正白了冯保一眼，轻声骂道："冯公公多嘴，这事有什么可说的?"万历皇帝耳朵尖,一下子就听到,问:"什么江陵新府邸?"

冯保嘿嘿而笑:"太岳最近家中有一件大喜事!在江陵东大门买了一块宝地,准备兴建楼堂的!"

气得张居正直跺脚,赶紧说道:"启禀皇上,老家房屋狭漏,所以擅自购置了一块地,盖了房子,请皇上恕罪。"

万历皇帝说道:"张先生精忠报国,建新宅也不告诉朕一声,当朕是外人?"

慌得张居正跪下磕头:"臣囊中羞涩,所以胡乱盖了不成样子的楼房,怎敢惊动万岁爷?"

万历皇帝骂道:"真是小样的!要盖,就要盖得富丽堂皇,全荆州第一。张先生素秉廉节,朕特赐公费银一千两。"

张居正连声称谢,又说道:"万岁爷,乞求御赐敝宅额名,让张家子孙永世莫忘万岁爷的恩德!"

"行!朕想一想!"万历皇帝走了几步,"楼就叫捧日楼,堂就称作纯忠堂。左挂'社稷之臣',右悬'股肱之佐'。另作一副对联:'志秉纯忠,正气垂之万世;功昭捧日,休光播于百年。'朕现在就为张先生题写,明日着令工部制个匾额如何?"

张居正叩首道:"万岁爷恩德如同浩瀚大海,让臣何以回报?"

万历皇帝道:"先生慨然以天下为己任,朕甫即位,天下大事全赖于先生一人,这就是对祖宗、对朕的最大回报。"

"为人臣者,最大的荣幸莫过于做到诸葛先生的八个字,'鞠躬尽瘁死而后已'。打造一个辉煌的千古盛世,让皇上的英名与世长存,这是臣梦寐以求的事!"

万历皇帝说道:"宋初的宰相赵普说过,中国既安,群夷自服。所以欲攘外者,必先安内。治国之法,莫过于此。"

张居正道:"臣是攘外先举,而后安内。广东海寇林道乾,跳梁小丑,举手之劳而已。倒是都掌蛮二百年以来,一直是国家的心患重疾。只有击灭了都掌蛮,南方才算安定。国家才有力量对抗土蛮汗和王杲。臣才能够致力于中兴之事!"

万历皇帝不无担心地说:"曾省吾缺粮,不知道会拖到什么时候?准安又水灾，朕已下诏发仓米九万石赈济。太仓库所剩米粮无几，国家匮乏如此，朕问心有愧！"

张居正道："万岁爷莫急，四川天府之国，只待秋稔一熟，曾省吾兵强马壮，九丝城一战可下。"

5. 刘綎夜走悬棺崖

入秋之后，川中田野里黄澄澄的一片片，随着风儿时而高，时而低。阳光催熟了硕果，挂满了藤蔓。

九丝山，犹如矗立在天地之间的巨大石柱，越是接近越令人畏惧。岩间陡绝四十里，根本就没有上山之路，不懂得都掌蛮人是怎么在上面修筑城池的。刘显、郭成在九丝山西边的建武城，一边指挥官兵们割刈田地里的粮食，一边四处走动，勘查九丝山的险要地形。

刘显甩着马鞭，指着前方一个鸡冠似的山丘："那就是鸡冠岭，伪王阿大亲自驻守。伪王阿二、阿三则屯兵于九丝山上，控弦两万余人。山上有阿大的宫殿，都是用巨石垒成，牢不可破，又有排栅九层，固若金汤。"

郭成惊叹道："郭某平生征讨无数，昔日在平山、大安峒与曾一本的山贼交过手，也未曾见过如此之天险！"

刘显道："守城在人不在险，九丝城虽易守难攻，但是上面皆为红土，难长稻谷，柴米有限。围困了一两个月，早已军心涣散，如能再围困些时日，立见其毙。吾等只要在山下紧紧围住，都贼粮草一尽，必然弃城而逃，吾等即可坐收擒斩之功。"

刘綎说道："父亲之言差矣！如此消极作战，倒像是守株待兔，岂是吾等武人所为？"

刘显骂道："竖子怎么知道用兵之法？一味强攻，不知会死多少兄弟？"

于是官兵累连数十日，不见有任何动静。

督军李江问刘显："八月初九出师以来，快一个月了，为何不见攻城？"

刘显支支吾吾："这几日漏天积雨，山路泥泞，而且山高难以仰攻。再过几日大放晴天，官兵四面并力向上，一战可擒。"

李江不说话了，赶紧报告巡抚曾省吾。曾省吾闻讯大怒："亏的太岳先生在万岁爷面前保你这个四川总兵，没想到却是畏葸之辈。传令下去，明日无论晴天、雨天，都要给本巡抚攻上九丝山，否则军法处置！"

军令如山，刘显不再犹豫了，赶紧调兵遣将，准备应战。先释放十几个被俘虏的都掌蛮人，让他们去九丝山通告阿大、阿二、阿三三个伪大王："刘总兵用兵如神，当年与戚继光、俞大猷共杀倭贼，闻名天下。今率大军十万之众连破凌霄、都都两寨，如搏雏壳，现在到此，尔等岂能逃脱得了？如能先事降我，可以免得一死。"

这个攻心计果然起了作用，九丝山上饿得昏了头的都掌蛮人，纷纷来降，不到半天时间，李江就收容大小蛮人妇女等二千二百五十四人。

守卫鸡冠岭的阿大王开始有点害怕了，不清楚官兵到底来了多少人马。于是准备诈降，混入官兵里去探个究竟。正巧这时候有长宁诸生王希忠、珙县监生何铨两个读书人，在曾省吾面前大吹大擂，说自己如何如何的机智灵活，可凭三寸不烂之舌让阿大王来降。

因为刘显曾经利用李之实诱捕了一个阿苟，所以在曾省吾眼里，都掌蛮人都是头大没脑的人物，就派遣王希忠、何铨带着银牌、锦衣去招抚阿大王。

阿大王兴冲冲地跟随着王希忠、何铨两人去见曾省吾。曾省吾一看，阿大王竟然光着脚丫来投，而且态度诚恳，请求说只要把他们编户为民，就保证不再造反。

曾省吾半信半疑："只要阿大回去说服阿二、阿三一同来降，本巡抚就奏报皇帝将尔等编入户籍。"

阿大王眼睛扑闪扑闪的："让我回去劝降也得有个信物，不然阿二、阿三两人凭什么来投？"

曾省吾爽快地应道："这还不好办！"于是赏赐了阿大王一整套亮灿灿的银冠金带。

阿大王赚了宝物，趁机脱逃。曾省吾苦等老半天，结果望穿秋水哪里看得见半个都掌蛮人的影子。曾省吾这才发觉被阿大王讹诈了一回，不禁又气又恼，羞愧难当，招来刘显训斥道："养兵千日，用兵一时。明日诸位当努力，否则朝廷怪罪下来，唯你是问。"刘显只好硬着头皮回军营去了。

翌日，九月初一，刘显兵分五路，郭成、张泽、刘綎、冉维屏、奢效忠各领兵万余，天还未大亮就向九丝城发起冲击了。九丝城毕竟不是凌霄峰和都都寨，在这里官兵才真正尝到失利的苦头。都掌蛮人躲在九层排栅背后，没头没脑投掷梭镖、滚石，打得官兵都抬不起头来。从日出打到日落，连打了八天八夜，弄得伤痕累累，才攻上一层排栅，当即屯守下来。

刘显火了，把刘綎等人痛斥了一顿："凌霄峰之战，用兵一万，三日即破。都都寨之役，也是用兵一万，五日即破。可如今精兵五万，打了快一个月，连个九丝城的模样都没看清楚。"

刘綎正欲辩言，刘显狠狠地瞪了他一眼："臭小子，明天日落之前再不拿下九丝城，本总兵就杀鸡儆猴，先拿你开刀！"

吓得刘綎如触电似的，吐吐舌头，缩了一下头，也让各位将校连气也不敢喘。

刘显道："太岳先生吩咐说，此番剿贼，必要出奇兵，才能得胜！"说着铺开曾省吾的《都掌蛮概览图》，指着图上一条模糊的细线，"绕过印靶山，一条小溪横流过去，往北有条密道，直通九丝山的侧背。据俘虏说，那里千百年未曾有人走过，崎岖异常，稍微不慎，即摔下悬崖，尸沉小溪。走得过去，也走不回来。"

话没说完，刘綎站出来挺胸说道："孩儿甘愿率领一千人为奇兵，取此密道，直捣九丝城。不拔九丝城，誓不回来。"

刘显嘘嘘苦笑说："綎儿啊，明日打不下九丝城，别说你回不来，就是为父这个戴罪之躯恐怕也要葬身于此了。"

说得在座的人两眼泪汪汪，刘綎眼睛一红，不说一句，离身备战而去了。

傍晚时分，天空阴惨惨的，下起蒙蒙细雨。刘綎戴着斗笠，脚蹬草鞋，腰间别着一把大刀，肩上背着弓箭，踏着湿漉漉的小路往南而去了。到了印靶山，再往北折，向导指着一堆草丛说道："这便是唯一通往九丝城侧背后的密道，千百年来知道者寥寥无几。"

刘綎拔出腰间大刀，使劲一拨，果真见到草丛下暗藏的小路，只有几巴掌宽。愈往前走，小路愈窄小。走了一两个时辰，前方听到流水的哗哗声。此时天色已经完全暗下来，四周是死一般的沉寂。点起火把，刘綎等人吓得满身大汗，脚底下是黑洞洞的山涧，深不见底。这哪里是走路，简直是在走钢丝。身子紧贴崖壁，仿佛脚下踩在一块薄冰层上，薄冰下面是无底洞。有个官兵滑了一跤，只听见"啊"的一声惨叫，就再也看不见了。

就这样小心翼翼地又走了半个时辰，忽地有人惨叫："那是什么？"

刘綎高举火把，照见前方溪流的不远处有个峭壁，半腰处横凿了数十个整齐排列的长方形洞穴，盒子似的，在黑夜之中显得更黑。看得众人毛骨悚然，浑身冒汗。

向导战战兢兢："将军大人，我们闯到都掌蛮人先王的墓葬区了。那悬崖上的方洞里头都是棺木。"刘綎定睛一瞧，果见到不少洞穴口露出白色的棺木，吓得身后的官兵捂住嘴巴，捏紧鼻子，裹足不前。

刘綎高举大刀："兄弟，大家到此，有进无退，只能骚扰一下蛮人先祖的安眠了。拿下九丝城，定当敬上几炷香烟，摆上猪狗牛羊祭祀！"说着，加快脚步往前疾走。于是后头的官兵鼓起勇气，紧跟着刘綎，走过悬棺葬崖。其后往上的路越来越宽广，越平坦。

细雨仍然像纱布一样飘洒下来，刘綎等人浑身完全湿透了。再用力甩抛飞梯，攀爬藤条，往上摸了半个时辰，终于跃上一开阔地。此时已是子刻时分，前方隐隐约约可以看到朦胧的灯火。向导叹道："到了，那就是九丝城！"

刘綎打了一下手势，命令熄灭所有的火把，如同一只只狐狸，悄悄地靠近敌寨。

一进敌寨，刘綎大吃一惊，一股强烈的酒味冲鼻而来，木房子内外地上横七竖八躺着数不清的都掌蛮人，有的还在咕噜咕噜地嘟哝着。酒缸、杯子、大碗扔得随处都是，一片狼藉。

"这伙懒猪！"刘綖踢了一下脚底下烂醉如泥的都掌蛮人，低声骂道。

向导突然想起什么，说道："明日是九月初九重阳节，传说诸葛亮当年南征时在这一天祭祀殁于战事的士卒，于是流传下来，成了蛮人的赛神日子。蛮人迎神，定要喝得酩酊大醉。"

"天助我也！"刘綖大喜，下令放火焚烧木寨。顷刻之间，乌烟滚滚，火焰张天。都掌蛮人从醉梦中惊醒，跌跌撞撞，根本不清楚怎么回事，糊里糊涂的都成了官兵的刀下鬼，九丝城里乱糟糟如同一锅烧煳了的粥。

刘显一见九丝山上一片红光，杀声震天，顿时猛拍大腿："綖儿这小子真的偷袭成功了！"于是土舍陇清、把总吴鲸悬赏死士，攀援藤条而登。一上九丝山顶，又是一阵胡乱砍杀。

到了寅时，大雨瓢泼，郭成、张泽、沈茂、吴宪等兵分五路，发起总攻。天蒙蒙亮的时候，各路大军全部攻上九丝城，又是杀戮，又是放火，上下夹攻，内外配合，杀得都掌蛮人措手不及。都掌蛮人也不甘就戮，誓与每一座木房子共存亡。数百人拼命地守护着王宫，宁死不屈。刘綖等人火器齐发，万箭乱射。只见在火光之中，全身破烂不堪的都掌蛮人紧紧拥抱着，怒目而视，齐声吟唱着一首雄浑、悲壮的歌，让刘綖等人震撼不已。火熄之后，王宫中烧焦了的尸体堆积如山，残腿断臂，如同菜地里头的萝卜头，散布满地，惨不忍睹。一口两丈有余、状如鼎的铜锅里溢满了雨水和血水，周身花纹更是涂满了鲜血，甚至可以听到"汪汪"的滴流声。

战至中午，九丝城寨里血流成河，尸首随处都是。官兵阵斩都掌蛮人首级一千六百余名颗。俘获妇女、牛畜、铜鼓、夷器不可胜数。焚烧寨房子数千余间，烧死蛮人不下万计。这座三四百年历史的古城毁于一旦，瞬间成了一片废墟。只有那石头砌成的雄伟宫殿，在大雨之中呜咽着哭诉眼前的这一切惨相。

阿二、阿三率残部走保母猪寨，被官兵追上，乱战之中阿三被杀，阿二侥幸逃脱之后又在贵州大盘山被擒拿。

阿大也在鸡冠岭落入郭成之手，刘显把他带到九丝城寨里。阿大望见苦心经营数百年的城寨满目疮痍，一股凄怆悲愤之情涌上心头，不由号啕大哭。王宫里头，铜锅四周堆满了大大小小的上百个铜鼓。阿大双手被反缚，见到这些神圣之物，猛地挣脱开来，跪在大铜鼓之前，哭泣道："吾族人崇信鼓神，鼓体剥蚀，鼓声洪亮的是上鼓，可以换取一千只牛。鼓身亮泽，敲声嗡嗡的是次鼓，可以换八百只牛。无论是谁，只要夺取两三个大鼓，即可占山为王。出兵讨伐时，只要一敲大鼓，临近的族人无不闻鼓而动，纷纷杀牛前来聚集。而那铜锅更是三国诸葛亮亲自锻造的镇山之宝，锅鼓一失，都掌蛮人灭绝也。"

刘显冷冷地问道："那你还不降服？"

阿大道："吾族人既灭，留吾一人又何用？"说罢猛冲上前，"砰"地的一声巨响，阿大的头颅早已在铜锅上碰得粉碎，脑浆迸裂，四溅开来。

第二十章

无冕之王

1. 三个小本"烤"问天下

"巡抚四川右金都御史曾省吾奏告：自三月领旨出征都掌蛮，五月初一拔凌霄峰，六月十九日克都都寨，九月初九陷九丝城，历时半年，先后下蛮寨六十有余，燔烧寨房六千所，斩获四千六百一十五人，内称王酋首阿大、阿二、阿三、阿苟、阿墨等三十六人，招安三千三百口，获铜鼓九十三面，其他牛、羊诸物不可胜计，拓地四百里。其后臣等奉命继续追剿，越川、黔等地，蛮人几尽。都掌蛮负固称乱，历二百余年，至此荡平。"

十月十四日，张居正接到曾省吾的捷报，一骨碌从卧榻上滚起来，吓得伏在他身上的莞儿花容失色。张居正用手指轻弹一下莞儿脆嫩欲滴的脸蛋，无比得意地说道："这是张某入阁以来最伟大的杰作，灭此巨寇，不但四川安然无虞，国家神气也为之大振。周边盗寇蠢蠢欲动者，恐怕也要吓得魂飞魄散，收敛了一阵子。"

莞儿抿嘴嫣然微笑："先生果然用兵如神，赛过三国的诸葛丞相！"

张居正平日最喜被比作诸葛亮，现在又是出自一个妙龄佳丽之口，不禁沾沾自喜，全身都酥麻了："诸葛亮用兵虽神奇，但是身死之后，蜀国一蹶不振，终为曹魏所灭，追根究底，败就败在诸葛亮内政不修。"

莞儿挑逗地说道："贱妾可不懂得什么内政不内政，这一生来最盼望先生能给莞儿一个杰作。"

张居正把眼睛瞪得浑圆，不解问道："什么给你一个杰作？"

一朵红霞飘过莞儿的脸蛋，闭嘴含笑不语。

张居正忽地转身就走，莞儿一把拉住："先生这是要去哪儿？"

"入宫去！皇上这时候应该比我还要高兴！"

乾清宫里，万历皇帝也是一阵兴奋，不断地拍掌叫好："好一个曾省吾，好一个刘显，郭成、刘绖也不赖！朕要下旨，通通嘉赏！"

"臣也自感得意！计出万全，功收一举，大明两百年来还未有过这样的大捷！"张居正是说不出的豪迈之感，真想放开喉咙，大喊大叫。

万历皇帝感叹道："朕昨晚刚好在读《史记》的《西南夷列传》，唐代张守节在里头注释说，今益州南戎州北临大山，古僰国。想当年，古僰侯跟随周武王大战于牧野之上，打得商纣王国流血漂杵。那时是何等的威风，又何等的惨烈！没想到，屹立三千年之后，竟然灭绝在朕的手中，实在令朕感慨万分！后来的著史者会怎样书写朕的这一壮举呢？恐怕只会狠狠地把朕批得体无完肤，骂朕一介屠夫而已！"说罢，低头沉思，脸上浮现出淡淡的忧伤。

张居正不以为然道："万岁爷心慈，千古罕见！但是都掌蛮人祸害大明二百余年，致使川中赤地万里。不灭都掌蛮，民心不安哪！皇上灭此恶贼，功在千秋，必将永垂不朽！"

万历皇帝说道："当年诸葛亮七擒孟获，蛮人终不再反！诸葛亮善于攻心之术，这正是张先生不如诸葛之处！"

说得张居正面红耳赤，心中虽不服，但口不敢言，只得讪讪而笑。

万历皇帝仿佛觉察到张居正的尴尬，于是话锋一转说道："诸葛的内政虽有所建树，诸如赏罚分明，持身廉洁，但是远不及张先生的考成大法！这几个月以来，朕和太后将张先生的《请稽查章奏随事考成以修实政疏》细细研读了十几二十遍，太后拍案惊奇，赞叹说，此乃千古罕有的创见！朕最恨的是吏治腐败，法令不行。正如张先生所说的，婆婆的嘴巴顽得像厚牛皮，唠唠叨叨，但是做媳妇的耳朵更顽得像岩石，一个小缝隙也看不到。张先生试着给朕详细说说该怎么让官吏都能听命于朕呢？"

这些话说到张居正的心头上，不由让他脸上霁色大开，说道："臣仍然是那句话，尊主权，课吏职，信赏罚，一号令。皇上身为一国之君，上至朝中百官，下至走夫庶民，都要紧紧围绕在皇上的身旁，双眼盯着皇上一张脸，耳朵听着皇上一张口。如此才能够做到虽远在万里之外，朝下而夕奉行！"

万历皇帝点头道："张先生说得真好！那如何才能真正做到令出即行呢？"

张居正道："臣查得《大明会典》中有一款提到，凡是六部衙门奉圣旨者，须在五日之内明白复奏，赴六科注销案卷，如过期延缓者，由六科参奏究治。臣因循旧例，现在只要六部、都察院，各准备三个账本。如各衙门收到相关的章奏，都要事先考量路途远近，事情缓急，立定计划日期，造册存根，每月底注销。除通行章奏，不必查考外，其余的都要另造两个小账本，注明紧要略节，一本送六科注销，一本送内阁查考。六科照册内项目，逐一核查注销，如有拖延误期的，严加责问。地方巡按马虎应付，行事不力者，由六部、都察院究劾；六部、都察院欺瞒隐蔽的，由六科究劾；六科失职渎职的，由臣等内阁辅臣究劾。如此，每月一考，每年一稽，层层督查，就能做到不论巨细大小，事无遗漏。为人臣者战战兢兢、尽忠尽孝、兢兢业业，皇上才能够威行天下，朝廷才能够号令如一，执法如山。"

张居正的三个账本，真是千古以来吏治上的第一大发明。在这之前，主政者为强化行政效能，树威立信，要么以自身的廉洁勤政，树立一个可以效仿的楷模榜样，来影响底下的官吏，如汉武帝的公孙弘虽位列三公，但是身行俭约，又如三国的诸葛亮事无大小而必躬亲等。要么重任酷吏，严苛督责，如汉景帝的"苍鹰"中尉郅都，汉武帝十大酷吏宁成、张汤等。

前者注重德行教化功能，虽有"随风潜入夜，润物细无声"的功效，但是未免过于柔和，成了那些懒虫的滋生床。所以才有李严督运粮食不力，致使诸葛亮北伐大军因为补给跟不上，被迫退师。而后者迷信严刑苛法的威吓功效，只知道"霸王硬上弓，娘子乖乖就范"，又太过于残暴，往往沦为滥杀无辜的工具。这个最典型的就是武则天的两只鹰犬酷吏来俊臣和周兴。

而张居正的考成大法，既没有婆婆妈妈的道德说教，又没有令人心惊肉跳的严刑拷打，却如同一座无形的大山，牢牢压在官吏阶层的心上，让他们不得不一丝不苟地遵循着朝廷最高指令去行事，除非谁想成为仕途上的废人。这个考成大法，妙就妙在像一条超长的铁链，一层囚住一层。地方行省巡按长官，缚绑作一团，被朝中六部、都院紧紧拉住。而朝中六部、都院也是被捆成一堆，由六科给事中牵引着。六科给事中更不能随心所欲，高兴往东就往东，高兴往西就往西。因为最后握住铁链条末端的既不是万历皇帝，也不是李太后或者司礼监的冯保，而是张居正。

以六科控制六部，这是明朝的祖制。而以内阁控制六科，进而间接操控六部，这个是由张居正首创发明的。明太祖杀胡惟庸废相，其本意是在加强皇权，让皇帝成了世界上唯一可以我行我素的独夫。后来设立的殿阁大学士，只能像一只听话的狗那样，无时无刻不得看着主人的脸色行事。皇帝最多放出批朱、票拟的职权给内阁辅臣，更是禁止辅臣兼领吏部的铨选大权。在隆庆时期，阁臣高拱掌理吏部事，俨然如同丞相，如果朱元璋泉下有知，定会气得在坟墓里直打滚。

张居正远远比高拱聪明，他不会傻笨到直接掌理吏部的铨选权，沦为万人指的地步。而是巧妙地通过考成法，隐性掌控了朝政大权，不管军权、财权，还是人事权，统统一手抓。而那几个政治寡头，什么幼主（万历皇帝）、弱女（李太后）、废人（冯保），只能眼睁睁地看着张居正成为一个"无冕之王"，毫无反抗的意识。

年少的万历皇帝这时候绝对料不到张居正的心机，他只迷迷糊糊听了张居正的话，似懂非懂地点头赞道："朕万分赏识张先生的才干，张先生认为可行，那就是可行的。一切悉听高见，张先生拟旨吧！"

第二天，万历皇帝正式下诏，立"章奏考成法"。

张居正料定新法一出，朝廷上必然纷纷扰扰，于是天未亮就上朝去了，坐镇内阁，静观朝官们的反应。一切尽在张居正的意料之中，除了次辅吕调阳竖起拇指，盛夸考成法之外，朝官们见了张居正如同老鼠撞见猫，连气也不敢喘，规规矩矩地办事去了。一天下来，各部院衙门面貌焕然一新，以前嘻嘻哈哈不绝于耳，现在安静得只剩下呼吸声，仿佛大家手头上都有做不完的事，一整天忙碌个不停。这正是张居正所希望看到的立竿见影的功效。

但是张居正还是稍感不足，毕竟新法初行，朝中那些老油条虽然表面上唯唯诺诺，但是心里头想着什么，隔着一层肚皮，谁也摸不透。

"看来是该换一换新鲜的血液了！"张居正静静地伫立着，又开始动起心思来。

真是天遂人愿，几天之后，吏部尚书杨博向万历皇帝提交辞呈，说一身是病，该回去养老了。

对于杨博，张居正是既爱又恨。杨博遇事临危不惧，有胆量有才识。为官四十多年，几乎过着戎马倥偬的日子，跟彪悍的蒙古骑兵周旋了大半辈子。更难能可贵的是，杨博刚正不阿，执中守一，总是凭着自己的良心处世。高拱执政时，准备给徐阶难堪，杨博亲自造访高拱，竭力从中斡旋，最后徐阶安然无恙。其后张居正驱逐高拱，杨博又是据理力解。要不是杨博设计吓唬王大臣，让他庭审时忽然改口，恐怕高拱早已深陷致命的旋涡中。而正是高拱夺取杨博的吏部尚书之职，让他受到委屈，做了兵部尚书，也正是张居正重新让杨博风风光光地坐在有"大冢宰"雅称的吏部尚书位置上。这么一个棘手的人物，张居正动不得，更提不得，现在却自动告老了，犹如心头上的大石块砰然落地。

廷议之时，谁来补上吏部尚书这个大肥缺成了朝中的焦点。经过一轮激烈的讨论之后，决定送上三个候选名单。按顺序是：第一，左都御史葛守礼；第二，工部尚书朱衡；第三，南京工部尚书张瀚。这个张瀚就是在隆庆朝时围剿海寇曾一本不力，被兵部左侍郎刘焘所取代的那个两广总督。其后又辗转到陕西去防备蒙古人，再之后就到了南京。论资历和能力，张瀚能够被提名为吏部尚书的候选人就相当不错了。

张瀚自知无望，但是相信狭路相逢勇者必胜。于是屁颠屁颠地跑到内阁对张居正说："看来吏部尚书非张某不可了！"

一句话说得张居正和吕调阳瞠目结舌。

"为什么不是葛守礼？廷议送上的名单，他排第一位啊！"吕调阳对张瀚的大言不惭颇为反感。

"张某历任两广总督、陕西巡抚，其后又担任南京都察院右都御史、南京工部尚书，张某也总算一路辛苦走过来，亟待更多的历练！"张瀚全然无视张居正与吕调阳的表情，自顾自地口中滔滔不绝。

"嗯？是这样的吗？"张居正故作惊讶，但其心内却是十分不快，要是当年没有举荐刘焘征讨曾一本，恐怕这时候你项上的人头在不在还要打个问号。

"张大人先回去吧！万岁爷自有定夺！"吕调阳冷冷地挥挥手。

"那下官告辞！"张瀚自讨无趣，灰溜溜地走了。

2. 左右逢源

"葛守礼、朱衡、张瀚——"张居正在府内急躁不安地轻声念着这三个人的名字。

葛守礼这老头万万不行，你看看他那花岗岩般的脑袋就令人厌烦。王大臣案，就是被葛守礼和杨博搅局，让冯保功亏一篑。万一出任吏部尚书后，又对考成法说三道四，那自己岂不是骑虎难下，自讨苦吃？断断不行！绝对不行！

朱衡吗？此人治理河工漕运，功勋卓著，确实是吏部尚书的不二人选。可惜他自恃劳苦功高，目中无人，骄横刚躁，这种人让他跟洪水猛兽搏斗，正好派上用场。如果摆在吏部署衙，恐怕将是一朵带刺的玫瑰花。

"先生，如果是我，非把张瀚推上吏部尚书的位置不可！"莞儿双手支着一张俏脸，水汪汪的眼睛仿佛是雨后荷叶上的两颗晶莹的水珠，凝视着焦急的张居正，忽然间说道。

"哦？"张居正不解地看着莞儿，"张瀚除了夸夸其谈之外，打仗当逃兵，守边被弹劾，到了南京又是庸庸碌碌，毫无作为。这种人要是做了吏部尚书，非得误了本大学士的大事不可。"

"先生是真糊涂，还是假痴不癫？莞儿以为，这种人是最适合做吏部尚书。张瀚是个趋炎附势之人，如果先生栽培他，他定会抱住你的大腿紧紧不放。先生不是常常说，你要的是忠实的狗，而不是狡猾的狐狸。牵着一只狗出去溜达，就会招引到更多的好狗！"

张居正扑哧一声笑开了，虽然说莞儿把张瀚比作狗，未免太看扁了他。但是其中所言，不无道理，于是摇头晃脑说道："知我者，莞儿也！"

莞儿登时笑颜如花。

第二天万历皇帝文华殿日讲，恰好是张居正讲读。

万历皇帝拿出廷议之后的吏部尚书候选名单，问道："先生你看这三人，朕要选上哪一个做吏部尚书？"

张居正把葛守礼、朱衡、张瀚三人的履历详尽地介绍给万历皇帝。

万历皇帝盯着名单上三个人的名字，说道："左都御史倒是为人正直，可惜胡子一大把，过了一两年，朕又得操心吏部的事了！朱衡吗？治理河工、漕运，倒是干出一番业绩来，可惜朝中不停地在说他的坏话。这个张瀚，朕倒是看上他。先生你说说此人德行怎么样？"

张居正猛地跪下磕头："万岁爷目光如炬，心中洞明！张瀚品格高尚，文学、政事无所不精，实是吏部尚书的最佳人选。但是因其资历最浅，甚受朝官们的冷落。如果万岁爷出其不意，让他有幸脱颖而出，张瀚心中必将感激万分，定当倍加尽忠尽孝，竭力图报。万岁爷就是给他苦水喝，他也会如饮甘醇！"

吏部尚书的事就这么定下来。圣旨一出，简直要让朝官们惊得大摔一跤。当然谁都清楚，起决定作用的就是张居正。于是张居正仿佛成了旋涡的中心，数不清的朝官们一整天就是围绕着张居正，呼呼地转个不停。

此事确实让张居正心中窃喜了好几日，只要自己伸出一个小指头，就可以拨弄着官场运行自如。其后让张居正笑得合不拢嘴巴的事接二连三地到来。先是两广总督殷正茂借着庆贺张居正江陵建新宅，给张居正暗下送去两个纯金的盘子。金盘子对他来说已经是不稀罕，稀罕的是两个金盘子里面各自栽着一株高达三尺的珊瑚树，这可是稀世珍宝。更重要的是，本以为殷正茂是高拱的人，没想到这个殷正茂甚会见风使舵，现在看到张居正风光无限，毫不犹豫地就投靠过来。

高拱的两把利剑现在已经有一把握在自己的手中了，另外一把——宣大总督王崇古还在山西边关闪亮发光呢。俺答汗封贡，王崇古立下汗马功劳，威名赫赫，凭他的禀性，是不会像殷正茂那样主动向自己示好的。

张居正早就听张四维说，大舅子老是抱怨边关风沙大，身子受不了，想来京城做个闲官，几年之后就回家养老去。

于是张居正牢记在心，不时地盘算着怎么把王崇古调到京城来做官。可是山西宣大，边关重镇，动一发而牵全身。王崇古首倡通贡议和，使得朝廷暂无西顾之忧。但是草原上的其他部落，虏情难测，谁敢保证他们不会一时头脑发热，忽然间想到中原来看一看？但是只要有王崇古这根定海神针，草原上的蒙古人就不敢蠢蠢欲动。

正巧的是，这时候前兵部侍郎、大同巡抚方逢时丁忧三年回来了。张居正双眼一亮，俺答汗贡市，就是王崇古与方逢时两人共同倡议促成的。此人韬略，一点儿也不逊于王崇古。

张居正猛的拍一下自己的额头："京师诸军正好缺少一个协理京营戎政，何不把王崇古调回来补缺，然后提携方逢时为宣大总督，这样边关、王崇古、方逢时岂不是三全其美？"

可是王崇古身子还没有到京城，朝廷上立即就有人弹劾他。

兵科给事中刘铉自以为看出了王崇古的端倪，一封奏疏呈送到万历皇帝面前："前任宣大总督王崇古甘心献媚于鞑虏，欺诳朝廷，诈取爵赏。如今见事将败露，所以仰仗着钱神的魅力，上蹿下跳，大贿五千金，求得回京为官。似这等丑陋之辈，怎可录用？"

万历皇帝冷冷问道："王崇古五千金贿赂给什么人？"

刘铉顿时怔住了，浑身直冒冷汗。王崇古为了入朝为官，厚赂武清伯重金，早已传得沸沸扬扬。这武清伯是什么人？正是万历皇帝的外公、李太后的生父李伟。

刘铉纵是长着十颗脑袋，也没有胆子说出武清伯的半个名讳来。万历皇帝一问，直唬得他跪在地上战栗不已。

万历皇帝火冒三丈："似你这等轻信谣言，诬人名节，朕还真是少见！就不责罚你了，你自个儿雇辆马车，把王崇古接回京城来！"说完，把奏疏狠狠地摔还给刘铉，吓得他面色发青，连爬带滚离开了。

次日文华殿日讲，张居正给万历皇帝讲《帝鉴图说》中《宋仁宗不喜珠饰》的故事。大意是宋仁宗时期，宫中流行佩戴珠宝首饰，由是东京城内珠饰售价如涨潮般不断涨价。宋仁宗很是担忧，有一天他在别殿，后宫嫔妃云集。宋仁宗忽地看到最宠幸的张贵妃浑身穿金戴银，头上都是雪白色的珍珠，闪闪发亮。宋仁宗心里一阵不快，于是举起袖子，遮盖住自己的脸，说道："满头白花花，一点儿也不忌讳！"说得张贵妃脸上青一阵，紫一阵，赶紧进去全部脱下珠宝，宋仁宗这才龙颜大喜。

万历皇帝说道："朕想起了昨天刘铉诬蔑王崇古贿金五千，难道世间的人都爱钱珠宝吗？钱财乃身外之物！朕不爱金银珠宝，朕独爱栋梁之材！王崇古却轵虏、倡通贡，使得大明西北安如泰山。王崇古，良臣虎将也！又何止值五千金？"

张居正道："王崇古功勋卓著，理应调升京城，另候重任。山西宣大有方逢时在，万岁爷照样可以高枕无忧！臣今日听到万岁爷不爱金银财宝，爱贤臣良将，爱祖宗社稷，臣实在不胜欣慰至极！"

万历皇帝又说："宫中妇女都有一个通病，就是喜欢妆饰，相互炫耀。过节时朕赏赐宫女，每每念到国家匮乏，所以从省从俭。宫女们却私下抱怨朕这么吝啬。朕当即问说，你们知道国库里还有多少钱粮吗？"

张居正叩首不停："万岁爷能说出这般忧国忧民的话，真是社稷之大幸，生灵之大福！"

张居正又近一步说道："为政布德，固结民心，这是治国的第一条策略。国家出大事，几乎都是从边关的戍卒开始的。秦朝的覆灭，也是由几个戍卒率先发难，斩木为兵，揭竿而起。于是汉高祖、楚霸王趁乱起兵，终于灭掉暴秦。所以说，天时不如地利，地利不如人和。臣把王崇古调回京城，也是因为王崇古深谙兵术，朝中正好需要这样通晓古今兴亡之道的守边大臣。"

君臣正一问一答，说得不宜忙乎！忽地冯保蹿进来，让万历皇帝和张居正大吃一惊。因为皇帝讲读期间，外人是禁止随意入内的。

万历皇帝对冯保没通报就破门而入大为不悦："大伴何事？没见到朕和先生谈经论道吗？"

冯保满脸戚哀："皇上请恕罪！奴才刚刚得到朱府的汇报，成国公去了！"

万历皇帝惊愕不已，问道："成国公几时没的？"

"两个时辰之前！"

"惜哉！痛哉！"张居正也是不胜悲痛。勋戚之中，就数成国公朱希忠、锦衣卫左都督朱希孝哥儿俩对张居正和冯保最为友善。

紧接着"哇"的一声，朱希孝身穿孝服，也跌跌撞撞跑进来了，跪在文华殿上，恸哭不停："皇上，成国公他走了——"

再下去，候在西厢房的讲读官吕调阳等人，都涌进文华大殿内。好好的一次日讲，就这么被成国公的事搅得混乱不堪，难免使得张居正有些泄气。

朱希孝伏地埋首："乞求万岁爷仿英国公张懋例，赠亡兄王爵。"

说得众人面面相觑。明律第一条，不立军功的不许赐封异姓王。明太祖赐封功臣，异姓的最高爵位只能是国公，要封王也只能等待死后。朱棣靖难之役后，能够封王的更是凤毛麟角。张氏三个王，张玉殁于东昌之役，死后封河间王。其子张辅平定交阯叛乱，死后封定兴王。再一个就是张辅的儿子张懋毫无战功，却因为常常跟随明武宗狩猎，三发连中，让明武宗叹为神奇，赐金带，死后出乎意料地被封为宁阳王，一时间也闹得满朝风雨。

朱氏已封两个王，靖难名将朱能为朱棣夺取江山，出生入死，赐成国公。之后又佩征夷将军印，征讨安南，死后封为东平王。其子朱勇也是战死土木堡之变，追封平阴王。张玉、朱能父子相继为国捐躯，死得何等悲壮，封王是自然而然的事。朱希忠虽为朱能之后，掌京师禁卫军，小心谨慎，既没有犯过错误，也没有立过军功，现在居然要效仿一个无寸分战功的异姓王张懋的特例，向万历皇帝索要王爵，这岂不是滑天下之大稽？

满身都是硬骨头的礼部尚书陆树声第一个反对："启禀皇上，成国公生前已经深受皇恩尊崇，毫无功绩却极其荣耀，现在死后还要封王，大明开国以来还未曾有过这样的特例！臣以为，万万不可！"

陆树声这么一说，众人异口同声："不能封王！"

众人越是反对，朱希孝越是长哭恸号，跪地不起。

万历皇帝进退两难，不知所措，只得可怜巴巴地盯着张居正。

张居正心下暗忖，虽然朱希忠兄弟对自己情深义重，但是封王也未免逾越祖制，强人所难。张懋无军功封王，已经开了一个恶例。如果这次朱希忠再次封王，那么祖宗旧制即将走向崩溃。于是心中准备了千言万语，正要说话，忽见冯保怒目直视众人，厉声说道："成国公封王，又有什么不妥？嘉靖皇帝南巡，途经卫辉，行宫大火，是成国公和左都督陆炳拼着老命，才让嘉靖皇帝安然脱险。成国公扈驾大功，绝不亚于征战沙场。"

陆树声毫不留情地反驳道："追封，以军功为主。英宗皇帝时期，逆阉曹钦作乱，张懋助剿有功。朝议张懋封王，时人多以微末之功，不足以赐王爵。也正是朱家的先成国公朱辅，坚持己见，认为不可封王。如果成国公于国是一位大忠臣，于家则必然是一位大孝子，怎么可以忘却了朱家的祖训，贪图虚名，败坏祖德？"

一番话气得朱希孝脸色青白。冯保一看不对劲，眼珠子一转，说道："万岁爷讲读了一个上午，也该回宫歇息去了。明日早朝再议吧！"

3. 一手遮天

第二天，礼部尚书陆树声、户科给事中刘不息、巡按河南御史杨相等人早已拟写好了洋洋洒洒的长篇大论，准备在朝会上据理力争。

内阁里次辅吕调阳紧紧地替陆树声等人捏了一把汗，因为他们的对手是素有宫内宰相之称的司礼监掌印太监冯保，和锦衣卫左都督朱希孝。这两人一联手，那么整个皇城都在他们的手掌心上。

张居正却一副悠闲神态，只顾自个儿若无其事地览阅公文奏章。

"昨日大殿之上，太岳先生为什么不说句话？"吕调阳是满脸的愁苦。

"冯公公想要做的事，就是天王老子也阻拦不了！张某又能怎样？圣上英明果断，吾等一点儿都不需担心！"

才说话间，突然从乾清宫里传出圣旨：诏赠成国公朱希忠定襄王，谥恭靖。朕特许之，下不为例。

"咦?!"吕调阳手中的书本差点儿摔落在地,狐惑地看着张居正,"这是哪家子的圣旨?"

张居正也是大为诧异,凡是圣旨,自己必先过目,可这道诏书来得蹊跷。当即心下明白,除了司礼监掌印太监,哪个还有豹子胆敢私传圣旨?就朝着吕调阳努了努嘴巴,满脸写着"无奈"两个字。

吕调阳也会意,不敢再作声,只得长叹了几声,自己虽然身为内阁次辅,可甚至连一个小吏也不如。

陆树声等人大为不满,干脆亲自去乾清宫觐见皇帝,面呈奏疏。正欲动身,忽地太监徐爵又来传话:"宣礼部尚书陆树声速到会极门听旨!"

陆树声只得收拾好奏疏,徐爵在旁死命地催着:"陆大人快点儿!耽误不得的!"

陆树声一听到有圣旨,心想一定是朱希忠的事,就急急忙忙赶往会极门,只见冯保在笑嘻嘻地候着。

陆树声一瞧,似乎有点不对劲,问道:"冯公公,圣旨何在?"

冯保呵呵道:"陆大人要听旨吗?"

陆树声心中起了愠火:"冯公公快宣圣旨吧!"

"那好!"冯保"嗯嗯"几声,摆出一副严肃的神态,慢条斯理地说道,"陆树声听旨——"

陆树声用力拍了拍身子,轰然跪地:"臣在!"

"传万岁爷口谕,自今日起陆树声既可以走路上朝,也可以搭乘大牛车上朝!"

陆树声目瞪口呆,心里头好像打翻了五味瓶,不知道什么滋味。这哪里是圣旨,分明是冯保假传圣旨,耍弄我。脑袋里面嗡嗡直叫,我为官数十年,从未遭遇过如此奇耻大辱!今日像猴子似的被这个阉人戏耍了,以后怎么在别人面前抬起头?

越想脸上越火辣辣的,陆树声如同一个骂街的泼妇,火燎燎地跑到内阁,手里头的洋洋洒洒的奏疏立刻换成辞呈,"吧嗒"一下用力搁在张居正的案桌上,大声叫嚷道:"陆某身染重病,请首辅大人转呈万岁爷,让陆某返乡养病!"

张居正和吕调阳两人同时吓得惊叫起来:"平泉,你这是?"

陆树声还是那副气爆的样子："太岳先生猥自枉屈，亲临寒舍，陆某这才出来的！陆某从哪里来，烦请太岳送回到哪里去吧！"

张居正道："平泉，你这是何苦呢？已经向万岁爷请辞四次了！"

陆树声扭过头，满脸尽是委屈与愤慨："陆某实在是不堪其辱！京城虽繁华，却不是陆某的栖身之地！"

张居正不甘心这么一位贤才就此而去，于是找到陆树声的弟弟——尚宝司卿陆树德，要他向陆树声传话："朝廷正准备让平泉入阁为相，他这么一走，岂不令人惋惜！"

陆树声却婉言回绝："陆某自嘉靖年间归隐山林，至今已有二十多年。此番复出，难道是为了贪图阁臣之位吗？如此虚情假意，又有何用？"

张居正这才发现自己犯了一个大错，赶紧亲自登门致歉。

陆树声说道："太岳先生好意，陆某心领了。但是陆某此时归心似箭，贪恋山林渔猎之乐，还望太岳先生放过陆某！"说着从袖口拿出一封奏疏，"这是陆某昨晚拟写的《时政十条疏》，拜托太岳先生将此折转呈圣上，乞求圣上饶恕陆某不忠不孝之罪！"

张居正打开略微一看，里面所陈述十条，语多肯綮，心中愈加不忍，几乎是恳求说道："烦请平泉看在朝廷尚需用人之际，再三思量思量！"

陆树声闭上双眼，默不作声。

张居正知道已经无法挽留了，拱手道："平泉先生德行高尚，张某不甚钦佩！如果平泉执意要去，那请最后替皇上办一件事，行吗？就算张某求你了！"

听得张居正话语如此诚挚，陆树声这才睁开眼睛，问道："张相爷要陆某办什么事？"

"平泉一去，礼部尚书位缺，请平泉举荐一两个！"

"礼部左侍郎万士和、南京工部尚书林燫，二人皆可。"

陆树声离开京城的那一天，张居正亲自到正阳门外相送，京城里的士大夫听说陆树声要还乡了，一大早就自发聚集在正阳大街两侧，观者如潮。

陆树声坐在一辆马车上，缓缓南去。两旁的士大夫激动地高喊道："尚书大人慢走！"

陆树声却岿然不动，连头也没有探出来。

望着马车渐渐远去，张居正不由得热泪盈眶，长声叹道："平泉去矣，平泉去矣！"回到内阁之后，立即草拟圣旨起用万士和为礼部尚书。

傍晚散朝回府邸的一路上，张居正不胜唏嘘。马车在府邸前吱嘎一声停下，游七跳跃着欢快地迎上来。张居正一阵惊喜："游七，你什么时候回京城的？"

游七应道："奴才也是刚刚到京城的！"

张居正问道："这么一去就是大半年，本大学士还真的有点惦记。江陵家里一切可好？"

游七呵呵笑道："老爷恩典，游七感激不尽！老太公、奶奶身子依旧硬朗，夫人也是很好的，几个公子都用功读书。大公子敬修已经高中举人了！"

张居正又问："那新宅第呢？皇上的御赐匾额挂了没有？"

游七兴冲冲地竖起大拇指："不得了啊，老爷！皇帝爷的御赏匾额挂上之后，整座宅府熠熠闪耀，光芒四射，辉映天际。全湖广大大小小当官的都过来叩拜皇帝爷的真迹，老太公满面红光，高兴得又是笑，又是流泪，从早到晚，一整日守着皇帝爷的真迹，连饭都不想吃了！"

张居正走了几步，犹豫着一会儿，最后低声问道："万岁爷的一千两库银够不够啊？"

"老爷！"游七的声音压得更低，"夫人把御赐赏银供奉在厅堂上，湖广特别是荆州，还有邻近的江西、四川、贵州的巡按、监司、郡守什么的，听说老爷手头紧缺，日夜不断地送上门来，粗略估计超过二十万金。"说着右手发颤地伸出两个小指头。

"这么多？！"张居正吓了一大跳。

游七从胸口掏出一封信："这是湖广巡抚赵贤的亲笔书函，老爷过目！"

张居正撕开一看，大意是说他准备从湖广各级官吏的养廉银中凑出一点儿助工费，给江陵新宅添砖加瓦。

"不妥不妥！"张居正摇摇头，"如此一来，那本大学士岂不是借营私第之名，大开贿赂之门，这个罪过可就大了！"又自言自语道，"我得赶紧回他书信一封，否则荆楚的官吏相互仿效，那我真的要成为罪人了！"

"应天巡抚张佳胤也特意送去了一份大礼，还要小的转告老爷，说丹阳大侠邵方已被肢解了。"

"哦！"张居正淡然道，"这个大混混留在世间，祸事无穷无尽。如不早除，恐怕又要上蹿下跳，今天高拱梅开三度，明天赵贞吉卷土重来，大明将永无安宁之日。"

静默半晌，张居正忽地又问："你刚才说敬修乡试中举了？"

游七点点头："是，恭喜老爷了！"

张居正嘿嘿说道："不管怎样，明天春闱让敬修来京城试试吧！"

万历二年二月初六，新皇帝登基之后的第一场会试。由于张居正之子张敬修参加考试，为了避嫌，由次辅吕调阳、吏部左侍郎王希烈充任考试官。

按例考三场，共九天。第一场，考生们要撰写《经义》一篇，五百字。《四书义》一篇，三百字。第二场，《礼乐论》一篇，六百字。第三场，《时务策》一篇，一千字。

到了最后一天，皇城东头的贡院里的考生像潮水一般涌出来，泛滥到南边的鲤鱼胡同，甚至泡子河边。望着那些满脸疲倦的考生，吕调阳心里头如同压着一块大石头，既劳累又沉重。他脚步匆匆，急急忙忙地找到阅卷房，翰林院编修沈一贯埋首在堆积如山的答卷中，忘我地批阅着。

"肩吾啊！"吕调阳亲切地唤着沈一贯的字号。

沈一贯头也没抬一下："次辅大人何事？"

吕调阳把嘴巴附在沈一贯的耳边，悄声说道："吕某拜托肩吾一件事，望多多关照！"

沈一贯这才略微抬头："只要次辅大人的事，下官定当效力！"

吕调阳道："虽不是自家的事，却远比自家事重要千万倍！"

沈一贯问道："到底何事？"

吕调阳环顾四周，看到众人都在埋首苦干，低声说道："首辅大人的大公子张敬修也参加了这次的会试！他的每一场答卷上都做了记号，卷首开头文字画了一个小圈圈，里边一个点，好像一个日字。首辅大人特地吩咐说，张敬修的答卷要秉公批阅。到时请肩吾仔细一点儿看，阅后给吕某过目一下！吕某定当感激不尽。"

沈一贯沉思片刻，应道："下官知道了！次辅大人放心吧，天下寒士苦读十年，参加一次会试也是非常不容易，下官深知肩上责任如山，定会如履薄冰，小心谨慎的，为皇上择取最优秀的人才！"

过了好一阵子，吕调阳坐得不耐烦了，心里头如同千万只蚂蚁在爬行着，于是又去找沈一贯。只见沈一贯左手遮住卷首，右手在一张答卷上挥毫泼墨，涂涂改改，顷刻间满张试卷尽是涂鸦，仿佛是暴雨降临之前的翻滚乌云，黑压压的一大片。最后又在答卷的末尾写上工工整整的两个字"不通"！

吕调阳心下暗想，这是哪个考生的答卷，如此糟透？急不可耐地移开沈一贯的左手，顿觉两眼昏花，只见卷首文字前画了一个大大的"日"字，这正是张敬修的记号。

吕调阳使劲地眨着眼睛，生怕自己看花了，再定睛一瞧，的的确确是张敬修的答卷。不由得张开嘴巴，额头直冒冷汗，双脚微微颤晃，磕磕巴巴地说："这、这，肩吾怎么这么阅卷？"

沈一贯抬头凝视着吕调阳，问道："怎么啦？你再看看张敬修的《四书义》和《礼乐论》几篇，简直就是——"正要说出"狗屁不通"四个字，忽觉得不雅与不尊，赶紧捂住嘴巴。

沈一贯拿起旁边张敬修的其他答卷，除了字迹稍稍工整外，通篇文理紊乱，毫无可取之处。《四书义》三百个字，甚至都是抄录朱熹的释文。

到了科场拆卷填榜时，张敬修自然榜上无名。看得吕调阳双腿无力，浑身虚脱，似乎刚从噩梦之中惊醒过来，恍惚不宁。仿佛张居正就站立在跟前，板着脸，翘起胡子，双目闪着冷光逼视着自己。

"沈编修，这叫吕某怎么去面对太岳先生？"吕调阳感到突然袭来一丝恐惧，又瞬间扩散将全身紧紧束缚着。

沈一贯很镇定："次辅大人莫忧心，如果太岳先生问起，天大的责任沈某一人扛下来，绝不连累任何人！"

吕调阳抬起袖子拭了拭额头上的汗珠子："好的好的，肩吾辛苦了！"

填榜之后，吕调阳拿着会试中举的贡士名单以及张敬修的答卷，战战竞去见张居正。

张居正把名单从头到尾足足看了三遍，贡士一共二百九十九人，姓张的倒有十三个，却没有张敬修的名字。张居正不自在地晃动着身子，鼻孔里"哼哼"几声，又是吓得吕调阳大汗淋漓。

"把敬修的卷子拿来看看！"

吕调阳恭恭敬敬地呈上去。

不看则已，一看张居正猛地拍下案桌，吕调阳只觉得自己的心儿都跳飞出去了，脸色刷地一下发白。

"答什么题？简直是狗屁不通！沈一贯批阅得好！俗语说虎父无犬子，这句话怎么到了张某身上就不灵了？"张居正气得紧咬嘴唇，双眼瞪视着答卷，恨不得一下子把它撕碎吞下肚子，最后幽幽地冒出一句，"丢人啊！"

吕调阳道："听鲤鱼胡同会馆里的人说，大公子来京城后偶染微恙，故而影响了答题！"

张居正又看了看入围殿试名单，会元也就是排在第一名的是孙矿，于是眯着眼睛问道："这个孙矿是什么人？"

吕调阳回答："浙江余姚人。其祖父孙燧本是江西巡抚，宁王朱宸濠之乱死难。其父亲孙升，世人称笃行君子，做过南京礼部尚书！"

张居正微微愠火："不是问他的祖父和父亲，张某现在也是当朝大学士、内阁首辅！把孙矿的答卷拿来瞧瞧！"

不一会儿，吕调阳就叫沈一贯送来了孙矿等人的答卷。张居正连读了好几卷，摇头说道："都是不太通，不过要比敬修的好一点点！要是殿试之时让皇上看到这样的答卷，定会龙颜震怒，还以为考官们在徇私舞弊！"

吕调阳跟沈一贯面面相觑，吕调阳凝思了片刻，说道："虽然这次会试举人几近四千六百，但确实找不到一份令人拍案叫绝的答卷。吕某以为，会元孙矿在殿试时，不能列为第一甲。"

张居正的心里总算得到了平衡，爽快地应声："行！"

4. 慈不掌兵，仁不掌政

三月十五日，万历皇帝御临皇极殿，亲赐考题时务策一道，限定贡士们在日落之前交卷。由张居正、吕调阳等亲自充任读卷官，最后裁定第一甲三名：状元孙继皋、榜眼余孟麟、探花王应选，赐进士及第。第二甲七十名，传胪即第一名支可大，而孙矿却被甩到了第二甲第四名。

殿试之后，万历皇帝把张居正召进乾清宫。

"朕现在盼望自己快快长大，然后亲自去参加会试，跟那些进士一决高低！"万历皇帝气定神闲地说道。

张居正道："那些贡士只不过是凡间的泥鳅而已，怎么可以跟真龙相比？"

万历皇帝呵呵笑道："今日殿试，朕真想给贡士出个对子，见识一下他们的真本领！"

"以后臣教万岁爷学会对对子，就可以如愿以偿了。"

"朕现在就要学对对！"万历皇帝急不可耐地说。

"那臣就出一个试试吧！天地泰，皇上请对下联！"

万历皇帝脱口而出："日月明！"

张居正拍手叫道："万岁爷果然聪颖过人！宣宗皇帝十五岁时，曾经随同成祖皇帝一起骑射。宣宗皇帝连发三箭都射中，成祖皇帝大喜，于是出了个对子，'万方玉帛风云会'。宣宗皇帝应声对出，'一统山河日月明'。成祖皇帝欣喜万分，赏赐宣宗宝马一匹。真所谓天纵聪明，首出庶物，万国咸宁！如今万岁爷的第一个对就与宣宗皇帝不谋而合，实在是可喜可贺！"

万历皇帝听后一阵狂喜，大叫道："先生所说的都是真的？"

张居正点点头："臣哪敢欺骗万岁爷？"

万历皇帝又蹦又跳："这真是太好了！朕也没有想到自己会这么棒！"

正在得意忘形之际，忽地传来李太后的喝声："皇上为何如此疯狂？"

张居正连忙低下头，不敢与李太后对视。自从跟莞儿缠绵上手之后，李太后愈像驱之不去的魅影，一直浮现在张居正的脑海里。

李太后却盯住张居正紧紧不放，问道："贵公子敬修回荆州了吗？此次会试落第，纯属意外。本宫想赏他点儿东西安慰一下！"

万历皇帝有点讶异："怎么？先生的大儿子也参加了会试？"

张居正脸上一阵火辣辣的："犬子不成才，怎么好意思让太后娘娘和万岁爷牵念？他被臣责骂几句，灰溜溜回荆州去了！"

万历皇帝又说："宫中谣传，状元孙继皋是正德九年甲戌科状元唐皋的转生，是这样吗？"

张居正答道："这是无稽之谈，两个状元的名字都叫皋，都是甲戌年进士科的状元，所以胡乱附会。皇上不可轻信！"

李太后忽地又问："先生双亲都健在吧？"

张居正说："家中双亲年已七十，都康健得很！"

李太后叹道："这太好，真是有福之人！本宫虔心向佛，平日也吃斋饭。就求个健康长寿！本宫想捐出三千两，重修涿州娘娘庙，广积阴德，以求后福！"这个娘娘庙里头供奉的是泰山碧霞元君，香火极旺。碧霞元君，或说是黄帝玉女，或说是华山玉女，不知道在什么时候从泰山来到涿州，妇女尤为崇信，简直成了民众心中的圣母。

张居正叩首道："太后慈悲为怀，必定感动上苍，臣明日就责成工部督建。"

次日，张居正找到工部尚书朱衡："传太后懿旨，发银三千两与工部，重修涿州娘娘庙。"

朱衡本以为杨博去后，吏部尚书的位置非己莫属，不料半路杀出个程咬金，让一个被人鄙视的无名之辈张瀚夺去了。朱衡认定这是张居正从中捣鬼，加上朱衡本来就是趾高气扬之人，于是对张居正心怀愤恨。

朱衡铁着脸，拂袖说道："臣不敢奉旨！"

瞧见朱衡脸色难看，张居正心里嘀咕着，这家伙定是为了张瀚的事耿耿于怀。平日在朝官中颐指气使，不可一世，没想到今日撒风头出到本阁面前。

张居正强忍住怒气："为何不可？这可是太后的懿旨！"

朱衡哼哼几声：江陵恶贼，阴险狡诈，勾结太监冯保，假传圣旨，驱逐高拱。借王大臣案，又想致高阁老于死地。朱希忠封王，也是他一手操作。现在又把太后抬出来压我，我就不奉命，要割要剐，由你好了。遂说道："修建娘娘庙，这本是被佛家、道家斥为邪门异端。假借祸福之说，蛊惑世人，更是异端中的邪教。涿州娘娘庙，来历不明，京城周遭，崇信者日众，整天不务正业，都忙着往娘娘庙跑。如此一来，世风败坏，人心腐化。烦请首辅大人转呈太后，朱某断断不敢领旨！"

张居正虽见朱衡说得不无道理，但是一看朱衡那副桀骜不驯的神态，不由得心生厌恶。此时不整一整，更待何时？

于是张居正冷冰冰地问道："朱尚书果真不奉旨？"

朱衡强硬回应："宁死不奉旨！"

张居正怫然不悦而去。步出工部署衙，迎面撞见户部右侍郎李幼滋。此人是张居正的老乡，荆州应城人。胖的像一头大肥猪，最喜喝酒、喝茶，平日在家总是酒壶、茶壶、尿壶不离手，时人戏称李三壶。但是他还有第四壶，对张居正的忠诚如同冰心玉壶，一片纯洁。

李幼滋碰到张居正，立即费劲地挺直胖嘟嘟的身子，热乎乎地问候："张相爷哪里去啊？"

张居正看到这位李三壶，心中的愤懑散去了一大半。

李幼滋见张居正愁眉不展，闷声不吭的样子，关切地问："相爷有什么想不开的说出来，李某为相爷分忧解难。"

张居正恨恨地说道："不谷还未见过像朱衡这么老奸巨猾的人，一点儿也不亚于高拱。暗结言官，图谋肇事，可是竟然没有一个人看得出来！"

李幼滋是个极其聪明的人，当即说道："朱衡虽然狠躁，但是几乎得罪所有的朝官，老弟保他三天之内必会自动向皇上递交辞呈。"

张居正拍了拍李幼滋的肩膀："义河不愧为义气之河，张某此生，恐怕也只你这么一个异姓兄弟了。"

李幼滋很快就找到一个叫乔承华的中书舍人，这人做梦都想着攀附张居正，好让自己飞黄腾达。所以他整日有事没事都去张府串门，跟游七混得烂熟。于是游七就把朱衡的秘密透漏给乔承华，乔承华如获至宝，连夜去敲兵科给事中蔡汝贤的家门。

谁知蔡汝贤不屑地说："弹劾人、献媚人，岂是吾等士大夫所为？"

乔承华碰了一鼻子灰，仍不死心。又去找礼科给事中林景旸，林景旸可顾不上什么大义，他刚刚由庶吉士转正为礼科给事中，初涉仕途，满头雾水，正苦恼着怎么往上攀爬。乔承华给他指点迷津，嘴巴附在他耳朵边，如此如此。林景旸大喜，当日傍晚即上疏乾清宫，弹劾朱衡刚愎、骄横。朱衡赶紧上疏辩护，并乞求告老。接下去就毫无悬念了，万历皇帝稍作挽留之后，下诏加封朱衡为太子太保，让他坐上大马车，风风光光地衣锦还乡。

张居正立即提拔老成持重的户部左侍郎郭朝宾为工部尚书，而林景旸从此之后也踏上坦途，依例新任的科道官吏要出外考查地方官吏，但是吏部很快就发出文书，林景旸升任户科右给事中，不必出外。

虽然只一个手指头就扳倒了朱衡，但是张居正并没有感到丝毫的惬意，反而有一点点沉重。想当年高拱执政时，在朝廷上可是一呼百应，鲜有大臣明目张胆地跟他叫板。看来要想号令群臣，还得借助李太后的力量。

过了几天，有一个翰林院的小吏慌慌张张地跑来说，翰林院的屋檐上有两只白色的燕子，小池塘里也长着三株双蒂白莲花。一时间轰动皇宫，这个世界上燕子几乎都是黑色的，有几个见过全身雪白的燕子？莲花双蒂，本来就是罕见的事。这真是两桩奇事，而且是异常祥瑞的奇事。

张居正赶紧叫那小吏把白燕子和双蒂白莲花一起给乾清宫送去，献给李太后。

刚到乾清门前，就撞见冯保。冯保左看看，右瞧瞧，也是爱不释手。

"我说太岳先生啊，皇上正值冲年，不可以拿这样奇形怪物去逗引他的玩性。"

张居正似乎有点不高兴："冯公公，我这是给太后送去。何况国家将兴，必有祯祥。这正是大明中兴的吉兆啊！"

乾清宫里，李太后不停地轻抚着那两只白燕子，只见它们浑身透白，几乎没有一根杂色毛，仿佛就是两团小雪球。又看看那三株双蒂白莲花，晶莹可爱。

"唐代姚合有诗写道，芙蓉池里叶田田，一本双枝照碧泉。浓丽共妍香各散，东西分艳叶相连。没想到本宫今日真的看到了这样的祥瑞之物，难得张先生一片忠心！"李太后赞不绝口。

万历皇帝则不停逗玩着那两只白色燕子，模仿小鸟"咕咕"叫。

张居正凑过来说道："万岁爷有德，天降祥瑞，可喜可贺！"

万历皇帝客客气气地回应道："朕何德之有，大明离不开张先生的辅佐。白燕、莲花，奇瑞之物，可都生长于翰林院，老天正借此以见张先生为社稷祥瑞，花中君子。"

几句话说得张居正喜上眉梢，怡然自乐。

可是第二天一大早，冯保就急匆匆地把张居正唤到乾清宫。

看到冯保一副神色慌张的样子，张居正问道："什么事？"

冯保低声说道："昨晚一夜之间，两只白燕子全死了，三株莲花也萎靡下去。"

"啊?!"惊得张居正大张嘴巴。

进宫之后，只见万历皇帝和李太后满脸沮丧，坐着默然不动。

万历皇帝说道："太后本是非常欢喜，今早一起床，燕子没了。再看看池塘里的莲花，也都枯下去了。朕叫人把它们全都扔了！太后现在是茶饭不思！"

张居正一看，果见李太后愁眉不展，动人的脸容仿佛披上一层薄纱，忧郁憔悴。只看得张居正心都要碎了，安慰说："臣昨日所献本是玩物而已，皇上英明圣德，何愁越裳不来献雉，倭人不来贡畅?"

万历皇帝也过来说道："母后别想得太多，这些玩意儿可有可无。母后要是喜欢，朕下旨让人去四处找找。"

李太后缓缓念道："人身难得，如优昙花。优昙花三千年一开，可见生命弥足珍贵。世间万物皆有生命，白燕如此，蝼蚁如此，花草树木如此，人身更是如此。这么一个道理，本宫修行多年，未能参透。今晨一起，忽见白燕子悄然而逝，本宫顿悟到佛经上面的这句话。生命无比脆弱，所以佛家说众生平等，扫地不伤蝼蚁命，爱惜飞蛾纱罩灯。马上又要秋决了，每每念及囚犯家中的老母哭瞎了双眼，本宫就恨不能此身去替代囚犯。让囚犯有个改过立新的机会！"

"母后想说什么？"

"皇上还年幼，不宜多杀生。今年秋决，母后请求皇上下诏暂停今年的秋决！"

万历皇帝为难地看了看张居正。

张居正跪下磕头说道："圣母好生之心，感人肺腑，臣怎敢不从？但是万岁爷即位以来，屡屡停刑。俗话说春生秋杀，天道不偏废。田间杂草不除，反而害了稻谷。凶恶不除，反而害了良民。不错，那些死囚的家人不胜其哀，可是太后也要替那些被害者的家人想想，他们眼泪也不知道会流到哪年哪月？"

万历皇帝又看了看李太后，李太后默然不应，许久才长声叹息道："难道佛家说错了话吗？"

正说话间，冯保冒冒失失地闯进来，手捧一封奏折，说道："万岁爷，奴才刚刚收到兵部尚书谭纶的折子，两广总督殷正茂万里急报，广东海警又起。曾一本贼寇余孽林凤忽然出现在潮州外洋！"

万历皇帝打开折子一看，大惊失色："怎么广东贼寇这么多，剿灭了一个曾一本，冒出一个林道乾。灭了林道乾，又冒出一个诸良宝。诸良宝被广东总兵张元勋烧死，现在又钻出来了个林凤。"

李太后双手合掌，大念"阿弥陀佛，苦了潮、惠的芸芸众生了"。

张居正咬牙切齿地说道："南方之贼，譬如原野杂草，焚尽之后，春风吹又生。自古以来征剿南寇的，从未见过一举而收荡平之功。"

万历皇帝问道："先生运筹帷幄之功，罕有匹敌。如今还是依赖先生的智术了！"

张居正恨恨地说："广贼不灭，臣不安心！这一次臣定要荡平海寇，让万里海疆晏然无事。"

5. 惊涛又起

广州城内，两广总督殷正茂接到张居正的亲笔信，展开一看，上面写着：

"粤贼林凤复为寇患，劫掠潮、惠二州，朝廷震动，圣上寝食难安。从古以来经略南方，从未一举荡平。不谷已在御驾之前立下军令状，三个月之内必破林凤。如未破，不谷宁可自贬为两广总督，亲自督军灭贼。而殷总督何去何从，好自为之。今当申严军令，调遣精兵，大事芟除，痛下戮心，勿论降否，见贼即杀。文武将吏有不用命者，宜照圣旨，悉以军法从事，斩首以徇。如剿贼不力，不谷唯殷总督是问。海寇祸害南方已久，今日不惜一朝之费，而贻永世之安宁，望殷总督留意焉。"

殷正茂脸上顿时愁云密布。隆庆初年，刘焘征剿曾一本，聚集福建、广东、广西三地水陆大军，合力围歼，方才擒获曾一本。而林凤早已脱身逃走，不知去向。如今卷土重来，据称其众超过一万人，大小船只四百余艘。而林凤的剽悍狡诈，绝非曾一本可比。更糟糕的是广西瑶、壮暴动，牵制了大量的官兵。福建巡抚刘尧诲又拥兵自重，不肯轻易出师。以广东一隅之力，能与林凤周旋就谢天谢地了。更何谈三个月内灭贼？简直是痴人说梦。

总兵张元勋一头凑过来，说道："灭贼难，但是要做到广东无贼，那就容易。"

殷正茂问："怎么做到广东无贼？"

张元勋道："隆庆初年林凤漏网之后，逃亡澎湖，以此为巢穴，大招兵马，海上无赖、流寇纷沓而至，甚至连倭寇也甘心投靠。五六年之内遂有四五万之众，声势大盛，威震东海。这一次林凤以南澳岛为据点，进犯潮州、惠州，势不可当。本总兵有一计，可以把林凤从广东赶走。"

殷正茂急不可耐："既然有计策，还不快说？"

"总督莫急！林凤巢穴在澎湖，所以海寇的家眷老少也都在澎湖。总督可书信一封，让福建水师直捣澎湖敌巢，吾等则聚集广东水陆大军，直攻南澳岛。林凤腹背受敌，必然退守澎湖，这叫作围魏救赵、批亢捣虚。"

殷正茂大喜，笑嘻嘻道："想不到我的张总兵还真如此精通兵法！把林凤赶出广东之后，我们岂不什么事也没有了？"

此时的广东南澳岛外洋，朝阳像一块金色的光布披散在海面上。上百艘战船整齐有序地列成七八个队形，虽然海寇们被官兵讥讽为乌合之众，但是林凤的船队其实是训练有素，其队形无论是在作战中还是航行中，几乎都像是一个密不可分的整体。

在隆庆二年官兵奋力围攻曾一本时，林凤曾经苦劝曾一本暂避锋芒，或者下南洋，或者东走澎湖。但是曾一本坚持己见，宁死不避，最终战败于马耳澳，几乎覆灭。林凤逃离广东之后，一度准备南下吕宋、占城，甚至爪哇。但是一位日本长崎的海商庄公告诉他，澎湖列岛是个不错的落脚之地。佛郎机人要从吕宋北上日本，必经澎湖。此处港湾众多，景色宜人，商船往来密集，成了海商们避风浪、避官军的理想天堂。

于是林凤东走澎湖岛，振臂一呼，海商们从四方纷纭而来。五六年间，从两三千人扩展到一两万人。林凤俨然成为东方的海洋霸主，就连佛郎机人也要敬畏三分，每年路过澎湖，都要奉送大量的财物、布帛。

林凤，年约四十，体形魁梧，肌肤黝黑，站在高大的战船上，一双眼睛就像黑夜中的灯笼，发出耀眼的亮光，让人见了无不精神一振。几年过去了，他更为沉着、机智。此刻正透过望远镜，警惕地瞭望着前方变幻莫测的洋面。

"爷！"旁边一个五短身材的日本人轻声唤道，"哨船探来消息称福建的官军似乎有蠢蠢欲动的迹象。"他就是庄公，跟所有的倭人一样，长着一双狡黠的眼睛，诡计多端。

"福建的官兵一出动，必会断我后路。"林凤手握望远镜，一动也不动地观察远方的动静。

庄公咧嘴说道："抄袭我后路并不可怕，最可怕的是冲着澎湖而去，我们的家眷都在那里。"

"这帮畜生，终于来了！"林凤恨恨地骂道。庄公往前一看，果见前方洋面出现了数不清的黑点。

庄公有点心虚了："爷！我们还是退回澎湖吧！"

林凤嘿嘿笑道："惊啥？我们有的是红毛番的大炮。"

顷刻之间，洋面上各色彩旗漫天飞舞，广东水师战船遮天蔽日而来。总兵张元勋站在船头，手中的长刀直指着南澳岛。张元勋吼叫道："众人听着，看本总兵手上的大刀为号令！"

说罢张元勋大刀一挥，在空中划出一道优美的弧线。广东水师将士齐声吆喝："追杀林凤贼寇！别跑了一个！"随着一声炮响，上百艘战船"一"字形在大海上排开，仿佛赛龙舟似的直赶过去。

庄公叫道："爷，要不要下令迎战？官兵们过来了！"

林凤透过望远镜细细察看，广东水师的战船横成一条线齐刷刷地冲过来。心中大为疑惑，张元勋这狗官摆的是什么阵势？一条线排开，随便一冲就会被冲得七零八落。擒贼先擒王，打沉张元勋的座船，官兵不战自溃。于是扯破喉咙下令道："推出大炮，待官军进入射程之内，专打中间那艘插着大旗的船只，把那狗官炸得稀巴烂！"

张元勋大刀又一挥，水师战船纷纷像离弦的箭直射而出。可是林凤的船队却依然毫无动静，既没有迎战的动作，也没有逃跑的迹象。正在心疑要不要继续前进之际，忽地轰轰几声巨响，海面上腾起几丈高的水柱。广东水师阵中火光四起，爆炸声此起彼伏，瞬间一艘战船被林凤的大炮击中，马上撕裂开来，木屑四溅，船上的官兵哭喊声一大片，被炸得血肉模糊。张元勋气得牙痒痒，乱舞着大刀，高声叫道："兄弟们，冲上去，活捉了贼头林凤！"

官兵卷起袖子，赤膊奋力摇着船桨，拿兵器的拿兵器，摇彩旗的摇彩旗，射箭的射箭，全都手忙脚乱，慌作一团。眼看就要短兵相接了，可是林凤的船队纹丝不动。

张元勋心中大骂，刘尧海这个王八蛋，为什么还不出兵？突然四周犹如过节放鞭炮般的"噼啪"响声大起，官兵们的惨叫声阵阵，不绝于耳，就像秋天落叶似的坠到海里去。没多久，水面上就漂满了官兵的尸体，惨不忍睹。原来林凤的大军中有一支两三百人的铳手队，装备着西洋人制造的火枪。其威力甚猛，让官兵大为震骇。

张元勋就要哭泣起来，贼寇们哪来那么多的火铳？别说去驱赶他们，我们没被火铳射出一个个窟窿就万事大吉了。正在伤心绝望之际，忽见海寇的船队一阵乱糟糟，全都掉头而走了。

张元勋大喜，一定是刘尧海偷袭了他们的老巢澎湖岛。于是急匆匆地挥着大刀，高声叫道："追击！给本总兵追击！打得他们落花流水！"

林凤那头没命地往回撤，官兵这头却不急不慢地追赶。过了大半天，有个参将报告张元勋："总兵，前方就是福建玄钟所水域了！"

张元勋一听到福建两个字，立即下令停止追击。那参将不解地问："为什么停下来？我们快要追到了，马上就可以建功立勋了！"

张元勋狠狠地白了他一眼："你这个龟蛋还想邀功？卵子没被火铳打破了，已经是命大福大了！本总兵只清除广东水域的海寇，各人自扫门前雪，莫管他家瓦上霜。其余的事，就有劳刘尧海了！号令全军，吹响唢呐，敲打战鼓，凯旋！"

林凤率部迅速撤入福建海域之后，看到身后的广东水师无影无踪，总算舒了一口气："这些狗只会相互撕咬，有几个会打仗的？但愿福建的官兵也不会真的去偷袭澎湖岛吧！"

庄公哭丧着脸报告说："爷！大事不好了，福建水师出动大军已经向澎湖而去了，有战船一百三十五艘，四万多人！怎么办？"

林凤吼叫道："哭什么哭？立即回澎湖，跟官兵决一死战！"

当晚夜里，澎湖列岛火光冲天，炮声隆隆，福建水师在总兵胡宗仁、参将呼良朋的率领下，趁着黑夜偷袭林凤。林凤寡不敌众，被迫东撤到台湾的魍港（注：今天台湾嘉义布袋镇）。胡宗仁、呼良朋穷追不舍，又在魍港大败林凤。林凤走投无路，只得又绕回到澎湖列岛。

"爷！官兵又杀过来了，我们要往哪里去？"庄公脸色苍白，指着洋面上一大片黑乎乎的战船，惊恐地问道。

林凤眺望茫茫的大海，涛声如雷，像是在吟唱着一首哀歌，让林凤潸然泪下："天地浩渺，如今竟无阿凤的容身之地！"

嗟叹之间，忽地部将马志善来报，截住了两艘来自吕宋岛的商船。

"吕宋?!"林凤的脑中如同闪过一道闪电，"待爷爷亲自去看看!"

登上商船，船主李二和张四吓得浑身发抖，战战兢兢。

林凤下令马志善和李成彻底翻查商船上的货物，结果搜出吕宋岛的香料特产、数不清的黄金和双柱银元（注：西班牙殖民者在南美洲制造的贸易银元）。林凤随手捞上几个银元，叮当作响。

李二和张四嘿嘿笑道："爷爷需要的话都拿去吧! 小人只要性命!"

林凤哼哼冷笑几声："本大爷不图这点小货! 爷且问你们，你们当真从吕宋而来?"

两人一副苦瓜脸："爷，难道这些货物还不能说明一切吗? 我们两个绝不是官府的奸细，爷请放心!"

"那二位给爷说说吕宋岛的事! 西洋的红毛番兵力如何?"

"吕宋港内只有红毛番七十人，其余的都派去劫掠邻近的小岛去了! 我看爷兵多势众，攻取吕宋岛易如反掌。澎湖地狭，容易受到官府的围攻，绝非英雄用武之地。爷何不如南下吕宋，取了那吕宋岛，自立为王，岂不逍遥自在?"

"取了吕宋岛，自立为王?!"林凤兴奋地差点儿就要叫起来。一股热血从脚底涌起，直至脑中。好男儿当志在天下! 自己当年就这样劝告曾一本的。天下是靠自己的双手打出来的，既然官府不容人，我又何必待在这个自闭、黑暗的国家? 林凤心里在大声呼喊道："阿凤要去闯南洋，开疆拓土! 阿凤要当一个大英雄!"

这个雄奇的美梦林凤不知道做了多少回。

林凤站立在船头的高处，激昂地吼叫道："兄弟们! 扬起船上的风帆，鼓起你们的勇气，激发你们的热情，紧跟着阿凤下南洋去吧! 我们不是海寇，我们是顶天立地的勇士!"

庄公、马志善、李成等人激动地说："爷! 这是扬名立威于天地的机遇啊! 我等愿意以死相随。"

船上立即响起雷鸣般的呼叫声，那些勇士的双眼里透出了无比热切的渴望。大家都凝视着林凤那张果敢坚毅，如同钢铁铸就一般的脸，一阵惊天动地的喊声响彻上空："我们愿随同阿凤大哥，走向海洋，去开辟新天地！"

顿时鼓声如潮，激起了海面上如高山一般的惊涛骇浪。天边远处，一大群海鸥俯冲下来，尖利的叫声，像是一首悠扬而又悲壮的战歌，久久盘旋在林凤的头顶上。

6 亡命走天涯

"什么？让林凤逃脱了，跑到吕宋岛去了?!"张居正读了兵部呈送来的福建巡抚刘尧诲、两广总督殷正茂的奏报，不禁勃然震怒，几乎就要掀翻了内阁里的案桌，"简直是两个大痴呆，五万大军、六七百艘战船，竟然困不住一个区区的林凤？朝廷的颜面何在？皇上的威严何在？本阁恨不得立即将他们罢职了事！"

"太岳请息怒！这个林凤狡猾异常，加之拥有西洋人的大炮、火铳，官军难以取胜，这是在意料之中的事！"次辅吕调阳平静地说。在张居正面前，吕调阳从来都是静如止水。

"吕宋岛在哪里？把《三宝太监航海图》拿来！"

当年明成祖为了找寻在靖难之役中失踪的建文帝，派遣三宝太监郑和下西洋。郑和在第六次下西洋之后，绘制了一整幅的西洋全图，成为大明看世界的唯一一扇大窗子。

吕调阳取来《航海图》，它层层包裹在一块黄色的精美绸缎之中。铺开之后，整整两丈有余。

张居正嘴巴大张，惊叹不已："想不到三宝太监竟然还会留下这么一个稀世珍宝！"

吕调阳小心翼翼地在航海图上用手指画了一个圈，指着上面"石塘、万生石塘屿""石星石塘""千里石塘"说道:"大明的万里海疆绵绵不绝,就到这里!"(注:这三个地名分别是西沙群岛、中沙群岛、南沙群岛的古称)

"吕宋岛,看到了!"张居正像个小孩子似的,显得很兴奋。

"前朝至元十三年,同知太史院事郭守敬上奏元世祖,设监候官十四人,分赴全国各地立表测景,这就是四海测验。元世祖选定了六个测景点:南海、衡岳、岳台、和林、铁勒、北海。当时郭守敬就把南海测景点设立在这里。"吕调阳又指着《航海图》上一大片小圈圈小点点如同沙砾石的石星石塘说道。

张居正忽地想起什么:"本阁也曾读过,至元十六年三月二十七日,元世祖敕令郭守敬,由上都、大都,历河南府,抵南海,测验晷景。郭守敬不辞万里,亲自到达南海,想必就是这个地方吧?"

吕调阳点头说道:"正是,大明与吕宋岛就以此为界。据广东的渔民说,此处岩石星罗棋布,成土黄色,组成一个簸箕状。周边任凭波涛汹涌,里头就是一片静水池塘。海上风浪甚急,林凤如果真的要去吕宋岛,必经此处。"(注:此即黄岩岛)

张居正脸上杀气腾腾:"严令刘尧诲和殷正茂,派出水师穷追不舍,就是追到天涯海角,也要把林凤生擒回来,绝不能让贼寇们逍遥海外。"

此时的南海洋面,正值台风肆虐的季节。天空如同黑夜一般,简直就要塌下来。乌云翻滚,呼啸的飓风卷起海水,巨涛冲天。整个大海就要倾覆过来,林凤的六十二艘帆船就像是水里漂浮的叶子,不断随着此起彼伏的骇浪上下颠簸。船上载有水陆兵各两千人,妇孺一千五百人。还有大量的猪、牛、羊等牲畜,铁犁、铁铲以及水稻、大豆等种子。此时的林凤骄傲无比:这是去开辟一番新天地,亘古以来,还未曾有过像我那样的大英雄,做出如此的惊天壮举!

庄公虽然常年在海面上混日子,但是从未经历过如此猛烈的海浪,颠簸得他呕吐不已。林凤则紧紧拉住缆绳,像尊石头雕塑,屹立不摇。除了远征吕宋,他已经别无选择了。背后的大明正把林凤当作浪迹天涯的盗贼,福建巡抚刘尧诲已经派出把总王望高,率领一支船队,昼夜不停地追赶而来,试图把林凤抓捕回京城,像当年的曾一本那样,送上断头台。

"我绝不做曾一本，宁可葬身鱼腹中，也不愿死在官府的屠刀之下！"林凤紧紧握住双手，脸上凝固得像一块石头。

飓风越刮越猛，浪涛也是越来越高。林凤既高兴又担忧，高兴的是可以甩开王望高的追袭，担忧的是船上的那些经受不住风浪，东倒西歪的妇孺。

李二和张四就是靠着跟暴躁的大海搏斗而谋生的，所以他们对南海上的航路情况了如指掌："爷，前方几十里处有个避风港！我们海商路遇大风浪，必定要进去躲一躲！对于经常海上往来的人来说，那里就是逃生之地！"

"哦！太好了，还不快带本大爷去！"林凤兴奋得大叫起来。

于是在李二和张四的引领之下，林凤等人往前行进了两个时辰，终于看到前方一线绵延数十里的白浪。绕开暗礁，小心翼翼地驶入之后，果见里边风平浪静，一片美丽的浅蓝色。

船上的人们惊呼起来，多么奇妙的地方啊！

李二和张四说道："在这里，四五年前海商们跟红毛番大战一场，当时吕宋岛的红毛番总督黎牙实备派兵进攻吕宋港，路经此地，悍然炮轰在港湾内躲避风浪的海商船只。海商们奋起反击，但终因寡不敌众，二十多人被杀，六十人被俘。但是后来红毛番也意识到这是一场误会，所以主动释放了被俘的海商们。"

嘉靖四十四年，大明的名将戚继光与俞大猷正为肃清倭寇而兴奋时，西班牙人黎牙实备却在国王菲利浦二世的授命下率领战舰五艘，士卒四百，从墨西哥出发，远征东方。很快就占领了吕宋岛，并被任命为首任总督。在华人眼里，西班牙人皮肤白皙，头发棕红，简直就是林中的红毛猴子，所以把西班牙人称为红毛番。

林凤仰天感叹道："郑和之后再无郑和！想想红毛番，他们简直就像一群猴子爬满了整个吕宋岛，而且也不断地向大明发起挑战！大明的皇帝却像一个拿着拐杖四处挡人的可恶瞎子，不但自己走不了路，也不让任何人跨出半步。"

次日凌晨，飓风已过。港湾里一片清澈透明，水中色彩斑斓的珊瑚清晰可见。和煦的朝阳如同一块薄纱，披散在一望无垠的大海之上。林凤的勇士拉起风帆，重新踏上征途，行进了五六百里之后，终于在十月初看到一块黑沉沉的陆地。

李二说道："爷，那里就是伊禄古，由红毛番的大将温萨尔塞多据守着！听说此人是红毛番原任大总督黎牙实备的孙子！"

"管他什么孙子不孙子！马上给我进攻！抓住了红毛猴，一个个拔了毛蒸着吃！"林凤大手一挥，数百名勇士悄悄逼近伊禄古。正看见前方有一只小船，林凤的兵泅水过去，一逼近立即跳跃上去，抽出小刀，抹了西班牙人的脖子。岸上的西班牙人发现后，被吓得嗷嗷大叫："明朝人——一大群明朝人！"赶紧汇报在米岸的温萨尔塞多。

温萨尔塞多正仰起头猛灌美味可口的葡萄酒，不以为然地说道："什么一大群，不就是几个海盗而已吧！"拿起望远镜一瞧，结果吓得双手哆嗦，只见水里头黑压压的一大片像鲨鱼一般游过来，于是赶紧派出三个土人向马尼拉的总督拉维查理士汇报。不料那三个土人没走几步，就被埋伏在路旁的庄公等人擒拿了。

一审问才知道米岸的西班牙人只有五十多人，林凤一听就来劲了，赶紧派遣庄公带领六百人狂扫过去。温萨尔塞多一看，大叫一声："不妙！海盗不知道是我们的几百倍，快快撤往马尼拉！"马尼拉是西班牙人对吕宋港的称呼。结果温萨尔塞多只顾自己逃命，五十个部下一见长官溜了，也都紧跟在温萨尔塞多的屁股后面，没命地乱跑。

十一月十九日，"东方的海上霸主"林凤与西方殖民强盗拉开了大绞杀的序幕！

天刚蒙蒙亮，忽地刮起一阵旋风，瞬间天昏地暗。庄公等人习惯性地吹起了海螺号角，"呜呜"的沉闷响声像一曲地狱的葬歌，再次笼罩在马尼拉的上空。他们每人右手举起一只大火把，左手抄起各式各样的武器，有火铳、长枪、大刀、弓箭，甚至木棍，不断地高喊着，驾着小船逼近马尼拉。躲在碉堡里面的西班牙人透过瞭望孔，看到了一个个黄皮肤黑眼睛、视死如归的中国人，像一头头无畏的狮子涨潮般的猛扑过来，西班牙人吓得噤若寒蝉。

三年之前，吕宋国王苏莱曼对前来侵犯的西班牙人发出怒吼，结果很快就淹没在血泊之中。愤怒的吕宋人点燃大火，把马尼拉全城毁坏成一片焦土，几乎无险可守。前日总督拉维查理士听说数不清的海盗扑腾而来，赶紧连夜叫人兴建了一座碉堡，外面都是一个个泥土填塞的木柜子，又把城内的所有大炮都拉进碉堡里。守军连同撤逃至此的温萨尔塞多部属，合起来共一百二十人。他们瞪圆大眼，紧张地凝望着五倍于己的林凤远征军。

拉维查理士嘿嘿冷笑道："这些中国海盗，一闻到火药味就会四处溃散，我们尽情地享受屠杀的快感，让上帝去保佑他们吧！"

轰隆声如同炸雷，到处弥漫着滚滚黑烟。西班牙人的大炮喷出恶毒的焰火，林凤的队伍根本就无法靠岸。所幸的是狂风暴作，到处飞沙走石，海面上更是巨浪滔天，西班牙人根本就看不到任何目标，只是漫无目的地乱射一阵。

庄公的六百人任凭大风大浪的施虐，没多久就有两百条性命被卷到海底去。余下的四百人在庄公的带领下，秘密地在马尼拉南部两里处的巴拉维克登上岸。几个土人发现这些死里逃生出来的中国人，惊呼大叫："武器！武器！武器！海盗上来了！"

西班牙人视这些土人如同愚昧之徒，根本就不信他们的话，依旧躲在坚固的碉堡里面，大口大口地咀嚼着香味诱人的火腿。

西班牙人统将戈伊蒂驻守在马尼拉城外的巴贡巴扬，马尼拉骤风骤浪的恶劣天气让他很不适应。对他来说，温暖的家中仍然是最好的避风港。

庄公率部自巴拉维克登陆之后，就不顾一切地往前冲。数百人迈着大步快速跑过巴贡巴扬，嘈杂的步伐声和喧闹声甚至盖过了海浪拍打着石岸激荡的哗哗声。戈伊蒂的老婆正在睡大觉，一大早就被庄公等人吵醒过来，以为又是那些鲁莽的土著人在闹事，于是推开窗户，伸出一个懒散的脑袋，朝外面噼里啪啦臭骂一顿。

庄公抬头一看，不由得怒火中烧，这是哪家没管教的婆娘？一位土著向导告诉说，她就是红毛番大将戈伊蒂的婆子。庄公大喜，于是停止脚步，下令进攻巴贡巴扬，冲进了戈伊蒂的家，打死了所有的仆人。戈伊蒂从睡梦之中惊醒过来，吓得魂不附体。乱箭飞去，戈伊蒂躲避不及，"哎"一声右臂中了一箭，像一匹脱缰的野马跳出窗外。庄公举起火铳，"砰"的一声，戈伊蒂立时毙命。

戈伊蒂的老婆哆嗦成一团，战战兢兢地藏匿在案桌之下。庄公浪笑着走过去，几个手下再也憋不住，饿狼看到野兔似的扑过去，只听见"嗤嗤"撕裂声和"哞哞"哀鸣声，那妇人浑身衣裳顿时成了一堆破烂物，散落满地。胸前如同挂着两个洁白的铃铛，不停地晃动着。几双大手齐抓过去，吓得那妇人眼睛向上翻白，一下子晕迷在地。

庄公的破门而入很快就被证明为是一次极其愚蠢的行动，但对西班牙人来说他们获得了宝贵的一段时间。马尼拉城里的西班牙人如梦初醒，利用这个来之不易的时间差，纷纷带上武器弹药在城里头设下陷阱。庄公等人冒冒失失地冲入马尼拉城，街道两侧"嗖嗖"射出了密集的子弹，一阵子之后，七八十具尸体像堆放杂草似的胡乱躺在了地上。庄公见势不妙，赶紧下令撤军，退往甲米地林凤的大本营。

7. 异域奇遇记

"大统领，发动总攻吧！把那些红毛猴一个个抓来剜心，来祭祀战死的两百个弟兄！"庄公哭红了双眼哀求道。

林凤低垂着脸，默不作声，长声叹息了良久，才沉重地说道："这些弟兄跟随阿凤在海上出生入死，阿凤原本盼望着能够与他们一道开天辟地，共享富贵，如今却先期离开阿凤而去了。呜呼——"林凤掩脸恸哭，众人俱泪下如雨。

十一月二十一日，朝霞如血，将大地染成一片红。吕宋港湾内，五十六艘战船升满了风帆，海上女神——妈祖的画像高高飘扬，随处可见。林凤心中默念道："天上的圣母妈祖保佑我阿凤旗开得胜，歼灭红毛番！"

祭旗之后，仍然由日本人庄公率领一千五百人冒着西班牙人的炮火登上岸，将马尼拉城围得水泄不通，林凤也从外洋的船上不断开炮支援庄公的行动。一时间吕宋港湾炮声隆隆，烟焰张天。尽管攻势如潮，但是西班牙人凭借着坚固的工事和火炮将庄公死死地阻挡在马尼拉城外。

吕宋总督拉维查理士深知此战将决定西班牙王国在东方的位置。成则为王，败则为寇。一旦失去马尼拉，西班牙帝国的交叉麻花大红旗将被"东方的海盗"扯下来，永远地抛弃在太平洋海底。拉维查理士自然不敢大意，任命温萨尔塞多来接替戈伊蒂，担任统帅。把吕宋岛各处的大军都调往马尼拉，准备跟"海盗之王"林凤决一生死。

林凤命人将战鼓擂得震天响，下令调准炮口朝着马尼拉城齐轰，"轰隆隆"几声巨响，马尼拉城外的填塞着泥沙的木柜子一下子崩倒了好几个，露出大洞口。温萨尔塞多哇哇大叫："派啰塔—艾斯错啦—多俺的错（意即海盗冲进来了）！"二十多个火枪手迅速跑过来，埋伏在大洞口的两侧。

庄公杀红了双眼，怒吼一声，终身一跳，跃入马尼拉城内，举起手中的火枪正要对准冷冷一笑的温萨尔塞多。突然铳声大作，两侧火铳齐发，庄公惨叫一声，轰然倒地。一千五百人群龙无首，在猛烈的炮火下几乎丧失殆尽，马尼拉城外尸堆如山。看得林凤双眼喷火，于是命令马志善率五百人冲上去，温萨尔塞多调来大队人马，架起火枪，组成密集的火力网，马志善的突击队死伤累累，根本就无法靠近城墙，只得大败而归。

林凤恨恨地骂道："可恶的红毛猴子！"他扎紧腰带，抄起长枪，准备亲自率队进袭。但被李二、张四、马志善、李成等人牢牢扯住，劝说道："大统领，不可鲁莽用事！红毛猴诡计多端，火器锐利，强攻吕宋城实为下下策！大统领何不绕岸北上四百余里，至班丝兰，华人称之为玳瑁港。有一条阿峨河流经玳瑁港，向西注入班丝兰湾。此处气候宜人，我们可在那里安寨扎营，屯兵治粮，从长计议，跟红毛猴南北分治。"

林凤转怒为喜："此计甚妙！"于是率领船队沿着海岸向北航行数日，抵达玳瑁港。林凤在阿峨河口四里处择取了一个开阔之地，建筑城寨、架设大炮，以为长久之计。吕宋岛的华人和土著迎合者甚众，林凤就自立为王，国号为汉，定都玳瑁港。

"汉者，中华之国也！阿凤虽身在海外，却不忘此身还是汉人！"面对着跪拜如仪的人群，林凤慷慨激昂，振臂呼喊道，"把红毛猴驱赶出吕宋！"

人群里如涨潮般汹涌澎湃，叫声久久回荡在玳瑁港上空："杀了红毛猴！汉王万岁！"

远近的土著闻声而来，毕集于玳瑁港，林凤下令将带来的种子和农具分发给各部，一时间吕宋北方遍插汉王大旗，完全成了林凤的天下。吕宋各地的土著纷纷揭竿而起，到处袭击西班牙人，急得总督拉维查理士如烧烤了屁股的猴子，整日乱跳，惶恐不安。

温萨尔塞多显得忧心忡忡："海盗并没有杀害土著，所以普通的老百姓都不想逃避，反而支持他，给他送去了很好的粮食、木材及其他物品。如此一来，海盗们的气焰必然高涨，马尼拉城将不战而陷！"

拉维查理士捏紧拳头，狠狠地打在案桌上，叫嚣道："调动所有的大军，一定要将他们赶尽杀绝，即使不能完全消灭海盗，至少也可以报仇雪恨。使得西班牙帝国能够重新赢得土著的尊敬，也能使我们得到明朝皇帝的友谊！"

"明朝皇帝的友谊？"温萨尔塞多看着墙壁上挂着的一张耶稣的神像，不解地问，"几个月前总督大人不是亲手描绘了吕宋和中国的沿海地形图，寄给菲利浦二世，请国王陛下允许你进攻中国吗？怎么又讲起友谊来？"

拉维查理士说道："中国是一个富饶、人烟稠密的大国，有人夸过海口说只要国王陛下给他六十名精锐的西班牙士兵，他就可以征服中国。现在看来，中国是一个很可怕的大国，想一想那些亡命的海盗，我就不禁全身发抖。我们要学着在友谊的幌子下窃据了澳门的葡萄牙人一样狡猾。有时候，甜言蜜语比大炮还要管用。"

温萨尔塞多嗤笑道："总督大人怎么变得胆小如鼠？请给我一支大军，让我去进攻班丝兰，把那些讨厌的海盗清除干净！"

于是拉维查理士从周边的各岛调来所有的驻兵，还有文身的当地土著，征召了五十九艘船只，组成一支有六百五十名西班牙人、六千人土著的大军，由温萨尔塞多率领，在万历三年二月十二日离开了马尼拉，悄然无声地向玳瑁港进发。

七天之后，温萨尔塞多抵达阿峨河，他下令把小船连接起来，堵住阿峨河口，以防止林凤从水路逃走。一切都部署妥当之后，温萨尔塞多的人马带上四门大炮，像一大群老鼠，无声无息地登上岸。上岸之后，竟然没有发现一个敌人，温萨尔塞多大为兴奋，不停地用手在胸口画十字。

派出去的斥候回来报告，离河口四里处发现了海盗的巢穴！

温萨尔塞多决定，兵分水陆两路，袭击林凤的王城。军官卡维斯和夏康各率四十个士卒乘坐小船溯着阿峨河缓缓而上，很快就发现了三十艘林凤的小船。西班牙人突然开火，吓得小船上的人纷纷弃船跳水而逃，再沿着阿峨河往上航行，看到了数十艘船只，那些就是林凤的全部舰队。林凤万万想不到西班牙人会过来袭击，所以只派了几个士卒看守，结果船只通通被西班牙人焚毁掉。陆上军官日波拉率领大队人马一路猛攻，在林凤王城的外围守军，也遭到西班牙人的突袭，措手不及，留下一百多具尸体和七十多位妇女之后仓皇撤入王城内。

这个王城修筑得无比坚固，而且配备三门大炮和许多小炮。二月二十日，温萨尔塞多发起总攻。战斗号角还没有吹响，跑在前头的几个西班牙人就被铺天盖地的炮火轰成齑粉。吓得温萨尔塞多赶紧鸣金收兵，决定采用长期围困的战法，将林凤活活饿死在王城内。

温萨尔塞多拿着望远镜，看着王城之内的林凤"汉国"的子民日渐稀少，高兴得就要跳起旋转舞来。而班丝兰的洋面上，从马尼拉来的补给船正匆忙地穿梭着，送来了自己最喜欢的香槟酒，温萨尔塞多更是心花怒放。但是几天之后就再也没有来补给船，香槟酒也喝得一滴不剩。温萨尔塞多不由得紧皱眉头，只得喝着苦涩的河水解渴。于是拿着望远镜，站在高处不停地瞭望着浩瀚无垠的海面，从早到晚，眼皮眨也不眨地寻找远方的黑点。就那样望了七天七夜，终于在一天清晨发现北方来了两艘船只。温萨尔塞多立即又兴奋起来，但转瞬心中一沉，不对劲啊！马尼拉的补给船只应该是从南方来，那两只船不但造型奇大，而且挂着数不清的彩旗。

温萨尔塞多赶紧把眼睛紧紧凑在望远镜上，仔细一瞧，发现一幅大旗上面写着几个中国的文字。"妈的，又是海盗船！"温萨尔塞多诅咒着，即刻派出战船出海迎战。

那两艘船一见西班牙的船只，船上的人也是紧张兮兮的，立刻架起黑洞洞的大炮，准备轰击。双方正剑拔弩张，一触即发之际，西班牙船上有一个叫林必秀的华商跑到船头，张开双臂，不停地摆动着，用西语大喊说："别开火，那是大明的战船！海盗的战船没有那么大！"

温萨尔塞多听了汇报之后，猛地拍了一下脑袋："这岂不是中国皇帝派过来的船只吗？总督整日做梦要跟中国的皇帝交朋友，今天却被我撞上了。"于是经过林必秀的沟通之后，温萨尔塞多邀请大明战船上的人过来做客。

一位身披金色鳞甲的战将风风光光地登上西班牙战船，船上的乐队立即奏起悦耳响亮的乐曲。

"敢问你是何人啊？来此做什么？"温萨尔塞多问道，让林必秀做翻译。

那战将一手按住腰间的利剑答道："本人是大明福建水师把总王望高，追袭海寇林凤而来。"

温萨尔塞多一看王望高满脸英气，心中大喜，忙地伸出右手，连声道歉："误会误会！请允许我替西班牙帝国菲利浦二世国王陛下，向中国的大皇帝隆庆陛下问个好！"

王望高摇摇头："现在是万历皇帝！"

温萨尔塞多赶紧施礼："万历大皇帝万万岁！林凤如今也称起王来，叫什么汉国。"

王望高恨恨骂道："这贼厮确实可恶，竟然跑到这里来僭称王号，简直是大逆不道！此番定要擒拿回去，交给张居正大人处置！"

"张居正？"温萨尔塞多问道，"他是中国的首相吗？"

"内阁首辅，大明最有权势的人，连皇帝也要听他的话。是他严令福建巡抚刘尧海必须把贼酋林凤斩草除根！刘巡抚所以派遣本把总率战船一百艘追踪过来，本把总把大船队留在外洋，亲自四处搜寻贼寇的踪迹。本把总这回还带来了张大人亲笔书写的敕令。"说着从袖口拿出黄澄澄的敕令念道，"凡海寇首恶必办，胁从不问。"

"很好，很好！"温萨尔塞多高兴地说，"我已经把林凤死死困住在阿峨河里了。他是逃不得，按照你们中国人的说法，插翅难飞，只有饿死的份儿。"

王望高喜出望外，扑过去紧紧拥抱住温萨尔塞多，说道："首辅张大人吩咐，无论死活，都要见到林凤其人。"

温萨尔塞多呵呵大笑："林凤的死期不远了！西班牙帝国的无敌舰队抓住一个毛贼，俨如牛刀杀鸡，绰绰有余，何必麻烦中国大皇帝的船队？待在这里只能让王大人受委屈了，我派人护送王大人到马尼拉去见总督，那儿可是天堂一般，有你享受不尽的风光。"

王望高狐疑地盯着温萨尔塞多，又看了看林必秀。林必秀说道："吕宋的国主一直要跟大明通商友好，王大人何不趁此机会到马尼拉一游，领略一下异国他乡的风情？"说着又调皮地扭动着腰，"西洋的女人可是袒胸露肚，风骚得很哪！"

听得王望高口水直流，于是暂时撇下林凤，跟随着卡维斯、林必秀南下马尼拉去了。

总督拉维查理士听到来了一位中国的官吏，亲自到马尼拉城外迎接。乐队们齐奏着《圣母玛利亚颂歌》，人们夹道相迎，把王望高接入城去。

"张相爷希望无论海寇死活，都要把他们带回大明！"一见面王望高就提出要求。

拉维查理士说道："这很好办！打败林凤之后，我定会将海盗的尸体或者俘虏全部交给你们。不过——"

王望高道："国主有什么事尽管吩咐！"

拉维查理士沉着脸，走动了几步，犹豫了许久，最后还是没有说出。

王望高一下子明白了："国主先前曾经多次派遣使者欲入福建，均被福建巡抚刘尧诲所拒。这一次本总可以捎上一两个国主的使者回到大明！"

当林必秀一遍又一遍地把这句话翻译给拉维查理士听时，拉维查理士简直不相信自己的耳朵。这真是踏破铁鞋无觅处，得来全不费工夫。他脸上绽出难以形容的喜悦之情，连声颂呼："上帝佑护！"

第二十一章

锋芒毕露

1. 林凤金蝉脱壳

五月初五，拉维查理士亲自率领马尼拉城里所有的西班牙人在圣奥古斯丁教堂做弥撒。王望高抑不住内心的激动，大明恐怕没有第二人能够像他那样，目睹了佛郎机人是怎么念经唱道的。仪式结束之后王望高带上拉维查理士的使者传教士拉达、马林和西洋各色各样的进贡品，还有给自己的华贵的金链和猩红色的外袍，心满意足地踏上了归途。路经班丝兰湾时，温萨尔塞多还亲自率队为他鸣炮饯行。

王望高拍了拍温萨尔塞多的肩膀，赞道："够意思！首辅大人定会很高兴的！"

温萨尔塞多得意扬扬地昂首挺胸："回去敬告大明的首相张居正，最多三个月内我把海盗的尸首或者俘虏恭恭敬敬地送到他的手里！"说着拿下脖子上的望远镜，交给王望高，"这是我给首相大人的礼物，亟盼有朝一日能有幸见到他本人！"

望着王望高和使团的船只渐渐消失在天边，温萨尔塞多嘴角露出微笑，仿佛自己亲身到了中国，看到了许许多多令人难以置信的东西。

"圣母玛利亚佑护我吧！"温萨尔塞多合起双掌，显得无比虔诚。

突然一位土著慌慌张张地跑过来，磕巴着报告："大人，不好啦！海盗从阿峨河全部逃走了！"

"你说什么？"温萨尔塞多大吃一惊，"他们是怎么跑的，我们已经严密封锁了水道，难道林凤长了翅膀？"

气急败坏的温萨尔塞多跑到高处一看，果然看见三十多艘船只正急速地向阿峨河口冲去。河岸两侧的西班牙人拼命地向林凤射击，响声四起，弹丸犹如雨点般落在林凤的船上。林凤却岿然不动，镇定自若地指挥部下冒着敌人的枪林弹雨，安全逃脱。一出河口，如同飞鱼似的，很快就消失在海面上。

"该死的！"温萨尔塞多大口大口地喘着气，拼命地跺着脚，显得无比懊悔。他猛地抓住一个土著的衣领，喝问道，"海盗是怎么逃走的？"

"大人，他们利用几个月的时间凿通了一条运河，直通阿峨河，又打造了三十艘船只，取道运河，逃到大海里去了。"

"呀——"温萨尔塞多双手抱头，无限懊悔地说道，"跟张居正的见面遥遥无期了！"

一个月之后，远在万里之遥的北京皇城内，张居正接到福建巡抚刘尧诲的奏报，惊喜异常，一大早就去乾清宫向万历皇帝报喜去了。李太后早已换穿吕宋总督拉维查理士进贡的西班牙大裙子，更显得雍容华贵，俨然是西洋的贵妇。

万历皇帝笑嘻嘻地说道："母后真是个大美女！"

李太后嗔怪道："皇上又胡说八道了！"

张居正则低垂着头，抬眼偷偷瞄了李太后一眼，只见她穿上西洋裙之后，更有一种难以抵御的魅力，既像荷花那样清俗雅丽，又如牡丹花那样"黄金蕊绽红玉房"，娇艳迷人。张居正心下不由啧啧称奇："如此倾国绝色，真是世上少有，古今罕见！"

万历皇帝看了一下刘尧诲的折子，道："吕宋已多年没有进贡了，现在终于又来了。朕终于看到了张先生平日津津乐道的大明中兴！"

张居正抬头说道："这全是万岁爷神威布满天下，岛夷效恭，四海宾服。前口辽东巡抚张学颜奏捷，海西夷王台生擒叛酋王杲。大明南征北战，接连奏捷。立国两百年来，还未出现过今天这样的武功之盛。臣欣逢圣主，不胜荣幸！万岁爷必能开启大明前所未有的盛世，光耀千古。"

万历皇帝又看了一下折子，问道："刘尧诲称，把总王望高指挥水师战船，大破贼寇于吕宋岛，焚其战船，贼酋林凤落荒而逃。这个林凤到底是生是死？"

"近日福建、广东奏报称，海寇们已近覆没，残众惊慌溃乱，四处逃窜，并未提及林凤此人，可见刘尧诲所说，贼酋林凤毙命于吕宋，此言不虚。"

万历皇帝大喜："闽粤海寇终于平定了！这全是张先生以夷制贼的帷幄之功，朕应当好好嘉赏张先生！"

张居正道："吕宋岛夷慕义来王，贡献方物，这些都是福建巡抚刘尧海之功。如果不是派遣王望高去吕宋施行离间之计，吕宋岛夷焉肯出师助剿？"

一旁的李太后不停地摆弄着身上的大裙子，满心欢喜，说道："这一次刘尧海和王望高功勋不小啊，皇上当重重赏赐！"

万历皇帝道："那是自然！只不过吕宋岛夷还提出两个请求，要像佛郎机人那样居住在澳门，还要派来西洋的道士传经布道。张先生意下如何？"

张居正答道："臣已经跟次辅吕调阳商议过了，嘉靖年间佛郎机人为了躲避风浪，才求得澳门一隅之地，暂住下来。至今二十多年，尚且恭顺效服，听从皇命。不过外番洋夷生性狡黠，狐疑多变，不宜再开启衅端。所以，臣等以为当婉拒洋夷的这两个请求。"

万历皇帝很恭敬地回答："一切悉如张先生所言的去做吧！朕即位三年以来，仿佛弹指一挥间。剿海寇、平山贼、灭都蛮、擒王杲，朕现在越来越感到，做皇帝真是一种享受！"

李太后沉默了良久，听了万历皇帝的话不由得扑哧一笑："皇上真会说孩子话！要不是张先生忠心辅佐，皇上能有这样的大能耐吗？"

李太后笑靥似花，让张居正为之魂荡，躬身谢道："多谢太后娘娘赏识！"

李太后忽地问道："听说张先生府里又新添了一位女人？怎么不把家人接到京城来？"

张居正轻声说道："臣元配顾氏早亡，后来续娶了王氏，在江陵老家侍奉双亲，臣觉得府内空虚，所以买了一个小妾莞儿。"

李太后想起过去跟陈太后受到隆庆皇帝的几度冷落，所幸自己生下两子，可陈太后孤身一人寡居坤宁宫，每日与寂寞相伴度日，不由得眼圈红红的。

张居正见李太后神色大异，今日又突然问起家事来，隐隐约约觉得有些不妥，赶紧辞别皇帝和李太后，离开乾清宫。

回到宣武门外的府邸，莞儿正拿着温萨尔塞多赠送的望远镜，远远就看到张居正的身影，招手唤道："大人，我看到你了——"

进府之后，莞儿欢快地出迎，手里还拿住望远镜不放："大人，西洋的玩意儿真是一件宝贝，数十里之外的人物，仿如就在跟前，就连脸上长着几颗痣也数得出来。"

张居正呵呵笑道："似这等宝物，大明全国不超过三件。"

莞儿兴奋得跳个不停，打趣说："我也做海寇，下海去！"

张居正勃然变色："不许胡说，海寇祸乱大明，截断海外番邦贡道，僭称逆号，天理不容！"

莞儿赶紧话锋一转："刑部尚书王大人来过信。"说着递给张居正一封书信。

刑部尚书王之诰是张居正的亲家，他的女儿许配给张居正四子张简修。所以张居正把他从南京调到京城来，接替致仕的刑部尚书刘自强。本以为两人既有姻亲，又有提携大功，王之诰定会感恩戴德。但是没想到这个王之诰六亲不认，根本就无心攀附张居正。经常在朝中当众抨击张居正的过失，让张居正甚为难堪，左也不是右也不是。今春三月王之诰乞假护送老母回家乡，按例百日之内就得回来，可王之诰就是迟迟不归，早已逾期。

接过王之诰的信件打开一看，不消说里头又是一大堆啰里啰唆的话，甚至夹杂着一些讽语，张居正不由得心中大怒，要不是看简修的分上，早让你就待在老家随伴着老母亲，不要回来了。

莞儿问道："王大人写着什么？"

张居正嘿嘿笑道："我这个老亲家也算是一个老油条了。"心下却盘算着怎样让这个不识抬举的老亲翁知难而退。

王之诰还没有退，左都御史葛守礼却上书乞老致仕了。张居正长长舒了一口气，这个不倒翁当了五六年的左都御史，终于厌倦了官场的生涯，自动请辞告老了。张居正毫不犹豫地让他回家安度晚年，同时又把老同学户部左侍郎陈瓒提携为左都御史。

看到朝廷上每一个官吏都对自己唯唯诺诺，张居正现在才真正体会到什么叫作治大国如烹小鲜。偌大的国家就好像锅里的一块大烙饼，这块大烙饼，一面是外事，诸如俺答汗、林凤、都掌蛮等，另一面是内政，官吏升迁、朝中大事。任凭自己翻来覆去，直到烤熟为止。

小皇帝即位短短的三四年间，张居正相继扳倒许多强敌。凶狠的斗士高拱，数千年而不灭的都掌蛮，"东方海盗之王"林凤，无不是逆我者亡。

张居正一拿起望远镜，就不由自主地想到了曾一本、林道乾、林凤。虽然刘尧海说过，林凤毙命于吕宋岛。但是张居正坚信，林凤仍然还活着，除非是自己亲手把他送上绞刑架。这厮竟然跑到万里之遥的吕宋岛称王，虽然荒唐、悖逆，但是张居正不得不承认，林凤的这一壮举，跟两千年之前徐福率领五千童男童女，东渡日本开疆立国，不相上下。

"大人！"长班姚旷走过来打断了张居正的遐思，低声说道，"福建巡抚刘尧海来了密信，说贼酋林凤并未死于吕宋岛，而是逃到台湾魍港继续作乱。刘尧海求大人给他半年时间，定将林凤活捉，将功赎罪。"

张居正叹息道："果然不出本首辅所料！"说着嘴巴附在姚旷耳边，窃语几句。姚旷神色凝重，不住地点头而去。

林凤的事还没有完结，辽东那边又传来急报。巡抚张学颜报称土蛮汗起兵二十万，声势浩大，大举入犯，要替建州女真酋长王杲报仇。先头部队已经到达大凌河，张学颜请兵请粮，急得像热锅上的蚂蚁。一时间朝野震动，万历皇帝更是惶惶不可终日，深夜把张居正召进乾清宫。

"张先生请救朕！朕昨日读了张学颜的急报，这一回土蛮汗甚是猖獗，扬言要攻入北京城。朕寝食不安，张先生可有退兵之策？"万历皇帝从来就没有这么慌张过。

张居正却镇定自若："不发一兵一卒，臣即可退敌。"

万历皇帝睁大双眼："张先生可有什么妙计，快说说，朕急死了，二十万大军，光拉出来的马粪就会把京城熏得臭气冲天。"

张居正呵呵笑道："万岁爷不必慌张，土蛮汗根本就没有起兵，哪来的二十万？"

万历皇帝问道："先生怎么如此断言？难道张学颜谎报战情，向朕索要粮草？"

张居正摇头说道："非也！这么暑热的天气，土蛮汗怎么敢出兵南侵？再说近日辽东暴雨成灾，几乎把道路都淹没了，察哈尔人怎么进军啊？即使土蛮汗真的不顾人疲马惫，执意出兵，万岁爷也不必担忧。臣已经号令蓟镇总兵戚继光派大军出关相救，辽东断断无虞，万岁爷只管安心细读圣贤书即可。"

万历皇帝这才安下心来："户部昨日已经发给辽东年例银两了。"

"皇上！辽东干旱已久，边关守卒疲惫不堪，所以虏警不断。请万岁爷例外再发帑银救赈辽东！"

万历皇帝立马答允："那行！朕即刻传旨户部，再发库银两万两给张学颜。"虽然这么说，但是万历心里还是对张居正的话半信半疑。

2. 王杲束手就擒

可一连几天，再也没有听到土蛮汗的消息。万历皇帝心里有点火了，召来兵部尚书谭纶臭骂一顿："前日辽东急报称，鞑虏数十万欲犯辽东，都快打到京城了。闹得朕日夜不得安宁，悬着的一颗心没着落。可是半个月过去了，如何又杳无音讯？到底鞑虏有没有入犯？辽东各镇出事了没有？你部又为何不通报？事事都瞒着朕，究竟都在干什么？着令你从实说来！"

慌得谭纶忙地跪下磕头："万岁爷请恕罪，臣刚刚得到蓟镇总兵戚继光的奏报，鞑虏都已散去，戚继光正准备撤军。臣也派人到山西宣大密访俺答汗的动向，该部一向安分守己，一直待在板升城里。辽东所报，都是土蛮汗欺诳之语，绝无影响。臣本想再过一两天一切明了再奏报，不想皇上今日过问，臣实在是心中有愧！"

万历皇帝哼哼几声，扭头看着张居正不语。

张居正也是大为不满，指着谭纶骂道："用兵之法，知彼知己，百战不殆！你大半辈子都是在血与火中度过，怎么还不知道这个道理？现在却误信传言，不加辨明，反而以讹传讹，首先就自乱阵脚，让圣心不安。简直就是风声鹤唳、草木皆兵，糊涂到家！似这等应变，怎么可以做到克敌制胜？假如鞑虏施展诡计，让我疲于奔命，然后乘虚而入，岂不误了大事？"

谭纶当即羞愧得大汗淋漓，伏地不起。

万历皇帝没好气地说道："起来吧！朕想不到像谭爱卿这样久经沙场的老将军，竟然输给连刀剑也没有握过的张先生！"由是对张居正愈加敬佩。

万历三年八月二十九日，建州女真酋长王杲在无数人的注目之下，由张居正亲自监斩，被押送往午门的断头台。

万历皇帝则驾临午门云楼，他要亲眼见证女真这一枭雄是怎么伏诛的。

对张居正来说，这是他一生中武功最为辉煌的胜捷。王杲能够落网，离不开张居正的运筹帷幄之功。

西部的俺答汗既已归顺，使得张居正能够专心对付东部的土蛮汗。和俺答汗，灭都掌蛮，剿潮、惠蓝一清山贼，穷追海寇林凤，在张居正高屋建瓴的谋划之下，大明的边患逐一破解。现在就只剩下察哈尔土蛮汗和女真王杲。

但是土蛮汗和王杲又是张居正最为头疼的两大强敌。他们不比憨厚的俺答汗，只求得化干戈为玉帛。只要跟大明互市贸易，让草原上的人丁和牛马越来越繁盛，俺答汗和三娘子就会心甘情愿臣属于大明帝国。土蛮汗和王杲狼狈为奸，既垂涎中原财物的富饶，又不甘心依附于大明。对他们来说，只想做两件事，那就是疯狂寇边掠夺财富、武力逼迫大明封王。辽东百姓备受荼毒，而女真人的剽悍和桀贪骜诈又让张居正束手无策。所以在其他边患解除之前，张居正对土蛮汗和王杲只采取了积极防御的策略。蓟镇总兵戚继光善守，让他去抵挡嚣张一时的察哈尔部，拱卫京师。辽东总兵李成梁善攻，就让他去对付力量稍弱的女真人，固守辽镇。

在张居正看来，能够挡住察哈尔和女真的骑兵，只有在边塞广筑亭障堡垒，大修烽火台，全线警戒。土蛮汗和王杲似乎也识破了张居正的这一无奈，益加肆虐，每次入侵不给大明留下致命的创伤绝不罢休。每年的抄掠无度，让戚继光和李成梁苦于奔波，防不胜防。现在除了辽东之外，边患日渐稀少，于是张居正决意改变在辽东的防守策略，伺机以牙还牙，让土蛮汗和王杲尝一尝苦头。

万历二年冬天，南方的广东与福建正跟林凤打得难分难解，北方的土蛮汗又暗结王杲，准备再给大明一次刻骨铭心的伤害。王杲等不及土蛮汗出兵，就决定纵兵入犯清河堡。

当辽东的奏报送到手中时，张居正激动万分，竟然紧紧捏住吕调阳的手，说道："剪灭王杲，正是此时！"

吕调阳担忧地问道："王杲大掠，能不能抵挡得住还是个未知数，太岳先生是哪来的扫除之说？"

张居正嘿嘿一笑，说道："王杲南侵清河堡，老巢古勒城必然空虚。只要张学颜和李成梁出一支奇兵直捣古勒城，大事可济！"

张学颜、李成梁用张居正之谋，令副将杨腾、游击王维屏分守清河堡各个要路，令参将曹簠突然间发起攻击，大军四起，王杲应战不暇大败而逃。李成梁趁机率部自抚顺关，直冲古勒城。王杲与部将来力红砍伐巨木为障、挖深沟筑坚垒，固守古勒城。

李成梁挥军尽扫途中障碍，其子李如松更是一马当先，率部逼临古勒城下。官兵四面围攻，火器乱发，烟焰张天。李如松手持大刀，大呼而进。王杲惊慌失措，连忙下令以巨石、弓箭抵挡。明军把总斡志文、秦得倚最为勇猛，率先斩关而入，后面诸将纷纷跟进。

眼看古勒城不保，王杲走避高台，射杀斡志文，明军这才稍稍退却。忽地大风又起，刮得大火愈加猛烈。古勒城瞬间吞没在一片火海之中，李成梁大为振奋，号令诸部奋力而前。

来力红见大势已去，掩护王杲弃城而逃。王杲仓皇之中，仅率二十七骑狼狈躲藏在章甲城。来力红则死战不已，终于大败而死。李成梁发现王杲脱逃之后，下令四处搜索。王杲走投无路，只得直奔龙岗山，逃往海西女真。海西女真酋长王台本来就归附明廷，于是在一天夜里，将王杲灌醉之后，五花大绑，送到辽阳。这位驰骋辽东近三十年的女真豪杰终于在张居正等人的策谋之下，束手就擒。

王杲全身上下被拇指粗的铁链条捆绑得像一个粽子，"喤唧"一声从张居正身边推过去。张居正冷冷问道："蛮贼，死到临头，你还有什么话要说？"

王杲披头散发，脸上、颈脖青一块紫一块，双眼似林中猛兽发出骇人的凶光，吼叫道："要不是王台出卖了我，女真人的铁蹄早已将北京城踏为平地。张居正，你用心歹毒，不会有好下场的。今天你可以把我杀死，但是六十年后，血债血还，我的子孙们定要叫你们各个死无葬身之地！"

一闻此言，张居正勃然震怒，喝令道："还不快推上去斩了！把头颅悬在午门示众，尸体扔出去喂狗！"

一旁的戎政尚书王崇古拼命地挥手："拉上去斩了——"几年之前，正是在这里，王崇古亲自监斩了叛投俺答汗的奸人赵全等人。

王杲如同垂死挣扎般的野兽一阵疯狂，嘶叫着要把张居正扯成碎片，吓得午门云楼之上观望的万历皇帝往冯保身边靠去。几个肌肉壮汉死命地拽拉着铁链条才把王杲按倒在铡刀之下。

张居正用力掷出"斩"字令牌，只听见"嗖"一声响，王杲颈脖鲜血如注喷薄而出；溅得张居正和王崇古满脸都是。张居正狠狠地拭了拭脸，快步走到万历皇帝面前："启禀皇上，已将贼酋王杲斩首！"

万历皇帝双手一拱："张先生辛苦了，这全是先生运筹之功！"

两侧围观的文武大臣齐声山呼万岁，冯保掏出圣旨，扯破喉咙大声读道："海西女真酋长王台缚送首恶，忠顺可嘉，加授龙虎将军，二子俱升都督佥事。辽东总督杨兆、巡抚张学颜、总兵李成梁，奋力用命，各赏赐银币有差，荫辽东总兵左都督李成梁之子李如松锦衣卫，世袭正千户。"

左边张居正、右边冯保，夹扈着万历皇帝走入云楼，里边竖立着一条丈余的长矛，靖难之役时，明成祖亲手所执，在沙场上纵横驰骋。虽历经一百七十年，犹闪着寒光，锃明彻亮。

张居正说道："昔日成祖皇帝英姿飒爽，所向披靡，鞑虏闻之，无不胆寒！万岁爷君临天下不到四年，所立功勋无数，英名必将永世不灭！"

万历皇帝不语，缓缓走近那条长矛，想用手去摇撼，哪里可以撼得动？万历皇帝不由得吐舌，晃着脑袋叹道："成祖皇帝英武，朕永远难以企及！"退出云楼，东望会极门内一排低矮的楼房，那就是内阁。万历皇帝伫立凝视着许久，徐徐说道："朕能有张先生如此的栋梁大才辅佐，真乃社稷之福，国家之幸！"

旁边一人说道："万岁爷所言不虚，臣纵观大明名臣，还未见过似江陵先生这般一等一的人物。"

张居正心头一热，转过头去，原来是吏部左侍郎张四维。张居正呵呵笑道："承蒙凤磐老弟夸奖，惭愧啊惭愧啊！'一等一'三个字实在不敢当！"

万历皇帝也转过身子，对张四维说道："朕听过你的讲读，也算是一个饱学之士，前途无量啊！"

王崇古接过话头说道："皇上过奖了，凤磐愚蠢不才，臣当老舅的也是脸上无光，丢人得很哪！"

万历皇帝哈哈大笑："再笨的人跟着内阁首辅张先生历练历练之后，也会大有出息，干出一番大事来！"

说得张四维欣喜异常，不断地瞧着张居正，双眼充满了无比的期待。

张居正却不动声色，心下暗思：自入夏之后，次辅吕调阳年老体衰，一个月之内连病三四次。内阁里无论要事、琐碎事，自己无不一手抓。每天退朝回府，累得连对莞儿也不甚感兴趣了。

虽说吕调阳为人淳朴憨厚，在朝中可以算得上是自己最好的搭档。但是他年过花甲，不单单耳朵不行，就连脑袋瓜也不甚灵活了。常常是地方递送上来的一封文书，吕调阳也要看了老半天才看出其中的端倪来。

刚才万历皇帝的一席话提醒了张居正，得另外再找一个内阁辅臣了。可是谁堪任自己的助手呢？既要办事机灵，又要死心塌地追随自己，一切唯自己马首是瞻。

眼前这位张四维，山西平阳蒲州人，也是一个粗人，但是颇读书、有才干。俺答汗封贡事成，张四维也有力焉。所以很受高拱的器重，将张四维由右春坊、右谕德提携为翰林院学士，再到吏部右侍郎、吏部左侍郎，还在隆庆皇帝面前竭力荐举，要他入阁拜相。只是受到殷士儋的阻挠，让张四维对内阁望洋兴叹。

　　高拱被驱逐之后，张四维一度失势，只得托病休假。但是张居正执政当国之后，张四维仿佛又嗅到了一股从京城吹来的官场新气味。在张四维看来，用金银铺开的仕途之路总是平坦宽敞、畅通无阻的，而对张四维来说，他最不缺便是金子、银子。张四维料准了，如今左右朝政的就是李太后和张居正两个人了。张四维遂兵分两路，一路厚赂祖籍山西的李太后生父李伟，一路厚赂张居正，时不时就给他递上丰厚的礼品单。

　　黄金的魔力果然非同凡响。李太后很快就把病假之中的张四维召回京城，让他以原掌詹事府、吏部左侍郎充任《世宗皇帝实录》副总裁。

　　环顾朝中，没有人更比张四维奴性十足了。于是第二天，张居正入宫去见万历皇帝，请求增点阁臣。

　　就像上回钦点吏部尚书张瀚一样，万历皇帝让张居正列出一个适合人选的名单来。

　　张居正荐举了三个人：吏部左侍郎兼翰林院学士张四维、吏部左侍郎兼翰林院侍读学士马自强、詹事府少詹事兼翰林院侍读学士申时行。

　　"此三人资历相当，都是大明难得的英才！请万岁爷钦点！"

　　万历皇帝第一眼就瞧上张四维："咦？！这不是昨日在午门云楼上的那个张四维吗？朕就让他入阁办事去吧！"当即传下圣旨，"张四维升礼部尚书兼东阁大学士，着随元辅等入阁办事。"

　　圣旨下来，朝野震惊，因为按照旧例，新入辅臣，诏书上通常写着"同某人等办事"，以示其并为阁臣，效命国家，而万历皇帝给张四维亲笔诏书却特意朱笔写着"随元辅"三个字。"同某人"跟"随某人"虽只差一个字，却是有着天壤之别。"随元辅"，也即意味着张四维只是张居正的仆从而已。

　　张四维听到圣旨，激动得双手抖动不已。孜孜以求了十几年，今天终于如愿以偿了。哪里顾得了"同"与"随"的一字之差，反正只要入阁为相，从此之后就可以俯视群臣、炫耀朝廷之上了。

3. 阴沟里翻小船

张四维入阁之后，确实也不失张居正所望。每天清晨总要比张居正早半个时辰在内阁里候着，张居正一来，立即起身恭迎，进退恂恂，根本就把自己看作张居正的属吏，全是沾了张居正的光才入阁的。哪里敢把自己抬升为张居正的同僚？

"简直比吕调阳还要帖服！"张居正心下大喜，正如莞儿所说，张四维首先是奴才，然后才是人才。

张四维入阁之后，张居正顿时觉得力量倍增。不久，送老娘回乡的刑部尚书王之诰回朝了，双脚还没有踏入京城，马上有人弹劾他回朝来迟，贻误政事。王之诰也懒得辩护，上疏万历皇帝乞老致仕了。

亲家翁王之诰一去，张居正心中仿若去了壅塞之气，顿觉舒畅无比，马上将戎政尚书王崇古提携为刑部尚书。

张居正每天坐着八抬大轿上朝，从最南端的大明门大摇大摆地进入皇城，所经之处，五军都督府、各部署衙的官吏无不自觉地站立在两侧，像是迎神一般垂手恭迎。绕过会极门，就是内阁，虽然跟遥遥相望的乾清宫并为两个权力中心，但是在朝官们的眼里，内阁已经凌驾于乾清宫之上，成为大明最引人注目的焦点。此时的张居正，仿佛炎炎烈日，让人不敢仰视。内阁里的两个辅臣——吕调阳和张四维，别说是同僚了，甚至连属吏也不如，倒像是张居正的另一个家仆游七和另一个长班姚旷。尤其是张四维，如同胆怯的奴仆，甚至连说话也是低声下气。对此，张居正颇觉得无奈，大明帝国实在太小了，小的连自己的手掌也张不开。

"自从擒斩王杲之后，朝廷除了海寇林凤和土蛮汗外，再也没有强劲的对手了!"张居正铺开《天下一览图卷》,指着图上的辽东和粤、闽两省对张四维和吕调阳说道。

吕调阳眨了眨眼睛,缓缓道:"福建巡抚刘尧诲不是报称林凤死于吕宋吗?怎么突然间又蹦出来了?"

张四维道:"民间流言说贼酋林凤并未毙命,而是趁着吕宋国主不备,明修栈道,暗度陈仓,偷偷溜出来,如今在台湾和澎湖游荡着。相爷已经勒令刘尧诲日夜围剿,活要见人,死要见尸。此事就吾等三人知晓,暂且给刘尧诲行个方便,让他建功赎罪吧!"

吕调阳这才点点头:"噢!林凤虽为一盗魁,但其纵横天下,大明与吕宋联手也奈何不得,算得上一个枭雄。"

张居正叹气说:"本阁很想骑鲸蹈海,亲自率领船队在惊涛骇浪里追逐林凤,哪怕是追到天涯海角,也要将这个'东方海盗之王'擒拿归案。"

张四维道:"自古以来,将帅妙算于庙堂之上。杀鸡焉用牛刀,林凤皮毛贼寇何须相爷牵念?相爷只需手指头一勾,林凤立马就擒!"

张居正赞道:"凤磐所言极是!想那林凤逆贼已是秋风落叶,只要粤、闽齐心合力,擒拿林凤如瓮中捉鳖。本阁倒是对土蛮汗放心不下,眼下正值隆冬之际,土蛮汗必定蠢蠢欲动。张某料定,不出十日之内,张学颜和李成梁必来消息。"

四天之后,张四维果然拿到辽东的奏报,跌跌撞撞地闯入内阁,大喊道:"相爷,辽东大捷!辽东大捷!相爷真乃神人也!"

张居正只吐出一个字:"念!"

"万历三年十二月初六,土蛮虏入犯平虏堡,辽阳副总兵曹簠驰援,斩获首级十一颗,俘虏战马四十余匹。辽东总兵李成梁乘胜抄袭虏敌后路,斩获首级一百九十六颗,虏获战马三百余匹,虏众大溃而逃。"

张四维读完了奏报也不忘竖起大拇指,吹捧说:"相爷料敌如神,古今罕见!吾辈永无企及之日。"

张居正呵呵笑道:"张学颜的捷报来得及时,万岁爷正心忧王杲死后,土蛮汗会不会狗急跳墙。"

张四维略一沉思:"相爷,可这捷报不是张学颜呈送来的。"

张居正道："那一定是李成梁送来的吧！"

"也不是。"

张居正奇了："谁这么多事？"

"辽东巡按刘台！"

"刘台？"张居正脸色一变，"巡按御史怎么可以越俎代庖，干涉地方军务大事？这厮好大的胆子，回京定然严惩不贷！"

张四维嗫嚅说道："据称总兵李成梁追击鞑虏，过于劳累，回营呕了一大碗血，口不能言，以故让刘台代为奏报！"

"嘭！"张居正猛拍案桌，吓得张四维如遇针刺，紧缩一下。

张居正怒道："不可以！谁都可以奏捷，就刘台不行！祖宗旧制，朝廷委任总兵官、镇守官防备御敌，凡军马调度、区划边务，巡按御史巡边时不得干预。此例一开，往后巡按御史就会凭借监察之名，对边务指手画脚，边关守军又怎么可以专心报效皇上，防奸御侮呢？必须来个杀鸡儆猴，惩戒那些有非分之想的人！"

张四维小声地说道："相爷，那刘台可是隆庆五年辛未科第二甲第四名进士。当年刘台正是相爷一手录取的，跟相爷有师生名分啊！"

不提师生名分则已，一提张居正更是暴跳如雷。自刘台被录取之后，张居正对他甚是倚重，把他从刑部员外郎提携为御史。张居正本料定刘台会对他感恩戴德，死心效忠于己。没想到刘台愈加憎恶张居正，认为是在拉拢自己，为他鹰犬。反而趁着有接近张居正的机会，大肆搜集张居正作恶的证据。

为此张居正气得牙痒痒，于是扬起粗眉，勃然震怒，痛斥张四维道："你身为阁臣，怎么不知轻重？刘台正是出自本阁门下，木阁才不得不严加惩处。否则本阁岂不成了包庇、纵容罪徒？"

慌得张四维唯唯诺诺，连头也不敢抬起。

张居正放言将责罚刘台的消息很快就传开了，弄得都察院里的那些同僚御史人人自危。

张居正打心眼儿里痛恨那些御史、给事中，因为他们倚仗监察职权，无论小事大事，凡是不合他们的意思，言官们就会群起激愤，动不动便要撞死在皇极殿上。张居正取代高拱，执政当国之后，对喋喋不休的御史、给事中，更是千方百计设法裁抑。而那些仗着满嘴尖牙利齿乱欺负人的言官，看到自己的职权一点一滴地被张居正剥夺走了，心中大为不满。

有一位南京的小太监趁醉辱骂一个给事中，南京城内留守的那些御史、给事中如翻了天似的，堂堂正七品的监察大臣，竟然被一个小阉人所侮，这岂不是往那些言官身上泼马粪？于是他们的奏疏像雪花似的不断地从南京飞到北京城去，要严惩那位小太监，并趁机给那些阉人厉害瞧瞧。而其中又以户科给事中赵参鲁的言辞最为激烈，要求法办管教不严的南京太监头头申信。申信吓得半死，赶紧向冯保报告去了。冯保气炸了肺腑，身为司礼监秉笔太监，绝不能眼睁睁地看着自己的部下受到一点儿委屈。

言官们跟太监们的战火燃到了北京皇城，张居正夹杂在中间，稍微衡量利弊之后，毫不犹豫地全面向冯保倾倒。擒贼当擒王，张居正马上拟出一道敕令，最为激进的赵参鲁一下子被甩到高安去当一个典史。于是言官们如同骄阳之下的禾苗，萎靡蔫下去了。

张居正又想到那些御史常常以巡察为由，荼毒巡抚、总兵等地方军政大臣。于是抬出考成法，御史、给事中稍有不慎，即被张居正严词责罚。六科廊和都察院一时间暗无天日，那些言官心中怨恨如海深，可是嘴巴却被张居正牢牢封住了，这真比哑巴吃黄连还要痛苦百倍。

防民之口，甚于防川。不在沉默中爆发，就在沉默中灭亡。可在张居正的泰山压顶之下，言官们宁可选择在沉默中灭亡。在北京城活不下去了，那干脆就找个事，让张居正把自己贬到地方去，随便当一个闲职，也比在囚笼一般的京城里逍遥自在得多。于是纷纷趁着刘台这件事，向张居正讨骂了，好让自己出外躲避去。

当然也有几个不屈不挠的言官，宁可选择死亡，也不愿意丢掉自身的追求。

十二月二十一日，河南道试御史傅应祯上了一封奏疏，犹如一声炸雷，顿时将沉闷的皇城炸得七碎八裂。这个傅应祯，江西安福人氏。与辽东巡按刘台同为隆庆五年辛未科进士，俱受张居正的恩典。也算得上是一位能吏，出仕之后成了一个百里侯，当上零陵知县，政绩卓著。先后歼灭洞庭湖巨寇、论杀祁阳巨奸，百姓无不拍手称快。之后又调任南京溧水知县，万历三年被提携为河南道试御史。可是他做上御史没几天，就惹出事端来。

张居正读完奏疏，万万没想到在他如日中天的时候，会有人向他射出利箭。气得脸色发青，狠狠地将奏疏摔在案桌上。张四维小心翼翼地打开一看，里头提出"存敬畏以纯君德、蠲租税以苏民困、叙言官以励忠告"三个建议。

"天变不足畏，人言不足恤，祖宗之法不足守！此三不足者，王安石以之误宋，不可不以深戒也！"张四维读罢，浑身哆嗦着，战战兢兢，磕磕巴巴地说："傅应祯这……这厮竟然含沙射影，拿王安石的三不足之说来指斥相爷！简直是无法无天，胆大妄为！"

吕调阳也是吓得脸色苍白："忘恩负义的畜生！难道傅应祯忘记了，隆庆五年辛未科会试，是谁录取了他？还不是太岳先生，门生指谪老师，古往今来，实属罕见。大明以忠孝立国，连自己的恩师都敢于斥责，怎么谈得上忠君报国？"

张居正冷冷说道："这等人渣就不必提了！只要对得起皇上，对得起国家，张某宁愿归隐山林，让位于贤能。"

"什么？"张四维慌得六魂无主，"相爷要——"

"王安石误宋，张某岂不是误了大明？张某绝不会背负误国大罪，让历史唾骂！"

"万万不可啊！相爷一去，谁能撑起京城上空的这片蓝天？"张四维跪地不起，苦苦哀求道。

张居正脸上毫无血色，拂袖而去。张四维登时瘫软在地，吕调阳也是不停地拭擦着额头上源源不断沁出的汗珠。

乾清宫内，万历皇帝急得几乎就要哭出来，愁眉苦脸地对李太后说道："母后，张先生要弃朕而去，这叫朕怎么活下去？"

李太后柳眉倒竖，怒目圆睁："本宫从未见过如此的悖逆之徒！不要说傅应祯如何忠于皇上，忠于国家。单单凭着'三不足'这三个字，既背叛了恩师，又诬蔑了皇上，用心之歹毒，简直令人发指。张先生果真弃我们母子俩而去，傅应祯那厮怎么对得起先皇？又怎么对得起大明的祖宗社稷？"

"母后，朕该怎么办？张先生让位于贤能，朕干脆把帝座也一并送给别人好了！"

吓得李太后紧紧捂住万历皇帝的嘴巴："皇上万万不可以有如此的小

孩子念头！张先生本是难得的大忠臣，宰相肚子里能撑船，说得正是张先生。只要他念及先皇的嘱托，自然甘心效命于皇上！"

"那好！将此事下廷议吧，朕是不会轻饶这畜生的！"

东阁廷议之后，刑部尚书王崇古拟议处以罚金，让傅应祯捐出几个月的薪俸。

当冯保将廷议结果报告给万历皇帝，万历皇帝暴跳如雷："只处以罚金，叫朕如何去面对顾命重臣张先生？"

冯保道："这厮敢吃了豹子胆，背后必有党羽撑着。万岁爷可传旨下去，速速将傅应祯下狱拷问，让他交出党羽，一并穷治。朝廷上那些不法之徒自然胆寒，往后就不敢胡作非为了！"

傅应祯遂下诏狱，没日没夜地被严刑拷打着，逼让他交代同党名单。可怜傅应祯被打得遍体鳞伤，奄奄一息，仍然不吐一言。张居正没辙了，只好将他贬到定海去戍军。

按照旧例，官吏下诏狱之时，乡人、同僚必送到锦衣门外。张居正就差遣锦衣卫头目余荫暗中跟踪，结果发现给事中余贞明、御史乔岩、李祯私下探问傅应祯。张居正盛怒之下，将他们三个一并谪外。

刑科都给事中严用和、陕西监察御史刘天衢上疏论救，说傅应祯家中有一个八十老母，无人奉养，乞求皇上宽恕其罪。万历皇帝气得一手把他们的奏折扔进火炉里去。

4. 敢说不的学生

傅应祯的狱案一直纷纷扰扰了半个多月，直到新年之后，皇宫里张灯结彩，一片喜气洋洋，才渐渐冲淡了傅应祯给万历皇帝和张居正带来的阴霾。一晃就是万历四年了，小皇帝早已是十四岁的英俊少年，跟俏丽的李太后简直就是一个模子刻出来的。

正月初六，开春以来的第一次日讲仍然是在文华殿上举行的。

由于傅应祯的奏疏里引用了王安石的"三不足"之语，所以张居正特意选取了《帝鉴图说》第八十《轸念流民》的故事作为开讲。其大概是讲宋神宗行了王安石的新法，扰害百姓，民不聊生。到了熙宁七年间，恰逢大旱饥荒，饥民四处流徙转移，路上饿死者尸骨累累，令人不堪目睹。一位叫郑侠的官吏献上《流民图》，宋神宗反复观看，长吁短叹，夜不能寐。第二天立即下诏废除新法中不利于民的十八条，天下黎民欢呼相贺，是日天降甘霖，禾苗俱沾。

"万岁爷，为民祈祷，在于实政，而不在虚文。祖宗法制，当谨慎遵守，不可轻易改变！"张居正徐徐说道，"臣执政以来，大行考成诸法，无不遵循祖宗成制，小心奉守。每行一法，臣必定如履薄冰，战战兢兢。"

万历皇帝咬牙切齿道："可恨的是傅应祯以王安石的'三不足'来讥讪朕，朕现在想起，心里犹隐隐作痛，不能释怀。前日朕拟将这厮廷杖，先生为何不肯？"

"皇上，无知小人，狂悖妄言，死有余辜！但是皇上也应该顾及言官们的体面，臣唯恐激起言官们群起惹事，徒增烦恼而已。世人都知道朝廷纪纲，祖宗法度，皇上不必再耿耿于怀。"

万历皇帝叹口气道："母后常常说到先生大度非凡，果然如此！先生也应当尽忠报国，不要因为一个狂徒的悖逆之语，就避怨不出。"

张居正拱手称谢："臣感激不尽太后娘娘的赏识之意！先帝临终之时，亲手将万岁爷交与臣之手，臣唯有像诸葛亮那样，鞠躬尽瘁死而后已。纵然是粉身碎骨，亦难报效皇上，臣何敢避怨？"

万历皇帝满意地点了点头："先生这么一说，朕心里是一万个放心了。昨日制敕房拿着傅应祯戍军的圣旨到内阁去，为何两位先生也是一语不发？三位阁臣，如同一体，须同心报国，也不得避怨。"

张居正道："吕调阳、张四维两个阁臣都是臣所拔取的干练之臣，尽心为国，绝不避怨。但是傅应祯之事跟他们绝无干系，这些都是臣的责任。"

万历皇帝想了想，忽地又感到不平："傅应祯如此嘲讽朕，为什么那些科道言官还要前仆后继，宁可冲撞了朕，也要为那厮说一两句话？莫非他们欺负朕年少无知？"

张居正心中暗想，看来皇上真的长大了。此时只可以言语激之，不可再欺瞒了，遂答道："科道言官们本来就会这么一套，并非没有把皇上放在眼里！"

最后几个字听得万历皇帝勃然大怒，奋然起立，恨恨地骂道："还说没有把朕放在眼里？朕看那些什么科道言官简直是无君无父之人！严用和、刘天衢论救傅应祯，上疏称这厮家中有一八十老母，朕特意查看了他的档案，这厮只有一个老父，哪来的八十老母？简直是把朕当作三岁的小孩子耍弄！"

张居正不由得大吃一惊，没想到眼前十四岁的小皇帝做事竟然是如此的细致，连忙解释道："那是科道言官救人心切，无暇详查。万岁爷何必怪罪他们呢？"

越说万历皇帝越是心里一把火，骂道："张先生过于心慈，所以屡遭人弹劾。似这等诬蔑，张先生还要为他们说话，朕现在是恨不得立即砍了他们的脑袋，为先生泄泄愤！"

张居正连忙跪下磕头："万万不可，臣身为顾命大臣，心里头装的只有皇上和祖宗社稷。至于毁誉褒贬，臣早已顾不得了。"

日讲结束之后，张居正、吕调阳、张四维等讲读官都拜别而去，万历皇帝独自一人坐在文华殿后的穿廊里，面前的御案摆放着一个小玉盆，盆中三四条鱼儿在悠闲地尽情游梭着。

"朕真想做水中的鱼儿，哪怕是鱼缸那么大的空间也好！"万历皇帝呆呆地凝视着小玉盆，出神了半晌。

去年冬天的一次经筵会讲，文华前殿坐满了朝中最为尊崇和最为睿智的人：内阁辅臣张居正、吕调阳、张四维以及经筵讲官王希烈、丁士美、申时行、王锡爵、沈鲤、许国、驸马爷许从诚等人。

一开始，张居正手捧讲义，对端坐在御案边的万历皇帝说道："皇上，今日臣就讲《论语》第十《乡党》，本章共二十七个小题，专讲孔夫子言谈举行，合乎礼的规范。请皇上先把全文朗读一遍，臣细细讲解之后，皇上再把它默诵下来。"

万历皇帝双目炯炯有神，翻开书本，挺直腰背，坐姿雅正，朗朗念道："孔子于乡党，恂恂如也，似不能言者。……"

万历皇帝读声脆亮，像是树梢上的黄莺在打俏，听得众人如痴如醉。

万历皇帝抬眼看了一下张居正，见他脸色严肃，赶紧低头看书，继续念下去："……君召使摈，色背如也——"

一句话还没有读完，只见张居正板着脸孔，厉声叫道："当读作'勃'！色勃如也！"仿佛是文华前殿上突然间响了一记霹雳炸雷声，吓得万历皇帝"啪嗒"一下丢下手中的书本，猛地站立起身，两只眼睛直愣愣地盯着张居正，仿佛魂儿都被勾走了似的。

在座的众人也是大惊失色，面面相觑。吕调阳紧紧抓住张四维的手，驸马爷许从诚一张俊俏脸蛋好似被拉了鸟屎，瞬间变得难看了。

这一幕如在昨昔，万历皇帝紧咬嘴唇，眼眶里湿润了。

"皇上！回宫吧，太后娘娘一定等得很着急！"不知什么时候冯保从哪里钻出来，侍立在身边。

"噢！"万历皇帝从遐思中醒了过来。

回到乾清宫，李太后笑眯眯地问："皇上，今天日讲，张先生都讲些什么？"

"宋神宗轸念流民，还有王安石的'三不足'之语！"

李太后一愣，这不是傅应祯在奏疏中提出来的话吗？又问道："那皇上学到了什么道理？"

万历皇帝沉思了许久，答道："大奸者譬如土壤中里的小草，深藏不露。只有它们破土而出时，才能够看清楚是什么样的小草。"

李太后不解地问道："皇上，你这是什么意思？怎么会突然间想到大奸、大恶？"

"依朕看来，王安石就是大奸大恶之人！"

"皇上，你到底胡说些什么？"李太后隐隐约约感到一阵不安。

万历皇帝不耐烦地说："没有啊。母后请安心！"

"千万别！张先生可是大明的中流砥柱！"李太后心中暗自念道，"菩萨保佑我的皇上，是一个贤明的圣主！"

当天夜晚，李太后恍恍惚惚听到万历皇帝在乾清宫里指着张居正大骂："你就是王安石！你就是大奸大恶之人！"

"皇上，不可！"吓得李太后大叫起来，猛地发现窗外月朦胧，烛台上的半根残烛依旧跳跃着火焰，这才发现原来做了一个噩梦。

第二天一大清早，就听见乾清宫万历皇帝的寝厅里发出一阵阵"呼呼"的响声。

李太后匆匆起身，跑出一看，万历皇帝在狠狠敲击着案桌，摔打着茶杯。太监王蓁、张宏、曹宪像捣药似的磕头，哀求道："万岁爷息怒！"

"皇上，出了什么事？"李太后右手紧紧按住乱窜的胸口。

"刘台这厮，朕恨不得把你千刀万剐，碎尸万段！"万历皇帝怒气冲冲地递给李太后一封奏折。

李太后打开一看，是辽东巡按刘台弹劾首辅张居正擅作威福、蔑祖宗法的奏疏。具体罪行有驱逐大学士高阁老；违祖训赠成国公朱希忠王爵；未经廷推，私自荐用阁臣张四维、吏部尚书张瀚；贬斥余懋学、傅应祯，言路为之一空；为固宠计，献上白燕、白莲，伪称祥瑞；擅自创制考成法；榨取江陵民膏民脂擅建私宅等十余事。

最后奏疏上谩骂张居正："盖居正之贪，不在文吏而在武臣，不在内地而在边鄙。"

"皇上！"李太后掩面哭泣，"天下竟有如此不忠不孝、不仁不义之徒！辽东大捷，刘台越职报捷，张先生拟痛责之。没想到那厮竟然恶人先告状，倒打张先生一把！皇上千万可要明察秋毫，张先生一走，我们母子俩还指望谁呢？"

万历皇帝安慰道："母后请安心，朕已经让冯保派几个锦衣卫去将刘台提拿！谁敢动张先生一根毫毛，就是跟朕过不去！"

"嘭嘭嘭！"太监孙秀惊慌失措地蹿进来报告："万岁爷！张大学士天刚亮就跪在乾清门外痛哭流涕，说是要觐见皇上！"

"还不快请张先生进宫！"万历皇帝吼叫道。

须臾之间，张居正身穿常服，头戴帽巾，一进乾清宫就倒地大哭："万岁爷！臣实在是心中冤屈——"

"张先生赶紧起身，朕承受不了先生这么一哭！"万历皇帝连忙道，

"朕已经跟母后说了，谁敢动张先生一根毫毛，就是跟朕过不去，大逆不道！"

"皇上——"张居正又是"哇"的一声，涕泪齐下，"按照旧例，各地方有事，巡按御史不宜报功。嘉靖年间，巡按杨九泽奏报海捷，世宗皇帝马上将他谪外。去年李成梁辽东获捷，刘台越俎代庖。如按旧律，刘台当谪外。何况臣并没有责罚谪外之意，只是请旨告诫刘台不得胡作非为。可那刘台不胜其愤，后因傅应祯诬臣蔑视皇上被拷打，又有奸人离间，于是刘台心怀不满，肆意诽谤臣等人。现在臣才知道，刘台跟傅应祯是同县之人，所以妄自惊疑，狼狈为奸，泼怨于臣。傅应祯、刘台，都是臣所取之人，大明立国两百零八年，未曾听说过门生攻讦排挤师长的。臣不胜其辱，如今只有求去而已。乞求万岁爷恩准！"

话没说完，张居正又是一头栽倒在地上，埋首哀号不已。

李太后叫道："皇上还不快扶起张先生！"

慌得万历皇帝从御榻上蹦起，伸出双手，强拉着张居正的腋下，将他扶起。

"太后娘娘替臣做主啊！"张居正俨然成了一个苦命妇，泪汪汪地看着李太后。

李太后心乱如麻，不知如何安慰，也只得眼睁睁地盯着张居正。两对目光怵然对视，又急急离开。

万历皇帝温言道："张先生所受冤屈，朕洞若观火！朕即刻下诏，将这牲畜打入大牢，好生拷问，以慰抚张先生，如何？"张居正这才安心离去。

张居正刚走不久，大学士张四维又来了，说了一大堆为自己辩护的话。万历皇帝只得又安抚说："朕自有处分，爱卿只要安心在内阁供职即可！"

次日，张居正、张四维、张瀚的乞休疏就像一串箭，接二连三地射进了乾清宫。

万历皇帝乱了手脚，问李太后："母后，朕该怎么办？这三人一去，朝廷顿成了一个空架子。"

李太后道："看来张先生还是无法释怀！皇上一定要慎重处事，不能委屈了张先生！张四维、张瀚是张先生一手提拔的，只要稳住张先生，他们二人自然无碍。"

万历皇帝想了想，低声答道："朕晓得！"便亲笔御敕一封，让司礼监太监孙隆亲自送到张居正府邸，还顺便赏赐些酒馔，慰留张居正。

张居正打开御敕一看，上头写着：

"先帝以朕幼小，付托先生。先生尽赤忠以辅佐朕，不辞劳、不避怨、不居功，皇天后土祖宗必共鉴知！独此畜物，为党丧心，狂发悖言，动摇社稷，自有祖宗法度。先生不必介意，只思先帝顾命，朕所倚任，保安社稷为重，即出辅理。朕实惓惓伫望。特赐烧割一份、手盒二副、长春酒十瓶，用示眷怀，先生其钦承之，慎勿再辞。"

张居正读后感慨万千，当即提笔写下谢言：

"谨当仰体圣怀，益殚赤悃，冰霜自保，虽嫌怨以奚辞，社稷是图，何发肤之敢惜？"

万历皇帝看了之后，拍手说道："这下子行了，张先生完全释怀了！"

李太后赞道："皇上是越来越像一位贤德之君了！"说罢嫣然一笑，娇柔无限。

5 拯救"海盗之王"

万历皇帝下诏将刘台杖责一百、远戍广西，又是闹得朝中沸沸扬扬。张居正走在路上，也是浑身的不自在。于是又上了一道奏折，免去刘台的杖责，只夺职为民而已。

自刘台事发，朝中百官更加敬畏张居正。张居正也是心安理得，只要能够实现心中的梦想，让大明富强，纵然是身败名裂又如何？考成法施行了两载有余，朝纲日益整肃，吏治益渐澄清。

而万历皇帝也到了束发成童之时，挥手告别了幼年。登基四年，小皇帝化茧为蝶，早已磨砺成心智成熟的君主。

在张居正的督责之下，万历皇帝愈加勤奋用功读书。《帝鉴图说》仍然是万历皇帝的最爱，张居正也孜孜不倦，悉心为他讲解。讲到唐玄宗在勤政楼摆下大宴款待安禄山时，万历皇帝一手指着书中一幅绘制精美的图案，那雕梁画栋的大殿之上写着"勤政楼"三个小字。

万历皇帝感叹道："这就是勤政楼吧！勤政勤政，勤理政事。这楼名倒取得冠冕堂皇，可惜唐玄宗不是在上面勤理政事，而是佚乐宴饮。可惜啊，可惜啊！"

张四维呵呵笑道："此楼建于开元初年，那时唐玄宗励精图治，亲理万机，所以才能开创有三代之风的开元盛世。天宝之后，唐玄宗骄奢淫逸，日益荒政，遂有安史之祸。殷鉴不远，在夏后之世。万岁爷聪明仁爱，理应牢记这个惨痛的教训。"

万历皇帝点点头："爱卿说得真好，朕谨记在心！"

张居正说道："凡是世间人情，往往'靡不有初，鲜克有终'。做事要善始善终，不能虎头蛇尾。由治入乱易，由乱入治难。开元时期，宰相张九龄一眼看出安禄山脑后长有反骨，想找个借口将他剪除，以根绝祸患。唐玄宗不许，后来在逃亡四川的路上颠沛流离，这才悔恨当时没有听从张九龄的谏言。"

听得万历皇帝长声叹息："可惜世界上没有后悔药可吞！不然，每个皇帝都可以成为一代英主！"

张居正继续说道："万岁爷如今业已茁壮成年，臣也两鬓斑白，日渐体衰。苍天能够再给臣十年的时间，此生就无怨无悔了！从现在起，万岁爷也应该躬御万机，省览章奏。臣明日把内阁所藏的嘉靖皇帝御批呈上来，以供万岁爷闲暇之时，观摩观摩。看看世宗皇祖是怎么打理朝政的。"

万历皇帝答道："嗯！朕以为，勤政之道，当以澄清吏治为首。考成法颁布四年有余，现在朝中是一片清明。朕明日要搞一个突然袭击，看看哪些人怠工不上朝。"

张居正呵呵笑道："万岁爷奇兵之计，那些懒惰的官员猝不及防，这回恐怕要栽大跟头了！"

次日辰时，太监王秦、张宏忽地传出圣旨，着令文武百官即刻毕集会极门，皇上要视朝。慌得各大部院衙门的官员吐舌乍惊，四目相觑："今天是二十二日，按例每逢三、六、九才上朝。皇上现在可是愈加神出鬼没，让人捉摸不透！"于是全都搁下手头的事，匆忙得如同奔命，纷纷朝会极门跑去。

万历皇帝在张居正和冯保的扈从之下，徐徐驾临会极门外。

朝官们黑压压地跪倒一大片，山呼"万岁"之后，静静地伫立着，倾听万历皇帝的训话。

"一眨眼间，列位臣工就陪伴着朕走过了四个春秋。朕得到张先生的忠心辅佐，励精求治，举国上下一派繁荣景象。府库充溢，太仆寺积金四百余万。太仓里堆满了米粟，几乎就要溢出来了，朕粗略算一下，可支十年。"万历皇帝说着，扫视一遍群臣，众人笑得咧开大嘴，一阵欢腾。

万历皇帝忽地沉下脸："吏部尚书张瀚！"

张瀚赶紧走出队列："臣在！"

万历皇帝小手一扬："着令你点一下名，看看有谁怠工罢朝，不要朕给他的几斗小米了。"

群臣们松了一口气，原来是皇上突袭查岗。张瀚累得满头大汗，走得脚筋都酸软了，这才报告皇帝："除了浙江按察副使华汝砺外，全都到场！"

"很好！"万历皇帝点了点头，"列位臣工总算给朕面子了！至于华汝砺，烦请户部尚书张守直罚去他全年的俸薪，让他去云南自己谋生吧！"

"啊?!"朝官们吓得脸色发白，为自己到场暗自庆幸。

万历皇帝目光如电，第一次让朝官们全身战栗发抖。

"朕即位四年以来，平山贼，灭都蛮，剿林凤，杀王杲。尤其是久已断绝的吕宋国又来朝贡了，更是让朕惊喜万分！如今海寇已绝，四海澄清，蛮夷来贡！朕虽不敢说立下丰功伟绩，但是起码对得起皇考，对得起列祖列宗！"

"启禀皇上，林凤并未剿平，广东、福建依旧是烽火连连！"会极门下有一人高声说道。

万历皇帝一瞧，是福建巡按御史孙镛。

"孙爱卿胡扯！福建巡抚刘尧诲早已奏报，贼酋林凤走奔吕宋，为国主所杀。"万历皇帝叱责道。

"皇上，臣刚刚从福建回来，把总王望高亲口告诉臣，他率领一支船队追袭林凤，大破敌于海上，焚烧贼船无数。林凤走投无路，逃至吕宋玳瑁港占山自立称王。王望高传谕旨于吕宋国主，着令他发兵进围玳瑁港。整整围困了七七四十九天，没想到那林凤狡猾异常，暗下打造战船三十艘，趁着吕宋国主不备，安然脱逃。潜回广东、福建，掠柘林、靖海、碣石等地。后窃据澎湖，刘尧诲亲率大军击破之，林凤又逃亡台湾魍港。如今刘尧诲正在日夜围攻魍港！臣不敢欺瞒，只是如实禀告而已。"

孙镛话刚说完，张瀚走上前道："臣乞求皇上严惩刘尧诲贪功欺君之罪！"

张居正闻言大吃一惊，围攻林凤的战事正如火如荼，将刘尧诲治罪岂不坏了大事？张瀚这头笨驴成事不足，败事有余。

张居正赶紧启奏道："万万不可治刘尧诲的欺君之罪！刘尧诲获知林凤逃出吕宋之后，惊惧万分，怕皇上问罪下来，求臣给他六个月的时间，让他将功补罪。兵法云，临阵之时，不宜易帅！何况现在林凤已成瓮中之鳖，魍港指日可克。臣乞求万岁爷宽恕刘尧诲，给他一个赎罪的机会！"

万历皇帝听得两眼发呆，无奈说道："好吧，就依张先生所奏。朕暂不追究刘尧诲贪功冒报之过，让他全力剿贼吧。若再战不力，就永远待在台湾魍港，替朕守一守这个海外孤岛，不要回福建好了。"

台湾魍港外，上百只福建水师的战船像蚊子一样紧紧盯住躲避在港湾里头的林凤不放。自从吕宋脱逃之后，林凤的队伍已经锐减到两千多人，其中还有一半是孱弱的妇孺。魍港岸边不远，有一座不知年代的妈祖庙。林凤一整天就待在妈祖庙里，烧香祈求天上圣母的护佑。

望着四周香烟缭绕的妈祖塑像，林凤心中顿感一阵悲凉。神通广大的圣母啊，求求你给阿凤指引一条生路吧！朝廷不容我，吕宋的红毛番也不容我，茫茫大海，阿凤该何去何从？难道上上下下两千余口就要被困死在魍港吗？

祈祷之后，林凤跪倒在妈祖塑像前，拿起桌案上的灵签竹筒，闭上双眼，使劲地摇晃着。"咔啦"一声，一根灵签掉在地上。林凤捡起一看，是中上签，签文是一句古诗：守得云开见月明。

身后的部属李成、马志善围过来一看，大喜说道："爷，神明保佑，我们定能化险为夷！趁着这个时候，我们冲出官军的包围圈，逃吧！"

马志善说道："冲出去之后，我们还是回到广东南澳岛，再作打算。"

林凤黝黑的脸上如同拨云见日，绽露出一丝笑容来，朝着妈祖塑像猛磕几个响头。

"李兄弟，你带领三百人佯攻北路！马兄弟，你率领五百人佯攻南路，我亲自率队护送男女老少，直冲官兵的中路而去。入夜之后，分头行动！"

李成和马志善两人拱手叫道："得令！"

夜幕降临，一钩月牙在半空中摇曳着，海面上四周暗淡无光，只有远方战船上稀稀疏疏的灯火闪亮着。

巨船之上，一盏亮灯之下，巡抚刘尧海、总兵胡守仁、参将呼良朋等人的脑袋聚拢在一起，七嘴八舌地商议着灭敌之策。

刘尧海展开一幅涂鸦似的海图，在亮光之下，一张疲惫的脸更显得苍白可怖。

"本巡抚刚接到圣旨，此战务必一举歼灭。不许走漏了一个海寇，就算是妇人和幼儿也不行。剿灭林凤贼寇之后，福建、广东将彻底一片安宁。吾等建功立勋，就在眼前。不过皇上也把坏话说在前头了，要是迎战不力，临阵脱逃的，那就一辈子留在台湾岛上，别回去了！"

胡守仁、呼良朋等人齐声道："末将听令，誓死报效皇恩，造福于民！"

刘尧海抬头望了望夜色，说道："今晚月黑星疏，本巡抚料定海寇们必会趁黑突围。传令下去，把所有的火铳火炮用上，弓箭手全部出来，时刻警惕着魍港水面，一有动静，无论降否，一律射杀。"

话音刚落，北边洋面一阵惊天动地的呐喊声，刘尧海惊问何事。一个军士急急忙忙跑过来报告："海寇要突围了——"

"压回去！用火器、弓箭射杀！"刘尧海狠狠地命令道。

紧接着，南部海面又是喊声不断，总兵胡守仁道："看来南北两面都是贼寇的佯攻，林凤必会向我中帐直奔而来。不可中了他的诡计！"

刘尧海眉头一皱："我们何不将计就计，退避一里，让开一条狭路，林凤一到，诱而聚歼之。"

呼良朋叫道："巡抚大人，末将跟胡总兵各引一队，以为左、右翼。敌至，发炮为号，一齐冲杀出来，定将海寇砍得七零八落。"

刘尧海目光冷峻："吾等荣辱富贵俱在今晚！大伙儿可要好自为之！"

众人正要散去，忽地又有一军士慌慌张张跑来报告："抓到了一个贼寇的暗探！那人假称是朝廷派来的人！"

刘尧海猛地站起："还不快推进来审问！"

军士带来暗探之后，刘尧海一瞧，此人身着短袖衫衣，腰间别着一把防身小刀。见了刘尧海，并没有丝毫的畏惧之色。

刘尧海喝道："大胆逆贼，见了本巡抚为什么还不下跪？"

那人不慌不忙地从袖子口掏出一个铜牌，在亮灯之下闪闪发光。刘尧海一瞧，铜牌上面赫然刻着"内阁大学士张"六个大字，顿时惊得目瞪口呆，低声问道："足下是张相爷的什么人？"

那人微微笑道："不过是相爷身边的长班姚旷而已。"

俗话说，宰相门下七品官，即使是一个无足轻重的跟班或者仆役，走到地方去也会吓死人。刘尧海赶紧道歉："姚兄弟多有得罪，还望海涵！"

姚旷摆摆手道："不打紧，小人此番南下，是受相爷差遣，要给巡抚大人一封亲笔信。"

刘尧海听说有张居正的亲笔信，哪敢怠慢，拱手称谢道："相爷如此看重下官，特意让姚兄弟不辞辛劳，千里迢迢南下，又渡海远来，下官实在是受宠若惊！"

姚旷掏出一封信件，刘尧海恭恭敬敬地接过来打开一阅，面有难色地说："相爷仁慈之心，实在令人钦佩。只是下官刚刚接过圣旨，务必要将林凤一网打尽，绝不走漏一人。此事还需和军中弟兄商议商议！"

姚旷嘿嘿笑道："难道巡抚大人还不清楚，万岁爷的圣旨都是谁拟写的吗？"

胡守仁、呼良朋凑过来问道："相爷交代何事？"一看信件，不解问道，"张相爷为何要放林凤一马？此贼穷凶极恶，连吕宋的红毛番也奈何不得，今日正是他的死期，放虎归山，遗患无穷。"

姚旷道："相爷说林凤虽是盗魁，但是他敢远征吕宋，开疆拓土，虽遭惨败，却也不失为天地间一奇伟男儿，不能为朝廷所用，惜乎！所以要请巡抚大人手下留情！"

正说话间，突然远方的茫茫暗夜之中出现了一大片光亮，几个军士惊呼起来："大人不好了，海寇倾巢而来了，赶紧下令堵截——"

6. 位极人臣，高处不胜寒

刘尧诲蓦地起身，姚旷紧盯着他，右手按住其肩，急急地说："巡抚大人，给林凤一条生路吧！"

总兵胡守仁道："巡抚大人，恶贼不可纵。万一日后皇上怪罪下来，我等担当不起啊！"

呼良朋怯怯地瞧了姚旷一眼，转而怒口大骂："胡总兵乱扯些什么？朝中有张相爷顶着，天是塌不下来的。"

刘尧诲道："别吵了！想想刘某就窝了一肚子的火。刘某力主剿灭，偏偏潮州参政金浙主招抚。为了将功赎罪，刘某向张相爷讨得六个月的期限。几个月以来，刘某东征西讨，从南澳岛追到澎湖，现在又追到台湾来，累到吐血。可那金浙不但不出兵相助，反而斥责刘某一味围剿，乱了他的招抚大策。今日刘某就网开一面，让林凤去潮州投诚金浙吧。"于是下令，所有的船只后撤十里，天明之后全部退往福建金门。

当夜林凤率部安然逃离台湾魍港，刘尧诲也不追击，任凭林凤的船队自由漂行。林凤回到南澳岛后，登高远眺，只见惊涛翻滚，碧波万顷。想起十余载来，在海上颠沛流离，最终却一无所有，反而成了天下公敌。被大明和吕宋联合夹击，如今是穷途末路，战不能胜，降又不甘。

林凤不禁仰天长啸："阿凤雄心万丈，满腔热血，只想走向大海，去开拓一个人人向往的海外桃源。抢劫掳掠勾当又岂是阿凤所愿？自三宝太监下西洋之后，泱泱大明真的是后继无人了！对充满诱惑的蓝色海洋缺乏激情，大明恐怕只会是一个双足被紧紧束缚的巨人，又能走多远？"

想到这里，林凤取来海螺，吹响了一曲苍凉的调子。远处飞翔的海鸥闻声纷纷云集，旋即又匆匆飞离。林凤恨恨地将螺号扔到大海之中，高喊了一声："躲在北京城里的小皇帝，还有张居正等，你们可曾听到我的呼声？请你们这些达官贵人，打开大门，到外面的世界走一走吧！"

得到的回答只有悠悠的大海呜咽声，林凤心灰意冷，对马志善、李成等人说道："尔等跟随阿凤多年，阿凤不但没有给尔等兄弟带来幸福和欢乐，反而让尔等无家可归。从今日之后，尔等各自散去，不要再眷念阿凤了！"

马志善、李成等人哭道："爷，那你要往何方而去？"

林凤眼泪扑簌簌而下："阿凤为大海而生，理应为大海而死！占城、暹罗，乃至于更远的婆罗洲、狮子国，都是阿凤的家。"

说毕，众人紧紧拥抱痛哭相别，林凤跳上一只小船，带着几个亲信兄弟，拉起风帆，搭上顺风，往南而去了。树倒猢狲散，几天之后，马志善、李成率部属一千七百十二人、男女六百六十八人向潮州参政金浙投诚。

张居正接到奏报，兴奋地大呼小号："闽粤海寇终于抚平了，万里海疆从此波澜不惊！"

万历皇帝也是乐得呵呵大笑："这一回朕真的高兴了！虽然贼酋林凤不知所终，但是他现在只是大海里的一条小虾而已。朕高枕无忧了！"

看到潮州参政金浙呈上来的一大堆战利品，有火铳、航海图、海兽皮毛以及不知何名的西洋物件，张居正不由得感慨万分，心中暗自说道："林凤，孤岂能不知你的志向，但是大明这扇国门实在是太沉重了，单凭张居正一人还是无力推开。但愿你能够在异国他乡过得幸福！"

"张先生，你真了不起！"这一回是万历皇帝发自内心由衷的赞赏，"海寇之患，终于在先生的手中成为历史！朕记得皇考即位之年，福建巡抚涂泽民上疏乞求开港贸易，张先生首倡海澄月港开放，至今快十年了。殷正茂接任户部尚书不到半年，就笑哈哈地告诉朕，今年月港舶税岁入可以超过白银万两，是隆庆初年的三倍之多。朕骂道，这是张先生的功劳，你兴奋什么？"

张居正感叹道："弹指一挥间，十年过去了。想当年万岁爷还是个牙牙学语的蹒跚幼儿，如今已长成少年英俊的皇上了！臣也年过半百，双鬓花白，顶多再为万岁爷尽忠尽孝十年。此生的最大愿望是当臣闭目之时，大明一派繁荣，处处歌舞升平，辽阔的草原，浩渺的大海，白雪皑皑的高原，崇山密林的岭南都在赞颂着一个英明的君主！"

万历皇帝抚摸着张居正的臂膀，久久站立，默然无语。

十月十七日，万历皇帝颁下诏书：内阁首辅张居正九年考满，晋左柱国太傅，俸如伯爵，荫子尚宝司丞。赐玺书奖劳，赐宴礼部。遣制敕房官赐银五十两、纻丝四表里。

万历皇帝感到封赏未尽，第二天又手谕嘉奖张居正：

"先生亲受先帝遗嘱，辅朕冲年。今四海升平，四夷宾服，实赖先生匡弼之功。先生精忠大勋，朕言不能述，官不能酬。唯我祖宗列圣，垂鉴阴佑先生子孙世世，与国咸休也。兹以九年考绩，特于常典外，赐银二百两，坐蟒蟒衣各一袭。岁加禄米百石，先生其钦承勿辞！"

张居正一看，要赐自己太傅荣号，吓得心口怦怦直跳。太师、太傅、太保，古称三公，已是人臣的极限了。大明开国两百年，位列三公的凤毛麟角，仅仅数人。明太祖授李善长太师、徐达太傅，赠已故常遇春太保，明宣宗授英国公张辅太师。嘉靖初年，四朝元老杨廷和迎立朱厚熜继统大勋，被授予太傅之号，杨廷和坚辞不受。此外，再无一人能获此殊荣。

当然，这些大明的三公元老虽曾荣极一时，但几乎无一个善终。李善长被诬为胡惟庸乱党，满门七十余人被朱元璋所杀。大明第一名将徐达之死，也是扑朔迷离，不是传闻说徐达功高震主，朱元璋赐予蒸鹅肉毒发身亡吗？张辅平定交阯叛乱，功勋卓著，可最后还是跟着明英宗，糊里糊涂地惨死于土木堡的瓦剌骑兵刀下。而杨廷和曾经摄朝政长达三十七天，扶危定倾，功在社稷，可惜此后大议礼起，杨廷和虽已乞休，也被剥夺了所有的荣耀，削职为民，最后与一盏孤灯相伴，凄然而逝。

张居正想了想这些，心中就一阵害怕，接连四次向万历皇帝请辞，才辞掉了太傅、伯爵的殊遇。

从乾清宫回到府邸，莞儿自然又是一片欢天喜地。张居正一到家门，莞儿就深深地一弯腰，道声："太傅张先生万福！"

张居正又爱又气，抢起右拳正要揍打。莞儿扑哧笑出，娇声娇气地说："先生四辞太傅，全京城的人都知道了，无不竖起大拇指，盛赞先生忠节高义！"

张居正呵呵笑道："忠节高义张某不敢当，现在只想好好地跟莞儿喝喝酒、吃吃饭！"

莞儿愁眉苦脸："先生怎么现在才想起喝酒来，家中的美酒早已一滴不剩了！"

张居正不答，掏出一些碎银，转身吩咐姚旷："烦你到萧家桥的楚天酒肆打些好酒来，顺手捎带三五斤牛肉，今晚要跟莞儿大吃一顿！"说得莞儿脸上飞过云朵，开心一笑。

"相爷难得如此高兴，小的这就打去！"姚旷收好银子，径自去了。

这楚天酒肆乃是京城里最好的喝酒去处，专售上等佳酿，口碑遐迩闻名。平日里，达官贵人通宵达旦吆喝聚饮，也算是京城的极热闹之地。

姚旷到了萧家桥，此处人来人往，车水马龙，街头小贩叫声嘈杂。远方高处悬挂着一金字招牌，上头写着几个龙飞书法"楚天酒肆"，极有气派。姚旷摸了摸胸口的银子，一到酒肆门口，吓得一跳，早已有数不清的人聚拢在那里，有的指指点点，有的摇头叹气，有的愤愤不平，有一壮年汉子吐痰骂道："这狗官仗势欺人，实在可恶！"

姚旷心想，又是哪个朝官在闹事了？狠命地挤过去一瞧，只见一人身穿红色衣衫，腰间别着一把大刀，满身散发着不堪入鼻的臭酒味，正凶神恶煞般揪住了酒保的衣领，气汹汹地叫道："臭小子，竟敢向本都督讨酒钱！没看清本都督是谁吗？"姚旷仔细一看，猛地吃惊，这不是冯保的侄儿都督金事冯邦宁吗？冯邦宁仗着冯保这座大山，作威作福，就是遇到朝中大臣也是气焰嚣张，在北京街头更是如同恶虎到了闹市，横冲直撞，胡作非为。市人皆知其恶，都不敢跟他作对。

那酒保可怜兮兮地跪下哀求："老爷先放过小人！"

"哼——"冯邦宁冷嘲一声，"要老爷子放过你，行！先免了酒钱，然后再钻老爷子的裤裆！"

旁边两人手里各操着一条长棍，一看就知道是锦衣卫的人。两人吼叫道："快钻冯老爷的裤裆，否则让你瘸腿。"说罢抢起棍子就要劈头打下去。

"慢着！"姚旷冲出喝道，"我可认识你，你不就是冯公公的侄儿冯邦宁吗？"

冯邦宁一脚踢开那酒保，逼视过来："哟呵！你是哪位啊？敢直呼本老爷的名讳？活得不耐烦了，你啊！"

姚旷认得冯邦宁，冯邦宁却不甚熟悉姚旷，再加上饮酒乱性，根本就认不出是姚旷。姚旷虽只是个内阁的小吏，但却是张居正的心腹，所以朝官见了他无不敬畏三分。就连六部尚书跟他都是称兄道弟，绝不敢以下吏相待。此时听冯邦宁口气对自己甚是不敬，不由得恼火了。

"冯邦宁！睁开你的眼睛仔细瞧瞧，我是何人？"姚旷面对着围观众人的窃窃私语，硬起身子，厉声叫道。

冯邦宁"呃"的一声，肚子里的酒倒涌上来，冷冷大笑道："本都督知道，你不就是萧家桥下的那只流浪狗吗？敢情是吃不到狗屎，向本都督讨来了！"

"哈哈哈！"身旁的那两个锦衣卫抢先狂笑，人群之中也是哄然一阵笑开来。

姚旷顿觉脸上火辣辣的，从来没有一个人敢这样污辱他。

"可恨！小心向你家冯公公告你去！"姚旷不甘示弱，怒喝道。

"呀？你这狗娘养的还敢告我，我先打死你！"冯邦宁眼睛一横，那两个锦衣卫操起木棍，噼里啪啦一阵劈头痛打，姚旷来不及躲闪，肩膀先挨了一棍，"啊"的一声惨叫，紧接着大腿又是一棍，痛得死去活来，摔倒在地翻来滚去。

人群中有一人大声叫道："别打了，他是当朝大学士张居正的班役姚旷——"

那两个锦衣卫只听得"张居正"三个字，登时愣住了："冯都督，他是张居正的人！"

冯邦宁酒性大发，哪管得什么天王老子了，还在疯言疯语地狂呼："打，给本都督狠狠打，打死无算！就是张居正来了也打！"

围观人群惊呼叫道："不得了，要闹事了，连张大相爷也敢顶撞！"

那两个锦衣卫苦叫："闯下大祸了！"惊慌得扔下手中木棍，拉着冯邦宁撒腿就跑。

姚旷一拐一拐地回到张府，一进府门就倒地痛哭："相爷，冯邦宁欺负小人了，请相爷为小的做主啊——"

吓得莞儿花容失色，走过来一瞧叫起来："哎呀！伤得不轻！这冯邦宁也忒狠毒了！"

张居正满脸怒容，拉起姚旷："走，随同我去找冯保！"

7. 威震宫廷内外

到了司礼监大堂门口，只听见冯保正疾风骤雨似的训斥冯邦宁："不识好歹的畜生！你这猪脑袋又忘记了叔叔的教诲！什么人都可以得罪，就是有两个人冒犯不得：姚旷和游七！叔叔再告诉你这个畜生，他们是什么人，他们是当朝大学士张先生的心腹！"

冯邦宁吓得脸色苍白、双腿抖动不已，扑通一下跪倒："叔叔救侄儿啊！侄儿知罪了！"

张居正拉着姚旷走进来，叫道："冯公公教导的好侄儿！"

慌得冯保连忙起身，满脸堆起笑容相迎："太岳先生大驾光临，失敬失敬！小畜生还不快拜见张大学士！"

冯邦宁见了张居正、姚旷二人，如同看到索命鬼，吓得魂儿立刻飞出体外，瘫作一团。

冯保厉声呵斥："孽畜，还不快向张先生和姚旷认罪！"

冯邦宁像一只壁虎，伏在地上爬行到张居正的脚下，"笃笃笃"！鸡啄米似的磕头，哀求声连连："小人有眼无珠，冒犯了相爷！相爷饶命，相爷饶命！"

张居正板起脸孔，狠狠地教训："你这个不知深浅的小东西！当今圣上年幼，朝中那些心怀不轨的大臣无不虎视眈眈，只要一看到有机可乘，他们就会像林中饥饿的野兽，磨爪砺牙，蠢蠢欲动。正是冯公公与本大学士同心同德，表里相应，才能保得皇上平安，朝中风平浪静！你好糊涂啊，不但坏了冯公公的名声，而且令亲者痛，仇者快，几欲坏了本首辅跟冯公公的大事！"

冯邦宁悔恨不已，痛哭流涕，只顾自己磕头认罪，不敢说话！

姚旷摸了摸身上的重伤，顾不得剧痛，一瘸一拐地走过去，扶起冯邦宁，乐呵呵说道："自家兄弟，不打不相识！"

冯保冷眼望着姚旷："你当真可要饶了这孽畜？"

姚旷嘿嘿道："一场误会而已！大家一笔勾销罢了！"

冯保猛地拍下案桌，震得众人耳边嗡嗡作响："你饶得，本监可饶不得这畜生！本监今日就要好好教训一顿这个畜生！"

张居正看到冯保怒眉一扬，赶紧为冯邦宁求情："既然是误会一场，就暂且饶了小侄这一回。"

"不行！"冯保口气坚硬如冰，"皇城里处处充满了陷阱，稍不慎，就在劫难逃。绝对不能让朝中那些寻隙之徒揪住辫子！"

张居正点点头，捋了捋颏下飘逸的髯须："邦宁小侄儿，这回要受苦了。你可万万不能怪罪冯公公残忍！世间的险恶，你是永远不会明白的！"

冯邦宁紧紧搂住张居正的大腿，哭喊道："请杀了小人吧！如果能让你们好过些，死了一个冯邦宁又何足惜？"

冯保恶狠狠地指着冯邦宁："本监今日就要你死！"

第二天还未大亮，就有一位巡城御史向乾清宫递上一封奏疏，弹劾锦衣卫都督金事冯邦宁在闹市酗酒斗殴，民愤群涌，乞求皇上严惩冯邦宁，并矛头直指司礼监，戒饬冯保。

冯保毫不含糊地将冯邦宁拉到大庭广众之下，下令剥去冯邦宁的锦衣卫飞鱼官服，杖责四十，并启奏万历皇帝削夺冯邦宁一年的薪俸，不许他上朝。

冯保对自己的侄儿下手之重，不但让朝官们大出意外，就连万历皇帝也为之惊悚。

文华殿日讲之后，万历皇帝感慨地对张居正说道："大伴真是个威风之人！朕对他也是敬畏有加，朕曾经跟宫中的小内官一起戏耍，远远听见大伴的脚步声，朕心里就怦怦直跳，生怕大伴向母后打小报告，赶紧溜回书房。"

张居正应道："冯公公为人严谨，虽兼总内外大权，但从未作威作福。对其弟冯佑，侄儿冯邦柱、冯邦宁约束甚严，这一回萧家桥闹事，原本也是一场误会。在京城里，冯公公的名气甚至比那些为人们所传颂的清廉官吏还要响亮。"

正说话间，冯保慌慌张张地蹿进来，恐惧万分地奏道："万岁爷，大事不好了！有数不清的军士聚集在正阳门外喧哗闹事。"

"什么?!"万历皇帝和张居正同时惊叫起来。

冯保支支吾吾地欲说还休。

"怎么好端端就闹出事来?"万历皇帝逼问道。

"奴才不敢说啊！"冯保满脸为难之色，"此事干系到皇室宗亲府内！"

万历皇帝严色道："但说无妨，不论是哪个皇亲国戚，朕一律追究到底，绝不轻饶。"

冯保嗫嚅着说："聚闹的军士们口称，武清伯的家仆与禁军里的不法之徒相勾结，大肆侵吞库仓中的布帛，用以雇募他人代役，惹得军中怨声载道，愤恨不平。现在正阳门外是一片骚动和沸腾。"

一提到自己的外公李伟，万历皇帝立刻哑言了，噤不作声。张居正心里却狠狠地骂道："真是个恬不知耻的乡巴佬！"

这个李伟本是忠厚憨实之辈，贫寒之时专替人挑土担泥，以养家糊口。颇受乡邻的鄙视，见了士大夫，连气都不敢喘。孰料造化捉弄人，女儿阴差阳错地嫁入了裕王府，而后一飞冲天，现在成了高高在上的李太后。女贵父荣，李伟也被赐封为武清伯。暴得大富之后，李伟一反卑微心态，开始跷起二郎腿，作威作福起来。朝官们，特别是那些失势的官吏，无不对李伟趋之若鹜。

朝中有两人跟李伟最为亲密，一个是山西蒲州的杨博，另一个是山西沁水的王国光。李伟祖籍山西，于是杨博和王国光自称是李伟的同里人。杨博自隆庆三年从吏部尚书上致仕之后，一直在密谋着东山再起，武清伯自然成为他的首选攀附人。杨博能言善道，甜甜蜜蜜地称呼李伟的老婆为嫂嫂，借着下棋逸乐，成了武清府里的常客。李伟当然不会忘记这个"义弟"，两年之后杨博归来，被内阁首辅高拱任命为兵部尚书。王国光本是户部右侍郎总督仓场，每天跟白花花的米粟打交道让他很失意。自从攀上武清伯之后，很快就官运亨通，隆庆六年升任户部尚书。万历四年二月告休，次年十月起复，坐上了六部第一尚书——吏部尚书的大位。可见万历皇帝这个外公的威力的确非同凡响。

这样的大人物冯保当然不敢轻易得罪，便试探性地挺了挺胸脯问道："要不要让奴才从东厂调出一队人马，把那些闹事的首恶抓起来正法？"

张居正断然否决了冯保的做法："万万不可，这么做无异于火上浇油，只会引发更大的骚动。臣乞求皇上立即让所雇之人交出布匹，验证一下。如确属实，请皇上严惩武清府里的人，给军士们一个交代！"

再可恶也毕竟是自己的外公，胳膊肘可不能往外拐。但是张居正铁言铮铮，听得万历皇帝一阵发毛，赶紧下旨清点库仓，果真发现登记册上涂涂改改、纰缪百出。

万历皇帝气得牙齿直抖，阴沉着脸回到乾清宫。见了李太后，"哼"的一声，径自坐下。

李太后见小皇帝跟往常大不一样，诧异地问道："皇上，今天是怎么啦？为什么对待娘亲如此这般冷淡？"

万历皇帝甩去登记册子："母后看看，武清伯的家人干出了怎样的好事？"

李太后翻了翻乱糟糟的登记册，立即明白了是怎么回事，不由得娥眉紧蹙，嗔怒作声："气煞本宫了，这些狗奴才简直是无法无天了！皇上为什么不把他们统统抓来，严惩示众？"

万历皇帝道："因为是武清府里的家人，朕不敢做主！"

李太后柳眉直竖："难道武清府里的人就可以为所欲为吗？张

宏——"

太监张宏是李太后最为信任的人,从未见过李太后跟小皇帝闹成这个样子,怯怯地应声:"太后娘娘有何吩咐?"

"传本宫懿旨,革了武清伯之职!"

"母后——"万历皇帝惊叫起来,"不可啊母后,武清伯可是朕的外祖父!"

"国法面前,众生平等!本宫也难辞其咎,从今日起席蒿待罪七天!"

万历皇帝、张宏顿时慌作一团,张宏跪下磕头:"老奴甘愿陪伴着太后娘娘席蒿待罪!"

李太后冷冷斥责:"张宏磨蹭什么,还不快传本宫懿旨给张先生。难道要本宫打断你的腿吗?"

"奴才遵旨!"吓得张宏屁股尿流,一骨碌转身就走。

张居正、张四维、吕调阳三人接到李太后的懿旨,登时惊愕失色。吕调阳更是手忙脚乱,拭了拭额头上的冷汗,颤巍巍地说道:"凤磐先生,吕某老了,手指头发抖,不听使唤了,还是你来拟旨吧!"

张四维一听,暗下臭骂,好一只狡猾的老狐狸,这岂不是把我往火坑里送吗?于是假惺惺推辞道:"豫所大人德高望重,皇上命你掌内阁制敕房,圣旨都是出自你之手。张某怎敢越俎代庖?"

吕调阳委屈地望着张居正,张居正见两位阁臣你推我推你的,毫不爽快,皱了皱眉头,扬扬手,斥责道: "本阁都没有决定,拟什么旨啊?!"

唬得张四维和吕调阳呆立着,噤若寒蝉。

"走吧,跟本阁夫乾清宫面呈太后娘娘!"张居正说罢转身就走,张、吕二人像听话的小孩子似的,垂头紧跟其后。

乾清宫里,张居正苦苦劝谏:"武清伯是太后娘娘的至亲,正所谓身体发肤,受之父母。武清伯本是憨实之人,家仆乱法胡为,只能怪其管教不严,怎可伤害武清伯,让世人看皇室的笑话?太后娘娘又传言席蒿待罪,这更是万万不可!"

几句话说得李太后默然无言,万历皇帝却是拍手叫好:"张先生说得极对,母后每每把先生的话奉为至言,今日可不能不听。"

李太后紧盯着张居正，眼里充满感激："虽然如此，但是不能让父亲再犯大错了！本宫不想做出不孝不义之事，烦请张先生替本宫训斥武清伯和中军左都督一顿！"

这中军左都督正是李太后的胞弟李文贵，仗着国舅爷的身份，骄奢跋扈，什么人都不放在眼里，唯独最怕张居正。那李伟更是畏惧张居正，如同老鼠见了猫似的唯恐避之不及。

于是李太后将李伟、李文贵父子召唤到乾清门外，让他们垂手拱立着，恭听张居正的训话。

"苍天在上，朗朗乾坤！尔父子虽贵为国戚，但国有国法，家有家法。跳梁小丑，只能逞凶一时，又岂能长久？尔等父子纵容家奴盗窃库仓布帛，肆意胡为，是可忍，孰不可忍也！太后娘娘，至孝至义之人，本欲废了武清伯的封号，但念你白发苍苍，姑且饶了你这一回。如若再犯，纵是太后娘娘饶了尔等，本阁也不能饶，天下人更不能饶了尔等！望尔等知罪悔过，从此洗心革面，心存善念，多行善举！"

"太后娘娘啊，皇上啊！老臣对不住你们——"李伟老泪纵横，眺望着乾清宫，声嘶力竭地呼喊着，"老臣甘愿缚送不法家奴，以正国法！"

李文贵如同一只丧家犬，耷拉着脑袋，绝不敢抬头看张居正一眼。张居正缓缓踱步到他的面前，目光如电，仿佛是一座不可逾越的大山压在眼前，让李文贵不寒而栗。

张居正握紧拳头，狠狠地瞄了几眼李伟父子："只要张居正在一天，你们就得规规矩矩地过一天！"